Qurban Səid

Əli və Nino

Almancadan tərcümə:
Mirzə Xəzər

Bu kitab ədəbiyyatımızın zirvələrindən biridir.
Dünyanın 33 dilinə tərcümə olunub və 66 ölkədə nəşr edilib.
Əksər Avropa ölkələrində əsrin romanı kimi
bestseller zirvəsinə yüksəlib.

Qurban Səid. Əli və Nino *(roman)*
Bakı, QANUN nəşriyyatı, 2019, 288 səh.

Almancadan tərcümə: Mirzə Xəzər

QANUN nəşriyyatı
Bakı, AZ 1102, Tbilisi pros., 76
Tel: (+994 12) 431-16-62; 431-38-18
Mobil: (+994 55) 212 42 37
e-mail: info@qanun.az
www.qanun.az
www.fb.com/Qanunpublishing
www.instagram.com/Qanunpublishing

ISBN 978-9952-26-652-8

I

Bakıdakı rus gimnaziyasının üçüncü sinfində biz qırx şagird idik: otuz nəfər müsəlman, dörd ermani, iki polyak, üç sektant və bir nəfər rus. Ehtiramla, sakitcə oturub professor Saninin şəhərimizin qeyri-adi coğrafi vəziyyəti barədə dediklərinə diqqətlə qulaq asırdıq.

«Avropa qitəsinin təbii sərhədləri şimalda Şimal Buzlu okeanından, qərbdə Atlantik okeanından və cənubda Aralıq dənizindən keçir. Avropanın şərq hüdudları rus imperiyasının içərisindən keçərək Ural boyunca aşağı enir. Xəzər dənizini ikiyə bölür və Zaqafqaziyadan keçib gedir. Bax, bu məsələdə elm hələ son sözünü deməmişdir. Məsələn, bəzi alimlər Qafqaz dağlarının cənubundakı ərazini Avropaya daxil edirlər, başqaları isə belə fikirdədirlər ki, bu ərazi də, xüsusilə mədəni cəhətdən inkişaf etdiyi üçün Avropaya aid edilməlidir. Balalarım! Şəhərimizin qabaqcıl Avropaya, yaxud geridə qalmış Asiyaya aid olduğunu müəyyən etmək sizin mövqeyinizdən asılıdır».

Rus gimnaziya müəllimlərinin qızılla bəzənmiş uniformasını geyən professor özündən razı halda gülümsündü. Sual o qədər çətin, məsuliyyətin yükü də elə ağır idi ki, nəfəsimiz təngləşdi. Sonra ən dal cərgədə oturan Məhəmməd Heydər əlini qaldırıb dedi:

«Bağışlayın, cənab professor, biz Asiyada qalmaq istəyirik». Bərk bir qəhqəhə qopdu. Məhəmməd Heydər ikinci dəfə idi ki, üçüncü sinfin partasında otururdu və Bakı Asiyaya aid olduqca, onun üçüncü il də eyni sinifdə qalması üçün hər cür ehtimal var idi. Nazirliyin bir qərarına əsasən, Rusiyanın Asiya qismindəki yerli şagirdlərlə eyni sinifdə kefləri istədikləri qədər qalmaq icazəsi verilirdi. Professor Sanin alnını qırışdırıb: «Deməli belə, Məhəmməd Heydər, sən Asiyada qalmaq istəyirsən? Bir çıx qabağa. Bəs öz fikrini əsaslandıra bilərsənmi?»

Məhəmməd Heydər qabağa çıxdı. Qıpqırmızı olmuşdu. Dinməz-söyləməz dayanmışdı. Onun ağzı açıq, alnı qırışmış, baxışları isə mənasız və axmaqsayağı idi. Dörd erməni, iki polyak, üç sektant və bir rus onun axmaqlığından həzz aldıqları bir anda, mən əlimi qaldırıb bəyan etdim ki, «cənab professor, mən də istəyirdim Asiyada qalım».

«Əli xan Şirvanşir! Sən də! Yaxşı, çıx qabağa».

Professor Sanin alt dodağını qabağa uzadıb, onu Xəzər dənizinin sahillərinə gətirib tullayan bəxtinə daxilində lənət oxuyurdu. Sonra öskürüb ağır tərzdə dedi: «Heç olmasa, sən öz fikrini müdafiə edə bilərsənmi?»

«Bəli. Mən özümü Asiyada lap yaxşı hiss edirəm».

«Belə, belə. Bəs sən, heç olmasa, bircə dəfə əsl vəhşi bir Asiya ölkəsində, misal üçün, Tehranda olmusan?»

«Bəli, keçən yay».

«Aha! Bəs orada Avropa mədəniyyətinin böyük nailiyyətlərini, məsələn, avtomobili gördünmü?»

«Bəli, özü də lap böyüyünü. Otuz nəfərlik və daha böyüyünü görmüşəm. Onlar şəhərin içində deyil, bir məntəqədən o biri məntəqəyə işləyirlər».

«Dediyin avtobuslardır və onlardan dəmir yolu çatmadığı üçün istifadə olunur. Buna gerilik deyərlər. Otur yerinə, Şirvanşir!»

Sinifdəki bütün asiyalılar sevinir, baxışları ilə mənə «əhsən» deyirdilər.

Professor Sanin dilxor halda susdu. Onun vəzifəsi öz şagirdlərindən əsl avropalılar yetişdirmək idi.

«Bəs sizlərdən kim, məsələn, Berlində olub?» – deyə o, birdən-birə sual verdi.

O gün Saninin bədbəxt, uğursuz günü idi: sektant Maykov əlini qaldırdı və bildirdi ki, lap balaca vaxtında Berlində olub. Boğanaq və qorxunc bir metronu, gurultulu qatarı və anasının onun üçün səliqə ilə hazırladığı qaxac edilmiş donuz əti ilə çörəyi yaxşı xatırlayırdı.

Biz otuz müsəlman dərindən qəzəblənmişdik. Seyid Mustafa isə hətta icazə istədi ki, eşiyə çıxsın. Çünki donuz əti sözünü eşidən kimi onun ürəyi bulanmağa başlamışdı. Bununla da Bakı şəhərinin haraya aid olması məsələsinə dair diskussiya birdəfəlik həll olundu.

Zəng çalındı. Professor Saninin ürəyi yüngülləşdi və o, sinfi tərk etdi. Biz qırx nəfər şagird də tələsik bayıra çıxdıq. Bu, böyük tənəffüs idi və hər kəsin üç imkanı var idi: həyətə qaçıb qonşuluqdakı realnı gimnaziyasının şagirdlərini, qızılı düymə və qızılı kokardlarından ötrü döymək idi, çünki bizim düymə və kokardlarımız gümüşü idi.

İkinci imkan, bir-birimizlə bərkdən tatarca (azərbaycanca) danışmaq idi, çünki ruslar bu dili başa düşmürdülər və bir də

7

ki, məktəbdə bu dildə danışmaq qadağan idi. Üçüncü imkan da tələsik küçənin o tayına – müqəddəs kraliça Tamaranın qız gimnaziyasına getmək idi. Mən axırıncını seçdim.

Qızlar mavi uniforma-donlar və ağ döşlük geyib bağçada gəzişirdilər. Xalaqızı Ayşə mənə əl elədi. O, Nino Kipiani ilə əl-ələ verib gəzişirdi. Nino Kipiani isə dünyanın ən qəşəng qızı idi. Mən coğrafiya dərsindəki döyüşlərimdən qızlara danışanda, dünyanın ən gözəl qızı dünyanın ən gözəl burnunu qırışdırıb dedi: «Əli xan, sən axmaqsan. Allaha şükür ki, biz Avropadayıq. Əgər Asiyada olsaydıq, mən gərək çoxdan çadra örtəydim, sən də mənim üzümü heç görməzdin».

Mən məğlub olduğumu boynuma aldım. Bakı şəhərinin mübahisəli coğrafi vəziyyəti məni dünyanın ən gözəl gözlərindən məhrum etdi.

Qəmginləşib qalan dərslərə daha getmədim. Mən şəhərin küçələrini gəzib dəvələrə, dənizə baxdım. Avropanı, Asiyanı və Ninonun gözəl gözlərini yada salıb fikrə daldım və kədərləndim. Eybəcər sir-sifəti olan bir dilənçi qabağıma çıxdı. Ona pul verdim. O, əlimi öpmək istədi. Qorxub əllərimi çəkdim. Amma sonra düz iki saat şəhəri ələk-vələk elədim, dilənçini axtardım ki, o, əlimi öpə bilsin. Elə fikirdə idim ki, onu təhqir etmişəm. Vicdan əzabı çəkirdim. Ancaq onu tapa bilmədim.

Bu əhvalatın üstündən beş il keçdi.

Bu beş ildə cürbəcür şeylər baş verdi. Bizə təzə direktor göndərdilər. Onun da ən çox zövq aldığı şey yaxamızdan yapışıb bizi silkələmək idi, çünki gimnaziyaçılara şillə vurmaq qəti qadağan idi.

Elə həmin beş il ərzində şəriət müəllimimiz bizə müsəlman adı altında dünyaya gəlmək imkanı verdiyi üçün Allahın nə qədər mərhəmətli olduğunu dəqiq izah etdi. Sinfə iki erməni və bir rus da gəldi, iki müsəlman da məktəbi tərk etdi: biri on altı yaşında evləndi, o biri də məktəb tətili zamanı qan davasına qurban getdi. Mən, Əli xan Şirvanşir də bu beş il ərzində üç dəfə Kislovodskda, bir dəfə İrandakı əmilərimdən birinin yanında oldum. Bir dəfə də gerindium ilə gerindivumu ayıra bilmədiyim üçün az qala sinifdə qalmışdım. Atam gedib məsciddə molla ilə danışdı və o bildirdi ki, bütün latın dili başdan-başa səhvdir. Bunu eşidən atam bütün türk, İran və rus ordenlərini taxıb direktorun yanına getdi, məktəbə nə isə bir fizika cihazı bağışladı və mən sinifdən-sinfə keçdim. Məktəbin divarlarından da yeni elan asıldı ki, məktəb binasına içi dolu tapança ilə girmək qadağandır. Nəhayət, həmin beş il içərisində şəhərdə telefon xətti çəkildi, iki yeni kinoteatr açıldı. Nino Kipiani isə hələ də dünyanın ən gözəl qızı idi. İndi də hər şey qurtarmalı idi: imtahanlardan məni yalnız bir həftə ayırırdı və mən evdə, otağımda oturub, Xəzər dənizi sahillərində latın dili dərsinin mənasız olduğu barədə düşünürdüm.

Otağım evimizin ikinci mərtəbəsində yerləşən ən gözəl otaq idi. Buxara, İsfahan və Kəşandan gətirilmiş tünd rəngli xalçalar divarları bürüyürdü. Xalça üstündəki naxışlar – bağça və göllər meşə və çaylar toxucunun təsəvvüründə necə yaranmışdısa, elə də görünürdü – səriştəsizlər üçün görünməz, peşəkarlar üçün isə valehedici idi o naxışlar.

Uzaq səhralardakı köçəri tayfaların qadınları yabanı kolluqlar içərisindən bu rənglər üçün bitkilər yığmış, nazik barmaqlar da onlardan şirə sıxıb çıxartmışlar. Bu gözəl rənglərin sirri yüz illər qədər qədimdir. Bir də ki, öz sənət əsərini tam qurtarmaq üçün toxucu çox vaxt on il əmək sərf edirdi. Sonra da ov və cəngavər döyüşləri səhnəsini təsvir edən büsbütün sirli rəmzlər və işarələr, qıraqlarında da Firdovsinin bir şeri, yaxud Sədinin bir müdrik kəlamı olan bu sənət əsərini divardan asırdılar. Çoxlu xalça asıldığı üçün otaq qaranlıq görünürdü. Otaqda alçaq bir divan, sədəflə işlənmiş kətil, bir çox yumşaq balış və bunların hamısının içərisində mənasız kitablar, Qərb elminin kitabları – kimya, latın, fizika, triqonometriya kitabları. Sarsaq əşyalar və barbarlıqlarını pərdələmək üçün barbarlar tərəfindən kəşf edilən əşyalar.

Kitabları şappıltı ilə bağladım, otağımdan çıxdım. Dar şüşəbənddən keçib evin yastı damına çıxdım. Oradan mən öz dünyamı seyr etdim: İçərişəhərin qalın qala divarlarını, girişində ərəbcə yazılar olan sarayın xarabalıqlarını gözdən keçirtdim. Küçənin dolanbaclarından asta-asta dəvələr keçirdi. Onların buxovları elə incə idi ki, adam istəyirdi tumarlasın. Kobud, yumru Qız qalası qalxdı gözümün qabağında. Qız qalasının ətrafında bələdçilər dolaşırdı. Bir az aralıda, Qız qalasının arxasında dəniz başlayırdı – qurğuşuna bənzər, anlaşılmaz Xəzər dənizi. Onun arxasında da səhra yerləşirdi – zəhmli qayalar, qum və tikan: dinc, sakit, güc çatmayan, dünyanın ən gözəl mənzərəsi.

Mən sakitcə damda oturmuşdum. Nəyimə lazımdır mənim özgə şəhərlər, özgə damlar və özgə mənzərələr. Mən düz dənizi və düz səhranı, onların arasında yerləşən bu qədim şəhəri sevirdim. Buraya neft axtarmağa gələn səs-küylü bəşəriyyət səhranı sevmədiyi üçün varlanandan sonra çıxıb gedirdi.

Nökər çay gətirdi. Çayı içə-içə buraxılış imtahanlarını fikirləşirdim. İmtahanlardan heç nigarançılığım yox idi. Şübhəsiz, imtahanları verəcəyəm. Kəsilsəydim də dünya da-ğılmazdı. Malikanəmizdəki kəndlilər belə halda deyəcək-dilər ki, mən elmə və biliyə çox həvəsim olduğu üçün elm ocağından ayrıla bilmirəm. Ancaq həqiqətən də məktəbi tərk edəcəyimə təəssüflənirdim. Gümüş düyməli, paqonlu və kokardlı uniforma qəşəng və zərif idi. Mülki paltarda özümü, doğrudan da, narahat hiss edirdim. Lakin mən mülki paltarı çox geyməyəcəyəm. Yalnız bir yay və sonra – hə, sonra Moskvaya, Lazareviç adına Şərq dilləri institutuna getməli idim. Bu qərara mən özüm gəlmişdim. Orada mən ruslardan çox-çox irəlidə olacaqdım, çünki onların həmin institutda zəhmət çəkib öyrənəcəklərini mən ta balacalıqdan bilirdim. Bundan başqa, Lazareviç institutunun uniforması qədər gözəl uniforma yox idi: qırmızı pencək, qızılı yaxalıq, nazik, qızıl suyuna çəkilmiş xəncər və hətta həftənin axırlarında da geyilməsinə icazə verilən yumşaq əlcəklər. Adam gərək uniforma geysin, yoxsa ruslar hörmət etməzlər, rusların hörmətini qazanmasam isə Nino mənə ərə gəlməz, halbuki xristian olmasına baxmayaraq, Nino ilə mütləq evlənməli idim. Gürcü qadınları yer üzündə ən gözəl qadınlardır. Bəs o istəməsə? Onda bir neçə igid gənci özümlə götürərəm. Ninonu yəhərin üstünə atıb, İran sərhədini keçərək Tehrana qaçırdaram. O zaman istəyər, çünki başqa çarəsi də qalmaz!

Bakıdakı evimizin damından baxanda həyat çox gözəl və yüngül idi.

Nökərimiz Kərim çiynimə toxundu. «Vaxtdır», dedi.

Mən ayağa durdum. Həqiqətən də vaxt çatmışdı. Üfüqdə Nargin adasının dalında bir gəmi göründü. Əgər xaçpərəst teleqrafçının evimizə gətirdiyi bir tikə kağıza inanılsaydı, deməli, əmim üç arvadı və iki hərəmağası ilə birlikdə həmin gəmidə olmalı idi. Mən onu qarşılamağa getməli idim. Tələsik pillələnlə aşağı düşdüm. Fayton gəldi və cəld yerindən tərpənib səs-küylü limana doğru yönəldi.

11

Əmim adlı-sanlı adam idi. Nəsrəddin şah mərhəmət göstərib, ona Əssəd-əd Dövlət – «səltənətin aslanı» fəxri adını vermişdi. Əmimə başqa adla müraciət etmək olmazdı. Onun üç arvadı, çoxlu nökəri, Tehranda sarayı və Mazandaranda iri malikanələri var idi. Bakıya o, arvadlarından ötrü, xüsusilə, ən cavanı olan Zeynəbə görə gəlirdi. Zeynəbin on səkkiz yaşı var idi və əmim onu o biri arvadlarından çox istəyirdi. Zeynəb xəstə idi, uşağı olmurdu. Əmim də elə ondan uşaq istəyirdi. Bu məqsədlə Zeynəb Həmədana da getmişdi. Orada, səhranın ortasında qırmızı daşdan yonulmuş, sirli baxışı olan bir aslan heykəli var idi. Bu heykəli artıq adları da az qala unudulan qədim padşahlar qoymuşdular. Əsrlərdən bəri qadınlar bu aslanın yanına gedir, onun nəhəng üzünü öpür, analıq və uşaq sevinci həsrəti ilə gözləyirdilər. Yalnız Zeynəbə bu aslan da kömək etməmişdi. Kərbala dərvişlərinin duası və tilsimi, Məşhəd ərənlərinin ovsunları və həyatın bütün şeylərindən xəbərdar olan Tehran qarılarının sirli sənətləri də onu sevindirə bilməmişdi. Buna görə də əmim Zeynəbi Bakıya gətirirdi ki, yerli müdriklərin nail ola bilmədiklərinə Qərb həkimlərinin məharəti sayəsində nail olsun. Zavallı əmim! O, sevmədiyi və qoca olan iki digər arvadını da özü ilə gətirməliydi Bakıya.

Adət belə tələb edirdi: «Bir, iki, üç və dörd arvad ala bilərsən, amma onların hamısı ilə eyni cür rəftar etməlisən». Eyni cür rəftar etmək isə o demək idi ki, hamısına eyni şeyi təklif etməlisən, məsələn, Bakıya səyahət kimi.

Qanuna görə, bunların mənimlə heç bir əlaqəsi yox idi. Qadınlar əndəruna, evin daxili qisminə aiddirlər. Ədəbli kişi qadınlardan danışmaz, onlar barədə sual verməz və onlara salam da yollamaz. Onlar kişinin kölgəsidir, hətta çox vaxt onlar belə kölgədə özlərini yaxşı hiss edirlər. Bu da yaxşı və ağıllı bir işdir. Bizdə bir zərb-məsəl var: «Qadının ağlı toyuq tükü qədərdir». Ağlı olmayan məxluqlara nəzarət etmək lazımdır, yoxsa həm öz başlarına, həm də başqalarının başına bəla gətirərlər. Mənim fikrimcə, bu, ağıllı qaydadır.

Balaca gəmi körpüyə yaxınlaşdı. Tüklü və enli sinəsi olan matroslar nərdivan qoydular. Sərnişinlər bayıra cumdular: ruslar, ermənilər, yəhudilər torpağa ayaq basmağa elə tələsirdilər ki, elə bil hər dəqiqə onlar üçün qiymətli idi. Əmim hələ çıxmırdı. O, həmişə deyərdi ki, «tələsmək iblis işidir». Buna görə də, bütün sərnişinlər gəmini tərk edəndən sonra «səltənət aslanı»nın zərif boy-buxunu göründü.

Onun əynində astarı ipəkdən olan əba, başında qara rəngli, yumru, balaca xəz papaq və ayağında başmaq var idi. Onun qalın saqqalı və dırnaqları xınalı idi ki, bunların hər ikisi, min il bundan qabaq həqiqi din uğrunda qanı tökülən İmam Hüseyni anmaq əlaməti idi. Onun yorğun balaca gözləri vardı, asta-asta hərəkət eləyərdi. Onun ardınca isə həyəcanı açıqca duyulan, təpədən-dırnağa qədər qara çarşaba bürünmüş üç bədən – əmimin arvadları gəlirdi. Arvadların dalınca da hərəmağalar addımlayırdılar: biri bilikli simaya malik idi, ikincisinin tamamilə qurumuş kərtənkələyə bənzər sifəti var idi. Üçüncüsü də balacaboy, amma öz ağasının namusunun qarovulçusu olmaqdan qürurlanan bir adam idi.

Əmim yavaş-yavaş nərdivandan keçdi. Mən onu qucaqladım və ehtiramla onun sol çiynini öpdüm – əslində küçədə buna o qədər də ehtiyac yox idi. Arvadlarına isə heç gözucu da baxmadım. Biz faytona çıxdıq, arvadlar və hərəmağalar da ardımızca gələn üstüörtülü faytonda oturdular. Elə bir möhtəşəm mənzərə idi ki, mən faytonçuya yolu uzadıb,

bulvardan keçməyi əmr elədim: qoy şəhər əhli əmimin zən-
ginliyinə heyrət etsin. Nino da bulvarda dayanıb, gülər gözləri
ilə mənə baxırdı.

Əmim alicənablıqla saqqalını tumarladı. Soruşdu ki, şə-
hərdə təzə nə var, nə yox.

Öz vəzifəmi yaxşı bilirdim. Bilirdim ki, əhəmiyyətsiz şeylər-
dən başlamalı və ondan sonra mühüm xəbərlərə keçməliyəm.
Buna görə də: «Elə bir yenilik yoxdur» dedim. Sonra davam
etdim: «Keçən həftə Dadaş bəy Axundzadəni bıçaqla vurub
öldürdü. Səkkiz il bundan qabaq Dadaş bəyin arvadını
qaçırtmasına baxmayaraq, Axundzadə şəhərə qayıtmışdı. Elə
gələn gün Dadaş bəy onu bıçaqladı. İndi polis onu axtarır,
amma tapa bilməyəcək. Baxmayaraq ki, hər kəs Dadaş bəyin
Mərdəkanda olduğunu bilir. Ağıllı adamlar deyirlər ki, Dadaş
bəy düz hərəkət etmişdir».

Əmim başı ilə sözümü təsdiq etdi: «Bəs daha nə yenilik
var?

«Hə, ruslar Bibiheybətdə çoxlu neft tapmışlar. Nobel
nəhəng bir alman maşınını ölkəyə gətirmişdir ki, dənizin bir
qismini təmizləyib, neft axtarıb tapsın».

Əmim çox təəccübləndi. «Allah, Allah», deyib qayğıkeş-
liklə dodaqlarını sıxdı.

«Evimizdə isə hər şey qaydasındadır və Allah qoysa, gələn
həftə mən elm ocağını tərk edəcəyəm».

Bütün yol boyunca bu cür söhbət etdim və qoca ehtiramla
qulaq asdı. Yalnız fayton evimizə yaxınlaşanda mən gözlərimi
qırağa zillədim və sözarası dedim: «Rusiyadan şəhərə şöhrətli
bir həkim gəlib. Deyirlər ki, o, çox biliklidir və adamın üzünə
baxan kimi onun keçmişini və indisini söyləyir, sonra da
gələcəyindən xəbər verir».

Darıxmaqdan əmimin gözləri yarıqapalı idi. Tamamilə laqeyd tərzdə o, həmin müdrik adamın adını soruşdu və mən gördüm ki, əmim məndən lap razı qalıb.

Bütün bunlar bizdə yaxşı əxlaqın və alicənab tərbiyənin əlamətləri sayılırdı.

II

Biz, yəni atam, əmim və mən evimizin küləkdən qorunmuş hamar damında oturmuşduq. Çox isti idi. Yerdə yumşaq, rəngbərəng Qarabağ xalçaları barbarlara xas əcaib şəkildə sərilmişdi və biz bardaş qurub onların üstündə əyləşmişdik. Bizim arxamızda da əllərində fənər tutmuş qulluqçular dayanmışdılar. Qabağımızda xalçaların üstünə sərilmiş süfrədə isə Şərqin bütün dadlı yeməklərinin kolleksiyası toplanmışdı – ballı qoğallar, şəkərləndirilmiş meyvələr, kabab, toyuq və kişmişli plov.

Çox vaxt olduğu kimi, indi də oturub atamın və əmimin zərif hərəkətlərinə heyranlıqla baxırdım. Onlar sol əllərini tərpətmədən iri lavaşdan tikə kəsir, ondan qotaz düzəldir, içini ətlə doldurub ağızlarına qoyurdular. Əmim incəliklə üç barmağını yağlı-buğlu plovun içinə saldı, bir az düyü götürdü, yumurlayıb ağzına qoydu: özü də bir dənə belə düyü yerə düşmədi.

Allah haqqına, ruslar, bıçaq və çəngəllə yemək vərdişləriylə çox öyünürlər. Amma hətta ən axmaq adam belə, bir ay içərisində bu çür yemək tərzini öyrənə bilərdi. Mən də bıçaq və çəngəllə rahat yeyə bilirəm və avropalıların süfrəsində necə hərəkət etməyi də yaxşı öyrənmişəm. Lakin on səkkiz

16

yaşım olmasına baxmayaraq mən atam, yaxud əmim kimi tam alicənablıqla yemək yeyə bilmərəm. Onlar yalnız sağ əlin üç barmağı ilə saysız-hesabsız Şərq yeməklərini elə yeyib qurtarırdılar ki, hətta əllərinin üstü belə tərtəmiz qalırdı. Nino bizim yemək üsulumuza barbar kimi baxır. Kipiani ailəsinin evində həmişə stol arxasında oturub avropasayağı yemək yeyirdilər. Bizim evdə isə yalnız rus qonaqlarımız olanda bu cür yeyilərdi. Mənim xalça üstə oturub, əllərimlə yemək yediyimi fikirləşəndə Nino dəhşətə gəlirdi. Amma o, yaddan çıxardır ki, onun öz doğma atası ilk dəfə iyirmi yaşı olanda əlinə çəngəl götürmüşdür.

Yemək qurtardı. Biz əllərimizi yuduq, əmim də qısa bir dua oxudu. Bundan sonra yeməkləri süfrənin üstündən yığışdırdılar. İçində tünd çay olan balaca fincanlar gətirildi və əmim, yaxşı yeməkdən sonra bütün qoca adamların etdiyi kimi, ordan-burdan boş-boş danışmağa başladı. Atam lap az danışırdı, mən də susub oturmuşdum. Çünki adət belə tələb edirdi və yalnız əmim söhbət edirdi və hər dəfə Bakıya gələndə etdiyi kimi, sarayında çox mühüm, amma mənim üçün hələ də tam aydın olmayan bir rol oynadığı böyük Nəsrəddin şahın zəmanəsindən bəhs edirdi. Əmim davam edib dedi: «Otuz il şahənşahın iltifat xalçasının üstündə oturdum. Əlahəzrət üç dəfə xaricə səyahət edərkən məni özü ilə aparmışdı. Bu səyahətlər zamanı mən kafirlərin dünyası ilə hamıdan yaxşı tanış oldum. Biz qeysər və kral saraylarını ziyarət etdik, zəmanənin ən məşhur xristianları ilə görüşdük. Çox qəribə bir dünyadır onların dünyası. Özü də ən qəribə cəhət qadınlarla rəftar idi. Qadınlar, o cümlədən kral və qeysərlərin arvadları sarayda çılpaq gəzirdilər və heç kim hirslənmirdi. Bəlkə də ya xristianlar əsl kişi deyillər, yaxud da görünür, başqa səbəblərdən ötrü. Bunun tam əksinə olaraq əhəmiyyətsiz şeylər bu kafirləri qəzəbləndirirdi. Bir dəfə Əlahəzrət çarın ziyafətinə dəvət olunmuşdu. Çariça da onun yanında əyləşmişdi. Əlahəzrətin boşqabında bir dadlı toyuq tikəsi var idi. Şah bu yağlı, gözəl tikəni alicənablıqla sağ əlinin üç barmağı ilə götürüb, çariçanın boşqabına qoydu ki, ona xidmət etdiyini göstərsin. Çariçanın rəngi dəyişdi və qorxudan öskürməyə başladı.

Sonra öyrəndik ki, çarın bir çox əyanı və şahzadələri şahın lütfkarlığından və iltifatlarından lap sarsılmışlar. Baxın, görün avropalıların nəzərində qadın nə qədər alçaq səviyyədə durur! Kişilər onların lüt bədənini bütün dünyaya göstərirlər, amma onlarla nəzakətli rəftar edə bilmirlər. Hələ bu nədir. Fransız səfiri hətta yeməkdən sonra çarın arvadını qucaqlayıb, eybəcər bir musiqinin sədaları altında onunla salonda fırlanırdı. Çarın özü və onun bir çox mühafiz zabiti bu səhnəyə tamaşa edirdilər, amma heç biri çarın namusunu qorumadı... Berlində isə lap nadir bir teatra rast gəldik. Bizi operaya apardılar. Səhnədə kök bir qadın durub, eybəcər şəkildə oxuyurdu. Operanın adı «Afrikalı qadın» idi. Qadının səsindən heç xoşumuz gəlmədi. Qeysər Vilhelm bunu sezdi və qadına yerindəcə cəza verilməsini əmr etdi. Axırıncı pərdədə çoxlu zənci peyda oldu və səhnədə nəhəng bir tonqal qalandı. Qadının əl-qolunu bağladılar və tonqalın üstünə qoyub yavaş-yavaş yandırdılar. Bu bizi çox razı saldı. Sonralar bir nəfər bizə dedi ki, atəş yalnız simvolik bir atəş idi. Amma biz buna inanmadıq, çünki qadının çığırtısı, qısa müddət əvvəl şahın əmri ilə Tehranda yandırılan kafir qadın Hürriyət – Ül-Ayinin qışqırtısı qədər dəhşətli idi».

Əmim düşüncə və xatirələrinə qərq olub susdu, sonra dərindən nəfəs aldı və davam etdi: «Ancaq mən xristianların bir şeyini başa düşə bilmərəm: düşməni məğlub etmək üçün onların ən yaxşı silahları, əsgərləri və hər şey istehsal etmək üçün ən yaxşı zavodları var. Başqa insanları rahat, tez və kütləvi şəkildə məhv etmək üçün bir nəfər bir ixtira edərsə, çoxlu pul və bir orden alır. Bu, əla və yaxşı işdir. Çünki müharibə lazımlı şeydir. Amma o biri tərəfdən avropalılar xəstəxanalar tikirlər və ölümə qarşı bir dərman və ya əlac tapan, yaxud da müharibə zamanı düşmən tərəfin əsgərini müalicə edən, ona yemək verən şəxs də eyni cür hörmətə layiq görülür və bir orden alır. Əlahəzrətim şah həmişə buna təəccüblənirdi ki, axı niyə bir-birinə zidd işlər görən insanlar eyni dərəcədə mükafatlandırılır?! Bir dəfə o, Vyanada qeyser ilə bu barədə danışdı, amma o da bu təzadı ona izah edə bilmədi. Əksinə, avropalılar bizə ona görə nifrət edirlər ki, düşmən bizim üçün düşməndir, bu səbəbdən də rəhm etmək əvəzinə onları öldürürük. Onlar bizə ona görə nifrət edirlər ki, biz dörd arvad saxlaya bilərik. Halbuki çox vaxt onlar dörddən çox arvad saxlayırlar. Buna baxmayaraq Allahın buyurduğu kimi yaşayıb hökmranlıq etdiyimiz üçün onlar bizə nifrət bəsləyirlər».

Əmim sükuta qərq oldu. Qaranlıq düşürdü. Onun kölgəsi cılız, qoca bir quşun siluetini xatırladırdı. Bir azca dikəlib qocalığa xas olan tövrdə öskürdü və səylə danışmağa başladı: «Bütün bunlara rəğmən Allahımızın bizdən tələb etdiyi bütün işləri görürük. Avropalılar isə onların Allahının tələb etdiyi şeyləri etmirlər. Bu fərqə baxmayaraq, Allah onlara daha çox qüdrət və güc verir, bizimkini isə alır. Bunun səbəbini kim mənə izah edə bilər?»

Biz bunu edə bilməzdik. Bu qoca və yorğun kişi ayağa durdu və asta-asta öz otağına getdi. Atam da onun dalınca getdi. Qulluqçular çay fincanlarını yığdılar. Mən damda tək-tənha qaldım. Yatmağa getmək istəmirdim. Şəhəri qaranlıq bürümüşdü. Əslində burada bir yox, iki şəhər var idi – elə bil bu iki şəhər qoz qabığı kimi bir-birinə yapışmışdı.

Qoz qabığı qədim qala divarları xaricində yerləşən bayır şəhər idi. Orada küçələr enli, evlər hündür, insanlar da pulpərəst və səs-küylü idi. Bu bayır şəhərin təməli bizim səhradan çıxan və var-dövlət gətirən neft idi. Orada teatr, məktəblər, xəstəxanalar, kitabxanalar, polis nəfərləri və çiyinləri açıq gözəl qadınlar var idi. Bayır şəhərdə güllə atılsaydı, hamı bilirdi ki, bu atışma pulun üstündədir. Avropanın coğrafi sərhədi bayır şəhərdən keçirdi. Nino da bayır şəhərdə yaşayırdı.

Qala divarlarının daxilində isə evlər Şərq qılıncı kimi dar və ayrı idilər. Məscidlərin yumşaq buludları dələn minarələri Nobel ailəsinin buruq qüllələrindən tamamilə fərqlənirdi. İçərişəhərin şərq divarından Qız qalası ucalırdı. Bakı hökmdarı Məhəmməd Yusif xan öz qızının şərəfinə bu qalanı tikdirmişdi.

Şəhərimizin küçələrində əsrlər boyunca çoxlu qan axmışdır. Bizə güc və cəsarət verən də elə bu qandır.

Düz evimizin qabağında knyaz Sisianaşvili darvazası ucalırdı. Bu darvaza yanında da bir zamanlar insan qanı axıb, nəcib insan qanı. Vaqeə çox illər əvvəl, ölkəmiz hələ İrana aid ikən Azərbaycanın hakimi xərac ödəmək məcburiyyətində olduğu zamanlarda baş vermişdir. Knyaz çar ordusunda general idi və o zaman Həsənqulu xanın hökmranlığı altında olan şəhərimizi mühasirəyə almışdı. Həsənqulu xan şəhərin darvazasını açdı, knyazı da içəri buraxıb bəyan etdi ki, o, ağ çara təslim olur. Knyaz bir neçə zabitinin müşayiəti altında içəri girdi.

Darvazanın arxasındakı meydanda böyük ziyafət düzəldilmişdi. Tonqallar yanır, bütöv öküzlər şişdə qızardılırdı.

Arxayınlaşmış knyaz yorğun başını Həsənqulu xanın sinəsinə qoymuşdu. O zaman mənim ulu babam İbrahim xan Şirvanşir böyük, əyri xəncərini çıxardıb hökmdara verdi. Həsənqulu xan xəncəri götürdü və yavaş-yavaş knyazın xirtdəyini kəsdi.

Sonra knyazın başını içi duzla dolu bir torbaya qoydular və ulu babam onu Tehrana, Şahənşaha çatdırdı. Çar isə qərara gəldi ki, bu qətlin intiqamını alsın. Çoxlu əsgər yolladı. Həsənqulu xan saraya çəkildi. Qapıları bağladı. Gününü Allaha dua etməklə keçirdir, yaxınlaşan sabahkı gün haqqında düşünürdü. Çar əsgərləri qala divarlarını aşanda Həsənqulu xan yeraltı yolla dəniz sahilinə çıxır, ordan da İrana qaçır. Bu yeraltı yol indi dağılmışdır. Lakin yeraltı girişə ayaq basmazdan qabaq o, giriş qapısına tək bircə cümlə yazıb qoymuşdur: «Sabahı düşünən adam heç vaxt igid ola bilməz».

Məktəbdən evə qayıdanda çox vaxt yolumu dağılmış saraydan salıram. Onun nəhəng mavritan sütunlu divan-xanası boş və kimsəsiz idi. Şəhərimizdə hüququnu müdafiə etmək istəyən gərək qala divarlarının bayırındakı rus haki-minin yanına getsin. Belələri az idi. Ona görə ki, rus hakimləri pis, yaxud ədalətsiz idilər. Əksinə, onlar mülayim və ədalətli idilər. Lakin onların bu mülayimliyi və ədalətliliyi başqa cür idi, bizim xalqın xoşuna gəlmirdi. Məsələn, oğrunu zindana salırdılar. Orada o, təmiz kamerada qalır, ona çay və hətta qənd də verirlər. Amma bunun heç kimə, xüsusilə malı oğurlanan şəxsə xeyri yox idi.

Xalq çiynini çəkir və öz hüququnu özü qoruyurdu. Günortadan sonra şikayətçilər məscidə gələr, qoca, müdrik kişilər dairəvi şəkildə oturar və şəriət qanunlarına, Allahın qanunlarına görə hökm verərdilər: «Göz əvəzinə göz, diş əvəzinə diş». Bəzən küçələrdə maskalı kölgələr şütüyürdü.

Xəncərin parıltısı görünür, balaca bir qışqırıq... və ədalət tam yerinə yetərdi. Qan davası bir evdən o birisinə keçərdi. Amma çox nadir hallarda kimsə rus hakiminin yanına gedərdi. Gedən də olsaydı, müdriklərin hörmətindən düşərdi. Küçədə də uşaqlar ona dilini çıxardardılar.

Bəzən də gecələr küçələrdən bir torba daşınardı. Onun içindən boğuq bir inilti gələrdi. Torba dənizə atılar, balaca bir şappıltı eşidilər və gözdən itib gedərdi. Ertəsi gün də paltarı tikə-tikə olmuş bir kimsə otağının ortasında oturub hönkür-hönkür ağlayardı. O, Allahın qanununu yerinə yetirmişdi. Qanun isə deyirdi ki, zinakar arvad öldürülməlidir.

Şəhərimiz saysız-hesabsız sirlər şəhəridir. Onun künc-bucaqları qəribə möcüzələrlə doludur. Mən bu möcüzələri, bu künc-bucaqları, gecələr uğuldayan qaranlığı və günorta çağı məscidin həyətindəki səssiz pıçıltıları sevirəm. Allah mənə şiə təriqətinə, İmam cəfərin təriqətinə mənsub bir insan kimi burada dünyaya gəlməyə imkan vermişdir. Əgər O, mənə mərhəmət göstərirsə, qoy imkan versin ki, elə burada, eyni küçədə, doğulduğum eyni evdə ölüm. Qoy mənə və xristian olan, bıçaq-çəngəllə yemək yeyən, gülər gözlü, incə, ətirli ipək corab geyən Ninoya bu imkanı versin.

III

Gimnaziya məzunlarının buraxılış gecəsinə geydikləri bal uniformalarının yaxaları zərlə işlənmişdi. Toqqaların gümüşü belbağıları və gümüşü düymələr par-par yanırdı, səylə ütülənmiş boz parça isə hələ də isti idi. Biz başıaçıq və səssiz gimnaziyanın böyük zalında durmuşduq. İmtahanın təntənəli anı başlandı və biz hamımız rus pravoslav kilsəsinin Allahından kömək diləyirdik – baxmayaraq ki, imtahan verən qırx nəfərdən yalnız ikisi dövlət kilsəsinə mənsub idi.

Kilsənin qızılı bayram libasını geymiş, ətirli uzun saçları olan, əlində iri qızıl xaç tutan keşiş ibadətə başladı. Buxurun iyi salonu bürüdü. Müəllim və dövlət kilsəsinin iki nümayəndəsi diz çökdülər.

Pravoslav kilsəsindəki adətə görə, keşişin mahnı ahəngində söylədiyi sözlər bizim qulaqlarımızda sönük səslənirdi. Görəsən, bu səkkiz ildə biz laqeydliklə və canımız sıxıla-sıxıla bu sözlərə neçə dəfə qulaq asmışıq: «Ən mömin ən qüdrətli, ən sadiq xristian olan hökmdar və padşah ikinci Nikolay Aleksandroviçə Allah xeyir-dua versin... dənizdə və quruda səyahət edənlərə, təhsillilərə və əzab çəkənlərə, Din, Çar və Vətən yolunda döyüş meydanında şərəflə canını verən bütün döyüşçülərə və bütün pravoslav xristianlara Allah xeyir-dua versin...»

Ürəyim sıxıldığı üçün gözlərimi divara zilləmişdim. Orada, ikibaşlı qartalın altında həmin «Ən mömin və ən qüdrətli hökmdar və padşahın enli qızılı çərçivədə, öz boyuna bənzər, Bizans ikonasını xatırladan rəsmi asılmışdı. Çarın sifəti uzunsov, saçları sarışın idi və o, aydın və soyuq gözləri ilə düz qabağa baxırdı. Onun döşündəki ordenlərin sayı-hesabı yox idi. Səkkiz il ərzində onları sayıb qurtarmağa çalışdım, amma bu orden dəryasında yenə çaşıb-qaldım.

Əvvəllər çarın portreti yanında çariçanın da rəsmi asılmışdı. Amma sonra çariçanın portretini götürdülər. Çünki kənd yerlərindən olan müsəlmanlar çariçanın boynu və döşüaçıq paltarından narazı qalıb uşaqlarını məktəbə buraxmaqdan imtina etdilər. Buna görə də rəsmi divardan çıxartdılar.

Keşiş dua oxuyan zaman bizim də əhvali-ruhiyyəmiz bayramsayağı idi. Necə olsa, axı bu, çox həyəcanlı bir gün idi. Bu həyəcanlı gündə mən də özümü qeyri-adi şəkildə aparırdım. Bu günü ləyaqətlə başa vurmaq naminə elə səhər tezdən qeyri-adi işlər görməyə başladım. Sübh açılan kimi özümə söz verdim ki, evdə hamı ilə nəzakətli davranacağam. Amma evdəkilərin çoxu yatdığı üçün bu, mümkün deyildi. Məktəbə gedərkən yolda hər dilənçiyə pul verdim. Arxayın olmaq üçün. Üstəlik elə həyəcanlı idim ki, bir dilənçiyə beş qəpik yerinə bütöv bir manatlıq verdim. Dilənçi də ağızdolusu təşəkkür edəndə, ona qürurla dedim: «Mənə təşəkkür etmə, Allaha şükür elə ki, o, məni belə comərdliyə sövq elədi».

Belə möminliklə danışandan sonra imtahandan kəsilmək qeyri-mümkün idi.

İbadət qurtardı. Biz qaz yerişi ilə imtahan stoluna yaxınlaşdıq. İmtahan komissiyası Nuh əyyamından qalmış əjdahanın cəhənginə bənzəyirdi: saqqallı sifətlər, tutqun baxışlar, qızıllı bal uniformaları. Bütün bu mərasim və mənzərə

24

həyəcan doğururdu – baxmayaraq ki, ruslar müsəlmanları çox nadir hallarda imtahanda kəsərdilər. Bunun səbəbi isə o idi ki, hamımızın çoxlu dostu var idi. Dostlarımız da əli xəncərli və tapançalı güclü cavanlar idilər. Müəllimlər də bunu bilirdilər və şagirdlər onlardan qorxduqları qədər, onlar da şagirdlərdən qorxurdular. Müəllimlərin çoxu Bakıya təyinatı Allahın bir cəzası sayırdı. Çünki müəllimlərə qaranlıq küçələrdə hücum edilməsi və onların döyülməsi adi bir hal idi. Bunun nəticəsi isə o olurdu ki, döyənlər naməlum qalırdı, müəllimləri də başqa yerə təyinata göndərirdilər. Elə bu səbəbdəndir ki, mən Əli xan Şirvanşir riyaziyyat dərsini həyasızcasına parta qonşum Metalnikovdan köçürərkən, müəllimlər buna göz yumurdular. Təkcə bir dəfə, bu köçürmə əməliyyatının lap ortasında müəllim mənə yaxınlaşdı və ümidsiz halda pıçıltı ilə dedi: «Belə açıq yox, Şirvanşir, axı biz tək deyilik».

Riyaziyyatdan yazılı imtahanı əngəlsiz keçdim. Bundan razı qalıb veyillənə-veyillənə, artıq elə bil məktəbli deyilik kimi, Nikolay küçəsindən aşağı düşdüm. Ertəsi gün ruscadan yazılı imtahan olmalı idi. Həmişə olduğu kimi mövzu möhürlü zərfdə Tiflisdən gəldi. Gimnaziya müdiri zərfi açdı və təntənə ilə dedi: «Turgenevin əsərlərində ideal rus qadın ruhunu təcəssüm etdirən qadın obrazları».

Asan mövzu idi. Nə istəsəydim, onu da yaza bilərdim, amma gərək rus qadınlarını tərifləməyəydim, bununla da oyunu udmuş olurdum. Fizikadan yazılı imtahan daha ağır idi. Amma burada da ağıl kömək etməyən yerdə, köçürtmə kimi sınaqdan keçmiş «sənət» köməyimə gəldi. Fizikadan da keçdim, Bundan sonra imtahan komissiyası şagirdlərə bir gün istirahət verdi.

Sonra isə şifahi imtahanların növbəsi gəldi. Burada köçürtmə artıq kömək etməzdi. Şagird gərək sadə suallara ağır cavablar verəydi. Birinci imtahan dindən idi.

Həmişə sakit tərzdə arxa planda qalan gimnaziya mollası bu dəfə qabaqda, stolun arxasında oturmuşdu. Onun əynində ipək kimi titrəyən bürüncək və Peyğəmbərin varisi olduğunu göstərən yaşıl qurşaq var idi. Şagirdlərə qarşı onun ürəyi yumşaq idi. O, məndən yalnız kəlmeyi-şəhadəti soruşdu və mən cəsarətlə bir şiə kimi: «Allahdan başqa Rəb yoxdur, Məhəmməd Onun Peyğəmbəridir, Əli də Allahın canişinidir», deyəndən sonra mənə ən yüksək qiymət verib buraxdı.

Kəlmeyi-şəhadətdəki bu son sözlər ən vacib sözlər idi, çünki şiələri onların düz yoldan sapmış sünni qardaşlarından fərqləndirən də bu sözlər idi. Molla bunu bizə belə öyrətmişdi və demişdi ki, düz yoldan çıxsalar da, yenə Allah sünniləri mərhəmətdən tam məhrum etməmişdir. Mollamız mötədil adam idi.

Amma tarix müəllimi mollamız qədər mötədil deyildi. Mən bileti götürdüm. Sualı oxudum, kefim pozuldu. Sual isə bu idi: «Mədətovun Gəncədə qələbəsi» Müəllimin özü də o qədər xoşsifət adam deyildi. Gəncə yanındakı döyüşdə ruslar hiyləgərcəsinə hücum edib, İbrahim xan Şirvanşirin qoşunlarını darmadağın etmişdilər. O İbrahim xan Şirvanşir ki, Həsənqulu xan onun köməyi ilə knyaz Sisianişvilinin xirtdəyini kəsmişdi.

«Şirvanşir, siz öz hüququnuzdan istifadə edib bileti dəyişə bilərsiniz».

Müəllimin sözləri yumşaq səslənirdi. Mən kasanın içində lotereya qutusunda olduğu kimi düzülən biletlərə şübhə ilə baxdım. Hər bir şagird götürdüyü bileti bir dəfə dəyişmək hüququna malik idi.

Amma belə halda o, yalnız yüksək qiymət iddia etmək imkanından məhrum olurdu. Mən isə taleyə meydan oxumaq istəmirdim. Çünki heç olmasa ulu babamın həlak olmasından qəti xəbərim var idi. Şüşə kasada isə Fridrixlərin, Vilhelmlərin, yaxud da Prussiyadakı Fridrix Vilhelmlərin salnaməsi, ya da ki, Amerika vətəndaş müharibəsinin səbəblərinə dair müəmma ilə dolu suallar var idi. Onların içindən kim baş çıxara bilərdi? Başımı yellədib: «Sağ olun, mən öz biletimə cavab verəcəyəm» dedim.

Sonra isə bacardığım qədər nəzakət çərçivəsindən çıxmayaraq, rusları Azərbaycandan qovmaq üçün İran şahzadəsi Abbas Mirzənin qırx minlik ordu ilə Təbrizdən yola çıxmasından, çarın generalı erməni Mədətovun beş minlik ordu hissəsi ilə ona Gəncə yaxınlığında rast gəlib, toplardan iranlılara atəş açmağı əmr etməsindən, şahzadə Abbas Mirzənin də atdan yıxılıb bir xəndəkdə gizləndiyindən, bütün ordunun pərən-pərən olmasından və İbrahim xan Şirvanşirin bir dəstə cəngavərlə çayı keçmək istəyərkən əsir alınıb güllələndiyindən danışdım. Və sözümə yekun vurub dedim: «Bu qələbə qoşunların cəsarətindən çox, Mədətovun toplarının texniki üstünlüyü sayəsində əldə edildi. Rusların qələbəsinin nəticəsi Türkmənçay sülh müqaviləsi oldu ki, bu müqaviləyə əsasən iranlılar xərac verməli oldular və bu xərac nəticəsində də beş vilayət xarabalığa çevrildi».

Çıxartdığım nəticə məni «yaxşı» qiymətindən məhrum etdi. Çünki «yaxşı» qiymətini almaq üçün gərək deyəydim ki, «ruslar misilsiz cəsarət göstərərək, onlardan səkkiz dəfə üstün olan düşməni qaçmağa məcbur edib qələbə qazandılar. Qələbənin nəticəsi isə Türkmənçay sülh müqaviləsi oldu ki, bunun sayəsində iranlılar Qərbin mədəniyyətinə və bazarlarına qoşula bildilər».

Ulu babamın şərəfindən söz gedəndə mənim üçün «yaxşı» və «kafi» qiymətləri arasında heç bir fərq yox idi.

İmtahanlar bununla qurtardı. Gimnaziya müdiri təntənəli bir nitq söylədi. O, qürur və ədəbli bir ciddiyyətlə bizi kamil elan etdi. Bunu eşidən kimi hamımız azadlığa çıxan məhbuslar kimi pilləkəndən aşağı şığıdıq. Günəş gözümüzü qamaşdırırdı. Sarı səhra qumunun incə dənələri küçə asfaltının üstünü bürümüşdü. Tində durub, səkkiz il ərzində lütfkarlıqla keşiyimizi çəkən polis nəfəri yanaşıb bizi təbrik elədi və hər birimiz ona əlli qəpik verdik. Biz bir dəstə quldur kimi səs-küylə, qışqıra-qışqıra şəhərə dağılmışdıq.

Mən tələsə-tələsə evə gəldim və evdəkilər tərəfindən iranlılar üzərində qələbə çalmış makedoniyalı İsgəndər kimi qarşılandım. Qulluqçular mənə qorxa-qorxa baxırdılar. Atam məni öpdü və üç şeydən birini hədiyyə kimi seçməyimi istədi. Əmim də dedi ki, belə bir ağıllı adam şəkk-şübhəsiz Tehran sarayını seçməlidir, çünki orada çox irəliyə gedə bilər.

İlk həyəcan sovuşandan sonra xəlvətcə telefona yanaşdım. İki həftə idi ki, Nino ilə danışmamışdım. Müdrik bir qaydaya görə, kişi həyati əhəmiyyəti olan mühüm məsələ qarşısında qalanda qadınlardan uzaq durmalıdır. Formasız aparatın dəstəyini götürüb, çarxqolunu fırlatdım və: «33-81» nömrəni istəyirəm, dedim.

Ninonun səsi gəldi: «Əli, imtahanı verdin?»

– Bəli, Nino.

– Təbrik edirəm, Əli!

– Nə vaxt və harada, Nino?

– Saat beşdə Qubernator bağının gölməçəsi yanında, Əli.

Artıq danışmağa imkan yox idi. Qohumlarımın, qulluqçuların və hərəmağaların maraqdan yanan qulaqları məndə idi. Ninonun arxasında isə alicənab mama xanım durub qulaq asırdı. Nə isə, bəsdir!

Mən yuxarıya, atamın böyük otağına qalxdım. O, divanda əyləşib çay içirdi. Yanında da əmim oturmuşdu. Qulluqçular divar boyunca ayaqda durub gözlərini mənə zilləmişdilər. Kamillik imtahanı hələ axıra çatmamışdı. Ata həyatın astanasında duran oğluna həyatın bütün müdrikliklərini təfərrüatı ilə açmalı idi.

«Oğlum, indi, həyata qədəm basdığın anda mən sənə bir daha müsəlmanın vəzifələrini başa salmalıyam. Biz burada, Allaha imanın olmadığı bir diyarda yaşayırıq. Məhv olmamaq üçün qədim ənənələrimizi və köhnə həyat tərzimizi mühafizə etməliyik. Oğlum, tez-tez dua et. İçki içmə, heç bir yad qadını öpmə. Yoxsullara və zəiflərə mərhəmət göstər. İman yolunda qılıncı sıyırıb can vermək üçün həmişə hazır ol. Sən döyüş meydanında həlak olsan, bu, mən qocanı ağrıdacaq. Amma şərəfsiz olub sağ qalsan, mən qoca kişi xəcalət çəkəcəyəm. Düşmənini heç vaxt bağışlama, oğlum, biz xristian deyilik. Sabahın qayğısını çəkmə, çünki sabahı düşünmək insanı qorxaq edər. Bir də axırıncı nəsihətim budur: Məhəmmədin imanını, İmam Cəfər təriqətinin şiəlik təməllərini heç vaxt yaddan çıxartma».

Əmimlə qulluqçular atamın sözlərinə elə qulaq asırdılar ki, elə bil bu kəlamlar vəhylərdir. Sonra atam ayağa durdu, əlimdən tutdu və birdən-birə titrək və boğuq səslə dedi: «Sənə yalvarıram: Siyasətlə məşğul olma! Nə istəyirsən elə, amma siyasətə qarışma».

Sakit ürəklə and içdim. Çünki siyasət sahəsi məndən uzaq idi. Nino isə, mənim fikrimcə, siyasi problem deyildi. Atam məni bir daha qucaqladı. İndi mən, nəhayət, tam kamil idim.

Rəsmi gimnaziya libası hələ də əynimdə idi və mən düz saat beşin yarısında veyillənə-veyillənə qala darvazasından keçib dəniz sahilinə tərəf getdim. Sonra sağa dönüb qubernator sarayının yanından ötərək, Bakının qumlu torpağında böyük zəhmətlə salınmış bağa girdim.

İçimdə azad və qəribə bir hiss var idi. Şəhərin bələdiyyə rəisi faytonla yanımdan keçdi və mən, səkkiz il ərzində ilk dəfə indi nə farağat durmalı idim, nə də ona hərbisayağı salam verməli. Bakı gimnaziyasının inisialı olan gümüş kokardı mən sevinc hissi ilə şapkamdan qopardıb atmışdım. Mən mülki bir şəxs kimi gəzib dolanırdım və hətta bir an oldu ki, istədim hamının gözü qabağında siqaret yandırım. Lakin tütünə nifrətim azadlığın cazibəli şərindən güclü idi. Siqaret çəkmək fikrindən imtina edib parka girdim.

Qubernator bağı böyük idi. Orada nadir, qəmli baxışlarını özlərinə zilləmiş ağaclar və asfalt döşənmiş cığırlar var idi. Sağda qədim qala divarı görünürdü. Ortada isə şəhər klubunun mərmər sütunları parlayırdı. Ağacların arasını saysız-hesabsız skamyalar doldurmuşdu. Bəzi palma ağacları uzaqda batan günəşin qırmızı dairəsinə baxan üç qızıl qaza yuva olmuşdu. Klubun yaxınlığında bir gölməçə var idi, daha doğrusu, daş parçalarından hörülmüş, dəyirmi, dərin, nəhəng bir hovuz. Şəhər bələdiyyəsi vaxtilə belə niyyətdə olub ki, hovuzu su ilə doldursun və qu quşları oranı sevinclə özlərinə məskən seçsinlər. Lakin bu, xoş niyyət olaraq qalmışdı. Su baha idi və bütün ölkədə bir dənə də olsun qu quşu yox idi. Bu üzdən də hovuz boş qalmış və ölü divin göz çuxuru kimi əbədi olaraq səmaya baxırdı.

Skamyaların birində oturdum. Günəş dördkünc, boz evlərin hamar damlarından işıq saçırdı. Arxamdakı ağacların kölgələri getdikcə uzanırdı. Başına mavi zolaqlı çadra örtmüş, ayaqlarına da şappıldayan ev başmağı geymiş bir qadın yanımdan keçdi. Çadranın altından yırtıcı quşun burnu kimi uzun və əyri burun görünürdü. Burun mənə tərəf yönəldi. Tez gözlərimi yana çəkdim. Məni qəribə bir yorğunluq bürüdü. Nə yaxşı ki, Nino çadra geymir və onun uzun, əyri burnu yoxdur! Yox, mən Ninonu heç zaman çadranın altında gizlətməyəcəyəm. Bəlkə dəqiq bilmirdim. Batan günəşin parıltısında Ninonun siması durdu gözlərimin qabağında. Nino Kipiani – gözəl gürcü adı! Avropa adətlərinə vurğun alicənab valideynləri olan Nino! Axı nəyimə lazımdır bütün bunlar? Ninonun ağ dərisi və incə, uzun kirpikləri altında iri, gülər, qafqazlılara məxsus qığılcım saçan gözləri var idi. Bu cür xoş, şən gözlər ancaq gürcü qızlarında olur. Daha heç kimdə! Nə avropalı qızlarda, nə də asiyalılarda. Nazik hilal qaşlı Ninonun profili Həzrəti Məryəmin profilini xatırladırdı. Qəmginləşdim, oxşatma məni kədərləndirir, qəmə qərq edir. Qərbdə bir kişi üçün çoxlu oxşatmalar vardır. Bu qadınlar üçün isə yalnız yad və anlaşılmaz bir dünyanın rəmzi olan xristian Məryəm ilə müqayisə və oxşatma qalır.

Başımı aşağı saldım. Qabağımda Qubernator bağının üstü böyük səhranın qumu ilə örtülmüş asfalt cığırı uzanırdı. Qum göz qamaşdırırdı. Gözlərimi yumdum. Birdən lap yanımda azad və şən bir gülüş səsi eşitdim: «Müqəddəs Georgi! Sən bir Romeoya bax! Cülyettasını gözləyərkən yatıb qalıb»!

Yerimdən sıçradım. Nino düz yanımda durmuşdu. Əynində yenə müqəddəs Tamara liseyinin ciddi mavi uniforması var idi. Nino çox arıq idi, hətta deyə bilərdim ki, Şərqin zövqünə görə həddən artıq arıq idi. Amma məndəki incə duyğuları oyadan da elə onun bu qüsuru idi. Onun on yeddi yaşı var idi və mən onu Nikolay küçəsində liseyə getdiyi birinci gündən tanıyırdım.

31

Nino əyləşdi. Gözəl kirpikləri altından onun gözləri parıldayırdı: «Deməli, axır ki, imtahanı verdin, hə? Bir azca narahat idim».

Qolumu onun çiyninə qoydum: «Bir az həyəcanlı idi. Amma görürsən, Tanrı mömin bəndələrinə kömək edir».

Nino gülə-gülə: «Bir ildən sonra gərək sən mənim üçün Tanrı rolunu oynayasan. İstəyirəm ki, bizdə imtahanlar başlananda sən, partamın altında oturub riyaziyyatdan cavabları mənə pıçıldayasan».

Hələ neçə il əvvəl biz bu barədə razılığa gəlmişdik. O zaman on iki yaşlı Nino böyük tənəffüsdə gözləri yaşla dolu bizim tərəfə gəldi və məni sinfinə dartıb apardı. Mən düz bir saat onun partasının altında oturub, riyaziyyat tapşırığının cavablarını ona pıçıldadım. O gündən bəri mən Ninonun nəzərində bir qəhrəman idim.

«Əmin və onun hərəmi necədir?» deyə Nino soruşdu.

Üzümü ciddiləşdirdim. Lakin Ninonun zərərsiz marağı qarşısında Şərqin bütün əxlaq qanunları əriyib gedirdi. Əlim Ninonun yumşaq qara saçlarına qərq oldu: «Əmimin hərəmxanası vətəninə qayıtmaq niyyətindədir. Qəribədir, deyəsən, Qərbin tibbi faydası olub. Amma hələ heç bir əlamət görünmür. Buna baxmayaraq indilik əmim çox ümidlidir».

Nino uşaq kimi alnını qırışdırıb dedi: «Yaxşı iş deyil bütün bunlar. Atam və anam bunun tam əleyhinədir. Hərəmxana rüsvayçılıqdır».

Nino dərsini söyləyən şagird kimi danışırdı. Dodaqlarım onun qulağına toxundu: «Nino, arxayın ol, mən hərəmxana saxlamayacağam».

– Amma sən, hər halda, arvadını çadranın altında gizlədəcəksən!

– Əgər vəziyyət tələb etsə. Çadranın xeyri çoxdur. Çadra qadını günəşdən, tozdan və yad baxışlardan qoruyur.

Üzü birdən-birə qıpqırmızı olmuş Nino:

– Sən həmişə bir asiyalı olaraq qalacaqsan. Yad baxışlar sənə niyə mane olur? Qadın başqasının xoşuna gəlmək istəyəndə nə olar?

– Qadın gərək yalnız öz ərinin xoşuna gəlməyə çalışsın, başqasının yox. Açıq sifət, lüt çiyinlər, yarıya kimi aşkar döşlər, nazik ayaqlardakı şəffaf corablar – bunların hamısı bir şey vəd edir və bu vədi qadın yerinə yetirməlidir. Çünki qadında bu qədəri görən kişi, daha çox görmək istəyər. Kişini belə arzulardan «qorumaq» üçün isə çadra mövcuddur.

Nino təəccüblə mənə baxırdı:

– Səncə, Avropada on yeddi yaşlı qız ilə on doqquz yaşlı oğlan bu şeylərdən də danışırlar?

– Yox.

– Onda gəl biz də danışmayaq, – deyə Nino sərt şəkildə dilləndi və dodaqlarını sıxdı.

Əlim onun saçlarını tumarlayırdı. O, başını qaldırdı. Batan günəşin son parıltısı onun gözlərinə düşdü. Aşağı əyildim... Onun dodaqları incəliklə, iradəsiz aralandı. Mən onu sürəkli və çox yaramaz şəkildə öpdüm. Onun nəfəsi tənglədi. Gözləri qapandı. Sonra birdən məni itələyib ayrıldı. İkimiz də susub toranlaşan boşluğa baxırdıq. Bir az sonra azca utanan kimi yerimizdən durduq. Əl-ələ verib bağdan çıxdıq.

Bağdan çıxarkən Nino dilləndi:

– Hər halda, mən də gərək çadra geyəydim.

– Ya da öz vədini yerinə yetirəydin.

O, pərt halda güldü. İndi hər şey yenə qaydasında idi. Mən onu düz evlərinə kimi ötürdüm. Ayrılarkən «Şübhəsiz ki, sizin buraxılış gecənizə gələcəyəm» dedi. Onun əlini tutdum: «Nino, yayda nə edəcəksən?»

– Yayda? Biz Şuşaya, Qarabağa gedəcəyik. Amma özünü aldatma. Bu o demək deyildir ki, sən də Şuşaya getməlisən.

– Onda yaxşı, yayda Şuşada görüşərik.

– Sən lap zəhlə aparansan, heç bilmirəm niyə səndən xoşum gəlir.

Ninonun arxasınca qapı bağlandı. Mən evə tərəf getdim. Əmimin sifəti qurumuş kərtənkələ qabığına bənzər hərəmağası dişlərini ağarda-ağarda dedi: «Gürcü qadınları çox gözəldirlər, xan. Amma onları tez-tez, özü də bağda, çoxlu adamın keçdiyi yerdə öpmək lazım deyil». Onun solğun yanağını çimdiklədim. Hərəmağa hər şey edə bilər. Çünki o, nə kişidir, nə də qadın. O, orta cinslidir.

Atamın yanına getdim:

– Sən mənə üç arzu hədiyyə verdin. Birincisini artıq bilirəm. Bu yay tək Qarabağa getmək istəyirəm.

Atam uzun-uzadı üzümə baxdı və sonra gülə-gülə başını yırğaladı.

IV

Zeynal ağa Bakının Binəqədi qəsəbəsindən olan sadə bir kəndli idi. Onun bu qəsəbədə tozlu, quru bir şoranlaşmış torpaq sahəsi var idi. Zəlzələ baş verən günə kimi yoxsul mülkündə həmin torpağı şumlayırdı. Zəlzələ onun torpağında yarıq əmələ gətirdi, yarıqdan da neft fışqırdı. O gündən etibarən Zeynal ağanın nə bacarığa ehtiyacı var idi, nə də ağıllı olmağa. Pul sadəcə, sel kimi onun cibinə axırdı. Pulu əliaçıqlıq və comərdcəsinə xərcləyirdi. Amma buna baxmayaraq pul çoxalır və onun üçün yükə çevrilirdi. Elə bir yükə çevrilirdi ki, onu lap əldən salmışdı. Çünki gec-tez bu xoşbəxtliyin cəzası da gəlməli idi. Zeynal ağa da edama məhkum olunan məhbus kimi cəzasını gözləyirdi. O, məscidlər, xəstəxanalar və həbsxanalar tikdirdi. Zeynal ağa Məkkəyə həccə getdi və yetimxana tikdirdi. Lakin bədbəxtlik rüşvət almaz. Günlərin bir günü, yetmiş yaşında ikən aldığı on səkkiz yaşlı arvadı onun namusunu ləkələdi. Zeynal ağa da lazım olduğu kimi, amansız və sərt şəkildə öz namusunun intiqamını aldı və axırda yorğun bir kişiyə çevrildi, o biri oğlu da intihar edərək, onun başına misilsiz bir rüsvayçılıq gətirdi.

İndi də saçları ağarmış, dərdli və beli bükülmüş Zeynal ağa Bakıda qırx otaqdan ibarət sarayında yaşayırdı. Onun sağ qalan yeganə oğlu İlyas bəy idi və o, bizim sinif yoldaşımız olduğu üçün, buraxılış gecəmiz də Zeynal ağanın evinin böyük salonunda təşkil edilmişdi.

Düz saat səkkizdə mən, enli mərmər pilləkənlərlə yuxarı qalxdım. Yuxarıda isə İlyas bəy durub qonaqları qarşılayırdı. O da mənim kimi qayışından nazik xəncər sallanan yaraşıqlı çərkəs libası geymişdi.

O da mənim kimi quzu dərisindən olan papağını çıxart-mamışdı, çünki bu, innən belə bizə aid olan bir imtiyaz idi.

Sağ əlimi papağıma vurub: «Salam əleyküm, İlyas bəy!» deyə onunla salamlaşdım.

Köhnə milli adətlə əllərimizi biri-birimizə uzatdıq: mənim sağ əlim onun sağ əlini, onun sol əli mənim sol əlimi sıxdı.

– Bu gün cüzamxana bağlanacaq, – deyə İlyas bəy pıçıldadı.

Mən razı halda başımı yırğaladım.

Cüzamxana sinfimizin ixtirası və sirri idi. Hətta illərlə şəhərimizdə yaşayan rus müəllimlərinin ölkəmizdən bir tikə belə xəbərləri yox idi. Buna görə də biz onları aldatmışdıq ki, Bakının yaxınlığında cüzam xəstələri üçün ev vardır. Hansımız dərsdən yayınmaq istəyirdisə, o saat sinif nümayəndəsinə deyirdi. O da gedirdi sinif müəllimimizin yanına, dişlərini bir-birinə vura-vura xəbər verirdi ki, cüzamxanadan bir xəstə şəhərə qaçıb. Polis onu axtarır. Belə şübhə var ki, xəstə həmin o şagirdin yaşadığı məhəllədə gizlənir. Sinif müəllimimizin rəngi qaçır və xəstə tutulana kimi həmin şagirdi dərsdən buraxırdı. Bu cür tətil bir həftə də davam edərdi, daha çox da. İşə baxırdı. Amma heç bir müəllimin ağlına gəlmirdi ki, sanitariya idarəsinə gedib, şəhər yaxınlığında doğrudan da cüzamxana olub-olmadığını soruşsun. Bu gün isə cüzamxana təntənəli şəkildə bağlanmalı idi.

Mən ağzına kimi dolu zala girdim. Üzündə xüsusi bir təntənə və bayram ifadəsi olan məktəb müdirimiz həqiqi gizli müşavir Vasiliy Qriqoryeviç Xrapka zalın küncündə oturmuşdu, müəllimlər də onu əhatəyə almışdılar. Ona yaxınlaşdım və dərin bir ehtiramla baş əydim. Dilləri və ləhcələri son dərəcə cəld qavraya bildiyim üçün mən sinifdəki müsəlman şagirdlərin natiqi və nümayəndəsi idim. Müsəlman şagirdlərin çoxu elə ağzını açıb rusca bircə cümlə deyən kimi qeyri-rus mənşəli olduğunu aşkar etdiyi halda, mən hələ üstəlik bir neçə rus ləhcəsini də bilirdim. Müdirimiz Peterburqdan idi. Buna görə də onunla gərək Peterburq ləhcəsində danışaydıq. Yəni samitləri pıçıltı ilə deyib, saitləri udmaq lazım idi. Gözəl səslənmir, amma son dərəcə nəcib görünür. Müdir istehzanı heç zaman sezə bilmədi və bu səbəbdən də «bu ucqar ərazinin ruslaşdırılmasının bu cür irəliləməsindən» ötrü sevinirdi.

– Axşamınız xeyir, cənab müdir, – deyə mən utancaq şəkildə ona müraciət etdim.

– Axşamınız xeyir, Şirvanşir, imtahan qorxusundan özünüzə gələ bilmisinizmi?

– Bəli, cənab müdir. Amma bu arada mən iyrənc bir əhvalatın şahidi olmuşam.

– Nə olub ki?

– Hə, o cüzamxana məsələsini deyirəm.

– Cüzamxanaya nə olub axı?

– Bıy? Cənab direktorun xəbəri yoxdur?! Dünən bütün xəstələr oradan qaçıb izdihamla şəhərdən keçiblər. Onlara qarşı iki hərbi hissə göndərmək lazım gəlmişdir. Xəstələr iki kəndi zəbt etdilər. Əsgərlər kəndləri mühasirəyə aldılar və sağlamları da, xəstələri də – hamısını güllə ilə vurub öldürdülər. Evlərə od vurub yandırdılar. Dəhşətli deyilmi, cənab müdir? Cüzamxana artıq mövcud deyildir. Əl-ayaqları qopmuş, bir qismi isə hələ də xırıldayan xəstələr şəhər darvazası qabağında səriliblər. Onların üstünə yavaş-yavaş neft töküb yandırırlar.

Müdirin gözləri kəlləsinə çıxdı. Hər halda ürəyində fikirləşirdi ki, hələ vaxt var ikən gedib nazirə desin, onu daha mədəni bir yerə keçirtsinlər.

O, qəmgin halda dilləndi: «Dəhşətli ölkə, dəhşətli adamlar. Amma, balalarım, məhz burada insan dəmir intizamın və hakimiyyət orqanlarının cəld hərəkət etməsinin nə qədər vacib olduğunu başa düşür».

Bütün sinif müdirin başına yığılıb qayda-qanunun faydalı olması barədə mülahizələrinə qulaq asırdı. Cüzamxana artıq dəfn edilmişdi. Bizim məktəb xələflərimiz indi gərək özləri bir şey uyduraydılar. Mən birdən elə-belə soruşdum:

«Cənab direktor bilirmi ki, Məhəmməd Heydərin oğlu artıq ikinci ildi bizim gimnaziyaya gəlir?»

«Nə-ə?» – deyə müdirimizin gözləri az qala təpəsinə çıxdı. Məhəmməd Heydər gimnaziya üçün rüsvayçılıq idi. O hər sinifdə ən azı üç il qalmışdı. On altı yaşında o evlənmişdi, amma buna baxmayaraq yenə məktəbə gəlirdi. Onun oğlu doqquz yaşı olan kimi eyni gimnaziyaya daxil oldu. Xoşbəxt ata əvvəl istədi bu məsələni gizli saxlasın. Lakin bir dəfə bir kök uşaq böyük tənəffüsdə Məhəmməd Heydərə yaxınlaşdı və günahsızcasına ona dedi: «Ata, əgər mənə beş qəpik verməsən ki, şokolad alım, riyaziyyat tapşırığını köçürtdüyünü gedib anama deyəcəm».

Məhəmməd Heydər xəcalətdən qıpqırmızı olmuşdu. Uşağı tez-tez dartıb apardı və bizə söz verdi ki, elə birinci fürsətdə gimnaziya müdirinə ata olduğunu bildirəcək.

Müdirimiz yenə soruşdu:

– Yəni demək istəyirsiniz ki, altıncı sinif şagirdi Məhəmməd Heydərin artıq ikinci sinfə gedən oğlu var?

– Bəli, elədir və sizdən çox üzr istəyir. O istəyir ki, oğlu da onun kimi bilikli olsun. Zarafat deyil, Qərb biliyinə yiyələnmək həvəsi getdikcə daha geniş vüsət alır.

Müdirimiz qıpqırmızı oldu. O, dinməz-söyləməz dayanıb, ata ilə oğulun eyni məktəbə getməsini məktəb qaydalarına zidd olub-olmadığı barədə düşünürdü. Amma bir qərara gələ bilmədi. Buna görə də ata və oğulcuğaz bundan sonra da Qərb elminin qalasını mühasirədə saxlaya bilərdilər.

Zalın yanından balaca bir qapı açıldı. Qalın pərdələr qırağa çəkildi. On yaşlı bir oğlan uşağı dörd nəfər qara saçlı, kor kişinin əlindən tutub içəri gətirdi: bunlar İrandan gəlmiş musiqiçilər idilər. Kişilər zalın küncündə xalçanın üstündə əyləşdilər. Qədim İran əl əməyinin məhsulu olan nadir alətlər işığa çıxarıldı. Fəryad edən bir musiqi dilə gəldi. Musiqiçilərdən biri əlini qulağına sarı apardı. Bu, Şərq müğənnilərinin klassik hərəkəti idi.

Salonda sakitlik çökdü. O biri musiqiçi həzlə tarı dilləndirdi. Müğənni yüksək tonda oxumağa başladı.

O susandan sonra solunda oturan xanəndə səsini qaldırdı. Çox bərk, tükürpədici bir nifrətlə qışqırıb dedi:

...Və sən, ey nazənin, bir siçan kimi

Keçərdin meydandan qonşu evinə.

Tar indi elə bil nalə çəkirdi. Kamança hönkür-hönkür ağlayırdı. Üçüncü xanəndə ehtirasla burnunun altından oxumağa başladı:

«O bir çaqqaldır, bir allahsızdır...

Ah fəlakət, ah müsibət, ah rüsvayçılıq!»

O, bir anlığa susdu. Üç-dörd musiqi ahəngindən sonra dördüncü müğənni yavaşca, incə bir tərzdə oxumağa başladı...

Mən qalın pərdələrdən birinin yanında dayanmışdım. Yanımda da müdirimiz və coğrafiya müəllimimiz.

Müdirimiz yavaşca:

– Nə çirkin musiqidir. Elə bil Qafqaz eşşəyinin anqırtısına qulaq asırsan. Görəsən, söylədikləri sözlərin mənası nədir?

– Elə ahəng kimi mənasız olmalıdır, – deyə müəllim cavab verdi.

İstədim barmaqlarımın üstündə oradan uzaqlaşım.

Birdən sezdim ki, ağır pərdə yavaşca tərpəndi. Ehtiyatla oraya baxdım. Saçları qar kimi ağ və gözləri qeyri-adi bir şəkildə parlayan qoca bir kişi pərdənin arxasında durub, musiqiyə qulaq asır və ağlayırdı. Bu, İlyas bəyin atası, Əla-həzrət Zeynal ağa idi. Onun qalın, mavi damarlı yumşaq əlləri titrəyirdi. İşə bax! Öz sahibinin adını belə yaza bilməyən bu əllər yetmiş milyon manat pula hakim idi.

Gözlərimi yana çəkdim. Bu, Zeynal ağa idi, bir kəndli idi, lakin xanəndə sənətindən başı yaxşı çıxırdı.

Mahnı qurtardı. Musiqiçilər bir Qafqaz oyun havası çaldılar. Mən zalda süzməyə başladım. Məktəblilər qrup halında durmuşdular. Onlar şərab içirdilər. Müsəlmanlar da. Mən isə içmirdim.

Yoldaşlarımızın tanışları və bacıları künclərdə durub lağ-lağ danışırdılar. Orada çoxlu sarısaç, göygöz, pudralı rus qızı var idi. Onlar ruslarla, bəzən də erməni və gürcülərlə söhbət edirdilər. Elə ki müsəlman onlarla danışırdı, rus qızları dərhal istehza ilə özlərini çəkir, bir neçə sözlə cavab verir və dərhal uzaqlaşırdılar.

Kimsə pianonu səsləndirdi. Vals başlandı. Müdirimiz qubernatorun qızı ilə rəqs edirdi.

Şükür Allaha! Onun səsi pilləkən tərəfdən gəldi: «Axşa-mınız xeyir, İlyas bəy. Bir az gecikdim. Amma bu mənim günahım deyildi».

Mən bayıra şığıdım. Yox, Nino nə gecə paltarı geymişdi, nə də müqəddəs Tamara liseyinin bal uniformasını. Onun beli elə bağlanmışdı, elə incə idi ki, mən bir əllə onu aça biləcəyimə inanırdım.

Qızıl düyməli qısa məxmər cübbəsi çiyinlərinə atılmışdı. Uzun məxmər yubkası düz ayaqlarına çatırdı. Mən ancaq onun tumac ayaqqabılarının ucunu görürdüm. Saçlarında balaca bir papaq vardı. Alnından da iki cərgə ağır qızıl sikkə asılmışdı. Gürcü şahzadə xanımının qədim bayram libası və hələ üstəlik də bir Bizans mələykəsinin siması! Mələykə güldü: «Yox, Əli xan. Hirslənməli deyilsən. Bu yubkanın kəndirlərini bağlamaq düz bir saat çəkdi. Nənəmin yubkasıdır. Bunu yalnız sizin şərəfinizə zorla əynimə geymişəm».

«Birinci rəqs mənimlə!» deyə İlyas bəy səsləndi.

Nino sual dolu gözləri ilə mənə baxdı. Razılıqla başımı tərpətdim. Rəqs etməyi sevmirdim. Özü də pis rəqs edirdim. Bundan başqa, İlyas bəyə Ninonu etibar edə bilərdim. O, qayda-qanundan xəbərdar idi.

«Şamil duası!» Bu səs İlyas bəyin səsi idi.

Kor musiqiçilər dərhal, keçidsiz başladılar...

İlyas zalın ortasına atıldı. Xəncərini sıyırdı. Onun ayaqları qızğın dağlı rəqsinin ritminə uyğun olaraq tərpənirdi. Xəncərin tiyəsi əlində parlayırdı. Nino rəqs edə-edə ona qoşuldu. Qızın ayaqları nadir oyuncaqların ayaqları kimi balaca idi. Şamilin sirli rəqsi başlandı. Biz musiqinin ahəngi ilə əl çalırdıq. Nino qaçırılası gəlin idi... İlyas xəncəri dişlərinin arasına saldı. Qolları yırtıcı quşun qanadlarıtək açılmışdı və o, qızın ətrafında dolaşırdı. Ninonun ayaqları zal boyunca süzməyə başladı. Onun titrəyən, elastik qollarının hərəkəti qorxu, ümidsizlik və fədakarlıq ifadə edirdi. Sol əlində dəsmal tutmuşdu. Onun bütün bədəni əsirdi. Yalnız

41

papağındakı sikkələr cərgə ilə tərpənmədən qalmışdı. Belə də olmalı idi və rəqsdə ən çətin şey elə bu idi. Bu cür cəldliklə zal boyunca süzüb, papağındakı sikkələrin birini də tərpənməyə qoymamağı ancaq bir gürcü qızı bacarardı. İlyas onu ov quşu kimi təqib edirdi. Durmadan, aman vermədən dairə boyunca onun dalınca qaçırdı. İlyasın qollarının işarələri getdikcə daha amiranə olur, Ninonun da hücumu dəf edən hərəkətləri get-gedə incələşirdi. Nəhayət, o ovçunun qovub tutduğu, qorxudan bədəni tir-tir əsən cüyür kimi dayandı. İlyas get-gedə daha cəld hoppanırdı. Ninonun gözləri itaətkar idi. Onun əlləri əsirdi. Musiqi gurlayanda Nino sol əlini açdı. Dəsmal yerə düşdü. Elə bu anda İlyasın xəncəri bu balaca ipək parçasına ilişdi və onu yerə mıxladı.

Məhəbbət rəqsinin simvolikası qurtardı...

Bir şeyi yaddan çıxartdım. Rəqsdən qabaq mən öz xəncərimi İlyas bəyə vermişdim, onun xəncərini də özümə götürmüşdüm. Ninonun dəsmalını kəsən mənim xəncərimin tiyəsi idi. Belə etmək daha təhlükəsiz idi, çünki müdrik bir misalda deyilir ki, «Öz dəvəni Allahın himayəsinə tapşırmazdan qabaq onun ipini bərk hasara bağla».

V

Ey xan! Bizim şöhrətli əcdadlarımız özlərinə daha böyük
və başqalarını dəhşətə salan ad qazanmaq üçün bu diyara
ayaq basanda, onlar: «Qara bax!

– Bax.. orada qar var!» – deyə qışqırdılar. Amma dağlara
yaxınlaşanda və balta dəyməmiş meşəni görəndə qışqırdılar ki,
«Qara bağ!» Və o zamandan bəri bu diyara Qarabağ deyilir.
Qabaqlar ona Sünik, ondan əvvəl isə Avqar deyərdilər. İndi,
ey xan, bil ki, bizim diyar çox qədim və şöhrətli bir diyardır».

Şuşada evində otaq kirayə götürdüyüm qoca Mustafa
qürurla susdu. Qarabağın meyvə arağından bir qədəh içib,
saysız-hesabsız tellərdən hörülmüş qeyri-adi pendirdən bir
tikə kəsdi və boşboğazlığına davam etdi: «Bizim dağlarda
qaranlıq ruhları məskən salıb və nəhəng xəzinələrin keşiyini
çəkirlər. Bunu hər kəs bilir. Lakin dağlarda müqəddəs daşlar
durur və müqəddəs çaylar axır. Bizdə hər şey var. Get şəhərə,
gəz-dolaş oranı, gör heç işləməyən varmı? Bir nəfər də! Bax,
gör heç kədərli adam görərsənmi? Bir nəfər də! Ayıq adam
varmı?! Bir nəfər də! Heyrət et, təəccüblən, ağa!»

Mən bu xalqın şirin yalançılığına təəccüblənirdim. Öz
balaca diyarlarını şöhrətləndirmək üçün onların uydurmadığı

43

rəvayət qalmamışdı. Hələ dünən bir kök erməni məni inandırmaq istəyirdi ki, Şuşadakı Maraş kilsəsinin beş min il yaşı var. Ona qayıdıb dedim ki: «Yalan danışma. Bütün xristianlığın yaşı heç iki min il deyildir. Axı bir xristian kilsəsi Məsihdən (Xristosdan) qabaq tikilə bilməzdi?!»

Gombula sözüm bərk toxundu və o, tənəli tərzdə dedi: «Əlbəttə, sən təhsilli bir adamsan, sözüm yoxdur. Amma bu qoca kişinin nəsihətinə qulaq as: «Başqa xalqlarda ola bilər xristianlığın yaşı iki min ildir. Biz, Qarabağ əhlinə isə Xilaskar Məsih ondan üç min il qabaq peyda olub. Bax belə».

Hələ Şuşada yolüstü bir daş körpünün üstündən keçərkən faytonçu mənə nəql elədi ki, «bax, bu körpünü ölməz qəhrəmanlıqlarını göstərmək üçün İrana gedərkən makedoniyalı İsgəndər tikdirmişdir».

Körpünün aşağı hissəsində daşın üstündə isə «1897» rəqəmi həkk edilmişdi. Onu faytonçuya göstərdim. O da özünü o yerə qoymadan cavab verdi: «Eh, ağa, bunu ruslar sonradan həkk ediblər ki, bizim şöhrətimizi kiçiltsinlər».

Şuşa qəribə bir şəhər idi. Min beş yüz metr hündürlükdə yerləşən, müsəlmanların və ermənilərin yaşadıqları bu şəhər əsrlərdən bəri Qafqaz, İran və Türkiyə arasında bir körpü olmuşdur. Ətrafını dağlar, meşələr və çaylar bürümüş gözəl bir şəhər idi. Dağlarda və vadilərdə çiy kərpicdən tikilmiş balaca komalar ucalırdı. Yerlilər uşaq sadədilliyi ilə bu komaları saray adlandırırdılar. Orada yerli feodallar – müsəlman bəyləri, ağaları, erməni məlikləri yaşayırdılar. Bu adamlar saatlarla evlərinin eyvanında oturur, qəlyan çəkir və bir-birinə Rusiyanın və çarın Qarabağdan olan generalları tərəfindən neçə dəfə xilas olunduğundan və qarabağlılar olmasaydı, imperiyanın başına nələr gələ biləcəyindən danışırdılar.

Biz, yəni mən və qoçum, balaca dəmiryol stansiyasından at arabası ilə Şuşaya əyri-üyrü dağ yolu ilə yeddi saata çatdıq. Qoçuluq daha çox quldurluğa meyil göstərən silahlı nökərlərin peşəsi idi.

Təpədən dırnağa kimi silahlanmış bu adamlar qaradinməz olardılar. Bu qaradinməzlik bəlkə də ondan irəli gəlirdi ki, qoçular vaxtilə soyğunçuluqda göstərdikləri igidliyin xəyalı ilə yaşayırdılar. Atam qoçunu mənə qoşmuşdu ki, yolda məni yadlardan, yaxud yadları məndən qorusun. Bunu heç başa da düşmədim. Qoçu iltifatlı adam idi. Elə bil bir az da Şirvanşirlər ailəsinə qohumluğu da çatırdı və bir qohum kimi etibarlı adama oxşayırdı. Bu cür qohumlara ancaq Şərqdə rast gəlmək olardı.

Artıq beş gün olardı Şuşada idim. Oturub Ninonun gəlməsini gözləyirdim. Bu beş gündə yerlilər mənə yalnız ondan danışırdılar ki, dünyanın bütün varlı, igid, yaxud başqa cür şöhrətli olan adamları Şuşadan çıxmışdır. Mən şəhər parkını gəzir və məscid minarələrini seyr edirdim. Şuşa çox mömin şəhər idi. Buradakı məscid və kilsələr altmış minlik əhali üçün kifayət idi. Üstəlik, şəhərin qırağında saysız-hesabsız pirlər, birinci növbədə də şübhəsiz, müqəddəs Sarı bəyin iki ağacı dururdu ki, özünü öyən qarabağlılar elə birinci gün məni bu yerlərə dartıb aparmışdılar.

Müqəddəsin qəbri Şuşadan bir saatlıq yol uzaqlığında idi. Hər il bütün şəhər bu qəbrin yanına səcdəyə gəlir və müqəddəs ağaclıqda xudmani məclis qurub bayram edirdi. Xüsusilə mömin olanlar bu qəbrə qədər uzanan yolu ayaqla deyil, diz üstə sürünə-sürünə qət edirdilər. Bu, çox ağır və zəhmətli bir işdir, amma zəvvarların diqqətini xüsusilə cəlb edir.

45

Müqəddəsin qəbri üstündəki ağaclara əl vurmaq qadağan idi. Kim ağacların bircə yarpağına toxunsaydı, elə yerindəcə iflic olurdu. Sarı bəy bax, beləcə qüdrətli idi!

Amma bu müqəddəsin indiyədək hansı möcüzəni göstərdiyini mənə heç kim izah edə bilmədi. Bunun əvəzində isə camaat onun bir işindən mənə təfərrüatı ilə danışırdı. Deyirdilər ki, bir dəfə o, düşmənlər tərəfindən təqib olunarkən onun atı hələ bu gün də Şuşa şəhərinin yerləşdiyi dağın təpəsi ilə çapır. Təqib edənlər lap yaxınlaşanda, o, atının cilovunu dartıb və at nəhəng sıçrayışla dağın, qayaların, bütün Şuşa şəhərinin üstündən uçub gedir.

Mömin adamlar bu nəcib heyvanın endiyi daşa həkk olunmuş nal izlərini görə bilirdilər. Camaat and-aman edirdi ki, bu həqiqətdir. Bir dəfə yalnız belə bir hoppanmanın mümkün olduğuna şübhəmi bildirəndə, onlar incimiş halda dedilər: «Amma, ağa, bu at Qarabağ atı idi!» Və bunu deyib, Qarabağ atı barədə mənə bir əfsanə nəql etdilər: Onların diyarında hər şey gözəldir. Ancaq bu diyarın ən gözəli Qarabağ atıdır. Bu həmin Qarabağ atı idi ki, İran şahı Ağa Məhəmməd bütün hərəmxanasını bu şöhrətli atın əvəzində verməyə hazır idi. (Görəsən, mənim dostlarımın xəbəri varmı ki, Ağa Məhəmməd axtalanmış hərəmağa olmuşdur?) Bu at az qala müqəddəs bir at idi. Bu möcüzəli at cinsi doğulana kimi müdriklər düz yüz il ərzində baş sındırıb, əllaməlik ediblər. Möcüzəli at cinsi: dünyanın ən gözəl atı, Qarabağın məşhur kəhər atı.

Bu qədər tərifdən sonra marağım artdı və xahiş etdim ki, bu gözəl atların birini mənə göstərsinlər. Müşayiətçilərim mənə canıyananlıqla baxıb dedilər: «Sultanın hərəmxanasına girmək Qarabağ atlarının pəyəsinə daxil olmaqdan asandır. Bütöv Qarabağda yalnız on iki belə kəhər at vardır. Onları görən at oğrusu olur. Ancaq müharibə olanda sahibi bu möcüzəli atı minir».

Bəxtim gətirməmişdi. Deyəsən, elə bunların o əfsanəvi at barədə söylədikləri ilə kifayətlənməli idim.

Beləliklə, Şuşada oturub qoca Mustafanın boşboğazlığına qulaq asa-asa Ninonu gözləyirdim. Bu əfsanəvi diyara da artıq alışmışdım.

«Ey xan, – deyə Mustafa sözə başladı, – sənin əcdadların müharibələr aparmışlar, sən isə təhsilli bir adamsan və elm ocağına getmisən. Buna görə də incəsənətdən başın çıxır. Farslar Sədi, Hafiz və Firdovsi ilə öyünürlər, ruslar Puşkin ilə fəxr edirlər. Uzaq Qərbdə də Gete adlı şair olub və şeytan barədə şeir yazıb».

Onun sözünü kəsərək «Bəlkə bütün bu şairlər Qarabağdan çıxıblar?» – dedim.

«Yox, hörmətli qonaq, yox, bunu demirəm. Amma demək istədiyim odur ki, bizim şairlər daha yaxşıdır. Onlar o qədər qürurludurlar ki, şeirlərini quru kağıza yazmırlar, onları ancaq oxuyurlar».

– Hansı şairləri nəzərdə tutursan? Aşıqları?

– Bəli, – deyə, qoca mötəbər şəkildə cavab verdi, aşıqları nəzərdə tuturam. Onlar Şuşa yanındakı kəndlərdə yaşayırlar və sabah onların yarışı var. Gedib o möcüzəyə baxmaq istəyirsənmi?

Razılıq verdim və ertəsi gün əyri-üyrü yolla yoxuşu qalxıb Qafqaz aşıq sənətinin dayaq nöqtəsi sayılan Daş kəndə gəldik. Qarabağın, demək olar, hər kəndində yerli aşıqlar vardır. Onlar qışda şeir yazarlar və baharda dünya işığına çıxarlar ki, saray və komalarda öz mahnılarını oxusunlar. Amma üç kənd vardı ki, orada sırf aşıqlar yaşayırdılar və Şərqin ta qədimdən şeriyyətə böyük hörmət bəsləməsinin əlaməti olaraq yerli feodallar onları vergidən azad etmişdilər. Bu kəndlərin biri də Daş kənd idi.

Kəndin sakinlərinin adi kəndli olmadıqlarını müəyyən etmək üçün elə bircə baxış kifayət idi: kişilərin uzun saçları və əyinlərində ipək libasları vardı. Onlar bir-birinə şübhə ilə baxırdılar. Qadınlar kişilərinin dalınca gedir və musiqi alətlərini daşıyırdılar. Onların baxışları qəmgin görünürdü. Kənd bütün Qarabağdan gəlmiş var-dövlətli müsəlmanlar və ermənilərlə dolu idi. Onlar aşıq sənətindən həzz almaq üçün buraya gəlmişdilər. Aşıq kəndinin əsas meydançasında tamaşaçı kütləsi toplaşmışdı. Meydanın ortasında isə amansız döyüşə hazır olan iki aşıq dayanmışdı. Onlar bir-birilərinə nifrətlə baxırdılar. Külək onların uzun saçlarını yellədirdi. Aşıqlardan biri qışqırıb dedi: Sənin paltarından peyin iyi gəlir, sifətin donuz sifətinə bənzəyir, sənin istedadın bakirə qızın qarnındakı tükdən də nazikdir və bir az pul üçün sən özün haqqında təhqiramiz şeir bəstələyərsən».

O biri aşıq acıqlı-acıqlı səsini ucaltdı: «Sənin paltarların təlxək libasına bənzəyir. Səsin də axtalanmış xədimin səsini xatırladır. Sən öz istedadını sata bilmirsən, çünki heç istedadın da yoxdur. Sən bəxşişlərlə dolu süfrəmdən atılan tör-töküntülərlə yaşayırsan».

Aşıqlar müəyyən vaxt bir-birini söydülər. Bu söyüşlər bəzən insanı bezdirsə də, xalq əl çalıb onları alqışlayırdı. Sonra həvari simalı, ağsaçlı bir qoca ortaya çıxdı və deyişmə üçün iki mövzu elan etdi: biri lirik, biri də epik. Lirik mövzu «Araz üstündə ay», epik mövzu da «Ağa Məhəmməd şahın ölümü» idi.

Aşıqlar göyə baxdılar və oxumağa başladılar. Onlar acıqlı xədim Ağa Məhəmməddən oxuyurdular, ki, Ağa Məhəmməd kişilik gücünü yenidən qaytarmaq üçün Tiflisə, oradakı kükürdlü suda çimməyə gedir. Kükürdlü su kömək etməyəndə, xədim şəhəri yerlə-yeksan etdi və bütün qadın və kişiləri vəhşicəsinə öldürtdürdü. Lakin dala qayıdan zaman tale onu Qarabağa tələsdirdi. O öz çadırında yatan vaxt xəncərlə vurulub. Böyük şah həyatdan heç bir həzz almadan öldü. O, hərb yürüşləri zamanı aclığa dözmüş, qara çörək yemiş, ayran içmişdi. Saysız-hesabsız ölkələr fəth etmişdi, amma səhradakı dilənçi qədər yoxsul qalmışdı. Xədim Ağa Məhəmməd belə adam idi.

Aşıqlar bütün bunları klassik beyt və bənd üslubunda oxuyurdular. Onların biri ən gözəl qadınlar ölkəsində xədimin işgəncələrini dəqiqliyi ilə təsvir edir, o birisi də bu qadınların edam səhnəsini təfərrüatı ilə canlandırırdı. Tamaşaçılar razı qalmışdılar. Aşıqların alnından tər tökülürdü. Birdən mülayim səsi olan aşıq səsləndi: «Araz üstündəki Ay kimə bənzəyir?»

Acıqlı aşıq onun səsini kəsərək: «Sənin sevgilinin sifətinə».

Mülayim səsli dilləndi: «Bu Ayın işığı mülayimdir».

«Yox, – deyə acıqlı aşıq cavab verdi, – bu Ay şəhid olmuş qəhrəman bir döyüşçünün qalxanına bənzəyir».

Bu bənzətmədə birinciliyi əldə etmək üçün onlar bir-birini taqətdən salırdılar. Sonra hər biri mahnı oxudu. Ayın gözəlliyindən, qız hörüyü kimi axıb gedən Arazdan, gecələr sahilə gəlib, Arazın suyunda əks olunan Aya baxan sevgililərdən oxuyurdular... Acıqlı aşıq qalib elan edildi və o, iyrənc bir gülüşlə rəqibinin sazını mükafat olaraq aldı.

Ona yanaşdım. Mis sinəsini pulla doldura-doldura qaşqabağını sallayıb ətrafa baxırdı.

– Qələbənə görə sevinirsənmi? – deyə soruşdum. O, nifrətlə yerə tüpürdü və dedi:

– Ağa, bu, qələbə sayıla bilməz. Keçmişdə qələbələr var idi. Yüz illər bundan qabaq. O zəmanədə qalib məğlubun başını çapa bilərdi. O vaxtlarda incəsənətə hörmət böyük idi. İndi biz nazlanıb incəlmişik. Artıq heç kim bir şeir üçün qanını vermir.

– İndi sən diyarın ən yaxşı şairisən.

– Yox, – dedi və onun gözlərində dərin bir kədər göründü. Və o, təkrarən dedi: – Yox, mən ancaq bir sənətkaram. Mən əsl aşıq deyiləm.

– Bəs əsl aşıq nə deməkdir?

– «Ramazan ayında» – deyə acıqlı aşıq dilləndi. – Sirli, xariqülada bir saatlığa yatır. Çaylarda sular axmır, murdar ruhlar xəzinələrin keşiyində durmurlar. Otların böyüdüyünü və ağacların danışdığını eşitmək olur. «Çaylardan su pəriləri çıxır və o gecədə dünyaya gələn adamlar müdrik və şair olurlar. Qədr gecəsində aşıq gərək bütün şairlərin hamisi olan İlyas peyğəmbəri çağırsın. Peyğəmbər düz vaxtında peyda olur və öz camından aşığa su verib deyir: «Bu gündən etibarən sən əsl aşıqsan və dünyada hər şeyi mənim gözümlə görəcəksən». Bu ənamı alan aşıq hər ünsürə hakim olur; heyvanlar və insanlar, küləklər və dənizlər onun səsinə baş əyir, çünki onun sözündə Külli-İxtiyarın qüdrəti və gücü olur.

Acıqlı aşıq yerə oturdu, əlləri ilə üzünü tutdu və hönkür-hönkür ağladı. Sonra dedi:

– Amma Qədr gecəsinin hansı gecə olduğunu və bu gecənin hansı saatında yatmaq lazım gəldiyini heç kim bilmir. Buna görə də əsl aşıqlar mövcud deyildir.

O, ayağa durub getdi. Tənha, acıqlı və qaradinməz şəkildə getdi. Qarabağın yaşıl cənnətində yaşayan səhra qurdu kimi getdi.

VI

Pexaçpür bulağı özünün dar daş yatağında şırıldayırdı. Onun ətrafındakı yorğun müqəddəslər kimi göyə baxırdılar. Kiçik bir təpə Şuşanın mənzərəsini bağlamışdı. Cənuba doğru ermənilərin Bibliyadakı çoban yaylaqlarını xatırladan yamyaşıl otaqları uzanırdı. Şərqdə isə Qarabağ tarlaları Azərbaycanın tozlu çöllərində itirdi. Oradan səhranın qızğın nəfəsi, Zərdüştün odu əsməkdə idi. Lakin başımızın üstündəki ağaclar sakit və hərəkətsiz idilər, elə bil qədim dövrün ilahələri oranı yenicə tərk etmişdilər. Bizim tonqaldan çıxan tüstü bəlkə də onları müqəddəsləşdirirdi. Al-əlvan xalçalar dairəvi şəkildə tonqalın ətrafına sərilmişdi. Xalçanın üstündə kef çəkən gürcülərlə mən oturmuşdum. Ocağın ətrafı şərab qədəhləri, meyvə, üst-üstə qalanmış tərəvəz və pendirlə dolu idi. Bulağın yanında da sadarilər, səyyah musiqiçilər oturmuşdular. Onların əlindəki alətlərin elə adı musiqini xatırladırdı: dairə, çinuri, thara, diplipito. Onlar bir bayatı, lirik bir məhəbbət mahnısı oxuyurdular. Bu mahnını yad mühitin cazibəsini artırmağı sevən şəhərli gürcülər arzu etmişdilər. Əgər latın dili müəllimimiz burada olsaydı, şəhərli gürcülərin kənd şəraitinə uyğunlaşmaq cəhdini «Dioniy əhval-ruhiyyəsi» adlandırardı.

52

Nəhayət, bu şən kurort qonaqlarını Şuşa yaxınlığındakı meşəciyə gecə ziyafətinə dəvət edən Kipiani ailəsi gəlib çıxdı.

Ninonun atası düz qabağımda oturmuşdu və o, tamada rolunu yerli ziyafət mərasiminin şərtlərinə uyğun olaraq ifa edirdi.

Onun parlaq gözləri və qalın qara bığları var idi. Qırmızı sifətli Kipiani əlindəki qədəhi qaldırıb içdi. Mən də bir qurtum içdim. Başqa vaxt olsaydı içməzdim, amma tamada tələb edəndə içməmək nəzakətsizlik olardı.

Qulluqçular bulaqdan su gətirdilər. Bu sudan içən adam kefi istədiyi qədər yeyə bilərdi və doymazdı. Çünki Pexaçpür bulağının suyu da Qarabağın saysız-hesabsız möcüzələrindən biri idi. Suyu içdikcə süfrədə üst-üstə qalanmış bol yemək də azalırdı. Ocağın şölələnən işığında Ninonun anasının profilini gödüm. O, ərinin yanında oturmuşdu və gözləri gülürdü. Bu gözlər, bir zamanlar cadugər Medeyanın arqonavt Yasonla görüşdüyü Rion düzənliyinin Minqreliyanın yaratdığı gözlər idi.

Tamada qədəhi qaldırdı: «İçək möhtərəm Didianinin sağlığına!»

Uşaq baxışlı bir qoca təşəkkür etdi. Bununla da üçüncü dövrə başlandı. Qədəhlər boşaldı. Pexaçpür bulağının əfsanəvi suyu sərxoşluğa qarşı da təsirli idi. Heç kim sərxoş olmamışdı. Gürcülər süfrə başında olanda ürəkdən nəşələnməyi sevirlər. Amma ağılları Pexaçpür bulağının suyu kimi təmiz və şəffaf qalırdı.

Meşəcikdə məclisi düzəldən təkcə biz deyildik. Ağaclıq saysız-hesabsız ocaqlarla dolu idi, çünki bütün şuşalılar hər həftə müxtəlif bulaqların başına yığılırlar. Kef məclisləri səhər açılana kimi davam edirdi. Xristianlar və müsəlmanlar müqəddəs meşəciyin bütləri xatırladan ağaclarının kölgəsi altında birlikdə şənlənirdilər.

Mən yanımda oturan Ninoya baxdım. O, gözlərini yana çəkdi. Ağsaçlı Didiani ilə söhbət edirdi. Bu da adətin bir əlaməti idi: qocalara hörmət, cavanlara məhəbbət...

Qoca dilləndi: «Siz gərək bir dəfə mənim yanıma, Zuqdidi sarayına gələsiniz. Sarayım Rion çayı qırağındadır. Bir zamanlar Midiya kölələri burada qoyun yunu ilə qızıl toplayırdılar. Əli xan, siz də gəlin. Siz Minqreliyanın balta dəyməmiş tropik meşələrini və qədim ağaclarını görərsiniz».

– Məmnuniyyətlə, möhtərəm Didiani, gələrəm, amma ağaclardan ötrü yox, sizə görə gələrəm.

– Niyə ağaclara qarşısınız? Mənim üçün ağaclar kamil həyatın təcəssümüdür.

Nino söhbətə qarışdı:

– Əli xan uşaq cindən qorxan kimi ağaclardan qorxur.

– O dərəcədə də yox. Ancaq sizin üçün ağaclar nə qədər əzizdirsə, mənim üçün də səhra əzizdir. Möhtərəm Didiani, ağacların olduğu dünya məni karıxdırır, çaşdırır. Bu dünya vahimə və tapmaca ilə, cin və şeytanlarla doludur. Baxış sahəsi dardır, keçilməz və qaranlıqdır. Günəş şüaları ağacların kölgəsində hərarətini itirir. Hər şey ala-toran və qeyri-realdır. Meşənin kölgəsi məni sıxır, budaqların xışıltısını eşidəndə isə kədərə qərq oluram. Mən sadə şeyləri sevirəm – külək, qum və daşları. Səhra qılınc zərbəsi kimi sadədir. Meşə isə Qordiy düyünü kimi dolaşıqdır. Mən meşədə çaşıb qalıram, möhtərəm Didiani.

Didiani fikirli-fikirli mənə baxdı və dedi:

– Sizdə səhra adamının ruhu var. Görünür, insanları bölmək üçün yalnız bir doğru üsul vardır: insanları meşə adamlarına və səhra adamlarına bölmək lazımdır. Şərqin içkisiz sərxoşluğu səhradan gəlir. Səhrada isti külək və qızmar qum insanları sərxoş edir. Səhra dünyası sadə və problemsiz bir dünyadır. Meşə isə suallarla doludur. Yalnız səhra sual vermir, məhsul vermir və heç nə vəd etmir. Lakin ruhun atəşi, qığılcımı meşədən gəlir. Səhra adamı, yəni gördüyüm və təsəvvür etdiyim səhra adamı yalnız bir hissə və bir həqiqətə malikdir: bu iki şeydir onun daxilində olan. Meşə adamı isə çoxsifətlidir. Təəssübkeşlər səhradan gəlirlər, yaradıcılar isə meşədən. Şərq ilə Qərb arasında əsas fərq də elə budur.

Ən adlı-sanlı erməni sülaləsindən olan gombul Məlik Naxararyan: «Bax bu səbəbdən biz ermənilər və gürcülər meşələrdə yaşayırıq», deyərək söhbətə qarışdı. Domba gözləri və qalın qaşları olan bu adam filosofluq etməyə və sərxoşluğa meyil göstərirdi. O, qədəhini mənim sağlığıma qaldırdı və bərkdən dedi: «Əli xan! Qartallar dağlardan çıxır, pələnglər cəngəllikdən. Bəs səhradan nə çıxır?»

– Aslanlar və döyüşçülər, – deyə, mən cavab verdim və Nino razı halda əl çaldı.

Kabab payladılar. Qədəhlər yenə də dolub boşaldı. Gürcü şənliyinin sədası meşəni bürümüşdü. Didiani Naxararyanla nəyi isə müzakirə edirdi. Nino da fürsətdən istifadə edib şən və sualedici baxışını mənə zillədi.

Mən başımı razılıq işarəsi olaraq tərpətdim. Artıq qaranlıq çökmüşdü. Ocaq işığında insanlar cinlərə, yaxud quldurlara bənzəyirlər. Heç kim bizə fikir vermirdi. Ayağa durub yavaş-yavaş bulaq tərəfə getdim. Əyildim, ovcumla suyu götürüb içdim. Su adama ləzzət verirdi. Bir xeyli orada dayanıb əksi suyun üstünə düşən ulduzları seyr etdim. Arxamdan addım səsləri gəldi. Quru bir çubuq balaca ayağın altında şaqqıldadı... Əlimi uzatdım və Nino dərhal əlimi tutdu. Biz yeriyə-yeriyə meşənin dərinliyinə kimi getdik: Ağaclar bizə qaşqabaqlı və narazı halda baxırdılar. Ocaqdan uzaqlaşmağımız düzgün iş deyildi və Nino balaca bir çəmənlikdə oturub, məni yanına dartdı. Həmişə şən və şad olan Qarabağda ciddi sərt adətlər var idi. Qoca Mustafa mənə vahimə içində danışdı ki, on səkkiz il bundan qabaq Qarabağda bir ailədə sədaqət pozulmuş və bunun nəticəsində də o zamandan bəri meyvə məhsulu azalmışdı.

Biz bir-birimizə baxırdıq. Ay işığında Ninonun sifəti solğun və müəmmalı idi. «Prinses» deyə ona müraciət edəndə, Nino mənə yandan baxdı. Artıq iyirmi dörd saat idi ki, o, prinses olmuşdu və atasının knyaz rütbəsi barədəki iddiasını Peterburqda sübuta yetirib təsdiq etdirməsi də iyirmi dörd il çəkmişdi. Bu gün səhər Peterburqdan bir teleqram gəlmişdi. Qoca itirdiyi anasını tapan uşaq kimi sevindi və hamımızı gecə ziyafətinə dəvət etdi.

«Prinses» deyə, mən təkrar etdim və onun üzünü əllərimin arasına aldım. O, müqavimət göstərmirdi. Ola bilsin ya Kaxetiya şərabını çox içmişdi, yaxud da onu sərxoş edən meşə və Ay idi. Mən onu öpdüm. Onun ovucları yumşaq və isti idi. Bədəni də müqavimət göstərmirdi. Biz yumşaq mamırın üstündə uzanmışdıq və Nino mənim üzümə baxdı. Mən onun qız döşünün gilələrinə toxundum. Ninonun daxilində oyanan qəribə hisslər mənə də keçirdi. Onun vücudu tək bir hissə təslim olmuşdu və bu hiss yerin və yer nəfəsinin duyulmuş gücünə bənzəyirdi. Cismani həyatın səadəti onu artıq cənginə almışdı. Onun gözləri qapanmışdı. Sifəti nazilmiş və ciddiləşmişdi. Donunun yaxasını açdım. Ay işığında bədəni sarımtıl əqiq daşı kimi parıldayırdı. Mən onun ürək döyüntüsünü eşidirdim. O isə mənasız həsrət, arzu və qızğınlıqla nə isə danışırdı. Üzüm Ninonun balaca döşləri arasında itdi və mən onun vücudunun ətrindən və dərisinin azacıq duzlu dadından məst olmuşdum. Onun dizləri əsirdi, gözlərindən yaş gəlirdi. Gözlərindən gələn yaşları öpür və nəm yanaqlarını dodaqlarımla qurudurdum.

O, ayağa durdu və susdu. İndi ona təkan verən yalnız daxilindəki müəmmalı hisslər idi. Mənim Ninomun hələ on yeddi yaşı var idi və, o, müqəddəs kraliça Tamaranın liseyinə gedirdi. Sonra dilləndi dedi: «Mənə elə gəlir ki, səni sevirəm, Əli xan, hətta indi prinses olduğum halda da sevirəm».

– Deyəsən, prinsesliyin uzun çəkməyəcək, – deyə mən cavab verdim.

Nino sözümü başa düşmədi və çaşqınlıqla dedi:

– Nə demək istəyirsən? Yəni çar bu ünvanı bizdən alacaq?

– Sən ərə gedən kimi o ünvanı itirəcəksən. Xan ünvanı da gözəl ünvandır.

Nino əllərini boynunun ardında birləşdirdi, başını dala atdı və güldü:

– Xan, bəlkə elə Xan xanımı? Belə bir ünvan heç mövcud da deyil. Və ümumiyyətlə, sənin qəribə evlənmə təklifi irəli sürmək üsulun var, – əgər bunu nəzərdə tutursansa...

– Mən bunu nəzərdə tuturam.

Ninonun barmaqları üzümü tumarladı və saçlarımda itdi:

– Bəs birdən «hə» dedim: onda sən Şuşa yanındakı meşəni xoş xatirə kimi yadda saxlayacaq və ağaclarla sülh bağlayacaqsan? Eləmi?

– Mənə elə gəlir ki, hə...

– Toy səyahətinə də sən Tehrana əminin yanına gedəcəksən və mən orada xusuni nəzarət altında şahənşahın hərəminə baş çəkəcəm, çoxlu gombul arvadla çay içib söhbət etməli olacam?

– Nə olar ki?

– Ondan sonra mən səhranı gəzə biləcəm, çünki orada mənə baxa biləcək bir ins-cins yoxdur.

57

– Yox, Nino, sən səhranı gəzib ona baxmalı deyilsən, çünki xoşuna gəlməyəcək.

Nino əllərini uzadıb boğazımdan tutdu və burnunu alnıma yapışdırıb:

– Bəlkə doğrudan da sənə ərə gedəcəm, Əli xan. Amma heç fikirləşmisənmi ki, biz meşə və səhradan başqa nələrin öhdəsindən gəlməliyik?

– Nəyi deyirsən?

– Əvvəlcə bir müsəlmana ərə getdiyim üçün atam və anam qəmdən öləcəklər. Sonra sənin atan lənət oxuyub tələb edəcək ki, mən islamı qəbul edim. Bunu da etsəm, atacığımız çar xristianlıqdan döndüyümə görə məni Sibirə sürgün edəcək, səni də, təhrik etdiyi üçün mənə qoşacaq.

Mən gülə-gülə cavab verdim:

– Sonra da biz Şimal qütb dənizinin ortasında, bir buz parçasının üstündə oturacağıq və iri ağ ayılar bizi tikə-tikə edib yeyəcəklər. Yox, Nino, bu o qədər də pis olmayacaq. Sən islamı qəbul etməməlisən, valideynlərin qəmdən ölməyəcəklər, toy səyahətinə də biz Parisə və Berlinə gedəcəyik ki, sən Buide Blonun ağaclarına və Berlinin məşhur heyvanxanasına tamaşa edəsən. İndi nə deyirsən?

Nino təəccüblə mənə baxıb cavab verdi:

– Məni çox istəyirsən, ona görə «yox» demirəm, amma «hə» deməyə də hələ vaxt var. Qaçmıram ki! Məktəbi qurtaran kimi valideynlərimizlə danışarıq. Ancaq məni qaçırtmalı deyilsən. Xahiş edirəm, təkcə bunu etmə. Bilirəm sizdə bunu necə edirlər: qızı tutub yəhərə atırsınız və dağa qaçırırsınız, nəticədə Kipiani ailəsi ilə güclü qan davası başlanır.

Nino birdən-birə şux və dəcəl bir qıza çevrilmişdi. Onun vücudunda elə bil hər şey gülürdü; üzü, əlləri ayaqları, bütün dərisi. O, bir ağacın gövdəsinə söykəndi, məni aşağıdan yuxarıya kimi süzdü. Mən onun qənşərində durmuşdum. Ağacın kölgəsi altında o özünü meşəyə salan və ovçudan qorxan bir heyvana bənzəyirdi.

«Gedək» deyə Nino dilləndi və biz meşənin içindən böyük tonqalın yanına qayıtdıq. Yolda qəflətən onun ağlına nə isə gəldi. Yerindəcə dayandı və yuxarı, Aya baxmağa başladı. «Bəs uşaqlarımız, onlar hansı dinə mənsub olacaqlar?» – deyə təşvişlə soruşdu.

Mən də qeyri-müəyyən şəkildə dedim: «Mütləq ən yaxşı və təmiz dinə».

O, inamsızlıqla mənə baxdı və bir müddət susdu. Sonra qəmgin halda gileyləndi: «Ümumiyyətlə, mən sənin üçün çox yaşlı deyiləmmi? Mənim bu yaxınlarda on yeddi yaşım olacaq. Sənin gələcək arvadının indi on iki yaşı olmalı idi».

Mən onu sakitləşdirdim. Yox, o mənim üçün çox yaşlı deyildi. Ən pis halda həddən artıq ağıllı idi: ağıllı olmağın həmişə üstünlük demək olduğunu heç kim qəti bilmir. Bəlkə Şərqdə biz hamımız tez həddi-büluğa çatır, qocalır və ağıllaşırıq. Ancaq bəlkə də biz hamımız birlikdə axmaq və sadəlövhük. Bunu bilmirdim. Ağaclar, Nino, uzaqdan işığı gələn ocaqlar məni çaşdırmışdılar. Amma hamıdan çox özüm-özümü çaşdırmışdım. Bəlkə mən də Kaxetiya şərabından çox içib, bir səhra qulduru kimi məhəbbətin sükutlu bağçasında bihuş olmuşdum.

Həqiqətdə isə Nino heç səhra quldurunun qurbanına oxşamırdı. O, sakit, qəti baxışlarla qabağa baxırdı.

Biz yenidən Pexaçpür bulağına qayıdanda göz yaşlarından, gülüşlərindən və incə coşqunluğundan onda əsər-əlamət qalmamışdı. Bizim qeybə çıxıb yenidən qayıtmağımızı heç kim sezməmişdi. Mən ocağın qırağında oturdum və birdən hiss etdim ki, dodaqlarım yanır. Pexaçpür bulağının suyunu qədəhimə doldurub tələsik içdim. Qədəhi süfrəyə qoyarkən Məlik Naxararyanla baxışlarımız rastlaşdı. O, mənə dostcasına, qayğı ilə və bir azca himayətkarcasına baxırdı.

VII

Balaca evin eyvanında, yumşaq taxtın üzərində uzanıb məhəbbət xəyalına dalmışdım. Mənim eşqim başqalarının məhəbbətindən tam fərqli idi. Elə əvvəldən fərqli olub. Mən Ninoya bulaq başında, şəlalələr yanında yox, Nikolay küçəsində, məktəb yolunda rast gəlmişdim. Buna görə də bu eşq atamın, babamın və əmilərimin eşq macəralarından büsbütün fərqli olmalı idi. Şərqlilərin eşqi bulaqların başında – sakit şırıldayan kənd bulaqlarının başında, yaxud da suyu çox şəhərlərdə, səs-küylü fəvvarələrin yanında başlanır. Qızlar çiyinlərinə səhəng alıb hər axşam bulaq başına gedirlər. Bir az aralıda oğlanlar dövrə vurub oturur, döyüş və quldurluqdan danışır və yanlarından keçən qızlara heç gözucu da baxmırlar. Qızlar səhənglərini yavaş-yavaş doldurur və eləcə də yavaş-yavaş oradan qayıdırlar. Ağzına kimi su ilə doldurulmuş səhəng ağır olur. Büdrəməmək üçün qızlar örpəklərini dala atır və ədəblə gözlərini yerə zilləyirlər. Qızlar hər axşam bulaq başına gedirlər. Oğlanlar da hər axşam meydanın bir küncündə otururlar. Şərqdə eşq macərası belə başlayırdı.

Təsadüfən, tamamilə təsadüfən qızlardan biri gözlərini qaldırır və kişilərə qısa bir nəzər salır. Kişilər bunu sezmirlər. Əgər həmin qız dala qayıdırsa, oğlanlardan biri başını çevirir və göyə baxırdı. Bəzən onun baxışı qızın baxışı ilə rastlaşırdı, bəzən də yox. Belə halda ertəsi gün başqa oğlan onun yerinə oturardı. Bulaq başında iki gəncin baxışları bir neçə dəfə rastlaşırdısa, hamı bilirdi ki, eşq macərası başlandı.

Qalan şeylər öz-özünə düzəlirdi. Qıza vurulan oğlan şəhərin civarına çıxar və qəmli mahnılar oxuyardı. Onun yaxın qohumları da qız evi ilə başlıq məsələsini götür-qoy edir, müdriklər də oturub təzə evlənənlərin neçə yeni döyüşçü dünyaya gətirəcəklərini hesablayırdılar. Hər şey belə asan baş verir, hər şey qabaqcadan hazırlanır və qərarlaşdırılar.

Bəs mən necə? Mənim bulağım harada qaldı? Hanı Ninonun üzündəki örpək? Qəribədir, qadını örpək altından görmək mümkün deyil, amma tanımaq olurdu: onların vərdişini, düşüncəsini arzularını bilmək olurdu. Örpək saçları, burunu və ağızı bağlayır, amma qəlbini, ruhunu yox. Şərq qadınının qəlbi müəmma ilə dolu deyil. Onun qəlbi çadrasız qadınların qəlbindən fərqli idi. Çünki çadrasız qadınların gözlərini, burunlarını, dodaqlarını görmək olur, amma bu gözlərin arxasında nələrin yatıb gizləndiyini heç kim, hətta hər şeyi bildiyinə inananlar bilmir.

Mən Ninonu sevirəm, amma o yenə də məni çaşdırır, heyrətə və şübhəyə salır. Küçədə özgə kişilər ona baxanda sevinir. Əxlaqlı bir Şərq qadınını bu hirsləndirərdi. O məni öpür, mən onun döşlərini və baldırlarını tumarlayıram. Amma biz heç nişanlı da deyilik, axı! O, eşq-məhəbbət kitablarını oxuyanda gözləri xəyal və arzu hissi ilə dolur. Soruşanda ki, axı nəyin həsrətindəsən, təəccüblə başını yırğalayır ki, özüm də bilmirəm. Nino yanımda olanda, ümumiyyətlə, arzum, həsrətim olmur. Məncə, Ninodakı bu xasiyyət onun tez-tez Rusiyaya getməsindən irəli gəlir. Atası onu həmişə özü ilə Peterburqa aparardı. Rus qadınlarının isə dəli və ağlını itirmiş qadınlar olduğunu hamı bilir. Onların gözləri ehtirasla dolu olur, ərlərini tez-tez aldadıb başqaları ilə gəzirlər. Amma buna baxmayaraq, nadir halda onların ikidən çox uşağı olardı. Allah onlara belə cəza verib! Bununla belə mən Ninonu yenə sevirəm. Onun gözlərini, səsini, gülüşünü, danışıq və düşüncə tərzini sevirəm. Mən onunla evlənəcəm və o, şən, şux, xəyalpərəst olmalarına baxmayaraq, bütün gürcü qadınları kimi yaxşı bir həyat yoldaşı olacaq. İnşallah.

O biri tərəf üstə çevrildim. Düşüncələr məni yorurdu. Gözlərimi yumub gələcəyi, yəni Ninonu düşünmək xoş bir məşğuliyyət idi. Gələcək bizim evlənməyimizdir; gələcək toy günümüzdən, Nino mənim arvadım olan gündən başlayır.

Çox həyəcanlı gün olacaq o gün. O gün mən Ninonu görə bilməyəcəm. Deyirlər ki, nikah gecəsi üçün toy günü bəylə gəlinin birlikdə gözə görünməsindən pis şey yoxdur. Silahlı və atlı dostlarım Ninonu evindən götürəcəklər. Onun üzündə qalın örpək olacaq. Yalnız bu gün, tək bircə gün o, Şərqin adətinə baş əyməli olacaq. Molla suallar verəcək və mənim dostlarım salonun dörd küncündə dayanıb and-aman edəcəklər ki, mən iqtidarsız deyiləm. Adət bunu tələb edirdi. Çünki hər bir adamın düşmənləri var və onlar toy günündə xəncərlərini yarıya kimi sıyırır, üzlərini qərbə tərəf yönəldib pıçıldayırlar:

– Anisani banisani, mamavari, kaniani – o bunu bacarmır, o bunu bacarmır, o bunu bacarmır.

Amma şükür Allaha ki, mənim yaxşı dostlarım da var və İlyas bəy bu cür ovsunlara qarşı xilas yolu olan üsulları yaxşı bilir.

Nikahdan sonra dərhal ayrılmalıyıq. Nino öz rəfiqələrinin yanına gedir, mən də öz dostlarımın. Cavanlıqla vidalaşmaq gününü hər ikimiz ayrı-ayrılıqda qeyd edirik.

– Bəs sonra? Hə, sonra?

Gözlərimi bir anlığa açıb, taxta eyvanı və bağdakı ağacları görürəm və yenə yumuram ki, hər şeyi aydınca seyr eləyim. Toy günü həyatda ən mühüm, bəlkə də yeganə gün olsa da, eyni zamanda çox ağır bir gündür.

Toy gecəsində gəlin yatağına çatmaq asan deyil.

Uzun koridordakı hər bir qapının ağzında üzü maskalı adamlar durur və ancaq onların əlinə pul qoyandan sonra yoldan çəkilirlər. Dostlar da gəlin otağında bir xoruz, bir pişik, yaxud da başqa bir gözlənilməz şey qoyub gedirlər. Mən gərək hər tərəfə yaxşı nəzər salım. Yoxsa elə olur ki, yataqda qoca bir qarı gizlənir və toy yatağını azad etmək üçün pul tələb edir...

Nəhayət, tək qalıram. Qapı açılır və Nino içəri girir. İndi toyun ən çətin hissəsi başlanır. Nino gülür və ümidlə mənə baxır. Onun bədəni tumac dəridən olan korsetin həbsindədir. Korset qabaqdan iç-içə tikilmiş bağlarla düyünlənmişdir. Düyünlər çox mürəkkəbdir və korsetin yeganə əhəmiyyəti də elə budur. Mən onları özüm açmalıyam. Nino bu işdə mənə kömək edə bilməzdi. Yoxsa kömək edəcək? Düyünlər həqiqətən mürəkkəbdir, lakin onları bıçaqla kəsib atmaq böyük rüsvayçılıqdır. Kişi gərək özünə sahib olduğunu göstərsin, çünki səhəri gün dostları gəlir və açılmış düyünləri görmək istəyirlər. Vay o bədbəxtin halına ki, bunu sübut edə bilmədi – bütün şəhər ondan danışacaq.

Toy gecəsində ev qarışqa yuvasına bənzəyir. Dostlar, dostların qohumları və qohumların dostları, hər yerdə dostlar durur: koridorlarda, damda və hətta küçədə durub gözləyirlər. Onlar gözləyirlər və uzun sürəndə səbirsiz olurlar.

Onlar qapını döyür, pişik kimi mıyıldayır, hürür və nəhayət, çoxdan gözlənən tapança səsi eşidəndə vəziyyət

64

dərhal dəyişir. Dostlar sevincdən elə o saat havaya güllə atmağa başlayır, eşiyə çıxıb, qarovulçuluğa başlayırlar ki, mənlə Ninonu yalnız istədikləri vaxt evdən buraxsınlar.

Bəli, bu çox gözəl toy olacaq. Köhnə adətlə, ataların öyrətdiyi şəkildə bir toy.

Deyəsən yumşaq taxtda yatıb qalmışam. Çünki gözlərimi açanda gördüm ki, qoçu yerə oturub, uzun xəncəri ilə dırnaqlarını təmizləyir. Onun gəlişindən heç xəbərim olmamışdı.

Tənbəl-tənbəl əsnəyib soruşdum:

– Təzə nə var, nə yox, qardaş?

O da zəhlətökən səsi ilə cavab vedi:

– Elə bir şey olmayıb, ağa. Qonşuluqda qadınlar dalaşıb və bir eşşək qorxub çaya qaçıb, hələ də oradadı...

Qoçu bir az susdu, xəncəri qınına qoydu və laqeydliklə sözünə davam etdi:

– Çar lütfkarlıqla bir neçə Avropa padşahına müharibə elan edib.

– Nə-ə? Nə müharibə?

Mən yerimdən sıçradım və təəccüblə gözlərimi ona zillədim.

– Tamamilə adi bir müharibə.

– Sən nə danışırsan, axı? Kimlərə elan edib müharibəni?

– Avropanın müxtəlif padşahlarına. Adları yadımda qalmadı. O qədərdir ki. Amma Mustafa hamısının adını qeyd edib.

– Tez onu bura çağır!

Mənim bu məsələ ilə bu qədər maraqlanmağıma təəccüb edən qoçu başını yırğaladı və otaqdan çıxdı. Bir az sonra evin yiyəsi ilə dala qayıtdı.

Mustafa gülümsünür və biliyinin dərinliyindən qürrələnirdi. Əlbəttə, çar müharibə elan edib. Bunu bütün şəhər bilir. Yalnız mənəm eyvanda yatıb hər şeydən bixəbər qalan. Bəs çar nə üçün müharibə elan edib? Bunu heç kim dəqiq bilmirdi. Hər halda, çar müdrikliyini numayiş etdirib, belə qərara gəlib.

– Axı çar kimə müharibə elan edib? – deyə mən hirslə qışqırdım.

Mustafa əlini cibinə saldı və əzik-üzük bir kağız çıxartdı. O, boğazını arıtladı və qürurla, lakin çox əziyyətlə oxumağa başladı: «Alman qeysərinə, Avstriya qeysərinə, Bavariya kralına, Prussiya kralına, Saksoniya padşahına, Macarıstan kralına və bir sıra başqa kiçik qraflıq və knyazlıqlara».

– Ağa, qurban olum, sənə dedim axı, adları yadda saxlamaq olmur, – deyə qoçu utancaq halda dilləndi.

Mustafa da kağızını büküb və dedi: «Bütün bunların əksinə olaraq Böyük Osmanlı dövlətinin əlahəzrət sultanı və xəlifə Məhmət Rəşid, eləcə də əlahəzrət İran şahənşahı Sultan Əhməd şah bəyan ediblər ki, onlar indilik bu müharibədə iştirak etmək istəmirlər. Beləliklə bu, kafirlərin bir-biriylə müharibəsidir və bizə heç dəxli də yoxdur. Məhəmməd Əli məscidindəki molla belə fikirdədir ki, almanlar qalib gələcəklər...».

Mustafa sözünü axıra kimi deyə bilmədi. Kilsə zəngləri birdən-birə şəhəri bürüdü. Mən eşiyə qaçdım.

Qızmar avqust səması şəhərin üstündə hərəkətsiz düyünlənib qalmışdı. Uzaqda görünən mavi dağlar laqeyd şahidlər kimi baxırdılar. Kilsə zənglərinin səsi də bu dağlardakı qayalara dəyib əks-səda verirdi. Küçələr camaatla dolu idi. Həyəcanlı və çaşıb qalmış sifətlər yuxarıya, ibadət evlərinin minarə və kümbəzlərinə baxırdılar. Hava tozla dolmuşdu.

İnsanlar həyəcan içində idilər. Kilsələrin bürcləri lal-dinməz bir təhdid kimi başımızın üstündə ucalırdı. Zənglərin səsi kəsildi. Enli və əlvan paltar geymiş kök bir molla yanımızdakı məscidin minarəsinə çıxdı. O, əllərini qıfabənzər şəkildə ağzına aparıb qürurla, amma qəmgin-qəmgin qışqırdı: «Namaza gəlin, namaza gəlin, namaz yatmaqdan yaxşıdır!»

Mən pəyəyə girdim. Qoçu atı yəhərlədi. Atı minib camaatın hürkmüş baxışlarına məhəl qoymayaraq küçələrdən çapmağa başladım. At qulaqlarını şəkləmişdi. Şəhərdən çıxandan sonra qabağımda əyri-üyrü dağ yolu açıldı. Mən Qarabağ zadəganlarının evləri yanından dördnala çapırdım və sadə kənd zadəganları mənə baxıb təəccüblə qışqırırdılar: «Əli xan, sən artıq döyüşə tələsirsən?»

Aşağıdakı dərəyə nəzər saldım. Hamar damı olan balaca ev bağın ortasında yerləşirdi. Evə baxa-baxa mən atçapma sənətinin bütün qaydalarını yaddan çıxartmışdım. Atı qayadan aşağı dördnala çapdırırdım. Ev get-gedə böyüyürdü və onun arxasında dağlar, səma, şəhər, çar və bütün dünya yoxa çıxmağa başladı. Atı döndərib bağa girdim. Hərəkətsiz bir nökər evdən çıxdı və ölü gözlərini mənə zillədi: «Knyaz ailəsi üç saat bundan qabaq evi tərk edib».

Əlim qeyri-iradi xəncərin dəstəyindən yapışdı.

Nökər yana çəkildi.

– Prinses Nino cənab Əli xan Şirvanşirə bir məktub qoyub gedib.

O, əlini pencəyinin iç cibinə saldı. Atdan düşüb eyvanın pilləkənində oturdum. Zərf yumşaq, ağ və ətirli bir zərf idi. Mən səbirsizliklə onu açdım. O, məktubu uşaq kimi iri xətlə yazmışdı:

«Əzizim Əli xan! Qəflətən müharibə başlanıb və biz Bakıya qayıtmalıyıq. Sənə xəbər verməyə vaxtım olmadı. Məndən

67

incimə. Ağlayıram və səni sevirəm. Yayın qurtarmasına az qalıb. Tez arxamca gəl. Səni gözləyirəm və həsrətini çəkirəm. Yol boyunca mən ancaq səni fikirləşəcəm. Atam belə fikirdədir ki, müharibə tezliklə qələbə ilə qurtaracaq. Bu qarışıqlıq ağlımı başımdan çıxardıb. Xahiş edirəm, get Şuşaya, mənə bir xalça al, almağa möhlətim olmadı. Onun üstündə əlvan at başının naxışı olsun. Öpürəm səni. Bakıda hələ, deyəsən, çox isti olmalıdır. Sənin Ninon».

Məktubu bükdüm. Əslində hər şey öz qaydasında idi. Yalnız mən qaydada deyildim. Mən, Əli xan Şirvanşir, özümə yaraşan şəkildə şəhər bələdiyyə rəisinin yanına gedib onu müharibə münasibətilə təbrik etmək, yaxud heç olmasa Şuşa məscidlərinin birinə girib, çar orduları üçün dua edib xeyir-dua almaq əvəzinə, axmaq bir dəliqanlı kimi atın yəhərinə tullanıb dərəyə çapdım. Mən eyvanın pilləkənində oturub qabağa baxırdım. Özümü bir səfeh kimi apardım. Əlbəttə, ölkədə müharibə olanda sevgili birinci növbədə sevgilisinin yanına getməlidir, oturub ətir iyi gələn məktublar yazmalı deyil. Amma müharibə bizim ölkədə getmirdi, müharibə Rusiyada idi və bunun mənə, Ninoya az dəxli var idi. Buna baxmayaraq içimdə güclü bir hirs var idi. Mən tələsib evinə qayıdan qoca Kipianiyə, müharibəyə, qızlara özlərini necə aparmağı öyrədə bilməyən müqəddəs Tamara liseyinə, hər şeydən əvvəl isə öz vəzifə və ad-sanımı unudaraq ona yetişmək üçün tələsməyimə baxmayaraq xəbərsiz çıxıb gedən Ninoya qəzəblənirdim. Məktubu bir neçə dəfə təkrarən oxudum. Birdən xəncərimi sıyırdım. Əlimi qaldırdım, ani bir parıltı göründü və tiyə hıçqırtılı bir səslə ağacın gövdəsinə sancıldı.

Nökər ağaca yanaşdı və xəncəri ağacın gövdəsindən çıxardıb, başı çıxan bir adam kimi onun hər tərəfinə baxdı və mənə qaytarıb, bir az qorxu ilə dedi:

– Əsl kubaçi poladıdır, qolunuz da qüvvətli qoldur.

Mən ata mindim. Yavaş-yavaş evə tərəf yönəldim. Uzaqda şəhərin günbəzləri görünürdü. Artıq özüm-özümə acıqlanmırdım. Bütün hirsim ağacın gövdəsinə batıb qalmışdı. Nino düz hərəkət etmişdir. O, valideynlərinə hörmət edən bir qızdır və ondan yaxşı arvad olacaq. Xəcalət çəkdiyim üçün başımı aşağı salıb gedirdim. Yol tozlu idi. Günəş də qızarıb qərbdə batırdı.

Birdən at kişnəməsi məni diksindirdi. Başımı qaldırdım və heyrətdən ağzım açıq qaldı. Bir anlığa Ninonu da, dünyanı da yaddan çıxartdım. Ensiz balaca başı, təkəbbürlü baxışı, arıq gövdəsi və balet rəqqasəsinin ayaqları kimi nazik ayaqları olan bir at durmuşdu qabağımda. Günəşin şüası altında onun al qırmızı dərisi sayrışırdı. Yəhərdə isə bığları aşağı sallanan və əyri burnu olan bir qoca kişi oturmuşdu. Bu, qonşuluqda yaşayan mülkədar knyaz Melikov idi. Mən yerimdə donub qalmışdım və gözlərimə inanmırmış kimi valeh-valeh ata baxırdım. Şuşaya gələndə camaat müqəddəs Sarı bəyin at cinsindən nə danışırdı?

«Bu, kəhər atdır və bütün Qarabağda ondan ancaq on ikisi var. Onlara sultan hərəmindəki qadınlara baxan kimi baxırlar». İndi bu möcüzə kəhər qənşərimdə durmuşdu.

– Yolunuz haradır, knyaz?

– Müharibəyə, oğlum,

– Nə gözəl atdır, knyaz!

– Hə, valeh olmusan! Bu cür kəhər yalnız bir neçə adamda var.

Knyazın gözləri doldu:

«Onun ürəyi yalnız üç kilo ağırlığındadır. Atın gövdəsinə su tökəndə, qızıl üzük kimi parlayır. O hələ günəş işığını görməyib. Bu gün onu eşiyə çıxardanda günəşin şüası onun gözlərinə düşdü və onlar təzəcə fışqıran bulaq kimi parıldayırdılar. Od kəşf edən insanın da gözləri hər halda belə parlayıb. Bu kəhər Sarı bəyin atının cinsindəndir. Mən onu hələ heç kimə göstərməmişdim. Yalnız çar müharibəyə çağıranda knyaz Melikov bu möcüzəli kəhərə minir».

O, qürurla «sağ ol» deyib yoluna davam etdi. Onun qılıncı astadan cingildəyirdi. Ölkədə doğrudan da müharibə başlamışdı.

Evə gəlib çatanda qaranlıq çökmüşdü. Müharibə çılğınlığı şəhəri şövqə gətirmişdi. Zadəganlar içib sərxoş olur və səs-küylə küçələri dolaşıb havaya güllə atırdılar.

– «Qan axacaq» – deyə onlar qışqırırdılar, – «qan su yerinə axacaq və ey Qarabağ, sənin adın ucalacaq!» Evdə məni bir teleqram gözləyirdi: «Dərhal evə qayıt. Atan».

«Əşyaları yığ, – deyə qoçuya əmr verdim, – sabah yola çıxırıq».

Küçəyə çıxdım və şəhərdəki hərc-mərcliyi seyr etdim. Nə isə məni narahat edirdi, amma dəqiq bilmirdim nə. Yuxarı, ulduzlara baxdım və xeyli vaxt gərgin halda fikrə daldım.

VIII

De görüm, Əli xan, bizim dostlarımız kimlərdir?» – deyə qoçu məndən soruşdu. Biz Şuşanın əyri-üyrü yoxuşlu yollarından aşağı düşürdük. Sadə kəndli balası olan qoçu müharibə və siyasət sahəsinə aid ən qəribə suallar axtarıb-tapmaqdan yorulmazdı. Vətənimizdə orta təbəqədən olan adamın söhbət etməyə üç mövzusu var idi: din, siyasət, ticarət. Müharibə bütün bu sahələri əhatə edirdi. Müharibədən nə qədər istəsən, nə vaxt istəsən yolda, evdə və çayxanada – hər yerdə danışa bilərsən. Bu elə bir mövzu idi ki, ondan yorulmaq olmudu.

«Qoçu, bizim düşmənlərimiz Yaponiya imperatoru, Hindistan kralı İngiltərə kralı, Serbiya padşahı Belçika kralı və Fransa Respublikası prezidentidir».

Qoçu narazı halda dodaqlarını büzdü:

– Fransa Respublikasının prezidenti axı mülki bir adamdır, o necə döyüş meydanına çıxıb müharibə apara bilər?

– Bilmirəm, bəlkə bir generalını müharibəyə göndərəcək.

– Adam gərək müharibəni özü aparsın, başqasına tapşırmasın. Yoxsa müharibə əsl müharibə ola bilməz.

O, qayğıkeşliklə faytonçumuzun belini süzdü və səriştəli adam kimi dedi:

– Düzdür, çar balacaboy və arıq adamdır. Kral Giyom isə əksinə, enlikürəkli, güclüdür. O, elə birinci döyüşdə çarın öhdəsindən gələcək.

Bu sadəlövh adam inanırdı ki, müharibədə padşahlar atın belində bir-birinə qarşı çıxır və döyüş də belə başlayır. Onu bu fikirdən döndərmək mənasız idi.

– Giyom çarı vurub yıxandan sonra şahzadə meydana çıxmalıdır. Şahzadə isə çox cavan və xəstədir. Giyomun isə, əksinə, altı dənə sağlam və qolu qüvvətli oğlu var.

Mən onun bədbinliyini sovuşdurmağa çalışdım.

– Giyom ancaq sağ qolu ilə vuruşa bilir, onun sol qolu iflicdir.

– Əh, bunun heç əhəmiyyəti də yoxdur. Sol qol ona yalnız atın yüyənini tutmaq üçün lazımdır. Döyüşmək üçün isə sağ əl lazımdır.

O, fikirli-fikirli alnını büzdü və birdən-birə soruşdu:

– Düzdür ki, qeysər Frants Yozefin yüz yaşı var?

– Dəqiq bilmirəm. Amma o, çox qocadır.

– Dəhşətdir, – deyə qoçu fikrini söylədi, – qoca bir kişi ata minib qılıncını sıyırmalıdır.

– Amma o, bunu etməyə məcbur deyil.

– Necə yəni məcbur deyil, məcburdur. Onunla Serbiya kralı arasında qan davası vardır. İndi onlar qan düşmənləridir və qeysər Frants Yozef vəliəhdinin qanı üçün intiqam almalıdır. O, bizim kəndlilərdən biri olsaydı, bəlkə də qan pulu ödəməklə məsələni həll edə bilərdi. Yüz beş inək və bir ev verib qurtarardı. Amma bir padşah tökülən qanı bağışlamalı deyil, yoxsa hamı beləcə qanı bağışlayar və qan qisası tezliklə yox olub gedər. Qan qisası da olmasa, ölkə tənəzzül edər.

Qoçu haqlı idi. Avropalılar nə deyirlər-desinlər, amma qan qisası dövlət nizam-intizamının və faydalı adətlərin təməlini təşkil edir. Əlbəttə, qoca və müdrik kişilərin axıdılan qanın əvvəlində böyük miqdarda pul alıb bağışlanmasını daim məsləhət görməsi təqdirəlayiq bir işdir. Amma qan qisasının əsasını sarsıtmaq olmaz. Əks halda tökülən qanın axırı nə olardı?

Bəşəriyyət ailələrə bölünür. Ailələr arasında isə Allahın buyuruğuna və kişilərin güclü inamına əsaslanan bir tarazlıq mövcuddur. Kobud zorakılıq nəticəsində, məsələn, deyək, qətl nəticəsində bu tarazlıq pozulanda, Allahın buyuruğuna qarşı gedən ailə də bir üzvünü qurban verməlidir. Bu yolla da tarazlıq bərpa olunur. Əlbəttə, qan qisasını yerinə yetirmək bir az müşkül işdir. Çox vaxt qisas alan adamın gülləsi hədəfə dəymir, yaxud da lazım olandan daha çox adam öldürür. O zaman qan davası davam edir. Qan qisasının əsası isə doğru və aydındır. Qoçu məni ələ başa düşürdü və razılıq ilə başını yırğalayırdı: bəli, qanın intiqamını almaq üçün ata minən yüz yaşlı qeysər ağıllı və ədalətli bir adam idi.

«Əli xan, əgər qeysər ilə Serbiya kralı qan üstündə döyüşmək istəyirlərsə, başqa padşahların axı nə işinə?

Çox ağır sual idi və mən özüm də ona cavab tapa bilmədim...

– Bax, – deyə sözə başladım, – bizim çar da Serbiya kralının səcdə etdiyi Tanrıya itaət edir, buna görə də ona kömək edir. Kral Giyom və digər düşmən padşahlar isə, mənim fikrimcə, qeysər Frants Yozef ilə qohumdurlar. İngiltərə kralı çarla qohumdur. Beləliklə, hər şey zəncir kimi bir-birilə bağlı olur.

Cavabım qoçunu heç kifayətləndirmədi. Çünki Yaponiya imperatoru çarın Tanrısından tamamilə fərqli olan bir Tanrıya itaət edirdi. Fransada hökmdarlıq edən o müəmmalı mülki şəxsin isə heç bir padşahla qohumluğu ola bilməzdi.

Hələ üstəlik qoçunun fikrincə, Fransada heç Allah da yox idi. Buna görədir ki, o ölkəyə respublika deyilir.

Bütün bunlar mənə də qaranlıq idi. Ona qeyri-müəyyən cavablar verib, nəhayət, özüm hücuma keçdim və soruşdum ki, görəsən, mənim igid qoçum müharibəyə getmək niyyətindədir, yoxsa yox?

O, xəyalpərəstliklə silahına baxdı.

– Bəli, – deyə cavab verdi, – əlbəttə, mən müharibəyə gedirəm.

– Bilirsən ki, sən müharibəyə getməyə də bilərsən? Biz müsəlmanlar hərbi mükəlləfiyyətdən azadıq.

– Olsun, mən yenə də getmək istəyirəm, – deyə sadəlövh qoçum birdən-birə danışqan oldu. – Müharibə gözəl şeydir. Bütün dünyanı gəzib, Qərbdə küləyin vıyıltısını və düşmənlərin gözlərində yaş görə bilərəm. Müharibəyə getsəm, mənə bir at və bir tüfəng verəcəklər və mən, tutduğumuz kəndlərin içərisindən dostlarımla çapa bilərəm. Müharibədən qayıdanda isə özümlə çoxlu pul gətirəcəyəm və hamı mənim qəhrəmanlığımı bayram edəcək. Yox, həlak olsam, əsl kişi kimi döyüş meydanında həlak olacağam. O zaman hamı məndən yaxşı danışacaq, oğluma, yaxud atama da böyük hörmət göstərəcəklər. Yox, kimə qarşı olursa olsun – müharibə yaxşı şeydir. Kişi gərək ömründə heç olmasa bir dəfə müharibəyə getsin.

O, durmadan və şövqlə danışırdı. O, düşmənlərinə vuracağı yaralardan danışır və hətta xəyalında artıq hərbi qənimətlərini də görürdü. Onun gözləri parlayır, qarayanız sifəti «Şahnamə» kimi klassik əsərdəki pəhləvanların simasını xatırladırdı.

Mən ona qibtə edirdim, çünki o, sadə bir adamdır, nə edəcəyini dəqiq bilirdi. Mənsə gələcəyə xəyalpərəstlik və

74

qərarsızlıqla baxırdım. İmperator gimnaziyasında mən lazım olandan çox oxumuşdum. Rusların xəyalpərəst xasiyyəti mənə də keçmişdi.

Dəmir yolu stansiyasına gəlib çatdıq. Gürcüstandan olan qadınlar, uşaqlar, qocalar və kəndlilər, Zaqataladan gəlmiş köçərilər stansiya binasını doldurmuşdular.

Onların hara və nəyə görə səyahətə çıxmaq istədiklərini başa düşmək qeyri-mümkün idi. Elə bil onların özləri də bunu bilmirdilər. Onlar kəsək kimi dinməz-söyləməz yerdə oturur, ya da ki, hansı istiqamətə getməsindən asılı olmayaraq gələn qatarlara hücum edib vaqonlara doluşurdular. Əynində cırıq kürk olan bir qoca gözləmə zalının qapısında oturub hönkür-hönkür ağlayırdı. O, İran sərhədindəki Lənkəran şəhərindən idi. Ona elə gəlirdi ki, evi yerlə-yeksan olub, uşaqları ölüblər. Ona dedim ki, İran bizimlə müharibə aparmır. O, ümidsiz halda mənə baxıb dedi: «Yox, ağa. İranın qılıncı uzun zaman paslanmışdı. İndi isə onu yenidən itiləyiblər. Köçərilər bizə basqın edəcək, şahsevənlər evlərimizi dağıdacaqdır, çünki biz kafirlər imperiyasında yaşayırıq. İran şiri ölkəmizi xarabazara çevirəcək. Qızlarımız kölə, oğullarımız da İran şahpərəstlərinin oyuncağı olacaq».

Qocanın mənasız fəryadları davam edirdi. Qoçu camaatı itələyə-itələyə vaqona yol açırdı. Çox böyük əziyyətdən sonra vaqona minə bildik. Lokomotivin küt siması Nuh əyyamın-dakı əjdahanı xatırladırdı. Bu qara və bədheybət maşın səhramızın sarı sifətini ülgüc kimi kəsirdi. Vaqona girib bölmənin qapısını bağladıq. Qoçu, üstündə qızılı sapla iç-içə toxunmuş üç hərf – «3. C.D» hərfləri olan məxmər divanda bardaş qurub oturdu. «3.C.D» rus müstəmləkə siyasətinin iftixarı olan Zaqafqaziya dəmir yolunun inisialları idi.

Qatar hərəkətə gəldi. Eşikdəki sapsarı qum yuxulu bir sükut içində idi. Kiçik çılpaq təpəciklər qum dənizində mülayim işıq saçırdılar.

Pəncərəni açıb bayıra baxdım. Qızmar qum təpələrinin üstündən uzaq, görünməz dənizlərdən gələn sərin külək əsirdi. Çılpaq qayalar qıpqırmızı köz kimi yanırdılar. Səhradakı kol-kos ilansayağı tərpənirdi. Qumların üstündə karvan göründü. Təkhörgüclü, cüthörgüclü, balaca, böyük-yüz, bəlkə də daha çox dəvənin ürkək baxışları qatara zillənmişdi. Hər bir dəvənin boynunda bir zınqırov var idi və onlar süst addımlarını zınqırovların ahənginə uyğun olaraq atır, başlarını da ona uyğun surətdə yellədirdilər. Dəvələr bu köçəri simfoniyasının ahəngi ilə bir bədən kimi eyni sürət və tərzdə yeriyirdilər... Dəvənin biri büdrəsə, addımını səhv qoysa, zınqırovun birinin səsi kəsilir. Dəvə səhv ahəngi hiss edir və narahat olmağa başlayır. Və yalnız ahəng bərpa olunduqdan sonra sakitləşir.

Boz və monoton olan yumşaq qum əbədiyyəti xatırladırdı. Asiyanın xülyaçı ruhu da əbədiyyətə səyahət edirdi. Qatar yanlış istiqamətə gedir! Mən oraya, dəvələrə və onları aparan adamlara, qumlu səhraya mənsubam! Nə üçün əlimi qaldırıb ehtiyat əyləcini dartmadım? Dala! Dala! Mən artıq istəmirəm o istiqamətə gedəm! Dala qayıtmaq istəyirəm! Mən bu əbədi karvanın zınqırovunun monoton səsində yad sədalar eşidirəm.

Bu dağ silsiləsinin o biri tayındakı dünyanın mənə nə dəxli var? Onların müharibələrinin, şəhərlərinin, çarlarının, qayğılarının, sevinclərinin, təmizliyinin və çirkliyinin mənimlə nə əlaqəsi var axı? Biz ayrı cür təmiz və ayrı cür çirkliyik, ayrı cür vəznimiz və ayrı cür sifətimiz vardır. Qatar qərbə tərəf gedə bilər, amma bütün qəlbimlə, bütün ruhumla mən Şərqə mənsubam.

Başımı pəncərədən çıxartdım. Karvan uzaqda qalmışdı. Mən onun arxasınca baxırdım. İçim dərin bir sakitliklə dolmuşdu. Mənim vətənimdə heç bir düşmən yox idi. Zaqafqaziya çöllərini heç kim təhdid etmirdi. Qoçu müharibəyə getmək istəyir. O haqlıdır. Çünki o, çar üçün vuruşar, Qərb üçün də. O öz macərapərəstliyinin muzdlu qurbanıdır. O, digər asiyalılar kimi qan axmasını və düşmənlərinin ağlamasını görmək istəyir. Mən də müharibəyə getmək istəyirəm: bütün varlığım qanlı bir döyüşün azad havasının həsrətini çəkir, nəhəng döyüş meydanının gecə ucalan tüstüsünü görmək arzusu ilə dolub. Müharibə – nə gözəl sözdür. Onda kişilik və qüdrət hiss olunur. Amma hər halda, mən burada qalmalıyam. Özümü düşmənin vətənimizə, şəhərimizə və torpağımıza ayaq basdığı günə hazırlaşdırmalıyam. Qoy lovğalar bu müharibəyə getsinlər. Amma ölkədə kifayət qədər adam qalmalıdır ki, möhtəməl düşməni dəf etmək mümkün olsun. Yenə də içimdə boğuq bir hiss var, hiss edirəm ki, bu müharibədə kim qalib gəlir gəlsin, böyük bir təhlükə meydana gəlir, çarın istila yürüşlərindən də böyük təhlükə, gözəgörünməz bir qüvvə karvanın ipini sarbanın əlindən alır və onu zorla yad otlaqlara, yad yollara döndərmək istəyir. Bu ancaq Qərbin yolları ola bilər ki, mən o yolla getmək istəmirəm. Buna görə də mən evimdə, torpağımda qalıram. Ancaq o gözəgörünməz qüvvə mənim dünyama, aləmimə qarşı qalxsa, yalnız o zaman mən qılıncımı sıyıracam.

Rahat halda yerimə oturdum. Düşüncəni axıra çatdırmaq rahatlıq gətirir. Ola bilər camaat söz yayacaq ki, mən, Ninonun qara gözlərindən ayrıla bilmədiyim üçün evdə qalıram. Qoy desinlər. Ola bilər bunu deyənlər də haqlıdırlar.

Amma onu da bilsinlər ki, bu qara gözlər mənim üçün vətən torpağıdır, yadellinin yad yola dartıb aparmaq istədiyi vətənin övladına nidası, çağırışıdır. Mən qalıram. Qalıram ki, vətənimi o gözəgörünməz yadellidən qoruyum.

Gözlərim qoçuya sataşdı. O yatırdı, şövqlə, davakarcasına xoruldayırdı.

IX

Bakı Zaqafqaziyanın avqust günəşinin odlu şüası altında
süst və tənbəl halda yatırdı. Onun qədim, qırışmış sifəti
dəyişməmişdi. Bir çox rus şəhərdən qeybə çıxmışdı. Onlar çar
və vətən uğrunda döyüş meydanına getmişdilər. Polis evləri
bir-bir gəzib alman və avstriyalıları axtarırdı. Neftin qiyməti
artmışdı, qalanın içində və çölündəki adamlar razı və xoşbəxt
idilər. Müharibə barədə məlumatları ancaq çayxanaların
daimi müştəriləri oxuya bilirdilər. Müharibə çox uzaqda,
başqa bir planetdə gedirdi. Fəth edilən və yaxud itirilən
şəhərlərin adları yad və uzaq səslənirdi. Qəzetlərin birinci
səhifələrində gülərüzlü və qələbədən arxayın generalların
şəkilləri çap edilirdi. Mən Moskvaya instituta getmədim.
Müharibə gedə-gedə vətənimdən ayrılmaq istəmirdim. Təhsil
heç yana qaçıb getməyəcək. Bir çoxları bu üzdən də döyüş
meydanına getmədiyimə görə mənə nifrət edirdi. Lakin
evimizin damından köhnə şəhərin rəngarəng qüvvələrini
seyr edəndə dərk edirdim ki, çarın heç bir çağırışı məni vətən
torpağından, doğma qala divarlarından ayıra bilməz.

Atam heyrət içində və təşvişlə məndən soruşdu:

– Sən doğrudan da müharibəyə getmək istəmirsən? Sən,
Əli xan Şirvanşir?

–Yox, ata, getmək istəmirəm.

– Əcdadlarımızın çoxu döyüş meydanında həlak olubdur. Bu bizim ailədə təbii bir ölümdür.

– Bilirəm, ata. Mən də cəng meydanında başımı qoyacam, amma indi yox, elə uzaqlarda yox.

– Şərəflə ölmək, şərəfsiz yaşamaqdan yaxşıdır.

– Mən şərəfsiz yaşamıram. Mənim bu müharibədə heç kimin qarşısında vəzifəm və borcum yoxdur.

Atam mənə etimadsızlıqla baxdı. Görəsən, onun oğlu qorxaqdır?

Yüzüncü dəfə idi ki, o mənə ailəmizin tarixçəsini nəql edirdi: hələ Nadir şahın hakimiyyəti illərində beş Şirvanşir İran imperiyası üçün vuruşmuşlar. Dördü Hindistana yürüş vaxtı döyüş meydanında həlak olmuş və yalnız biri Dehlidən bol qənimətlə qayıtmışdı. O, malikanələr aldı, saraylar tikdirdi və qorxunc hökmdarın ölümündən sonra da yaşadı. Amma Şahruh Hüseyn xana qarşı vuruşanda bu əcdadım qəddar Qacar şahzadəsi Ağa Məhəmmədin tərəfinə keçdi. Səkkiz oğlu ilə birlikdə o, Ağa Məhəmmədin Zənd, Xorasan və Gürcüstan yürüşlərində iştirak etdi. Onun səkkiz oğlundan üçü sağ qalmışdı və onlar bu böyük xədim, hətta şah olandan sonra da onun məiyyətində qulluq edirdilər. Ağa Məhəmməd qətl edilən gecə Şirvanşirlərin də çadırları Şuşada düşərgədə yerləşirdi. Ağa Məhəmmədin mülayim kələfi Fətəlinin onlara Şirvan, Mazandaran, Gilan və Azərbaycanda bəxş etdiyi malikanələr üçün Şirvanşir ailəsi doqquz üzvünün qanını vermişdi. Bu üç qardaş şahənşahın varis canişinləri kimi Şirvan üzərində hökmdarlıq edirdilər. Sonra ruslar gəldilər. İbrahim xan Şirvanşir Bakını müdafiə edirdi və onun Gəncə yanında qəhrəmancasına şəhid olması Şirvanşir adına yeni şərəf gətirmişdi. Yalnız Türkmənçay sülh müqaviləsindən sonra Şirvanşirlərin malikanələri, bayraqları və döyüş meydanları ikiyə bölündü. Nəslin İrandakı üzvləri Məhəmməd şah və Nəsrəddin şahın hakimiyyətləri zamanı türkmənlərə və əfqanlara qarşı döyüşlərdə vuruşub həlak oldular, rus tərəfdəki üzvləri də çarın Krım müharibəsində, Türkiyəyə qarşı döyüşlərdə və rus-yapon müharibəsində döyüşüb həlak olurdular. Bunun əvəzində də bizim malikanələrimiz və ordenlərimiz var və oğullarımız gerindium ilə gerindivumu bir-birindən fərqləndirə bilmədikləri halda belə imtahanı verirlər.

Atam sözünə yekun vurub dedi:

– Ölkədə yenə müharibədir, amma sən Əli xan Şirvanşir, qorxaqlıq edir, çarın iltifatlı qanunu pərdəsi altında gizlənirsən. Ailəmizin tarixçəsi sənin qanına yerimеyibsə sözlərin nə mənası vardır?! Əcdadlarının qəhrəmanlığını sən ölü, saralmış və toz basmış kitabların səhifələrində yox, öz qan damarlarında, ürəyində oxumalı idin.

Atam qəmgin halda susdu. O məni başa düşmədiyi üçün mənə nifrət edirdi. Onun oğlu doğrudanmı qorxaq idi? Ölkədə müharibədir, amma onun oğlu döyüşə can atmır, düşmənin qanına susadığını göstərmir, düşmən gözlərində yaş görmək istəmir. Yox, onun oğlu korlanıb, yoldan çıxıb!

Mən xalçanın üstündə oturmuşdum. Yumşaq yastığa söykənib zarafatla dedim: «Mənə söz vermişdin ki, üç arzumu yerinə yetirəcəksən. Birincisi, yayda Qarabağa getmək idi. İndi ikincisi gəlir: mən öz qılıncımı özüm istədiyim vaxt sıyıracam. Mən bilirəm ki, heç vaxt gec olmayacaq. Sülh günləri qurtarıb, özü də uzun zaman üçün qurtarıb. Bizim vətənimizin mənim qılıncıma hələ ehtiyacı olacaq.

Atam «yaxşı» deyib susdu və artıq mənimlə müharibə barədə danışmadı. Yalnız hərdənbir çox diqqətlə mənə yandan baxırdı. Bəlkə onun oğlu hələ heç korlanmayıb, kim bilir?

Təzəpir məscidinə gedib molla ilə danışdım. Molla məni o saat başa düşdü. Gözəl libasını geyib evimizə gəldi. Molla atamla bir otağa girib təklikdə söhbət etdi. Molla dedi ki, Qurana əsasən bu müharibənin müsəlman ilə heç bir əlaqəsi yoxdur. O öz sözlərini təsdiq üçün peyğəmbərlərin bir çox kəlamını da iqtibas etdi. O zamandan bəri evimizdə sakitlik hökm sürür.

Amma yalnız evdə, döyüş həvəsi gənclərimizi bürümüşdü və bundan uzaq durmağa hər kəsin dərrakəsi çatmırdı. Bəzən gedib dostlarıma baş çəkirdim.. Bu gün də mən Sisianaşvili darvazasından keçib sağa, Həşim küçəsinə döndüm, sonra müqəddəs Olqa küçəsinin o biri tayına keçib, qoca Zeynal ağanın evinin qapısını döydüm.

İlyas bəy stolun arxasında oturub hərbi əsərləri oxuyurdu. Onun yanında da alnı qırışmış və sifətinə dəhşət çökmüş, bütün məktəbdə ən axmaq şagird olan Məhəmməd Heydər çöməlib oturmuşdu. Müharibə onun da olan-qalan ağlını başından çıxartmışdı. O da elm ocağını tələsik atıb İlyas bəy kimi yalnız bir arzu ilə yaşayırdı: qızıl zabit paqonlarını çiynində hiss etmək. Hər ikisi zabitlik imtahanına hazırlaşırdı. Otağa girəndə Məhəmməd Heydərin ümidsiz mırıldamasını eşitdim: «Ordu və donanmanın vəzifəsi çarı və vətəni xarici və daxili düşmənlərdən qorumaqdır».

Mən bu zavallının əlindən kitabı götürüb onu imtahan etdim:

– Möhtərəm Məhəmməd Heydər, deyin görüm, xarici düşmən kimdir?

O, alnını qırışdırdı, zorla düşünüb partladı: «Almanlar və avstriyalılar».

82

– Səhv etdin, əzizim, – deyərək, güldüm və qalib kimi oxudum:

«Xarici düşmən, müharibə etmək məqsədilə bizim sərhədləri keçməklə təhdid edən hərbi hissədir».

Sonra üzümü İlyas bəyə çevirdim: «Atəş nə deməkdir?» İlyas bəy bir avtomat kimi açıldı: «Atəş barıt qazının köməyi ilə güllənin lülədən çıxmasına deyilir».

Bu sual-cavab oyunu bir xeyli davam etdi. Biz elmin bütün qaydalarına riayət edib düşməni məhv etməyin nə qədər çətin olduğuna və bu sənətə bizim ölkədə hələ də çox səthi əməl edildiyinə heyrət edirdik. Sonra Məhəmməd Heydərlə İlyas bəy sevincdən vəcdə gəlib gələcək hərbi əməliyyatlardan danışmağa başladılar. Ələ keçirilən şəhərlərin xarabalıqlarında yad qadınların sağ-salamat ələ keçirilməsi burada əsaslı rol oynayırdı. Düz bir saatlıq xülyapərəstlikdən sonra hər ikisi belə nəticəyə gəldi ki, hər bir əsgər öz xəritəsini arxa çantasında daşımalıdır. Bunu deyəndən sonra onlar mərhəmətli baxışlarını mənə zillədilər.

Məhəmməd Heydər sözə başladı:

– Mən zabit olanda sən gərək küçədə mənə yol verəsən və mənə hörmət edəsən. Çünki mən igid qanımla sənin lax gövdəni müdafiə edəcəm.

– Sən zabit olana kimi Rusiya müharibəni çoxdan uduzacaq, almanlar da Moskvanı tutacaqlar.

Mənim bu əlləməliyim iki gələcək qəhrəmanı heç açıqlandırmadı. Çünki müharibədə kimin qalib çıxacağı mənim kimi onları da maraqlandırmırdı. Bizimlə cəbhə arasında dünyanın altıda bir hissəsi qədər məsafə var idi. Almanlar bu qədər yeri tuta bilmədilər. Lap bu qədər yeri tutsaydılar da, fərqi yox idi. Bir xristian hökmdarın yerinə o biri xristian padşah bizə hökmranlıq edəcəkdi. Bütün məsəl elə bundan ibarət idi. Yox, İlyas bəy üçün müharibə macəra idi. Məhəmməd Heydər üçün isə təhsilini şərəflə başa vurub, özünə bir kişi sənəti seçmək fürsəti idi.

Əlbəttə, onların ikisindən yaxşı cəbhə zabiti çıxardı. Çünki xalqımızda igidlik və cəsarət kifayət qədərdir. Amma nə üçün? Nəyə görə? Bu sualı nə İlyas bəy özünə verirdi, nə də Məhəmməd Heydər, mənim xəbərdarlıqlarımın hamısı isə mənasız idi, çünki onların hər ikisində Şərqin qaniçərliyi həvəsi oyanmışdı. Onu söndürmək artıq mümkün deyildi.

Bu səbəbdən də onlar sözlərimə və özümə etinasızlıq göstərəndən sonra mən Zeynal ağanın evini tərk etdim. Ermənikəndin əyri-üyrü küçələrindən keçib bulvara gəldim. Duzlu və qurğuşun rəngli Xəzər dənizinin suları qranit sahil daşlarını tumarlayırdı. Limanda bir hərb gəmisi dayanmışdı. Bir skamyaya əyləşdim. Oturub dənizdə güclü küləklə çarpışan balaca yelkənli gəmiyə tamaşa edirdim. Gəminin yiyəsi yerli idi. Mən belə bir qayıqla asan və rahat İrana, şahın iri, yaşıl ölkəsinin darvazası olan qədim və sakit Ağstafa limanına gedə bilərdim. Bu ölkə klassik məhəbbət məkanı, Rüstəm Zalın qəhrəmanlıqlarını, Tehran saraylarının ətirli qızılgül bağlarını mənə xatırladırdı. İran gözəl, görməli bir ölkə idi.

Mən bir neçə dəfə bulvarı o baş-bu başa getdim. Ninogilə gedib orada onunla görüşmək adətim deyildi. Çünki bu, yaxşı əxlaq qaydalarına zidd idi. Amma müharibəni nəzərə alaraq qoca Kipiani hər halda bu hərəkətimə də göz yumardı. Çox düşündüm. Nəhayət, nəfəsimi dərindən alıb, dördmərtəbəli evin pillələri ilə yuxarı qalxdım. Evin ikinci mərtəbəsindəki qapıda latın lövhədə «Knyaz Kipiani» sözləri yazılmışdı. Ağ önlüklü bir qulluqçu qız qapını açdı və reverans etdi. Papağımı ona verdim, baxmayaraq ki, Şərqin gözəl adətinə görə, qonaq papağını çıxartmamalıdır. Amma Avropadakı adətlərdən xəbərim var idi.

Knyaz ailəsinin üzvləri salonda oturub çay içirdilər. Salon iri idi və üzünə qırmızı ipək parça çəkilmiş mebel ilə döşənmişdi. Künclərdə palma ağacları və dibçəklər dururdu. Divarlara isə nə boya çəkilmişdi, nə də xalça asılmışdı, sadəcə naxışlı kağız çəkilmişdi. Knyaz ailəsinin üzvləri bəzəkli iri fincanlarda ingilis çayı içirdilər. Stolun üstündə suxarı və biskvit qoyulmuşdu. Knyaginyanın əlini öpdüm. Onun əlindən suxarı, biskvit və ətir iyi gəlirdi. Knyaz əlimi sıxdı və Nino gizlincə çay fincanını seyr edə-edə üç barmağını mənə uzatdı.

Əyləşəndən sonra mənə də çay gətirdilər. «Deməli, Əli xan, qəti qərara gəlmisiniz ki, müharibəyə getməyəcəksiniz», deyə knyaz iltifatla soruşdu.

– Bəli, knyaz, hələlik getmək niyyətində deyiləm.

Knyaginya da fincanı stolun üstünə qoyub dilləndi:

– Sizin yerinizdə olsaydım, yardım komitələrinin birinə üzv olardım. Heç olmasa bir uniforma ala bilərdiniz.

Knyaz söhbətə qarışdı:

– Mən də bunu edəcəyəm. İşimdən ayrıla bilməsəm də, mən gərək boş vaxtlarımı vətən yolunda qurban verəm.

– Düz deyirsiniz, knyaz. Amma iş burasındadır ki, mənim boş vaxtım yoxdur. Qorxuram ki, vətən məndən az fayda görsün.

Knyaz təəccüblə üzümə baxdı:

– Bəs axı siz nə ilə məşğul olursunuz?

– Malikanəmizi idarə etmək işi ilə, knyaz.

Cümlə düz yerinə düşdü. Bu cümləni mən bir ingilis yazıçı-sının romanında oxumuşdum. Əgər bir alicənab lordun işi-gücü yoxdursa, deməli, o öz malikanəsini idarə etməklə məşğuldur. Bu cümləni dediyim üçün birdən-birə knyaz valideynlərinin rəğbətini qazanmışdım. Bir neçə cür cümlə «atandan» sonra isə Nino axşam mənimlə operaya getmək icazəsini qazandı. Mən yenə knyaginyanın əlini öpdüm, baş əydim və hətta «r» hərfini peterburqlu kimi tələffüz edə-edə danışdım. Söz verdim ki, axşam saat səkkizin yarısında gəlib Ninonu operaya aparacam.

Nino məni qapıya kimi ötürdü və qulluqçu qız papağı mənə uzadanda o, qıpqırmızı oldu, başını aşağı salıb heyranedici bir şirinliklə pozuq azərbaycanca dedi: «Çox sevinirəm ki, sən şəhərdə qalırsan. Düzünü deyirəm, buna sevinirəm. Amma, Əli xan, doğrusunu de görüm, sən həqiqətən müharibədən qorxursan? Axı kişilərin davadan xoşu gəlir. Yaralansan, sənin yaralarını da sevərəm».

Mən qızarmadım. Onun əlini tutub sıxdım və sakit tərzdə dedim: «Mən heç nədən qorxmuram, Nino. Gün gələcək, sən mənim də yaralarımı sağaldacaqsan. O zamana kimi məni qorxaq hesab edə bilərsən».

Nino çaşqın-çaşqın mənə baxdı. O məni başa düşmürdü. Tez evə getdim və hirsimdən kimya dərsliyini tikə-tikə edib yerə çırpdım.

Bir az hirsim soyuyandan sonra əsl İran çayı içib, operanın lojasına yer sifariş verdim.

X

Tez gözlərini bağla, əllərinlə qulaqlarını tut və öz düşün-
cələrinə qərq ol. Tehrandakı o gecə yadına düşürmü?

Daşdan tikilmiş nəhəng, mavi bir salon, girişində də
Nəsrəddin şahın həkk edilmiş şərəfli adı. Ortada dördkünclü
bir səhnə. Və bütün salon əyləşən, ayaq üstə duran, uzanan
ləyaqətli kişilər, dəcəl uşaqlar, vəcdə gəlmiş cavanlarla dolu-
dur. Onlar Həzrəti Hüseynin Kərbala müsibətini nəql edən
şəbehə tamaşa edirlər. Salonda zəif bir işıq yanır. Səhnədə
saqqallı bir mələk gənc Hüseynə təsəlli verir. Zalım xəlifə
Yezid süvarilərini səhraya göndərir ki, bu müqəddəs gəncin
başını gətirsinlər. Nalə və şivən səslərini qılıncların cingiltisi
kəsir. Əli, Fatma və dünyada birinci qadın olan Həvva səhnədə
gəzişib rübailər oxuyurdular. Gəncin başını böyük bir sinidə
gətirib allahsız xəlifənin qabağına qoyurlar. Tamaşaçılar
titrəyir və ağlaşır. Bir molla cərgələri gəzir və tamaşaçıların
göz yaşlarını balaca bir şüşəyə yığır. Bu göz yaşlarında hər
növ sehrli qüdrət vardır. Tamaşaçıların inamı çox olduqca,
şəbehin təsiri də güclənir. Enli bir taxta – səhranı, sandıq –
xəlifənin ləl-cavahiri taxtını, bir neçə paya – Ədən bağını və
bir saqqallı kişi – Peyğəmbərin qızını təsvir edirdi.

İndi isə gözlərini aç, əllərini qulaqlarından götür və ətrafa bax!

Saysız-hesabsız elektrik lampasının kəskin və parlaq işığı göz qamaşdırırdı. Lojalardakı gips ilahələrin qızıl suyu çəkilmiş çiyinlərindən qırmızı məxmər asılmışdı.

Tamaşa salonundakı daz başlar gecələr göy qübbəsində görünən ulduzlar kimi parıldayırdı. Qadınların isə kürəkləri və qolları çılpaq idi. Tamaşaçıları səhnədən qaranlıq bir uçurum ayırırdı. Bu qaranlıq uçurumda əllərində musiqi alətləri olan və utancaq kimi görünən adamlar oturmuşdu. Teatrın parterində də pıçıltılar, proqram vərəqələrinin xışıltıları, qadın yelpinclərinin taqqıltıları bir-birinə qarışmışdı: bir neçə dəqiqədən sonra Bakı şəhər opera teatrında «Yevgeni Onegin» tamaşası başlamalı idi.

Nino yanımda oturmuşdu. Onun zərif siması mənə tərəf yönəlmişdi. Dodaqları nəm, gözləri quru idi. O qədər də danışqan deyildi. İşıqlar sönən kimi əlimi çiyinlərinə qoydum. Nino başını yana çəkdi və elə bil ki, bütün fikri Çaykovskinin musiqisində idi. Yevgeni Onegin səliqəli bir paltarda səhnədə gəzir, Tatyana da ariyasını oxuyurdu.

Mən operanı teatrdan üstün tutardım. Ona görə ki, operada mövzu ta əvvəldən bəlli idi. Teatrda isə mən səhnədəki hadisələri başa düşmək üçün özümü yormalı idim. Operanın musiqisi yalnız bərk çalınanda məni narahat edərdi. Salonda qaranlıqdır və mən gözlərimi yumanda qonşularım elə düşünürlər ki, mənim bütün varlığım sinfoniyanın okeanına qərq olub.

Bu dəfə gözlərimi yummadım. Ninonın zərif profili arxasında parterin birinci cərgələrində oturanları nəzərdən keçirirdim. Üçüncü cərgənin ortasında qoyun gözlü və filosof alınlı bir kök adam oturmuşdu. Bu, Şuşanın zadəgan ermənilərindən olan Məlik Naxararyan idi. Ariyanın ahənginə uyğun olaraq onun başı Ninonun sol gözü ilə burnu arasında tərpənirdi.

– Bax, Naxararyan oradadır, – deyə Ninonun qulağına pıçıldadım.

– Ay barbar, səhnəyə bax, ətrafa yox, – deyə Nino pıçıltı ilə cavab verdi, amma buna baxmayaraq özü də gözucu erməni tərəfə baxdı.

Erməni də başını çevirib, başı ilə dostcasına salam verdi. Fasilədə onu bufetdə gördüm. Getmişdim Ninoya bir-iki dənə şokolad alım. Kök və bir az da keçəl olan Naxararyan lojamıza gəldi və oturdu. «Naxararyan, neçə yaşınız var», – deyə ondan soruşdum. O, «otuz» deyə cavab verdi.

Naxararyanın cavabı Ninonun diqqətini cəlb etdi və heyrətləndirdi: «Otuz? Deməli, sizi bir az sonra şəhərdə görə bilməyəcəyik».

– Niyə, prinses?

– Çünki sizin yaşınızda olanları əsgərliyə çağırmışlar.

Naxararyan bərkdən güldü: onun gözləri az qala hədəqə-sindən çıxdı və kök qarnı atlana-atlana dedi:

– Təəssüflər olsun ki, prinses, mən müharibəyə gedə bilmərəm. Həkim məndə sağalmaz bir xəstəlik tapıb, buna görə də evdə qalmalıyam.

Xəstəliyin adı qəribə səslənirdi və elə bil qarın ağrısını xatırladırdı.

Nino təəccübdən gözlərini bərəltdi və ürəyiyananlıqla soruşdu:

– Bu xəstəlik təhlükəlidirmi?

– Bu, insanın özündən asılıdır. Məsuliyyətli həkimin köməyi ilə hər xəstəlik təhlükəli ola bilməz.

Nino həm təəccüblənmişdi, həm də qəzəblənmişdi.

Məlik Naxararyan Qarabağın ən nüfuzlu erməni ailəsindən çıxmışdır. Onun atası general idi. Özü də ayı kimi sağlam, zırpı və subay idi.

Pərdə qalxanda Nino başını çiynimə qoydu. Gaykovskinin məşhur valsı çalınmağa başlananda isə hətta gözlərini mənə dikdi və pıçıldadı: «Naxararyanla müqayisədə sən az qala qəhrəmansan. Heç olmasa, səndə o adı dolaşıq xəstəlik yoxdur».

Qəhrəman Lenski uca səslə oxuya-oxuya Oneginin tapançasının lüləsi qabağına çıxıb, qabaqcadan proqramlaşdırılmış surətdə öldürülənə qədər də Ninonun başı mənim çiynimdə qaldı.

Bu, asan, mükəmməl bir qələbə idi və bu qələbəni mütləq qeyd etmək lazım idi.

Naxararyan bizi operanın qapısında gözləyirdi. Onun avtomobili var idi və bu avtomobil Şirvanşir evinin faytonu ilə müqayisədə avropasayağı idi. Biz şəhərimizin qaranlıq küçələrindən, gimnaziyanın və liseyin qabağından keçirdik. Gecələr bu iki təhsil ocağının görkəmi insana xoş təsir bağışlayırdı. Biz şəhər klubunun mərmər pilləkənləri qabağında dayandıq. Ninonu buraya gətirmək o qədər də xətərsiz deyildi, çünki o, hələ liseydə oxuyurdu. Amma heç bir şey olmaz! Şirvanşir və Naxararyan adlı cənabların müşayiətindədirsə, deməli, prinses Kipiani müqəddəs Tamara liseyinin qaydalarını arxayıncasına poza bilərdi.

Biz işıqları par-par yanan terrasa keçdik. Klubun terrası, yəni balkonu gecə qaranlığına qərq olmuş Qubernator bağına çıxırdı. Mən ulduzları, mülayim işıq saçan dənizi və Nargin adasının mayaklarını seyr etdim.

Qədəhlərin cingiltisi gəldi. Nino və Naxararyan şampan şərabı içirdilər. Çünki dünyada heç bir şey, hətta Ninonun gözləri belə məni öz doğma şəhərimdə camaatın gözü qabağında spirtli içki içməyə məcbur edə bilməzdi. Bu səbəbdən də mən həmişə olduğu kimi portağal suyu içirdim. Altı nəfərdən ibarət olan orkestr nəhayət, bizə fasilə bəxş edən vaxt Naxararyan ciddi və düşüncəli şəkildə dedi: «Budur, Qafqazın üç böyük xalqının nümayəndələri olan biz bir yerdə oturmuşuq: bir gürcü qızı, bir müsəlman və bir erməni. Üçümüz də eyni səma altında doğulmuş, eyni torpaq üstündə yaşayırıq. Aramızda fərq vardır, amma yenə Üç Üqnum kimi birik. Biz eyni zamanda həm avropalıyıq, həm də asiyalı. Qərbdən də alırıq, Şərqdən də. Amma hər ikisinə də mal-dövlət veririk».

Nino sözə başladı:

– Mən həmişə belə fikirdə idim ki, qafqazlıların xüsusiyyəti dava etməkdir. Lakin indi mən heç biri döyüşmək istəməyən iki qafqazlının arasında oturmuşam.

Naxararyan ona iltifatla baxıb dedi:

– Hər ikimiz döyüşmək istəyirik, prinses, amma bir-birimizə qarşı yox. Bizi ruslardan sıldırım bir divar ayırır. Bu divar Qafqaz dağlarıdır. Əgər ruslar qalib gəlsələr, torpağımız tam rusların əlinə keçəcək. Biz ibadətxanalarımızdan, dilimizdən, milli xüsusiyyətlərimizdən məhrum olacağıq. Biz Avropa və Asiya arasında körpü rolunu oynamaq əvəzinə hər ikisinin mələzi olacağıq. Yox, kim çar üçün vuruşursa, Qafqaza qarşı vuruşur.

Müqəddəs Tamara liseyinin müdrikliyi elə bil Ninonun ağzı ilə danışdırdı: «İranlılar və türklər ölkəmizi çapıb talayırlar. Şah Şərqi yerlə-yeksan etmişdir, sultan da Qərbi. Nə qədər qız kölə kimi hərəmxanalara aparılıb! Ruslar öz-özlərinə buraya girməmişlər. Biz onları çağırmışıq. Gürcü kralı XII Georgi könüllü olaraq çara təslim olub. Məgər bu sözlərlə tanış deyilsiniz: «Biz gürcü krallığının müdafiəsini onsuz da həddi-hüdudu olmayan imperiyamızı böyütmək üçün üzərimizə götürmürük».

Əlbəttə, biz bu sözləri eşitməmişdik. Birinci Aleksandrın yüz il qabaq bizim barəmizdə çıxartdığı manifesti bizə düz səkkiz il məktəbdə öyrətmişlər. «Biz gürcü krallığının müdafiəsini onsuz da həddi-hüdudu olmayan imperiyamıza...» sözləri yazılan bürünc lövhə Tiflisin baş küçəsində həkk edilmişdi.

Nino haqsız deyildi. O zamanlar Şərqin hərəmxanaları Qafqaz qadınları ilə, Qafqaz şəhərlərinin küçələri xristianların meyitləri ilə dolmuşdu. Mən Ninoya cavab verib deyə bilərdim ki, «Mən müsəlmanam, siz xristian. Allah da sizi bizə qənimət bəxş edib». Lakin susdum və Naxararyanın cavabını gözlədim.

O dedi:

– Baxın prinses, siyasi düşüncəsi olan adam ədalətsiz və qeyri-obyektiv hərəkət etməyə də cəsarət tapmalıdır.

Razıyam, ölkəmizə sülh ruslarla birlikdə gəldi. Amma biz Qafqaz xalqları bu sülhü indi rusların köməyi olmadan da qoruyub saxlaya bilərik. Ruslar etiraf edirlər ki, onlar bizi bir-birimizdən qoruyurlar. Buna görə də buraya rus hərbi hissələri, rus çinovnikləri və rus qubernatoru göndərilib. Amma prinses, özünüz deyin, siz özünüzü məndən qoruma-lısınızmı? Məni Əli xandan qorumaq lazımdırmı? Hamımız Şuşa yanındakı bulağın başında əlvan xalçaların üstündə dostcasına sakit oturmamışdıqmı? İran artıq elə bir düşmən deyildir ki, Qafqaz xalqları ondan qorxmalı olsunlar. Düşmən Şimalda oturub və bizi inandırmağa çalışır ki, biz bir-birimizdən müdafiə olunmalı uşaqlarıq. Axı biz artıq çoxdandır uşaqlıq yaşından çıxmışıq.

Nino burada soruşdu:

– Deməli, buna görə müharibəyə getmirsiniz?

Naxararyan həddən çox şampan şərabı içmişdi.

«Yox, təkcə buna görə yox, – deyə, sözə başladı – mən həm də tənbələm, özü də rahat yaşamağı sevən adamam. Birincisi, erməni kilsəsinin əmlakını müsadirə etdikləri üçün ruslardan küsmüşəm, ikincisi də bu klubun terrasında əyləşmək səngərlərdə çürüməkdən yaxşıdır. Mənim ailəm özünə kifayət qədər hörmət qazanıb. Mən özüm isə kef əhliyəm».

– Mən başqa fikirdəyəm, – dedim. – Mən kef əhli deyiləm, müharibədən də xoşum gəlir. Amma məhz bu müharibədən xoşum gəlmir.

Naxararyan şərab içə-içə mənə baxıb dedi:

– Siz hələ gəncsiniz, dostum.

O, çox danışdı, amma dedikləri ağıllı sözlər idi. Biz durub evə getməyə hazırlaşanda Nino artıq deyəsən, Naxararyanın haqlı olduğuna təxminən inanmışdı. Naxararyanın maşını ilə evə tərəf getdik. Yolda Naxararyan yenə dilləndi:

– Bu gözəl şəhər Avropanın darvazasıdır. Əgər Rusiya belə geridə qalmasaydı, vətənimiz çoxdan Avropa ölkəsinə çevrilərdi.

Mən coğrafiya dərslərindəki xoş günləri yada salıb ürəkdən güldüm. Çünki coğrafiya müəllimimiz də şəhərimizi Avropaya daxil etmək istəyirdi.

Gözəl axşam keçdi. Vidalaşanda isə Naxararyan dənizi seyr edərkən mən Ninonun gözlərindən və əllərindən öpdüm. Sonra Naxararyan məni Sisianaşvili darvazasına qədər gətirdi... Avtomobil bundan irəli gələ bilmədi. Divarın arxasında Asiya başlanırdı.

Naxararyan vidalaşan zaman soruşdu:

– Nino ilə evlənəcəksinizmi?

– İnşallah, qismət olsa.

– Dostum, bir çox çətinliklərin öhdəsindən gəlməli olacaqsan. Əgər köməyə ehtiyacınız olsa, qulluğunuzda hazıram. İstəyirəm ki, siz xalqlarımızı qohumluq əlaqələri ilə bağlayan ilk ailəni qurasınız. Biz birləşməliyik, bir olmalıyıq.

Səmimiyyətlə onun əlini sıxdım. Deməli, həqiqətən də ləyaqətli və vicdanlı ermənilər də var imiş. Kəşf etdiyim bu yenilik karıxdırıcı idi.

Yorğun halda evə girdim. Qulluqçu yerdə bardaş qurub oturmuşdu. Kitaba baxdım. Quranın bər-bəzəkli ərəb hərfləri səhifə boyunca qıvrılırdı. Nökər ayağa durdu və salam verdi. Müqəddəs kitabı onun əlindən alıb oxumağa başladım: «Ey iman edən sizlər! Bilin ki, şərab, qumar və rəsmlər iyrənclikdir və şeytanın əməlləridir. Bunlardan uzaq durun ki, bəlkə xoşbəxtliyə nail olasınız. Şeytan sizi Allaha inamdan və ibadətdən döndərmək istəyir».

Quranın səhifələrindən şirintəhər bir ətir gəlirdi. Nazik, sarımtıl rəngli kağız xışıldayırdı. Allahın iki dəri qapaq arasına alınmış kəlamları ciddi və öyüdverici idi. Kitabı qaytardım və yuxarı, otağıma getdim. Enli və alçaq divan yumşaq idi. Həmişəki adətim üzrə dərindən düşünmək və hər şeyi yaxşı görmək üçün gözlərimi bağladım. Şampan şərabı, bala gələn Yevgeni Onegin, Naxararyanın aydın qoyun gözləri, Ninonun zərif dodaqları və şəhərimizi məğbul etmək üçün dağ silsiləsini aşan saysız-hesabsız düşmən dəstələri gözlərimin qabağında canlandı.

Küçədən monoton bir mahnı səsi gəldi. Bu, aşiq olmuş Həşim idi. O, çox qoca idi və heç kim onun hansı eşq üçün kədərləndiyini bilmirdi. Camaat ona məcnun – eşq xəstəsi adı vermişdi. Gecələr o, boş küçələrdə sərgərdan dolaşır, küçələrin birində tində yerə oturur və ağlaya-ağlaya səhər açılana kimi öz eşqindən və ağrılarından oxuyurdu.

Onun mahnılarının monoton ahəngi adama yuxu gətirirdi. Üzümü divara çevirib dərin yuxuya getdim.

Həyat hələ də çox gözəl idi.

XI

Çubuğun iki başı var. Biri yuxarı, o biri də aşağı başıdır. Çubuğu çevirsən yuxarı baş aşağıda, aşağı baş da yuxarıda olur. Çubuğun özündə isə heç bir şey dəyişmir.

Mənim vəziyyətim də elə bu cür idi. Mən bir ay və yaxud bir il bundan qabaqkı adam idim. Eyni müharibə gedir, eyni generallar ya qalib gəlir, ya da məğlub olurlar. Amma bir az əvvəl məni qorxaq adlandıranlar indi məni küçədə görəndə gözlərini xəcalətdən yerə zilləyirlər. Dostlarım və qohumlarım mənim ağlıma təriflər oxuyur, öz doğma atam da mənə iftixarla baxırdı. Çubuqda isə heç bir şey dəyişməmişdi.

Bu gün şəhərdə xəbər yayıldı ki, böyük Osmanlı imperiyasının sultanı əlahəzrət Məhmət Rəşid kafirlər dünyasına müharibə elan etmək qərarına gəlib. Onun müzəffər qoşunları müsəlmanları Rusiya və İngiltərənin boyunduruğundan azad etmək üçün Şərqdə və Qərbdə irəliləyirlər. Bununla da cihad – müqəddəs müharibə elan edilmiş və xəlifənin sarayı üstündə Peyğəmbərin yaşıl bayrağı dalğalanır.

Bu xəbər mənim qəhrəmana çevrilməyimə səbəb oldu. Dostlarım gəlib mənim uzaqgörənliyimə səcdə qılırdılar. Çünki müharibəyə getməməkdə mən haqlı idim. Müsəlman heç vaxt sultana qarşı vuruşmamalıdır. Türklər isə Bakıya gələcək və xalqımız türk xalqı ilə birləşəcək, vahid imanlılar cəmiyyəti yaranacaqdır.

Mən isə susurdum. Dostlarımın bu təriflərinə qulaq asıb cavab vermədən başımı aşağı salıb dinləyirdim. Ağıllı adam tərifə də, nifrətə də soyuqqanlı qalmalıdır. Dostlarım xəritələri açıb vəziyyəti müzakirə edirdilər.

Türklərin hansı məhəllədən Bakıya girəcəkləri barədə bir-birilə mübahisə edirdilər. Mübahisəni mən həll etdim. Dedim ki, hansı istiqamətdən gəlirlər gəlsinlər, türklər mütləq şəhərə Ermənikənddən girəcəklər. Dostlarım heyranlıqla baxır və müdrikliyimə mədhiyyə oxuyurdular.

İnsanların təbiəti bir gecə içində kökündən dəyişdi. Artıq heç bir müsəlman silaha sarılıb, Rusiya üçün döyüşməyə meyil göstərmirdi. Zeynal ağa da özü ağırlığında pul qoyub birdən-birə döyüşmək həvəsini itirən İlyas bəyi Bakı qarnizonunda saxlaya bildi. Yazıq İlyas bəy! O, Osmanlı sultanı müharibə elan etmədən bir az qabaq zabitlik imtahanından keçmişdi. Bir möcüzə də baş vermişdi: Məhəmməd Heydər də imtahanı verə bilmişdi! İndi bu iki leytenant kazarmada oturub, çara sədaqət andı içməyən mənə qibtə edirdilər. Onların geriyə yolu yox idi. Amma onları and içməyə heç kim məcbur etməmişdi. Onlar bunu könüllü etmişdilər və andı pozsaydılar, onlara ilk olaraq arxa çevirən elə mən özüm olardım.

Çox qaradinməz olmuşdum. Fikirlərim aydın deyildi. Yalnız gecələr hərdənbir evdən çıxır və iti addımlarla yaxın-lıqdakı kiçik məscidə gedərdim. Məscidin yanında köhnə bir ev dururdu. Bu evdə də mənim məktəb yoldaşım Seyid Mustafa yaşayırdı. Gecənin gec saatlarında da onun yanına gedərdim. Seyid Mustafa Peyğəmbərin sadiq qulu idi. Onun balaca badamı gözləri və çopur sifəti var idi. Mustafa öz silkinin əlaməti olan yaşıl qurşaq taxardı. Onun atası balaca məscidin imamı, babası da müqəddəs Məşhəd şəhərində İmam Rzanın qəbri başında tanınmış alim idi. O, gündə beş dəfə namaz qılırdı. İsanın düşmənini ayaqları altında əzmək məqsədilə allahsız xəlifə Yezidin adını tabaşirlə pəncəsinə yazmışdı. Məhərrəmin onuncu gününə düşən aşurada o, qan fışqırana kimi zəncir vururdu. Nino Seyid Mustafanı riyakar hesab etdiyi üçün nifrət edirdi. Mən onu aydın və açıq görüşlərindən ötrü sevirdim. Çünki o, xeyiri şərdən, haqqı nahaqdan hamıdan yaxşı seçə bilirdi.

Seyid Mustafa məni müdrik bir adamın gülüşü ilə qarşıladı: «Əli xan, eşitmisən? Dövlətli Yaqub oğlu on iki yeşik şampan şərabı alıb ki, onları şəhərə girən ilk türk zabiti ilə içsin. İşə bax, Əli xan, şampan şərabı! Müsəlman cihad döyüşçülərinin şərəfinə şampan şərabı!»

Çiyinlərimi dartıb:

– Nəyə təəccüblənirsən, ey Seyid? İnsanlar ağlını itirib.

Seyid acıqla:

– Allah qəzəbləndiyi adamı yolundan azdırır.

Seyid yerindən atıldı, onun dodaqları əsirdi.

– Dünən səkkiz adam şəhərdən qaçıb ki, sultanın ordusunda xidmət etsin. Səkkiz adam! Əli xan, səndən soruşuram: De görüm, bu səkkiz nəfərin başında ağıl varmı?

Mən ehtiyatla cavab verdim:

– Onların başı ac eşşəyin qarnı kimi boşdur. Seyidin qəzəbinin həddi-hüdudu yox idi.

– Bir işə bax, Əli xan, – dedi. – Şiələr sünni xəlifənin tərəfində vuruşurlar. Məgər Yezid Peyğəmbər nəvəsinin qanını tökməmişdir? Məgər Müaviyə Həzrəti Əlini qətl etdirmədimi? Bəs Peyğəmbərin varisi kimdir? Xəlifəmi, yoxsa damarlarında Peyğəmbər qanı axan gözəgörünməz əbədiyyət imamı? Yüz illərdən biridir şiə kütləsi yas saxlayır, bizimlə kafirlərdən də betər olan bu dönüklər arasında qan axır. Burada şiə, orada sünni və onların arasında heç bir körpü yoxdur.

Sultan Səlimin qırx min şiəni qılıncdan keçirtdiyi gündən heç də çox keçməmişdir. Bəs indi? Şiələr Peyğəmbərin varisini məhv edən xəlifə üçün vuruşurlar. Məgər hər şey, möminlərin qanı, imamların sirli ölümləri yaddan çıxmışdır? Burada, şiə şəhərində insanlar oturub sünnilərin gəlməsini və dinimizi məhv etməsini həsrətlə gözləyirlər. Axı Türkiyə nə istəyir?! Ənvər Urmiyaya kimi irəliləmişdir. İran parçalanacaq, din məhv olacaq. Ya Əli, od saçan qılıncınla gəl! Gəl, ya Əli, bu dönüklərin cəzasını ver! Ya Əli, ya Əli!

Seyid Mustafanın göz yaşları yanaqlarından axırdı. O, yumruğu ilə sinəsinə vururdu. Mən sarsılmış halda ona baxırdım. Nəyin haqq, nəyin isə nahaq olduğunu artıq bilmirdim. Düzdür, türklər sünnidirlər. Amma buna baxmayaraq ürəyim Ənvərin şəhərimizə girişinin həsrətini çəkirdi. Bu nədir axı? Şəhidlərimizin qanı həqiqətən boş yerə axıb?

– Seyid, – dedim, – türklər də bizim tayfadandır. Biz eyni dildə danışırıq. İkimizin də damarlarında Turan qanı axır, bəlkə buna görə xəlifənin hilalı altında ölmək daha asandır.

Seyid Mustafa gözlərini sildi. Sakit və qürurla dedi:

– Mənim damarlarımda Məhəmmədin qanı axır. Turan qanı deyirsən? Mənə elə gəlir ki, məktəbdə öyrəndiklərini bir az unudursan. Get Altay dağlarına, daha uzaqlara, Sibir hüdudlarına kimi səyahət et – orada kimlər yaşayır? Bizim dilimizdə danışan, qanımızdan olan, bizim kimi türklər. Allah onları yolundan azdırmış və onlar bütpərəst qalmışdır, bütlərə sitayiş edirlər: su ilahəsi sayılan Su-Tengriyə, səma ilahəsi olan Teb-Tengriyə səcdə edirlər. Əgər günlərin birində oralarda yaşayan yakutlar, yaxud altaylar qüvvələnib bizə qarşı müharibəyə başlasalar, onda biz şiələr, eyni qana malik olduğumuz üçün bu bütpərəstlərin qələbəsinə sevinməliyik?

– Bəs nə edək, Seyid! İranın qılıncı paslanıb. Türklərə qarşı vuruşsaq, çara kömək etmiş olarıq. Məgər Məhəmmədin adı ilə biz çarın xaçını xəlifənin hilalına qarşı müdafiə etməliyik? Axı nə etməliyik, Seyid?

– Soruşursan ki, nə etməliyik, Əli xan? Bunu mən özüm də bilmirəm.

Seyid Mustafa düz adam idi.

Mən pərt halda susdum. Seyidin otağındakı neft lampası his verirdi. Lampanın sarımtıl zəif işığı namaz xalçasının rəngarəng naxışlarını işıqlandırırdı. Bu xalça büküb səyahətə aparılması mümkün olan rəngarəng gül-çiçək bağçasını xatırladırdı. Xalqın günahlarını lənətləmək Seyid üçün asan idi. O bu dünyada bir səyyah idi. On-iyirmi il keçəcək və o, Məşhəddə gözə görünmədən və hiss edilmədən İranın taleyini idarə edən müdriklərin biri – İmam Rzanın türbəsində mollalıq edəcəkdir. Onun gözləri artıq indidən öz qocalığından xəbərdar olan və bununla barışan bir qocanın gözlərini xatırladırdı. Lakin o, İranın yenidən böyük və qüdrətli bir dövlət olmasına gətirib çıxartsaydı da, yenə din, iman məsələsində zərrə qədər güzəştə getməzdi. O, günaha batıb dünyanın nemətlərindən həzz almaqdansa, məhv olmağın doğru olduğuna inanırdı. Seyid buna görə susur və nə deyəcəyini bilmirdi. Həqiqi iman və din astanasında tənha keşikçi olan bu adamı mən elə buna görə çox istəyirdim.

Mövzunu dəyişmək üçün dedim:

– Seyid, qismətimiz, taleyimiz Allahın əlindədir, – dedim.

– Qoy Allah bizi düz yolla aparsın. Ancaq mən bu gün səninlə başqa şey haqqında danışmaq istəyirəm.

Seyid Mustafa xınalı dırnaqlarına baxdı. O, kəhrəba təsbehini çevirməklə məşğul idi. Gözlərini yumdu. Onun çopur sifəti elə bil daha da enliləşdi: «Bilirəm, Əli xan, sən evlənmək istəyirsən».

Pərt halda yerimdən sıçradım. Mən Seyid Mustafa ilə şiə hərbi-siyasi gənclik təşkilatı qurmaq məsələsini müzakirə etmək niyyətində idim. Amma o, artıq indidən mənim nikahımı kəsməyə hazır olan molla kimi danışırdı.

– Axı sən haradan bilirsən ki, evlənmək istəyirəm? Bir də ki, axı bunun sənə nə dəxli var?

– Mən niyyətini gözlərindən oxuyuram və bunun mənə bir az da olsa dəxli var, çünki mən sənin dostunam. Sən məndən xoşu gəlməyən xristian Ninonu almaq istəyirsən, elədir?

– Düzdür, Mustafa. Bəs sən nə deyirsən?

Mustafa iti və ağıllı baxışlarını mənə dikdi: «Mən «hə» deyirəm, Əli xan. Kişi evlənməlidir, özü də ən yaxşısı odur ki, istədiyi qadınla evlənsin. Kişinin arvadın xoşuna gəlməsi vacib deyildir. Ağıllı kişi qadının iltifatını qazanmağa səy göstərməz. Qadın bir tarladır, kişi də əkinçi. Məgər tarla kəndlini sevməlidir? Yox, çünki kəndlinin torpağı, tarlanı sevməsi kifayətdir. Evlən. Amma yaddan çıxartma ki, qadın yalnız və yalnız bir tarladır».

– Deməli, belə fikirdəsən ki, qadının ağlı-idrakı da yoxdur, ruhu da? – deyə mən soruşdum.

O, mənə canıyananlıqla baxıb: «Bunu hələ soruşursan, Əli xan. Əlbəttə, qadının nə ağlı var, nə də ruhu. Bunlar axı nəyə lazımdır? Səxavətli olub çoxlu uşaq doğması yetər. Şəriət deyir ki, bir kişinin şahidliyi üç qadının şahidliyindən keçərlidir. Bunu yaddan çıxartma, Əli xan».

Mən həyəcanla oturub gözləyirdim ki, mömin Seyid ondan zəhləsi gedən bir xristian qızı ilə evlənmək istədiyimə görə mənə lənət oxuyacaq. Lakin onun cavabı məni sakitləşdirdi. Bu cavab həqiqətən açıq və ağıllı idi. Yumşalıb soruşdum:

– Deməli, onun xristian olması səni narahat etmir? Bəlkə islamı qəbul etsin?

– Niyə axı? – deyə soruşdu. – İdrakı və ruhu olmayan bir məxluqun dini, imanı da olmaz. Qadını nə cənnət gözləyir, nə də cəhənnəm. Qadın öləndən sonra əriyib heçə dönür. Unutma: ondan olan oğlanlar əlbəttə, şiə olmalıdır.

Başımı razı halda yırğaladım.

Seyid Mustafa ayağa durub kitab rəfinə yaxınlaşdı. Onun meymun əllərinə bənzəyən əlləri üstünü toz basmış bir kitabı rəfdən götürdü. Kitabın cildinə nəzər saldım. Orada farsca yazılmışdı: «Çeynabi Təvarixi Al-i Səlcuk», yəni Səlcuq sülaləsinin tarixi».

O, kitabı açdı və dedi:

– Budur, səhifə 207.

– Hicri 637-ci ildə sultan Ələddin Keyqubad Qəbadiyyə sarayında vəfat etdi. Onun yerinə Səlcuq taxtına Qiyasəddin Keyxosrov oturdu. Bu padşah bir gürcü qızı ilə nikah kəsdirdi və bu xristian qızına məhəbbəti o qədər güclü idi ki, sikkələrin üstündə öz şəkli ilə yanaşı, qızın şəklini də vurmağı əmr etdi. Bir gün müdriklər və möminlər sultanın yanına gəlib dedilər: «Sultan Allahın şəriətini pozmalı deyil. Sultanın bu əməli günahdır».

Hökmdar qəzəblə cavab verdi: «Allah məni sizə hökmdar təyin edib. Sizin vəzifəniz də itaət etməkdir». Müdriklər gedib kədərə qərq oldular. Lakin Allah sultanın gözlərini açdı və o, müdrikləri çağırıb belə danışdı: «Mən müqəddəs qanunları pozmaq istəmirəm, çünki onlara riayət etmək vəzifəsini Allah mənim boynuma qoyub. Buna görə də əmr edirəm: uzunsaçlı, sağ pəncəsində qılınc tutan aslan mənəm. Başımın üstündə parıldayan günəş də çox sevdiyim qadındır. Dediklərim qanundur». O zamandan bəri aslan və günəş İranın simvoludur. Ağıllı kişilər isə deyirlər ki, gürcü qadınlarından dünyada gözəl qadın yoxdur».

Seyid Mustafa kitabı bağladı və üzümə baxıb gülümsədi:

– Görürsən, Keyxosrov etdiyini sən indi edirsən. Heç bir qanun bunu qadağan etmir. Gürcü qadınları Peyğəmbərin möminlərə vəd etdiyi qənimətin bir hissəsidir. Peyğəmbər Quranda deyir: «Get onu götür».

Onun sərt sifəti birdən-birə yumşaldı. Balaca, acıqlı gözləri işıldadı. O, iyirminci əsrin balaca bir tərəddüdünü Müqəddəs Kitabdakı kəlam vasitəsilə aradan qaldırdığı üçün özünü xoşbəxt sayırdı. Onun bütün vücudu bəyan edib deyirdi: qoy kafirlər əsl tərəqqinin harada olduğunu bilsinlər!

Onu qucaqlayıb öpdüm. Onun otağından çıxıb, evə tərəf getdim. Qaranlıq küçələrdə addımlarım inamlı və möhkəm səslənirdi. Çünki arxam – Müqəddəs Kitab, qoca sultan və bilikli Mustafa idi.

XII

Səhra sirli və anlaşılmaz bir dünyanın darvazasına bən-
zəyir. Atımın nalları altında toz və daş göyə qalxırdı.
Altımdakı kazak yəhəri yumşaq idi, elə bil onun içini pərqu
ilə doldurmuşdular. Terek kazakları bu yəhərdə yatar, uza-
nar, həm də ayaq üstə dayanardılar. Kazakın varı da, yoxu da
bu yəhərdən asılan heybənin içindədir: bir kömbə çörək, bir
şüşə araq və Qabardin kəndlərindən oğurladığı qızıl sikkələr.
Mənim heybəm boş idi. Səhra küləyinin vıyıltısı qulağımdan
getmir. Çapıram, boz qumların əbədiyyət dünyası istiqa-
mətində çapıram. Çiynimdəki yumşaq Qabardin yapıncısı
məni küləkdən qoruyurdu. Quldurlar və cəngavərlər bu
geyim növünü soyğunçuluq və gəzinti üçün ixtira etmişlər.
Bu qara keçəni bir an içərisində çadıra çevirmək də müm-
kündür, onu büzüb basqın zamanı oğurlanmış şeyləri bük-
mək də. Qaçırılmış qızlar isə tutuquşu qəfəsdə oturan kimi
yapıncının içində büzüşüb dinməz oturardılar. Mən Boz
Qurd darvazasına doğru çapıram. Bakının yanında, səhranın
düz ortasında yerləşən bu darvazanı lap qədim zamanların
azmanları, bahadırları tikmişlər. Bu darvaza, qum okeanının
ortasında ucalan, küləkdən kobudlaşmış iki köhnə qədim
qayadan ibarət idi. Türklərin əcdadı sayılan Boz Qurd o

zaman osmanlıların qabağına düşüb, onları bu daş keçiddən Anadolunun yaşıl yamaclarına aparmışdır.

Bədr zamanı çaqqallar və səhra qurdları bu iki qayanın yanında yığışırlar. Onlar aya baxıb, cəsəd, leş görən itlər kimi ulayırlar. Onların cəsəd iyi barədə anlaşılmaz və qeyri-adi bir hissiyyatları vardır. Onların nəzərində Ay bir cəsəddir. Bir evdə ölüm ayağında adam varsa, itlər ulayırlar. Cəsəd iyini hələ insan ölüm yatağında olanda hiss edirlər. İtlər səhra qurdlarının cinsindən, nəslindəndir. Rusiya təbəəsi olan bizlərlə Ənvər paşanın Qafqaza yürütdüyü qurdları ilə qan şəriki, ortağı olduğumuz kimi...

Səhranın ucsuz-bucaqsız boşluğunda atımı çapırdım. Yanımla da atam atın belində eyni sürətlə irəliləyirdi. Yəhərdə oturan atam atın yalmanına elə yatmışdı ki, o, qədim yunan əsatirlərindəki insan başlı atı xatırladırdı.

– Səfər xan! – Səsim boğuq çıxırdı. Atamı çox nadir hallarda öz adı ilə çağırardım. – Səfər xan, səninlə danışmalıyam.

– Çapa-çapa danış, oğlum. Atlı ilə at həmahənglıklə birləşəndə danışmaq daha asan olur.

Görəsən, atam məni ələ salırdı? Qamçımla atın böyrünü zolaq-zolaq edirdim. Atam qaşlarını çatdı. Balaca bir hərəkətlə atı hərəkətə gətirdi və bir az sonra mənə çatdı:

– Buyur, oğlum, nə deyirsən? – Onun səsi mənə istehzalı gəlir.

– Evlənmək istəyirəm, Səfər xan.

Uzun bir sükut çökdü. Küləyin vıyıltısı kəsilmirdi. Atın nalları altından çıxan daşlar toza qarışıb ətrafı bürüyürdü. Nəhayət, atamın səsi eşidildi:

– Mən sənə dəniz qırağında imarət tikdirəcəm. Gözəl bir yer tanıyıram. Bəlkə imarətdə bir pəyə də tikdirdim. Yayda sən Mərdəkanda yaşayarsan. Birinci oğlunun adı isə əcdadımızın şərəfinə İbrahim olmalıdır. İstəsən, sənə bir avtomobil də bağışlayaram. Amma avtomobil mənasız şeydir. Çünki ona yetdik yollarımız yoxdur. Pəyə daha yaxşıdır.

Yenə sükut çökdü. Boz Qurd darvazası arxada qaldı. Dənizə tərəf, Bayıl qəsəbəsi tərəfə gedirik. Atamın səsi elə bil uzaqdan gəlirdi.

– Mən axtarıb sənə qız tapım, yoxsa özün birini tapmaq istəyirsən? İndi elə zəmanədir ki, cavanlar qızı özləri axtarıb tapırlar.

– Mən Nino Kipiani ilə evlənmək istəyirəm.

Atamın simasında heç nə dəyişmədi. Onun sağ əli atın yüyənini tuturdu.

– Nino Kipiani ilə, – deyə o sözə başladı, – Nino Kipianinin incə beli var. Amma mənə elə gəlir ki, bütün gürcü qızları incəbellidirlər, buna baxmayaraq sağlam uşaq doğurlar.

– Axı, ata!

Dəqiq bilmirdim nəyə görə hirslənmişdim, amma çox qəzəblənmişdim. Atam qıraqdan mənə baxıb güldü:

– Sən hələ çox cavansan, Əli xan. Qadının beli onun dillər bilmək qabiliyyətindən daha vacibdir.

Atam açıq bir laqeydliklə soruşdu:

– Nə vaxt evlənmək istəyirsən?

– Payızda, Nino məktəbi qurtaranda.

– Lap yaxşı. Deməli, uşaq gələn mayda dünyaya gələcək. May xoşbəxt aydır.

– Axı, ata!

Məni yenə anlaşılmaz bir hirs bürüdü. Mənə elə gəlirdi ki, atam məni lağa qoyub. Mən Nino ilə onun belindən, yaxud dilləri bildiyindən ötrü evlənmirəm, axı! Onu sevdiyim üçün onunla evlənirəm.

Atam güldü. Sonra atını saxladı və dedi:

– Səhra tənha və bomboşdur. Fərqi yoxdur, hansı təpənin yanında olur-olsun, oturub çörək yeyək. Acmışam. Elə burada bir az dincələk.

Atdan düşdük. Atam heybənin içindən bir təndir çörəyi və pendir çıxartdı. Çörəyin yarısını mənə uzatdı, amma mən ac deyildim. Qumun üstündə uzanmışıq, atam yeyir və uzaqlara baxırdı. Birdən onun sifəti ciddiləşdi, dirsəklənib özünü düzəltdi, sonra bardaş qurub oturdu:

– Yaxşı iş görürsən evlənirsən. Mən üç dəfə evlənmişəm. Lakin arvadlarım payız milçəyi kimi ölüb gedirdilər. İndi isə bildiyin kimi, heç evli də deyiləm. Amma sən evlənsən, bəlkə mən də evləndim. Sənin Ninon xristian qızıdır. Qoyma onu evinə yad imanı gətirsin. Bazar günləri onu kilsəyə göndər, amma evinə gərək keşiş ayağı dəyməsin. Qadın tez sınan bir qabdır. Bunu bilmək vacibdir. Hamilə olduğu vaxt onu döymə. Amma yadından çıxartma: evin ağası sənsən, o da sənin kölgəndə yaşamalıdır. Bilirsən ki, müsəlmanlar dörd arvadı birdən saxlaya bilər. Amma biri ilə kifayətlənsən daha yaxşıdır. Əlbəttə, Ninonun uşağı olmasa, başqa məsələdir. Arvadına sədaqətsizlik eləmə. Onun sənin toxumunun hər damlasına haqqı vardır. Zinakarlıq edən əbədiyyətə kimi lənətlidir. Onunla səbirli ol. Qadınlar uşaq kimidirlər, amma uşaqdan fərqli olaraq daha hiyləgər və daha yaman olurlar. Bunu bilməlisən, bu çox vacibdir. İstədiyin vaxt ona çoxlu hədiyyələr gətir, ipək və daş-qaş ver. Amma ehtiyacın olanda o sənə məsləhət versə, mütləq tərsinə hərəkət et.

– Ata, axı mən onu sevirəm.

O, başını yırğaladı. – Ümumiyyətlə, kişi gərək arvadı sevməsin. Kişi vətəni, müharibəni sevər. Bəzi adamlar gözəl xalçaları, yaxud nadir silahları sevirlər. Ancaq kişinin qadını sevməsi hadisəsinə də təsadüf edilir. Leyli və Məcnunun dillərdə əzbər olan eşqindən və yaxud Hafizin qəzəllərindən xəbərin vardır. Hafiz bütün ömrü boyu məhəbbətdən yazıb-oxuyub. Amma bəzi ağıllı adamlar deyirlər ki, Hafiz ömründə bir qadınla belə yatmayıb. Məcnun isə əməlli-başlı dəli idi. İnan mənə: kişi qadını qorumalıdır, sevməli deyil. Allahın buyruğu belədir.

Mən susdum. Atam da dinməz oturdu. Bəlkə o haqlı idi. Kişinin həyatında məhəbbət ən vacib, ən mühüm şey deyil. Mən hələ atamın dərrakə və ağıl səviyyəsinə çatmamışdım.

Atam birdən güldü və bərkdən dedi: «Yaxşı, sabah mən knyaz Kipianinin yanına gedib, məsələni onunla danışaram. Yoxsa dünya dəyişib, cavanlar indi özləri qıza elçi gedirlər?»

– Mən özüm gedib Kipianilərlə danışacam, – deyə tələsik cavab verdim.

Atlara minib Bayıla tərəf yönəldik. Bir az sonra Bibiheybətin neft qüllələri göründü. Qara neft buruqları eybəcər, qaranlıq bir meşəni xatırladırdı. Ətrafı neft iyi bürümüşdü. Əllərindən neft damcılayan fəhlələr içindən neft fışqıran buruğun yanında dayanmışdılar. Bayıl həbsxanasının yanından keçəndə birdən-birə güllə səsi eşitdim. «Kimi güllələ-yirlər?» – deyə mən soruşdum.

Yox, bu dəfə Bayıl həbsxanasında heç kimi güllələmirdilər. Güllə səsləri Bakı qarnizonunun kazarmasından gəlirdi. Orada əsgərlərə müharibə sənətini öyrədirdilər.

– Dostlarına baş çəkmək istəyirsən? – deyə atam soruşdu. Başımla ona «bəli» dedim. Atlarımızı kazarmanın təlim meydançasından sürdük. İlyas bəy və Məhəmməd Heydər öz hissələrinə təlim keçirdilər. Onların alnından tər tökülürdü.

«Sağ-sol! Sağ-sol!»

Məhəmməd Heydərin sifəti çox ciddi idi. İlyas bəy yad iradənin idarə etdiyi incə bir oyuncağa oxşayırdı. Hər ikisi bizə yaxınlaşıb salam verdi.

Soruşdum ki, necədir, hərbi xidmət xoşunuza gəlir, yoxsa yox? İlyas bəy susdu. Məhəmməd Heydər də qaşqabağını töküb cavab verdi:

– Necə olsa məktəbdən yaxşıdır.

İlyas bəy də dilləndi:

– Alayımıza yeni komandan gəlir. Şuşalıdır, adı Knyaz Melikovdur.

– Melikov? O kəhər atı olan Melikov olmasın?

– Bəli, elə özüdür. Bütün qarnizon o atdan əfsanələr danışır.

Biz susduq. Kazarma meydanını qatı bir toz bürümüşdü. İlyas bəy arzu dolu gözləri ilə alaqapıya baxırdı. Onun baxışlarında həsəd və həsrət oxumaq olardı. Atam əli ilə onun çiyninə dəydi: «Deyəsən, Əli xana həsəd aparırsan ki, o azaddır. Paxıllıq eləmə. O, bu saat azadlığını əldən vermək niyyətindədir.

İlyas bəy uzun-uzadı güldü: «Düzdür, Nino ilə evlənirsən?»

Məhəmməd Heydər də maraqla başını qaldırdı: «Elə düz vaxtıdır, bəsdir avara-avara gəzdin».

Məhəmməd Heydər evli idi. Arvadı çadra geyirdi. Onun adını nə mən bilirdim, nə də İlyas bəy. O, diqqətlə məni süzdü, sonra alnını qırışdırıb dedi: « İndi həyatın əslində nə demək olduğunu öyrənərsən.

Bu sözlər Məhəmməd Heydərin dilində çox sadəlövh səslənirdi.

Hər ikisinin əlini sıxıb kazarmanı tərk etdim. Axı Məhəmməd Heydərlə onun çadralı arvadının həyatdan nə xəbərləri var?

Evə qayıdıb divanda uzandım. Asiyalıların otaqları həmişə sərin olur. Gecələr otaq bulaq su ilə dolan kimi sərinliklə dolur. Gündüzlər adam otağa girəndə elə bil soyuq hamama girir.

Birdən telefon zəng çaldı. Ninonun səsi gəldi: «İstidən, bir də riyaziyyatın əlindən ölürəm, Əli xan. Gəl kömək elə».

On dəqiqədən sonra Nino nazik əllərini mənə uzadırdı. Onun incə barmaqları mürəkkəbə bulaşmışdı. Mən bu mürəkkəb ləkələrini öpdüm.

– Nino, atamla danışdım, o razıdır.

Nino həm titrəyir, həm də gülürdü. Utancaq halda otaq tərəfə baxırdı. Onun üzü qızarmışdı. O, lap yaxınlaşdı, mən onun göz bəbəklərini görürdüm. Birdən pıçıldaya-pıçıldaya:

– Əli xan, qorxuram, çox qorxuram.

– İmtahandan qorxursan, Nino?

– «Yox» – deyib üzünü çevirdi. Onun gözləri dənizə zillənmişdi. Barmaqlarını saçlarının arasına salıb dedi: «Əli xan, bir qatar saatda əlli kilometr sürətlə «X» şəhərindən «U» şəhərinə gedir...»

Ürəyim açıldı və sevincək əyilib onun dəftərlərinə baxmağa başladım.

XIII

Sıx bir duman dəniz tərəfdən gəlib şəhəri bürüyürdü. Tinlərdəki fənərlər zəif işıq verirdi.

Hirsdən vurnuxan adam kimi sahil boyunca gəzməyə başladım. Duman elə qalın idi ki, insanların üzünü seçmək olmurdu. Qabağıma çıxan adamlar ya laqeyd, yaxud da hürkmüş kimi görünüb qeyb olurdular. Yola atılmış bir enli taxtaya ilişdim, büzüşüb oturmuş hambalın üstünə yıxıldım. Onun qalın dodaqları tərpənir, nəyi isə çeynəyirdi. Mənasız baxışları uzaqlara zillənmişdi. Hambal anaşa çeynəyirdi və artıq dərin, nəşəli xəyallar içində üzürdü. Yumruğumu bərk büküb onun belindən ilişdirdim və yoluma davam etdim. Limandakı binaların pəncərələrindən gələn işıq sayrışırdı. İşıqdan gözlərim qamaşdı. Birdən yerə atılmış şüşəyə toxundum, cingiltisini eşidəndə qorxudan vahiməyə düşmüş bir iranlının sifətini gördüm.

Dumanın içindən kök bir adamın qarnı qabağımda zühur oldu. Bu kök adamın baxışı məni qaçmağa vadar etdi. Lakin başımla onun qarnına toxundum. Kökün qarnı yumşaq piyli idi. Birdən mehriban bir səs eşitdim: «Axşamınız xeyir, Əli xan».

Başımı qaldırdım və Naxararyanı gördüm. O, gülə-gülə üzümə baxırdı. «Lənət şeytana», deyə qışqırıb çıxıb getmək

110

istədim. Lakin o, məni bərk tutmuşdu: «Özünüzü yaxşı hiss etmirsiniz, dostum. Yaxşısı budur, qalın mənimlə».

Onun səsi şəfqətli səslənirdi. Elə bil qəflətən özümü çox yorğun hiss etdim. Məni soyuq tər basmışdı, artıq taqətim yox idi.

Naxararyan: «Dur, gedək Filiposyantsın restoranına», dedi. Razılıq verdim. Mənim üçün artıq heç fərqi də yox idi. Naxararyan əlimdən tutub məni Baryatinsk küçəsilə böyük bir restorana apardı.

Yumşaq stula səriləndən sonra o, həmdərd bir adam kimi dedi:

– Bu dəlilikdir, Əli xan, Qafqaz dəliliyi. Hər halda bu, bürkünün nəticəsidir. Yoxsa başqa şeyin nəticəsidir? Bəlkə sizi başınızı götürüb belə qaçmağa vadar edən başqa səbəb var?

Restoranın yumşaq mebelləri var idi. Divarlarına da qırmızı parça vurulmuşdu. Bir qurtum isti çay içib hər şeyi danışdım: bu gün qoca Kipianiyə telefonla zəng etməyimi, Ninonun qorxa-qorxa gizlincə evdən çıxdığını, knyaginyanın əlini öpdüyümü, knyazın da əlini sıxdığmı, qocaya ailəmin gəlirindən bəhs etdiyimi, habelə, hətta çarın həsəd apara biləcəyi təmiz rus dilində prinses Nino ilə evlənmək istədiyimi onlara nə cür bildirdiyimi Naxararyana danışdım.

– Bəs sonra? Danış, əzizim, – Naxararyan elə bil doğrudan da dərindən maraqlanırdı.

– Sonra? Bir qulaq asın.

Mən knyazın hərəkətlərini yamsılayıb, onun azacıq gürcü ləhcəsi ilə mənə necə müraciət etdiyini nəql elədim: «Əziz oğlum! Hörmətli Əli xan. İnanın ki, mən qızım üçün daha yaxşı adam arzu etməzdim. Sizin xasiyyətinizdə olan bir adamla evlənmək hər bir qadın üçün xoşbəxtlikdir! Amma

Ninonun yaşını nəzərə alın. Bu uşağın məhəbbətdən nə xəbəri vardır? Axı o hələ məktəbə gedir. Biz də götürüb Hindistandakı uşaq nikahı adətinə uyaq? Bir də ki, din, tərbiyə, nəsil, mənşə fərqini də yaddan çıxartmalı deyilik. Bunu mən sizin də yaxşılığınıza deyirəm. Atanız da mənim fikrimə şərik olardı. Hər şeyi qoyaq bir yana, görmürsünüz nə zəmanədir, nə dəhşətli vaxtdır? Kim bilir, axırımız nə olacaq! Mən də Ninonun xoşbəxtliyini istəyirəm. Bilirəm, o inanır ki, sizi sevir. Mən onun xoşbəxtliyinə mane olmaq istəmirəm. Amma bir şeyi deməliyəm: gəlin müharibənin axırını gözləyək. O vaxt ikiniz də yaşa dolarsınız və onda bir-birinizi sevsəniz, yenə danışarıq».

– İndi nə fikirdəsiniz, xan? – deyə Naxararyan soruşdu.

– Mən Ninonu qaçırdıb İrana aparacam. Mən bu rüsvayçılığa dözə bilmərəm. Sən bir işə bax: Şirvanşir nəslindən olan birinə «yox» cavabı verilsin? Kipiani nə fikirləşir? Naxararyan, mən özümü təhqir olunmuş hesab edirəm. Şirvanşirlər nəsli Kipianilərdən qədimdir. Ağa Məhəmməd Qacar zamanı biz bütün Gürcüstanı yerlə-yeksan etmişdik. O vaxtlarda hər bir Kipiani öz qızını sevinclə Şirvanşirlərdən birinə verərdi. O, dini fərqdən danışır! Bununla nə demək istəyir axı? Yoxsa islam xristianlıqdan aşağı dindir? Bəs mənim şərəfim? Doğma atam mənə istehza ilə gülərdi. Gülərdi və deyərdi ki, bir işə bax, bir xristian mənə öz qızını verməkdən imtina edir! Biz müsəlmanlar dişi tökülmüş canavarlarıq. Yüz il bundan qabaq...

Qəzəbdən səsim kəsildi. Susdum. Düzünə qalsa, onsuz da həddən çox danışdım.

Naxararyan da xristian idi. O da özünü təhqir olunmuş hesab edə bilərdi. Amma heç belə deyildi:

112

– Qəzəbinizi başa düşürəm, Əli xan. Ancaq o, heç «yox» deməyib axı. Müharibənin axırına kimi gözləmək, əlbəttə, gülüncdür. Kipiani sadəcə, başa düşmək istəmir ki, onun qızı böyüyüb. Qızı qaçırtmağa qarşı sözüm yoxdur. Qızqaçırtma köhnə, sınaqdan çıxmış yoldu, bizim adətlərimizə də uyğundur. Amma bu, son çıxış yolu deyildir. Gərək biri gedib knyaza bu nikahın, necə deyim, mədəni, siyasi əhəmiyyətini izah etsin. Bundan sonra o, əlbəttə, güzəştə gedər.

– Bəs bunu kim eləsin?

Elə bunu deyən kimi Naxararyan əlini sinəsinə vurub qışqırdı:

– Necə kim, mən! Arxayın ol, Əli xan, mənə etibar elə bu işi.

Təəccüblə ona baxdım. Görəsən, bu erməninin məqsədi nədir? İkinci dəfədir o, mənim şəxsi işimə qarışır. Bəlkə türklərin irəliləməsi ərəfəsində o, müsəlmanlarla yaxın əlaqə yaratmaq istəyir? Yoxsa o, doğrudan da Qafqaz xalqlarının ittifaqını qurmaq niyyətindədir? Kim bilir? Mənə heç fərqi də yox idi. Hər halda o, mənim müttəfiqim idi. Əlimi ona uzatdım.

Əlimi möhkəm sıxıb dedi: «Sizə hər şeyi xəbər verəcəm. Özünüz heç bir şey etməyin və ən başlıcası, qızı qaçırtmayın. Başqa çarə qalmasa, buna əl atarsınız».

Ayağa durdum. Birdən məndə elə hiss oyandı ki, bu yekəqarın adama bel bağlaya bilərəm. Mən onu qucaqladım və restorandan çıxdım. Elə ayağımı küçəyə qoymuşdum ki, kimsə tələsik özünü mənə çatdırdı. Atamın köhnə dostu Süleyman ağa idi. O da restoranda oturmuşdu. Ağır əlini çiynimə qoydu və dedi: «Tfu, sən işə bax! Şirvanşir nəslinin övladı erməni qucaqlayır». Səksənib yerimdə qaldım. Amma Süleyman ağanı görmədim: o, gecənin dumanında qeyb oldu. Yaxşı ki, Kipianigilə bu gün nəyə görə getdiyimi atama deməmişəm. Deyərəm ki, onunla hələ danışmamışam. Açarı çıxardıb qapını açmaq istəyəndə başımı yırğalayıb öz-özümə düşündüm: «Ermənilərə belə nifrət bəsləmək nə axmaq işdir».

Bu əhvalatdan sonrakı həftələrdə günüm elə telefonun qara qutusu yanında keçirdi. Bu iridəstəkli yöndəmsiz aparata birdən-birə, heç ağlıma gəlməyəcək dərəcədə elə bağlanmışdım ki...

Evdən bayıra da çıxmırdım. Atam soruşanda ki, niyə gedib Nino ilə evlənmək istədiyimi onun valideynlərinə demirəm, qayıdıb dodaqaltı nə isə mənasız bir söz deyirdim. Telefonun dəhşətli səsi hərdənbir məni diksindirirdi. Dəstəyi qaldırırdım və Nino «döyüş meydanı»ndan məlumat verirdi: «Əli, sənsən? Qulaq as. Naxararyan anamla oturub, ulu babam şair İliko Çavçavadzenin şeirlərindən danışır». Bir az sonra: «Əli, eşidirsən? Naxararyan deyir ki, Rustaveliyə və kraliça Tamaraya İran mədəniyyəti böyük təsir göstərmişdir». Və sonra: «Əli xan! Naxararyan atamla çay içir. Elə indicə o dedi ki, bu şəhərin sirri ondakı irqlərin və millətlərin anlaşılmaz birliyindən, yaxınlığından irəli gəlir».

Yarım saat sonra dəstəkdən Ninonun səsi gəlir: «Naxararyan lap ağıl dəryası imiş».

Gülüb dəstəyi yerinə qoydum. Günlər bu cür bir-birinin ardınca keçib gedirdi. Naxararyan Ninonun evindən əl çəkmirdi: orada yeyər, içər və gününü keçirərdi. Hələ bu nədir, o, Kipianigil ilə gəzməyə çıxır və bəzən mistik, bəzən də əməli məsləhətlər verirdi. Telefon xətti vasitəsilə mən erməni hiyləgərliyini izləyirdim: «Naxararyan deyir ki, ilk sikkə Ay olub. Qızıl sikkələr də onların insanlar üzərindəki hakimiyyəti isə qafqazlılar və iranlıların qədimlərdə Aya sitayişinin nəticəsidir. Artıq bu cəfəngiyata qulaq asa bilmirəm, Əli xan. Bağa gəl».

Bağa getdim. Köhnə yerdə, qala divarlarının yanında görüşdük. Nino tələsik, qısa cümlələrlə mənə son məlumatları danışdı. Anası dad-aman edib ona məsləhət verib ki, Nino öz gənc həyatını heç bir vəhşi müsəlmana etibar etməsin. Atası isə yarızarafat, yarıciddi xəbərdarlıq edib ki, mən mütləq Ninonu hərəmxanaya göndərəcəm.

Balaca Nino isə gülə-gülə, amma eyni zamanda ciddi şəkildə onlara xəbərdarlıq edib deyib: «Özünüzü gözləyin ha! O, məni qaçırdacaq, onda neyləyəcəksiniz?»

Onun saçlarını tumarladım. Mən öz Ninomu yaxşı tanıyırdım. Nə istədiyini bilməsə belə, Nino həmişə arzusuna nail olur. Nino deyinə-deyinə:

– Müharibə hələ on il də davam edə bilər. Valideynlərimin bizdən bu qədər gözləməyi tələb etməsi dəhşətdir.

– Nino, məni doğrudan da belə sevirsən?

Onun dodaqları titrədi:

– Biz bir-birimizsiz yaşaya bilmərik. Mənim valideynlərim işi çətinləşdirirlər. Amma mən onların dediyini etməyəcəm və fikrimdən dönməyəcəm. Soruşursan ki, səni sevirəm? Hə, səni doğrudan da sevirəm. Amma məni götürüb qaçsan, vay halına!

O susdu. Çünki adam həm öpüşüb, həm də eyni zamanda danışa bilməz. Nino xəlvətcə evə getdi və telefon oyunu təzədən başladı:

«Əli xan, Naxararyan deyir ki, onun əmioğlusu Tiflisdən ona məktub yazıb. Deyir ki, çarın Qafqazdakı çanişini qarışıq nikahlara tərəfdardır. Canişin bunu, Şərqin fiziki yolla Qərb mədəniyyətinə qovuşmasının bir üsulu hesab edir. Başa düşürsən, o, nəyi nəzərdə tutur, Əli xan?»

115

Yox, mən artıq heç bir şeyi başa düşmürəm. Mən sadəcə, tənbəl-tənbəl evdə oturub, ağzıma su almışdım. Xalam qızı Ayşə yanıma gəldi və xəbər verdi ki, son üç gündə Nino beş dərsdən «qeyri-kafi» alıb. Əlbəttə, Ayşə bunun günahını mənim üstümə atırdı. Mən gərək gələcəyin qayğısına qalmaqdansa, Ninonun ev tapşırıqlarına diqqəti artıraydım. Ayşənin qabağında xəcalət çəkirdim. Sonra xalaqızıyla nərd oynadıq. Ayşə oyunu uddu və söz verdi ki, Ninoya məktəbdə kömək edəcək.

Yenə telefonun zəngi gəlir: «Sənsən? Neçə saatdır siyasət və iqtisadiyyatdan danışırlar. Naxararyan deyir ki, o öz pullarını sərmayə kimi İrandakı malikanələrə qoya bildikləri üçün müsəlmanlara qibtə edir. Kim bilir, Rusiyanın başına nələr gələcək? Bəlkə hər şey dağılacaq. İranda isə ancaq müsəlmanlar torpaq ala bilərlər. O, dəqiq bilir ki, Gilanın yarısı Şirvanşir ailəsinindir. Rusiyada vəlvələ ehtimalı nəzərə alınsa, xaricdə torpaq sahibi olmaq gələcəyi təminat altına alır. Naxararyanın bu sözləri valideynlərimə misilsiz təsir göstərib. Anam deyir ki, müsəlmanların bəzilərində də daxili mədəniyyət vardır».

Bu söhbətin üstündən düz iki gün keçdi və erməni şahmatçısı oyunu uddu. Telefon zəng çaldı. Sevincindən həm gülən, həm də ağlayan Nino xəbər verdi:

– Anamla atam bizə xeyir-dua verdilər. Amin.

– Qoy əvvəlcə atan mənə zəng eləsin. O məni təhqir eləyib.

Elə də oldu. Knyazın səsi yumşaq, ahəngi mülayim və müqəddəsdir. Onun yolunu kəsmək günah olardı. «Bizə gəlin, Əli xan».

Qaça-qaça yuxarı qalxdım. Knyaginya ağladı və məni öpdü. Knyaz bayramsayağı bəzənmişdi, kefi kök idi. O da nikahdan, ər-arvadlıqdan danışırdı, amma fikirləri atamınkından fərqli idi: knyazın fikrincə, nikah qarşılıqlı etimad və qarşılıqlı qayğıya əsaslanır. Ər ilə arvad həmişə məsləhətləşməli və işdə bir-birinə kömək etməlidirlər. Onlar həmçinin həmişə yadda saxlamalıdırlar ki, ikisi də azad ruhlu, bərabərhüquqlu insanlardır. Mən and içdim ki, Ninonun əynində çadra olmayacaq və onu heç vaxt hərəmxanada saxlamayacağam. Nino gəldi və mən onun alnından öpdüm. Başını çiyinləri arasında gizləməyə çalışan Nino elə bil kömək axtaran quşa bənzəyirdi.

Knyaz da əlavə edib dedi:

– Amma bu işdən heç kimin xəbəri olmamalıdır. Əvvəlcə Nino məktəbi qurtarsın, sonra hamıya bildirərik. Qızım, yaxşı oxu. Əgər imtahandan kəsilsən, daha bir il gözləməli olacaqsan.

Ninonun elə bil qələmlə çəkilmiş qaşları qalxdı: «Arxayın ol, ata, mən hər iki imtahandan müvəffəqiyyətlə çıxacam: məktəbdə də, ailədə də. Hər iki halda Əli xan mənə kömək edəcək».

Ninogildən çıxan Naxararyan isə maşınının yanında dayanıb məni gözləyirdi. Onun domba gözləri mənə zillənmişdi.

– Naxararyan, – dedim. – Nə istəyirsən sənə bağışlayım: Dağıstanda bir kənd, yoxsa İran ordeni? Bəlkə Ənzəlidə portağal bağı istəyirsən?

O, əlini çiynimə vurub:

– Heç birini, – dedim. – Heç birini istəmirəm. Taleyin təkərini düz yola çəkə bildiyim üçün xoşbəxtəm. Bu mənə kifayətdir.

Minnətdarlıqla onun üzünə baxdım. Şəhərdən çıxıb Bibiheybət körfəzinə doğru getdim. Çirkli qara maşınlar neft hopmuş torpağa işgəncə verə-verə, onun şirəsini sorurdular. Naxararyan mənim üçün necə canfəşanlıq edirdisə, Nobel

ailəsi də eyni coşqunluqla ölkənin təbii mənzərəsini dəyişdir-
mək işini başa çatdırırdı. Dənizin iri bir parçası artıq torpaq
tökdürülüb qurudulmuş və sahilə birləşdirilmişdi. Dənizin
köhnə hissəsi dənizə də aid deyildi. Bu hissə birdəfəlik
ondan qoparılmışdı, amma heç sahilə də uyuşmurdu. Kimsə
sahənin o başında çayxana açmışdı. Biz orada oturub çay
içirdik. Alkoqol kimi sərt olan bu çay dünyanın ən yaxşı çayı
idi. Çayın gözəl ətrindən məst olan Naxararyan Qarabağa
hücumu gözlənilən türklərdən və Kiçik Asiyada erməni
qırğınından danışırdı.

– Qorxmayın, – dedim. – Türklər Bakıya kimi gəlsələr,
mən sizi evimdə gizlədərəm.

Naxararyan cavab verdi ki, o, heç nədən qorxmur.

Dənizin o başında Nargin adasının arxasında ulduzlar
parıldayırdı. Sahilə dinc bir sakitlik çökmüşdü: «Dənizlə sahil
daimi mübarizədə birləşən ər-arvad kimidirlər». Görəsən,
bunu mən dedim, yoxsa Naxararyan? Artıq yadımda deyildi.
Naxararyan məni evə gətirdi. Atamın yanına gəlib dedim:
«Kipiani Şirvanşir evinin ona göstərdiyi hörmət üçün
minnətdarlığını bildirir. Nino mənim nişanlımdır. Sabah
onlara get və məsələləri müzakirə et».

Mən çox yorğun və xoşbəxt idim.

XIV

Günlər həftələrə, həftələr aylara qarışıb gedirdi. Bu zaman ərzində dünyada, ölkədə və evimizdə çox hadisə baş verdi. Gecələr uzanmış, ağaclardan tökülüb saralan yarpaqlar Qubernator bağının bütün cığırlarını bürümüşdü. Payız yağışı üfüqü qaraltmışdı. Nazik buz layları dənizdə üzür və sahildəki qayalara dəyib parçalanırdı. Günlərin birində küçələri nazik qar təbəqəsi örtdü və bir anlığa qış hökm sürməyə başladı.

Sonra gecələr yenə qısalmağa başladı.

Səhradan şəhərə ağır addımlarla dəvələr gəlməyə başladı. Sarı tüklərinə qum yapışmışdı və onların əbədiyyətə baxan gözləri hələ də uzaqlara zillənmişdi. Dəvələr lülələri yerə baxan topları, tüfəngləri və sursatla dolu qutuları daşıyırdılar. Bunların hamısı böyuk bir döyüşdə ələ keçirilən hərbi qənimət idi. Cır-cındıra çevrilmiş boz rəngli uniforma geyən türk əsirləri küçələrdən keçirdilər. Onlar dəniz sahilinə tərəf gedirdilər. Orada onları buxar gəmilərinə doldurub Nargin adasına aparırdılar. Əsirlər bu adada dizenteriya, aclıq və vətən həsrətindən məhv olurdular. Bəziləri də qaçmağa müvəffəq olur, amma ya İranın duz basmış səhralarında, yaxud da Xəzər dənizinin qurğuşun rəngli dalğalarında can verirdilər.

Müharibə çox uzaqlarda gedirdi. Amma indi gözlənilmədən bu müharibə gəlib lap yanımıza çatmışdı və biz onu hiss də edə bilirdik. Əsgərlərlə dolu vaqonlar şimaldan, yaralılar doldurulmuş qatarlar da qərbdən gəlirdi. Çar öz əmisini komandan vəzifəsindən kənar edib, qoşuna özü rəhbərlik etməyə başlamışdı.

Çarın əmisi indi Qafqazın hökmdarı idi. Onun qara və zəhmli kölgəsi vətənimizin başının üstünü almışdı. Böyuk knyaz Nikolay Nikolayeviç! Onun uzun və arıq əli ta Anadolunun qəlbinə qədər uzanırdı. Çara bəslədiyi qəzəbi və kini o, diviziyalarının amansız və vəhşi basqınları, hücumları ilə soyudurdu. Böyük knyazın bu kini və qəzəbi qarlı dağları və qumlu səhraları aşıb Bağdad, Trabzon və İstanbula qədər uzanıb gedirdi. Onun kin və qəzəbinin həddi-hüdudu yox idi. Camaat ona «uzun Nikolay» ləqəbi vermişdi. Onun vəhşi çılğınlığından, xəstə ruhundan və bu qudurğan döyüşçünün qanlı sərsəmliyindən hamı titrəyə-titrəyə vahimə içində danışırdı.

Müharibəyə saysız-hesabsız ölkə cəlb edilmişdi. cəbhə Əfqanıstandan Şimal dənizinə kimi uzanırdı və müttəfiq kralların, dövlətlərin və sərkərdələrin adları cəbhədə can vermiş qəhrəmanların cəsədini bürümüş zəhərli milçəklər kimi qəzet səhifələrini doldururdu.

Yenə yay gəldi. Qızmar günəş şəhərin başına od yağdırırdı. Küçələrdəki qır adamın ayağı altında əriyirdi. Həm Şərqdə, həm də Qərbdə qələbə bayram edilirdi.

Mən günümü çayxanalarda, kafelərdə, dostlarımın yanında və evdə keçirirdim. Erməni Naxararyan ilə dostluq etdiyimə görə çoxları məndən üz döndərmişdi. İlyas bəyin diviziyası hələ də şəhərdə idi və kazarmanın tozlu həyətində müharibə sənətini öyrənirdi. Opera, teatr və kinoteatrlar əvvəlki kimi tamaşaçıların üzünə açıq idi. Çox hadisə baş vermişdi, amma dünyada, vətəndə və evimizdə heç bir şey dəyişməmişdi.

İmtahanların yükü altında inildəyən Nino yanıma gələndə, əllərim onun sərin, hamar əlini tumarlayırdı.

Onun gözlərində dərin bir qorxu vardı. Xalam qızı Ayşə mənə xəbər verirdi ki, müəllim Şirvanşirin nişanlısına mərhəmət göstərib sinif curnalında dalbadal «kafi» qiymət yazırdı. Nino ilə birlikdə küçədə gəzəndə onun qız gimnaziyasındakı rəfiqələri böyük maraqla arxamızca baxırdılar. Biz şəhər klubuna, teatra və rəqs gecələrinə gedirdik. Amma nadir hallarda tək qalırdıq. Dostlar bizi xeyirxahlıqla keçilməz bir divar kimi əhatə edirdilər. İlyas bəy, Məhəmməd Heydər, Naxararyan və hətta mömin Seyid Mustafa belə bizi müşayiət edirdi. Öz aralarında onların sözü həmişə bir-birilə tutmurdu. Kök və varlı Naxararyan şampan şərabını içib, Qafqaz xalqları arasında qarşılıqlı məhəbbətdən danışanda Məhəmməd Heydərin əhvalı pozuldu. Ovqatı təlx oldu. Və o dedi: «cənab Naxararyan, mənə elə gəlir ki, qayğıkeşliyiniz yersizdir. Çünki müharibədən sonra onsuz da yalnız cüzi sayda erməni sağ qalacaq».

Nino da yerindən atıldı:

– Amma Naxararyan o sağ qalanların arasında olacaq.

Naxararyan susub, şampan şərabını içirdi. Mənim eşitdiyimə görə, o, bütün pulunu İsveç bankına keçirtmək niyyətində idi.

Bütün bunların mənə dəxli yox idi. Mən Məhəmməd Heydərdən Naxararyanla bir az mehriban olmağı xahiş etdiyim zaman, o, qaşqabağını salladı və dedi:

– Mən ermənilərə nifrət edirəm. Allah bilir nə üçün?..

Bu əhvalatın üstündən günlər, həftələr keçdi. Nəhayət, imtahan günü gəldi və Nino müqəddəs kraliça Tamara liseyinin imtahan zalında dayanıb riyaziyyat düsturları, klassik əsərlərdən iqtibaslar, tarixi rəqəmlər vasitəsilə kamilliyini sübuta yetirdi. Çətin anlarda isə o, iri gürcü gözlərini işə salıb vəziyyətdən çıxırdı.

Buraxılış gecəsindən sonra sevincindən göyə uçan Ninonu evlərinə gətirəndə, qoca Kipiani dedi:

– İndi siz nişanlısınız. Çamadanlarını yığ, Əli xan. Biz Tiflisə gedirik. Səni ailə üzvlərimizə təqdim etməliyəm.

Beləliklə, biz Gürcüstanın paytaxtı Tiflisə yola düşdük.

Tiflis qalın meşəyə oxşayırdı. Bu meşədə hər ağacın öz adı var idi: hər bir ağac o birisinin ya əmisi, ya əmioğlusu, ya dayıoğlusu, ya xalası, ya da xalası qızı idi. Bu qalın meşədə düz istiqamət tapmaq asan deyildi. Adlar köhnə polad kimi adamın qulağında cingildəyirdi. Orbeliani, Çavçavadze, Sereteli, Amilaxvari, Abaşidze! Subeliani ailəsi doqquz əmioğlu və dayıoğlunun şərəfinə Didube bağında ziyafət verirdi. Gürcü zurnasında kaxetiyalıların döyüş havası olan «Mravalyaveri» və xevsurların «Lilo» havasını çaldı. Kutaisidən gələn və adı Abaşidze olan əmioğlu İmeriya dağlarının mahnısını – «Mqali» Deliyanı oxudu. Ziyafət bütün gecə davam etdi. Günəş dağların arxasından yavaş-yavaş işıq saçmağa başlayanda musiqiçilər himn çalmağa başladılar: «Dur, ey kraliça Tamara, Gürcüstan sənin üçün ağlayır». Mən dinməz-söyləməz Ninonun yanında oturmuşdum. Qabağımızda qılınc xəncərlər parıldayırdı.

Sübh ala-qaranlığında bir dəstə əmioğlunun ifa etdiyi gürcü xəncər rəqsi qeyri-real və maraqsız bir səhnə oyununu xatırladırdı. Yanımda oturanların söhbətinə qulaq asırdım:

– Sereteli ailəsinin bir üzvü Tiflisi Çingiz xandan müdafiə eləyib.

– Xəbəriniz olmamış olmaz ki, Çavçavadze nəsli, padşah nəsli olan Baqrationlardan qədimdir.

– Birinci Orbeliani haradan gəlmişdi? Necə yəni haradan? O, üç min il bundan qabaq Çindən gəlmişdi. O, Çin padşahının oğlu idi. Orbeliani nəslindən olan bəzilərinin gözləri hələ bu gün də çəpdir.

Utancaq-utancaq o tərəf-bu tərəfə baxdım. Məndən qabaq əbədiyyətə bir neçə Şirvanşir bunların qabağında nə idi?

Nino mənə təsəlli verdi: «Fikir eləmə, Əli xan. Mənim əmilərim çox qədim və adlı-sanlı nəsildəndir. Amma bir fikirləş: Sənin ulu baban Tiflisi fəth edəndə bunların əcdadları harada idilər?

Heç bir şey demədim, amma çox qürurlandım: hələ indidən, öz tayfasının içərisində Nino özünü bir Şirvanşir arvadı hesab edirdi. Fərəhlənməyəsən nə edəsən! Mən minnətdarlıqla ona baxdım.

Qırmızı Kaxetiya şərabı duru alov kimi adamı yandırırdı. Mən tərəddüdlə qədəhimi qaldırıb Orbeliani ailəsinin şərəfinə sağlıq dedim. Bir qoca arvad başını mənə tərəf əyib dedi: «Arxayın için, Əli xan. Tanrı şərabdadır. Bunu çox az adam bilir. O biri məstliklərin hamısı şeytandan gəlir».

Biz şəhərə qayıdan vaxt hava tam işıqlanmışdı. Mehman-xanaya getmək istəyirdim. Lakin əmioğlu idi, yoxsa əmi idi, bilmədim, məni saxladı və dedi:

– Keçən gecə siz Orbeliani evinin qonağı idiniz, indi mənim qonağımsınız. Səhər yeməyini Purqvinoda yeyəcəyik. Günorta da dostlarımızla ziyafət məclisi quracağıq.

Mən gürcü knyazlarının əsirinə dönmüşdüm. Bir həftəm elə bu minvalla keçdi: hər gün Alazan və Kaxetiya çaxırı, kabab və motal pendiri. Əmioğlular gürcü qonaqlıqlarının keşiyini çəkən əsgərlər kimi bir-birini əvəz edirdilər. Dəyişən

onlar idi. Dəyişmədən qalan isə mən və Nino. Ninonun səbrinə
məəttəl qalmışdım. Həftənin axırında o hələ də bahar şehi
kimi gümrah idi. Onun gözləri gülür, dodaqları da əmioğlular
və xala-bibilərlə söhbət etməkdən yorulmaq bilmirdi. Yalnız
onun səsindəki balaca xırıltı göstərirdi ki, o, gündüz və gecə
rəqs edib, içib və heç yatmayıb.

Səkkizinci günün səhəri əmioğlu Sandro, Dodiko, Vamex
və Soso otağımda peyda oldular. Qorxa-qorxa yorğanı
başıma çəkdim. Onlar zalımcasına sözə başladılar:

– Əli xan, bu gün siz Çakeli ailəsinin qonağısınız. Sizi onun
Köçəridəki mülkünə biz aparacağıq. Qaşqabağımı sallayıb
dedim ki, mən bu gün heç kimin qonağı deyiləm. Qoy bu
gün mən yazıq şəhidin üzünə cənnət qapıları açılsın və baş
məlaikə Mikayıl odlu qılıncı ilə məni cənnətə salsın, çünki
mən xoş əməl yolunda həlak olmuşam.

Sözlərim onlara heç təsir göstərmədi. Onlar bir-birinin
üzünə baxıb bərkdən, mərhəmətcəsinə qəh-qəhə çəkdilər.

«Kükürd suyu vannası» deyə təkrar etdim. «Kükürd suyu
vannası? Bu ancaq cəhənnəmdə olur, axı. Mən isə cənnətə
düşəcəm».

Qohumlar dedilər ki, yox, elə kükürd suyu ən yaxşısıdır.
Çalışdım ki, ayağa durum. Başım ağırlaşmışdı. Əl-ayağım
keyimişdi və onları elə bil heç hiss də etmirdim. Aynaya
baxdım və orada rəngi qaçmış çirkin bir sima gördüm.

Öz-özümə deyinə-deyinə: «Mənə belə yaxşıdır. Duru alov,
Kaxetiya şərabı. Bəs bilmirdim ki, müsəlman şərab içməz?»

Vamex mənə müraciət edib dedi:

– Biz Ninoya xəbər verərik. Kocoriya dörd saat sonra, sən
özünə gələndən sonra gedəcəyik.

Vamex eşiyə çıxdı, mən onun telefonla danışdığını eşidə
bilirdim. «Əli xan birdən xəstələnib. İndi onu kükürd suyu

124

ilə müalicə edirlər və yalnız dörd saatdan sonra sağala bilər. Prinses Nino ailəsi ilə birlikdə elə indi yola düşə bilər. Biz də sonra gələrik. Yox, təhlükəli deyil. Əli xan azca xəstələnib, vəssalam».

Güclə ayağa durdum. Başım gicəllənirdi. Gürcü qonaqpərvərliyi Tehranda əmimin sakit və alicənab qonaq qəbulundan fərqli idi. Orada Tehranda adam oturub tünd çay içər, şirlərdən və elmdən danışardı. Burada çaxır içir, rəqs edir, gülürdülər. Bu ziyafətlərdəki qonaqlar üzüyola olduqları kimi, polad yay kimi bərk idilər. Avropanın qapısı buradırmı? Yox, əlbəttə, yox. Bu ölkə bizə aiddir, amma Asiyanın digər hissələrindən fərqlənirdi. Bura bir darvazadır, amma darvaza hara aparırdı? Bəlkə də uşaq sevincində, qayğısız oyunlarında təcəssüm tapan bir müdrikliyə aparırdı bu darvaza! Bunu da bilmirdim. Yorğunluq məni üzürdü. Sərxoş kimi yırğalanayırğalana pillələrlə aşağı düşdüm və biz faytona mindik.

Sandro: «hamam darvazasına!» deyə faytonçuya əmr verdi. Faytonçu atları qamçıladı və şəhərin meydan məhəlləsindən keçib, günbəzli və böyük bir binanın qabağında dayandıq. Binanın qapısında arıq, qabırğaları görünən yarımçılpaq bir adam dayanmışdı. Kişi elə xəyala getmişdi ki, gözləri açıq ola-ola bizi görmürdü.

Sandro «Qamarcoba, Mekisse», deyə ona müraciət etdi. Qapıçı yerindən diksindi, baş əydi və dedi: «Qamarcoba, Tavadi. Salam, knyaz».

Sonra o bizi binanın iri Beybutov salonuna apardı. Salon çox böyük və isti idi. Daş döşəmələrin üstündə çılpaq adamlar uzanmışdılar. Biz də paltarlarımızı çıxartdıq və kiçik dəhlizdən keçib ikinci otağa girdik. Oranın döşəməsində dördkünc deşiklər qazılmışdı və onların içinə kükürdlü su doldurmuşdular.

125

Sandronun səsi elə bil röyadan gəlirdi: «Çox qədim zamanlarda bir padşah şahinini havaya buraxır. Şahin şığıyır bir meşəxoruzunun üstünə. Padşah gözləyir, gözləyir, amma nə şahin qayıdır, nə də meşəxoruzu. Padşah da başlayır axtarmağa və gəlib balaca bir meşəliyə çıxır. Meşəcikdən kükürdlü su axırdı. Padşah görür ki, şahin də, meşə xoruzu da suda boğulub ölüblər. Padşah da bu kükürd suyunu görən kimi orada Tiflis şəhərinin təməlini qoyur. Meşəxoruzu hamamı burdadır. O kiçik meşə də bayırdakı Meydanda yerləşirmiş. Tiflis kükürdlə də qurtaracaqdır».

Qübbəli otaq buxarla dolmuşdu. İsti hamamı kükürd iyi bürümüşdü. Elə pis iy gəlirdi ki, elə bil lax yumurta sındırmışdılar. Qohumlarımın bədəni tərdən parıldayırdı. Əllərimlə sinəmi ovxalayırdım. Kükürd dərimə yeriyirdi. Mən bu şəhəri fəth edib, bu kükürd suyunda çimən bütün işğalçıları və cəngavərləri yada saldım: Cəlaləddin Xarəzmi, Çingiz xanın oğlu Cığatay və Teymurləng. Tökdükləri qandan sərxoş olmuş bu şəxslər kükürd suyuna girib, qanlı ağırlığı yuyub yüngülləşmişlər.

– Bəsdi, Əli xan, çıx bayıra.

Qohumumun səsi məni xəyaldan ayıltdı. Yavaş-yavaş kükürd suyundan çıxdım, yandakı otağa keçdim və taqətsiz halda daş döşəmənin üstünə sərildim.

«Mekisse! – deyə Sandro qışqırdı.

Bizi buraya gətirən Mekisse gəldi. Demə, kisəçi də elə o özü idi. O, lüt idi və ülgüclə qırxılmış başına çalma taxmışdı. Ağzı üstə uzandım və Mekissə hoppandı düz belimə. Xalça üstə oynayan rəqqas kimi belimi məharətlə tapdalayırdı. Bundan sonra onun barmaqları biz kimi ətimə sancıldı. O, qollarımı elə bururdu ki, sümüklərin xırıltısını eşidirdim. Qohumlarım yanımda durub məsləhət verirdilər:

– Mekisse, qollarını bir də bur. O, çox xəstədir, Mekisse.

– Mekisse, bir dəfə də hoppan onun belinə. Hə, belə yaxşıdır. İndi onun sol tərəfini əməlli-başlı ovxala.

Deyəsən belə masajın ağrısı güclü olmalı idi. Amma mən heç ağrı da hiss etmirdim. Çox rahat olmuşdum. Ağappaq sabun köpüyünün içində uzanmışdım. Kisəçinin əməyi hədər getməmişdi. Hiss edirdim ki, bədənimin bütün əzələlərinə güc qayıdır.

«Bəsdir» deyə Mekisse dilləndi. Mən özümü güclə qaldırdım. Bədənim ağrıyırdı. Bu ağrılar içində yandakı otağa keçdim və ikinci hovuzun soyuq kükürd suyuna girdim. Birdən-birə soyuq suyun içinə girəndə nəfəsim tutuldu. Amma bir az sonra əzələlərim yumşalmağa başladı. Ağ bir qətfəyə bürünüb dala qayıtdım. Qohumlarım və Mekisse ümid dolu gözlərlə mənə baxırdılar.

Mən utanmağı buraxıb «acam» dedim və bardaş qurub düz yerdə oturdum.

Qohumlarım «o sağalıb» deyə qışqıraraq, «tez qarpız, pendir, göyərti və şərab gətirin!» dedilər.

Müalicəm qurtarmışdı.

Biz hamamın giriş salonunda oturub, yemək-içməklə məşğul idik. Bütün yorğunluğum və zəifliyim keçib getmişdi. Qarpızın qıpqırmızı, şirin, buz kimi soyuq ətirli tikəsi kükürd iyinin də öhdəsindən gəldi. Qohumlarım isə düşmüşdülər ağ «Naparoyli» çaxırının canına.

«Görürsən də!» deyə Dodiko sözə başladı, amma sözünü tamamlamadı. Lakin bu bircə «görürsən də!» sözü hər şeyi ifadə edirdi. Yerli kükürdlü su vannasından duyulan qürur, qonaqpərvərliyindən ziyan görmüş qonaqlara qayğı hissi və Dodikonun müsəlman qohumunun zəifliyindən ötrü boynuna götürdüyü məsuliyyət hissi bu bir kəlmə ilə ifadə olunurdu.

Süfrəmizə çoxlu adam qoşuldu. Çılpaq qonşularımız çaxır şüşəsini əllərində silah kimi tutub yanımıza gəlirdilər. Knyazlar, onlara borc verənlər, nökərlər, müftəxorlar, ziyalılar, şairlər və dağ yerindən gələn mülkədarlar bir süfrə başında oturmuşdular. Bu, artıq hamam deyildi, daha çox klub, yaxud qəhvəxana, ya da çılpaq, gülməli adamların, qayğısız, gülər gözləri olan insanların yığıncağı idi.

Balaca gözlü kök kişi sözə başladı:

– Osmanlılar gəlirlər. Böyük knyaz İstanbulu ala bilməyəcək. Eşitdiyimə görə, bir alman generalı İstanbula elə bir top gətirib ki, onu atanda mərmi düz gəlib Tiflisdəki Sion məbədinə dəyə bilər.

– Siz səhv edirsiniz, knyaz, – deyə başqası cavab verdi. Bu topu hələ düzəltməyiblər. Onu düzəltməyi planlaşdırıblar, hətta əgər hazır olsa da, onunla Tiflisi vurmaq olmaz. Almanların əlində olan bütün xəritələr yanlışdır. Çünki onları ruslar hazırlayıblar. Başa düşürsünüz, bu xəritələri ruslar belə müharibədən qabaq hazırlayıb almanlara ötürüblər. Rus xəritəsi, heç rus xəritəsi də düz olar?

Küncdə biri dərindən ah çəkdi. Başımı çevirib oraya baxanda, ağsaqqal, qartalburun bir qocanı gördüm. Qoca ah çəkə-çəkə sözə başladı:

– Zavallı Gürcüstan! Biz odla su arasında qalmışıq. Çünki osmanlılar qələbə çalsalar, Tamara məmləkətinin axırı gələcək. Ruslar müharibədə qalib çıxsalar bəs nə olacaq? O zaman çar öz niyyətinə nail olacaq, amma böyük knyazın dəmir pəncəsi bizim hülqumumuzu daha bərk sıxacaq. Hələ indi ən yaxşı oğullarımız müharibədə həlak olurlar. Sağ qalanları isə ya osmanlılar, ya böyük knyaz, yaxud da başqası boğacaq. Ola bilsin bir maşın, ya da amerikalı məhv edəcək. Biz çıxılmaz bir vəziyyətə düşmüşük. Bizim döyüş ruhumuz qəflətən sönüb gedəcək. Tamara ölkəsinin axırı çatıb. Bizim günümüzə baxın: döyüşçülərimiz balacaboy və zəif, məhsul pis, çaxır da turş.

Qoca ağır nəfəs ala-ala susdu. Biz də susurduq. Birdən qorxaq və boğuq bir səsin pıçıltısı gəldi.

– Onlar Baqrationu öldürdülər. Çarın qardaşı qızını götürüb qaçdığı üçün ruslar ondan intiqam aldılar. Çarın özü onu İrəvan alayının komandanı təyin edib cəbhəyə yolladı. Baqration da aslan kimi döyüşdü, amma on səkkiz güllə ilə vurulub öldürüldü.

Qohumlarım şərab içirdilər. Mən də bardaş qurub, gözlərimi uzağa zilləmişdim. Baqrationu fikirləşirdim. Baqration ailəsi xristian aləminin ən qədim knyaz nəsli idi. Saqqallı qoca haqlı idi. Gürcüstan həqiqətən odla su arasındadır.

Süfrə başında oturanların biri dilləndi:

– Onun bir oğlu qalıb – Teymuraz Baqration, əsl kral. Onu kimsə gizlədib qoruyur.

Sükut çökdü. Mekisse belini divara söykəyib yayxanmışdı. Dodiko əsnəyə-əsnəyə dedi:

– Ölkəmiz gözəl ölkədir. Onun kükürdlü su vannaları və Tiflisi, müharibəsi və Kaxetiya şərabı var. Baxın, Alazan çayı düzənliklə necə axır. Gürcüstan məhv olursa da, gürcü olmaq çox gözəl bir şeydir. Sizin burada danışdığınız ümidsizlik yaradır. Amma deyin görüm, Tamara məmləkətində nə vaxt vəziyyət ayrı cür olub? Heç vaxt, bağlarımız böyüyür, xalqımız çalıb oynayır. Bizim Gürcüstanımız gözəldir və bütün ümidsizliyinə baxmayaraq gözəl olaraq qalacaq.

Bu qəddi-qamətli cavan sözünü qurtarıb ayağa durdu. Məxmər kimi yumşaq dərisi olan bu cavan müğənni də qəhrəmanlar nəslindən idi. Küncdə oturan saqqallı qoca bərkdən güldü:

– Allaha şükür olsun ki, belə cavanlarımız var.

Vamex başını mənə tərəf əyib pıçıldadı: «Əli xan, yadından çıxartma ki, bu gün sən Kocoridə Şakeli ailəsinin qonağısan».

Hamımız ayağa durduq və bayıra çıxdıq. Faytonçu atlara qamçı vurdu. Vamex də: Şakelilər qədim zadəgan nəslindəndir...» deyib sözə başlayanda, mən ürəkdən qəhqəhə çəkib güldüm.

XV

Nino ilə Qolovinski küçəsindəki «Mefistofel» kafesində oturmuşduq. Davud dağı və onun təpəsindəki monastır qabağımızda ucalırdı. Qohumlarımız bizə bircə bu gün istirahət vermişdilər. Nino monastıra baxırdı. Mən onun nə barədə düşündüyünü bilirdim. Orada, Davud dağında bir qəbir vardı. Biz ona baş çəkməli idik. Bu qəbirdə şair və əlahəzrət çarın naziri Aleksandr Qriboyedov yatırdı. Onun məzar daşının üstündə bu sözlər yazılmışdı: «Sənin əməllərin unudulmazdır, amma nə üçün Ninonun məhəbbəti sənin ömründən uzun oldu?»

Nino? Bəli, Nino. Onun adı Nino Çavçavadze idi. Nazir və şair olan Qriboyedov evlənəndə Ninonun on altı yaşı var idi. Tehran camaatı rus nazirinin evini mühasirəyə alanda Ninonun on yeddi yaşı var idi.

Camaat «Ya Əli!» deyə qışqırırdı. Nazirin isə balaca bir xəncəri və bir tapançası var idi. Zülli-Sultan küçəsindən olan bir dəmirçi əlindəki iri gürz ilə vurub nazirin sinəsini tikə-tikə etmişdi. Nazirin meyitini çöllüyə atmışdılar. Başını isə itlər gəmirmişdi. Şair və çarın nazirindən qalan bu olmuşdu. Fətəli şah Qacar o vaxt çox razı qalmışdı. Onun vəliəhdi Abbas Mirzə də çox şad idi. Fanatik və müdrik bir qoca olan Məşi

131

ağa şahdan çoxlu mükafat aldı və Şirvanşirlərdən biri, mənim böyük əmimə də şah Gilanda bir malikanə bağışladı.

Bütün bunlar yüz il qabaq baş vermişdi. İndi isə mən Şirvanşir nəslinin övladı və Nino, Qriboyedovun nəvəsinin övladı burada, Tiflisdə «Mefistofel» kafesində birlikdə oturmuşuq.

Başımla Monastır dağını göstərib Ninoya dedim:

– Nino, əslində bizim aramızda qan düşmənçiliyi olmalı idi. Sən də mənə bir gün belə qəbir daşı qoyacaqsanmı?

– Bəlkə, – deyə Nino cavab verdi. – Ancaq bu, sənin öz rəftarından asılıdır. Özünü yaxşı aparsan qoyaram.

Nino qəhvəsini axıra kimi içdi və dedi:

– Dur, gəl şəhəri gəzək.

Ayağa durdum. Nino ana uşağını sevən kimi bu şəhəri sevirdi. Biz Qolovinski küçəsi ilə köhnə şəhərin dar küçələrinə tərəf yönəldik. Sion kilsəsinə çatanda Nino dayandı. Biz kilsəyə girdik. Kilsənin içi qaranlıq və rütubətli idi. Kilsə çox qədim idi. Mehrabın üstündə üzüm tənəyindən düzəldilmiş xaç asılmışdı. Gürcüstana nur gətirən müqəddəs Nino bu üzüm tənəyini Qərbdən, ilk dəfə ziyarət etdiyi müqəddəs torpaqdan gətirmişdir. Nino səcdəgahın qarşısında diz çökdü. O xaç çəkib, başını qaldırdı və yuxarıda asılmış şəklə, müqəddəs himayəçisinin rəsminə baxdı. Onun dodaqları: «Müqəddəs Nino, bağışla məni», deyə pıçıldayırdı.

Kilsə pəncərəsindən düşən işığın altında mən onun gözlərindən yaş axdığını gördüm.

– Gəl gedək, – dedim. Nino itaətkarcasına kilsə qapısından çıxdı. Dinməz-söyləməz küçələri gəzdik. Sonra mən dilləndim:

– De görüm, müqəddəs Nino sənin hansı günahını bağışlamalıdır?

– Səni, Əli xan.

Onun səsi qəmgin və yorğun səslənirdi. Nino ilə Tiflis küçələrində gəzmək yaxşı iş deyildi.

– Niyə məni, Nino?

Biz artıq meydana çatmışdıq. Gürcülər kafelərdə, elə küçənin ortasında oturmuşdular. Haradansa zurna səsi gəldi. Lap aşağıda isə köpüklənə-köpüklənə Kür axırdı. Nino uzağa baxırdı. Elə bil o, uzaqlarda öz-özünü axtarırdı.

– Səni, – deyə təkrar etdi, – səni və bütün olub keçənləri.

Mən onun nə demək istədiyini başa düşdüm. Lakin yenə soruşdum:

– Nə dedin?

Nino dayandı. Dayandı və sözə başladı:

– Get Tiflisi gəz. Gəz və diqqətlə bax. Heç çadralı qadın görə bilərsənmi? Yox. Burada Asiyanın havası duyulurmu? Yox. Bu şəhər başqa dünyadır. Küçələr enli, insanların ürəyi isə düzdür. Əli xan, mən Tiflisə gələndə ağlım başıma gəlir. Seyid Mustafa kimi riyakar axmaqlara burada rast gələ bilməzsən. Məhəmməd Heydər kimi başıboşlara da təsadüf edə bilməzsən.

– Bu ölkə çəkiclə zindan arasındadır, Nino.

Nino balaca ayaqları ilə qədim daş döşəmənin üstünü tıqqıldada-tıqqıldada yeriyərək davam etdi: «Elə səbəb də budur. Bax, elə buna görə Teymurləng Tiflisi yeddi dəfə yerlə-yeksan edib. Elə bu səbəbdən türklər, iranlılar, ərəblər və monqollar ölkəmizə yürüş ediblər. Onlar Gürcüstanı viran qoymuş, təhqir etmiş, qətl etmişlər, amma heç vaxt sözün həqiqi mənasında ona sahib olmamışlar. Müqəddəs Nino Qərbdən üzüm tənəyi ilə buraya gəlmişdi və biz də Qərbə mənsubuq. Bizim ölkə Asiyaya aid deyil, biz də asiyalı deyilik. Biz Avropanın şərqində yerləşən bir ölkəyik. Məgər sən özün bunu hiss etmirsən?»

133

Ninonun addımları itilənirdi. Onun uşaq alnı büzüşmüşdü: «Bilirsən, sənin Ninon nə üçün bu gün burda dayanıb? Gəl sənə deyim: ona görə ki, biz Teymurləngə, Çingiz xana, Şah Abbasa, Şah Təhmasibə, Şah İsmayıla mətanətlə müqavimət göstərmişik. Bax, buna görə mən varam. İndi isə sən qılıncsız, nəhəng filsiz, əsgərsiz buraya gəlmisən, amma sən yenə də qanlı şahın nəslindənsən, onun varisisən. Mənim qızlarım çadra geyəcəklər və İranın qılıncı yenə iti olan kimi mənim oğullarım və nəvələrim, Tiflisi bəlkə də yüzüncü dəfə viran qoyacaqlar. Ah, Əli xan, biz gərək ikimiz də Qərbə mənsub olaydıq».

Onun əlini əlimə aldım: «Nino, nə istəyirsən sənin üçün edim?»

– Eh, Əli xan, – deyə Nino cavab verdi, – Mən axmağam, Əli xan. Mən istəyirəm ki, sən enli küçələri və yaşıl meşələri sevəsən. Mən istəyirəm ki, sən Asiyanın çürük divarlarına yapışıb qalmayasan, həyatı yaxşı başa düşəsən. Mən qorxuram ki, bir on ildən sonra sən möminləşib, hiyləgər bir adama çevriləcəksən və Gilandakı malikanəndə oturub günlərin bir günü mənə deyəcəksən: «Nino, sən yalnız bir tarlasan». İndi sən özün de görüm, axı məni nə üçün sevirsən?

Tiflis Ninonu çaşdırmışdı. Nino elə bil Kür sahilinin nəmli havasından sərxoş olmuşdu.

– Səni nə üçün sevirəm, Nino? Səni, sənin gözlərini, sənin səsini, sənin ətrini, yerişini sevirəm, Nino. Axı bundan artıq nə istəyirsən? Mən səni bütünlüklə sevirəm. Başa düş ki, Gürcüstan ilə İranın sevgisi birdir. Sizin böyük şairiniz Rustaveli min il bundan qabaq bax burada dayanmışdı. O, kraliça Tamaraya burada məhəbbət mahnıları oxuyurdu. Onun mahnıları İran rübailəri kimidir. Rustavelisiz Gürcüstan, İransız Rustaveli ola bilməz.

Nino düşüncəli-düşüncəli dedi:

– Bu yerdə deyirsən? Bəlkə elə böyük məhəbbət şairi Sayat Nova da burada dayanmışdı? Gürcülərin məhəbbətini şeirlərində mədh etdiyi üçün şah onun başını vurdurdu.

Mənim Ninomun bu gün kefi yox idi. Onunla əməlli-başlı danışmaq da olmurdu. O, vətəni ilə vidalaşırdı və məhz vətən ilə vidalaşanda insanın ona məhəbbəti aşkara çıxır. O, ah çəkib yenə sözə başladı.

– Əli xan, sən mənim gözlərimi, burnumu, alnımı, – hər yerimi sevirsən. Amma sən bir şeyi yaddan çıxardırsan. Sən mənim ruhumu da sevirsənmi?

Yorğun halda cavab verdim ki, hə, mən sənin ruhunu da sevirəm. Qəribədir: Seyid Mustafa iddia edəndə ki, qadının ruhu olmur, mən gülürdüm: amma indi Nino onun ruhunu sevdiyimi bildirməyimi tələb edəndə, hirslənmişdim. Axı bu qadın ruhu nə deməkdir? Qadın gərək sevinsin ki, kişi onun ruhunun dərinliyində olanları bilmək istəyir.

– Bəs sən məni nə üçün sevirsən, Nino?

Nino birdən elə küçənin ortasında ağlamağa başladı. Uşaq kimi ağlayırdı. Elə uşaq kimi də yanağından yaş tökülürdü: «Bağışla məni, Əli xan. Mən səni sevirəm, sadəcə səni. Necə varsansa elə də sevirəm səni. Amma mən sənin yaşadığın aləmdən qorxuram. Əli xan, mən dəliyəm. Sən işə bax: Küçənin ortasında nişanlımla dayanmışam və Çingiz xanın bütün hərbi yürüşlərinin günahını sənin üstünə atıram. Öz Ninonu bağışla, Əli xan. Bu və ya digər gürcünün müsəlmanlar tərəfindən öldürülməsinin məsuliyyətini sənin üstünə atmaq axmaqlıqdır. Ancaq bir bax: mən, sənin Ninon nifrət etdiyin Avropanın bir zərrəsiyəm və burada, Tiflisdə bunu xüsusilə hiss edirəm. Mən səni sevirəm, sən də məni. Lakin mən meşələri və çəmənlikləri sevirəm, sən isə dağları, daşları və qumu, çünki sən səhra övladısan. Buna görə də səndən, sənin məhəbbətindən, sənin aləmindən qorxuram».

Çaşıb qalmışdım. Onun sözlərini başa düşmürdüm: «Hə, sonra?» deyə soruşdum.

«Sonra», – deyə Nino gözlərinin yaşını silib yenə gülməyə başladı və başını yana əyib dedi: «Sonra nə olacaq deyirsən? Heç bir şey! Üç aydan sonra evlənəcəyik, bundan artıq nə istəyirsən ki?»

Nino keçidsiz-filansız həm ağlaya bilirdi, həm də gülürdü: həm sevirdi, həm də nifrət edə bilirdi. O, Çingiz xanın bütün hərbi yürüşlərini mənə bağışladı və yenə məni sevirdi. Nino əlimdən tutdu və darta-darta körpüdən keçirdib, bazarın dolanbac, əyri-üyrü dar küçələrinə sürürdü. Bu, Ninosayağı üzr istəmək idi. Bazar Tiflisin Avropa libasında yeganə Şərq ləkəsi idi. Gombul xalça tacirləri, ermənilər və farslar orada İran xəzinəsinin rəngarəng zinətlərini camaatın qabağına tökmüşdülər. Üstündə müdrik sözlər həkk edilmiş mis bürünc əşyalar dükanların rəflərini doldururdu. Mavi gözlü bir kürd qızı camaatın falına baxır və elə bil öz çoxbilmişliyinə özü də məəttəl qalmışdı. Tiflisin avara və tənbəlləri meyxanaların qabağında yığışıb, Allah və dünya məsələləri barədə ciddi diskussiya aparırdılar. Şəhərdə müxtəlif dildə danışanların səsi qulaqlarımızda cingildəyirdi. Ninonun kədəri bazarın rəngbərəng qarmaqarışıqlığında itib getmişdi. Azərbaycanlılar, erməni tacirləri, kürd falabaxanları, fars aşpazları, Osetiya keşişləri, ruslar, ərəblər, inquşlar, hindlilər – Asiyanın bütün xalqları Tiflis bazarının dar yollarında görüşürdülər. Biz yalnız kiminsə bu sözləri dediyini eşitdik: «Mənim əcdadlarım sənin əcdadlarını Babil əsarətinə aparanda...»

Ətrafda duranlardan qəhqəhə qopdu. Nino da gülürdü – yəhudilərə, assuriyalılara, bazara, Tiflisin daş küçələrinə tökdüyü göz yaşlarına gülürdü.

Yolumuza davam etdik. Bir neçə addım atandan sonra yenə çıxdığımız yerə – Qolovinski küçəsindəki «Mefistofel» kafesinin yanına gəldik.

– İçəri girək? – deyə tərəddüdlə soruşdum.

– Yox. Barışmağımızı bayram etmək üçün müqəddəs Davud monastırına gedək.

Yan küçəyə dönüb funikulyora tərəf getdik. Qırmızı rəngli vaqona mindik və o, yavaş-yavaş Davud dağına qalxmağa başladı.

Şəhər gözlərimizin qabağında dərinliyə qərq olurdu və Nino bu məşhur monastırın qurulması tarixçəsini mənə danışmağa başlamışdı: «Çox-çox illər bundan qabaq bu dağda müqəddəs Davud yaşayırdı. Şəhərdə isə kral qızı yaşayırdı və o, bir knyaz ilə eşqbazlıq edirmiş... Knyaz qızı atır. Qız da hamilə olur. Qəzəblənmiş atası ondan zinakarın adını soruşanda qız öz sevgilisini satmamaq üçün müqəddəs Davudun adını verir. Hirsindən partlayan kral əmr edir ki, müqəddəsi onun sarayına gətirsinlər. Davudu gətirəndən sonra öz qızını çağırtdırır və qız ittihamı təkrar edir. Müqəddəs Davud da əsasını vurur qızın bədəninə. Və birdən möcüzə yaranır. Qızın bədəninin içindən uşağın səsi gəlir və əsl günahkarın adını çəkir. Lakin müqəddəsin istəyi ilə qız bir daş doğur və həmin daşdan da müqəddəs Davud bulağının suyu fışqırmağa başlayır. Uşağı olmayan qadınlar isə bu bulağın suyunda çimirlər ki, uşaqları olsun». Nino düşüncəli tərzdə əlavə etdi: «Əli xan, nə yaxşı ki, müqəddəs Davud olub və onun əsası qeybə çıxıb».

Biz artıq dağın başına çatmışdıq.

– Nino, bulaq başına getmək istəyirsənmi? – deyə soruşdum.

– Yox, Əli xan, buna hələ bir il vaxt var.

Biz monastırın divarları yanında durub aşağı şəhərə baxırdıq. Kür vadisi mavi duman içində idi. Daş dəryasından ucalan kilsə qübbələri tənha adaları xatırladırdı. Şəhərin şərqində və qərbində tiflislilərin dincəldiyi bağlar uzanırdı. Uzaqda Metex qalası ucalırdı. Vaxtilə orada gürcü padşahları qalardılar, indi isə rus imperiyası siyasətlə məşğul olmağa cəsarət tapan qafqazlıları o qalada saxlayırdı. Nino nəzərini yana çəkdi. Deyəsən bu məşhur işgəncə qalasını görən Ninoda çara sədaqət sarsılmışdı.

– Qohumlarından Metexdə yatan varmı, Nino?

– Yox, amma qanuna baxsan, sənin yerin oradır. Gəl, Əli xan, gedək.

– Hara gedək, Nino?

– Qriboedova baş çəkək.

Monastır divarını dönüb, köhnəlib baxımsız qalan bir qəbir daşına yaxınlaşdıq. Onun üstündə bu sözlər həkk edilmişdi: «Sənin əməllərin unudulmazdır, amma nə üçün Ninonun məhəbbəti sənin ömründən uzun oldu?»

Nino əyildi və bir çınqıl götürdü. O, bu çınqılı tələsik qəbir daşına sıxdı və əlini çəkdi. Çınqıl yerə düşdü və ayaqlarımızın altına yuvarlandı. Nino dərindən ah çəkdi. Bu, Tiflisin bir xurafatı idi: əgər bir qız çınqılı nəm qəbir daşına basırsa və çınqıl bir anlığa oraya yapışıb qalırsa, deməli, o, elə həmən il ərə gedəcəkdir. Ninonun daşı yerə düşdü.

Ninonun pərt olmuş sifətinə baxıb güldüm: «Görürsən? Özü də toyumdan üç ay qabaq belə şey baş verir! Deməli, bizim Peyğəmbər düz demişdir ki, ölü daşlara iman etmə».

Nino «düzdür» deyib susdu.

Biz funikulyora qayıtdıq.

Nino soruşdu:

– Müharibədən sonra nə edəcəyik?

– Müharibədən sonra? İndi elədiyimizi. Bakının küçə-lərində gəzəcəyik, dostlarımızın evinə qonaq gedəcəyik, Qarabağa səyahət edəcəyik, uşaqlarımızı böyüdəcəyik. Bundan yaxşı nə olar!

– Bir dəfə Avropaya getmək istəyirəm.

– Gözüm üstə, Parisə, Berlinə. Özü də bir qış uzunu.

– Hə, bir qış uzunu.

– Nino, ölkəmiz daha sənin xoşuna gəlmir? İstəyirsən, Tiflisdə yaşayaq.

– Sağ ol, Əli, sən mənim qayğıma yaxşı qalırsan. Biz elə Bakıda qalarıq.

– Nino, mənim fikrimcə, dünyada Bakıdan yaxşı yer yoxdur.

– Bilirəm, darıxırsan. Daim o qədim qalanın və Seyid Mustafa ilə ruhlandırıcı söhbətlərin həsrətini çəkirsən. Amma zərər yoxdur, mən səni sevirəm. Necə varsansa elə də qal.

– Bilirsən, Nino. Mən öz vətənimizi, onun hər daşını, səhrasındakı hər qum dənəsini də sevirəm.

– Bilirəm, Əli. Bakıya belə məhəbbət bəsləmək qəribədir. Yadlar üçün bizim şəhər yalnız isti, tozlu neft iyi gələn bir şəhərdir.

– Düzdür, çünki onlar yadlardır.

O, əlini mənim çiynimə qoydu. Onun dodaqları yanağıma toxundu: «Biz isə yad deyilik və heç zaman yad olmarıq. Məni həmişə sevəcəksənmi, Əli xan?»

– Əlbəttə, Nino.

Vaqon aşağı stansiyaya çatmışdı. Bərk qucaqlaşıb elə bu cür Qolovinski küçəsindən keçdik. Sol tərəfimizdə nazik barmaqlıqla əhatə edilmiş bağça var idi. Bağçanın qapısı bağlı idi. Elə bil daşa dönmüş iki əsgər, tərpənmədən keşikdə durmuşdular. Qapının üstündə çarın qızıl suyuna basılmış qartalı asılmışdı. Bu park, Qafqaz canişini, böyük knyaz Nikolay Nikolayeviçin sarayına aid idi.

Nino birdən dayandı. «Bax» deyə parkı göstərdi. Parkın içində uzun boylu, arıq və çal saçlı bir kişi gəzişirdi. O, üzünü çevirəndə mən, soyuq bir xəyalla dolmuş gözlərindən böyük knyazı tanıdım. Onun üzü uzunsov idi, dodaqları bərk sıxılmışdı. Ağacların kölgəsində iri, heybətli vəhşi bir heyvana bənzəyirdi.

– Əli xan, görəsən o, nə düşünür?

– Hər halda, çar tacını, Nino.

– Tac onun ağarmış saçlarına yaxşı yaraşar. Bəs o nə edəcək?

– Deyirlər o, çarı devirəcək.

– Gəl, Əli xan, mən qorxuram.

Biz ətrafına gözəl barmaqlıq salınmış bağçadan uzaqlaşdıq, Nino dedi:

– Sən çara və böyük knyaza qarşı belə pis danışmalı deyilsən. Onlar bizi türklərdən qoruyurlar.

– Sənin vətənin çəkiclə zindan arasındadır.

– Mənim vətənim? Bəs səninki necə?

– Bizim vəziyyətimiz başqadır. Biz məngənədə deyilik. Biz zindanın üstündə uzanmışıq, böyük knyaz da əlində çəkici tutub. Ona görə də ona nifrət edirik.

– Siz Ənvər paşaya vurulmusunuz. Sən axmaqlığa bax! Sən Ənvərin gəlişini görməyəcəksən. Böyük knyaz qələbə çalacaq.

– Allah böyükdür və bunu ancaq Allah bilir, – deyə mən sakit cavab verdim.

XVI

Böyük knyazın qoşunları Trabzonda idilər. Onlar Ərzurumu tutmuş, Kürdüstan dağlarını aşıb Bağdad istiqamətində irəliləyirdilər. Böyük qoşunları Tehrana, Təbrizə və hətta müqəddəs Məşhədə soxulmuşdular. Artıq Türkiyənin və İranın yarısı üzərində Nikolay Nikolayeviçin zəhmli kabusu dolaşırdı. Böyük knyaz gürcü zadəganları ilə bir görüşdə belə danışdı: «Çarın əmrinə tabe olaraq mən, qızıl Bizans xaçı öz şan-şöhrətilə Aya Sofyanın qübbəsi üstündə parlamayınca rahatlıq nədir bilməyəcəm».

Hilal bayraqlı ölkələrin vəziyyəti yaxşı deyildi. Şəhərdə ancaq qoçu və hamballar Osmanlıların qüdrətindən və Ənvərin müzəffər qılıncından danışırdılar. İran artıq mövcud deyildi və bir az sonra Türkiyə də yox olacaqdı.

Atam yaman qaradinməz olmuşdu. Tez-tez evdən çıxıb gedirdi. O, bəzən müharibə xəbərlərini oxuyur, yaxud da əyilib xəritələrə baxır və əldən gedən şəhərlərin adlarını pıçıltı ilə çəkirdi. Sonra da saatlarla əlində təsbeh tərpənmədən bir yerdə otururdu.

Mən isə zərgərxanalara, çiçək dükanlarına və kitab mağazalarına gedirdim və vaxtımı bununla keçirirdim. Ninoya qiymətli daşlar, çiçək və kitablar göndərirdim. Onu görən vaxt müharibə, böyük knyaz və təhlükə altında olan Hilal bir neçə saatlığa yaddan çıxırdı.

Bir gün atam dedi: «Axşam evdə ol, Əli xan. Bizə bəzi adamlar gələcək və ciddi məsələlər barədə söhbət edəcəyik».

Onun səsi bir az pərt idi və o, gözlərini yana çevirdi.

Mən dərhal başa düşdüm və istehza ilə dedim:

«Məgər mən sənə and içməmişəm ki, ata, mən heç vaxt siyasətlə məşğul olmayacağam?!

– Öz xalqının qeydinə qalmaq siyasətçiliklə məşğul olmaq deyildir. Əli xan, elə vaxtlar olur ki, xalqın qeydinə qalmaq, onun taleyini düşünmək bir vəzifəyə çevrilir.

O axşam Nino ilə operaya getməli idim. Şalyapin Bakıya gəlmişdi. Neçə gün idi ki, Nino bu tamaşa üçün sevinirdi. Telefona yaxınlaşdım və İlyas bəyə zəng elədim: «İlyas bəy, bu gün mənim işim var. Nino ilə operaya gedə bilərsənmi? Biletləri artıq almışam».

Xəttin o başından dilxor bir səs gəldi: «Nə danışırsan, Əli xan? Axı mən öz ağam deyiləm. Bu gecə mən Məhəmməd Heydərlə kazarmada növbətçiyəm».

Seyid Mustafaya zəng elədim.

– Düzünü deyirəm, gedə bilmərəm. Mənim böyük molla Hacı Maqsud ilə görüşüm var. O, yalnız bir neçə günlüyə İrandan gəlib.

Axır ki, birini tapdım. Mən Ninoya xəbər verdim və evdə qaldım.

Saat düz yeddidə gözlədiyimiz qonaqlar gəlməyə başladılar.

Səkkizin yarısında qırmızı xalçalar və osmanlı yastıqları sərilmiş zalımıza düz bir milyard manat yığılmışdı, daha doğrusu, birlikdə bir milyard manat var-dövləti olan adamlar toplaşmışdı. Onların sayı çox deyildi və hamısını illərdən bəridir tanıyırdım.

İlyas bəyin atası Zeynal ağa birinci gəldi. Onun beli bükülmüşdü, sulu gözləri də dumanlanmışdı. Zeynal ağa əsasını yanına qoyub, yumşaq taxtda oturdu və bir tikə türk halvası götürüb yavaş-yavaş yeməyə başladı. Ondan sonra iki qardaş zala girdi: Əli Əsədulla və Mirzə Əsədulla. Onların mərhum ataları Şəmsi on-on iki milyon pul qoyub getmişdi. Oğlanlar atalarının ağlını miras alaraq hələ üstəlik yazıb-oxumağı da öyrənmişdilər. Buna görə də atadan qalan milyonların sayını qat-qat artırmışdılar. Mirzə Əsədulla pulu, ağılı və sakitliyi sevən adam idi. Onun qardaşı isə Zərdüşt alovu idi. O, «tükənməz alova bənzəyirdi. Daim hərəkətdə idi. Onun müharibədən, sərgüzəştdən və təhlükədən xoşu gəlirdi. Ölkədə çoxlu qanlı hadisə baş vermişdi və deyilənlərə görə, bunların hamısının qəhrəmanı elə o idi. Onun yanında oturan qaraqabaq Bünyadzadə sərgüzəşti sevməzdi, amma buna müqabil eşqdən çox xoşu gəlirdi. Aramızda dörd arvadı olan yeganə adam o idi. Onun arvadları bir-biriləri ilə amansızcasına dalaşırdılar. Bünyadzadə xəcalət çəkirdi, amma öz təbiətinə qarşı heç nə edə bilmirdi. Ondan uşaqlarının sayını soruşanda, o, qəmli-qəmli deyərdi: «Bilmirəm on beşdir, ya da on səkkiz. Axı mən yazıq bunu haradan bilim?» Milyonların sayını soruşanda o, eyni cavabı verirdi.

Zalın o biri küncündə oturan Yusif oğlu Bünyadzadə paxıllıq və nifrət hissi ilə baxırdı. Onun tək bir arvadı var idi, o da eybəcərin biri. Həmin arvad ona hələ toy günü belə demişdi: «Əgər sən zinakarlıq edib başqa qadınlarla gəzsən, mən o qadınların qulaqlarını, burunlarını və döşlərini kəsəcəm. Sənə nə edəcəyimi deməyə isə heç dilim də gəlmir». Qadın davakar bir tayfanın qızı idi. Buna görə də onun hədə-qorxusu boş söz deyildi. Fağır Yusif oğlu da qorxusundan rəsm toplamaqla məşğul idi.

Saat səkkizin yarısında salona girən adam balacaboy və arıq bir kişi idi. Onun incə əlləri, xınalı barmaqları var idi. O, qapıdan içəri girəndə durub təzim etdik, çünki ona bədbəxtlik üz vermişdi. Bir neçə il bundan qabaq onun yeganə oğlu İsmayıl vəfat etmişdi. Kişi öz oğlunun xatirəsinə Nikolay küçəsində cah-calallı bir imarət tikdirmişdi. Binanın üz tərəfinə iri qzıl hərflərlə «İsmayıl» sözü yazılmışdı. Kişi bu binanı islam xeyriyyə cəmiyyətinə bağışlamışdı. Onun adı Ağa Musa Nağı idi və yalnız iki yüz milyon manata sahib olduğu üçün bizim mühitə girə bilərdi. Çünki o, artıq müsəlman deyildi. O, Nəsrəddin şahın edam etdirdiyi mürtəd Babın kafir təriqətinə mənsub idi. Babın nə istədiyini aramızda yalnız bir neçəsi dəqiq bilirdi. Bunun əvəzində hamımız yaxşı bilirdik ki, Nəsrəddin şah bəhailərin dırnağının altına qızarmış biz soxdurur, onları tonqallarda yandırır və qamçı ilə ölənə kimi döydürür. Bu cür cəzalara məruz qalan bir təriqət gərək insanlara pis bir şey öyrədəydi.

Saat səkkizdə qonaqların hamısı toplaşdı. Bu neft knyazları salonda oturub çay içir, şirniyyat yeyir, çiçəklənən işlərindən, evlərindən, atlarından, bağlarından və qumar masasında uduzduqları puldan danışırdılar. Onlar adətə sadiq qalıb saat doqquza kimi elə bu şeylərdən danışdılar. Saat düz doqquzda nökərlər süfrəni yığdılar və qapını bağlayandan sonra atam sözə başladı: «Şəmsi Əsədullanın oğlu Mirzə Əsədullanın xalqımızın taleyi barədə bəzi fikirləri var. Gəlin ona qulaq asaq».

Mirzə Əsədulla yaraşıqlı, fikirli simasını qaldırdı və danışmağa başladı: «Böyük knyaz müharibəni udsa, artıq bir dənə də olsun İslam ölkəsi qalmayacaq. Çarın qoluna daha çox güc gələcək. Bizə o, əlbəttə, toxunmayacaq, çünki bizim pulumuz var. Amma o məscidləri və məktəbləri bağlayacaq, ana dilimizi qadağan edəcək, yadlar ölkəmizdə sayca bizdən artıq olacaqlar və Peyğəmbərin xalqını artıq heç kim müdafiə etməyəcək. Şübhəsiz, Ənvərin heç olmasa balaca bir qələbəsi bizim xeyrimizə olardı. Amma biz ona bu işdə kömək göstərə bilərikmi? Yox, mənim fikrimcə, yox, edə bilmərik. Bizim pulumuz var, amma çarın pulu daha çoxdur. Bizim adamlarımız var, amma çarın daha çox adamı var. Bəs nə etməliyik? Əgər biz pulumuzun və adamlarımızın bir hissəsini çara versək, bir alay yaradıb, onu silahlandırsaq, bəlkə müharibədən sonra onun zülmü bir az yüngülləşər. Siz nə fikirdəsiniz? Bəlkə başqa çıxış yolu vardır?

O susdu. Onun qardaşı Əli söz aldı və dedi:

– Çarın qoluna güc gələcək, deyirsən. Amma kim bilir, bəlkə müharibədən sonra heç çarın qolu da qalmayacaq.

– Amma qardaş, çar getsə də ölkədə hələ çoxlu rus qalacaq.

– Qardaşım, onların sayı azala da bilər.

– Axı onların hamısını qırıb tökmək olmaz.

– Bəli, Mirzə, onların hamısını qırıb tökmək olar.

İki qardaş susdu. Sonra Zeynal ağa sözə başladı. O, taqətdən düşmüş qoca kimi yavaşca danışırdı: «Kitabda yazılanı heç kim bilmir. Hətta İstanbulu tutsa belə, böyük knyazın qələbəsi qələbə sayıla bilməz. Çünki bizim xoşbəxtçiliyimizin açarı İstanbulda deyildir. Açar Qərbdədir. Və alman adlansalar da orada türklər qalib gələcəklər. Ruslar Trabzonu tutublar, türklər də Varşavanı. Ruslardan danışırsınız? Onlarda heç rusluq qalıbmı? Eşitmişəm ki, adı Rasputin olan bir kəndli çara hökmranlıq edir, çarın qızını sığallayır, çarın arvadına da «mama» deyir. Çarı yıxmaq istəyən böyük knyaz da mövcuddur, hətta ələləri də var ki, üsyan qaldırmaq üçün sülh vaxtını gözləyirlər. Bir sözlə, bu müharibədən sonra hər şey bambaşqa olacaq.

«Bəli» deyə uzun bığları və parıldayan gözləri olan bir kök adam söz aldı. «Bəli, bu böyük müharibədən sonra hər şey fərqli olacaq».

Bu, peşəsi vəkil olan Xoylu Fətəli xan idi. Biz bilirdik ki, o, daima xalq işinin qayğısını və qeyrətini çəkən bir adamdır.

Fətəli xan ciddiləşib sözünə davam etdi:

– Bəli, vəziyyət bambaşqa olacaq. Amma buna görə biz heç kimdən lütfkarlıq diləməli deyilik. Bu müharibədə kim qalib gəlir-gəlsin, o, zəif olacaq, döyüşlərdə aldığı yaralar çox olacaq. Biz isə zəif düşməyəcəyik, yaralarımız olmayacaq, buna görə də biz o zaman dinləmək əvəzinə tələb etməliyik. Bizim ölkə İslam ölkəsidir, şiə ölkəsidir və biz Romanov və Osman saraylarından eyni şeyi tələb edirik: bizə aid olan hər şeydə, hər sahədə müstəqilik. Müharibədən sonra bu güclü dövlətlər nə qədər zəif düşsələr, biz o qədər azadlığa yaxınlaşacağıq. Məhz bu azadlıq bizim zay olmamış qüdrətimizi, pulumuzu və neftimizi gücləndirəcək. Buna görə unutmayın ki, bizim dünyaya yox, dünyanın bizə ehtiyacı var. Otaqda bir milyard manat toplanıb. Gözləmək! Nə gözəl sözdür. Gözləmək və kimin qalib gələcəyini görmək: ruslarınmı, yoxsa türklərinmi? Bizim əlimizdə neft var. Müharibədən qalib çıxan da bizə yalvarıb lütfkarlıq diləyəcək. Bəs o vaxta kimi nə etməli? Dinimiz uğrunda döyüşənlər üçün xəstəxanalar, yetimxanalar, korlar evi tikməliyik. Elə etməliyik ki, bizi əqidəsizlikdə ittiham edən olmasın!

Mən isə dinməz və hirsli küncdə oturmuşdum. Əli Əsədulla salonun o başından gəlib yanımda oturdu: «Siz bu barədə nə fikirdəsiniz, Əli xan?» Əli Əsədulla mənim cavabımı gözləmədən başını mənə sarı əydi və pıçıltı ilə danışmağa başladı:»Vətənimizdəki bütün rusları məhv etmək yaxşı olmazdımı? Təkcə rusları yox, bütün yadları, başqa cür danışan, başqa cür ibadət edən və başqa cür düşünənlərin hamısını. Əslində biz hamımız bunu istəyirik, amma tək mənəm bunu deməyə cürət tapan. Bəs bundan sonra nə olacaq? Mənə nə var, istəyirsə qoy Fətəli xan hakimiyyətə gəlsin. Başlıca məsələ isə odur ki, biz yadların kökünü kəsməliyik».

O, «kökünü kəsmək» sözünü elə zərif bir həsrətlə dedi ki, elə bil ki, məhəbbətdən danışırdı. Onun gözləri gülürdü, siması da hiyləgərcəsinə gülümsəyirdi. Mən susdum, danışmadım. İndi növbə Babi Ağa Musa Nağının idi. O danışmağa başlayanda balaca, içəri batmış gözləri parıldayırdı:

– Mən qoca bir adamam və gördüklərim, eşitdiklərim məni kədərləndirir. Ruslar türklərin, türklər ermənilərin kökünü, ermənilər bizim kökümüzü kəsmək istəyirlər, biz də rusların. Bunun yaxşı olub-olmadığını bilmirəm. Biz Zeynal ağa, Mirzə, Əli və Fətəli xanın xalqımızın taleyi barədə fikirlərini dinlədik. Mən başa düşürəm ki, məktəblərin, ana dilimizin, xəstəxanaların və azadlığın qayğısına qalırlar. Bu, pis şey deyil! Amma orada yalnız boş şeylər tədris edilirsə, məktəb kimə və nəyə lazımdır? Cismi müalicə edib, ruhu yaddan çıxardan xəstəxananın nə faydası var? Bizim ruhumuz Allaha doğru getmək istəyir. Düzdür, hər xalq düşünür ki, onun ayrı Allahı var. Amma mənim fikrimcə, bütün peyğəmbərlərin səsi ilə vəhy edən varlıq – Allah – birdir. Buna görə mən İsaya, Musaya, Konfusiyə Budda və Məhəmmədə də inanıram. Biz hamımız bir Allahdan törəmişik və Babdan1 keçib onun yanına qayıdacağıq. Bunu xalqa bildirmək lazımdır. Ona elan etmək lazımdır ki, nə qara var, nə də ağ, çünki qarada ağ, ağda da qara vardır. Buna görə məsləhət görürəm: gəlin elə iş görməyək ki, dünyada kimsə zərər dəysin, çünki biz hər bir insandayıq, hər bir insanda da varıq.

Biz pərt halda oturmuşduq. Deməli, Babın kafir ideyası bu imiş.

Yanımda kiminsə bərkdən hıçqırdığını eşitdim. Başımı çevirdim və təəccübdən quruyub qaldım: Əli Əsədullanın gözlərindən yaş sel kimi axırdı.

Əli Əsədulla hıçqıra-hıçqıra dedi:

– Ah, nə gözəl sözlərdir! Nə qədər haqlısınız! Sizə qulaq asmaq xoşbəxtlikdir. Ey Küll-İxtiyar! Bütün insanlar bu qədər dərin biliyə malik olsaydılar, nə olardı!

O, göz yaşlarını sildi, bir-iki dəfə də hıçqırıb soyuqqanlı şəkildə davam etdi:

– Ey dərin hörmət bəslədiyim dostum! Heç şübhə yoxdur ki, Allahın qolu bütün qollardan qüvvətli və qüdrətlidir.

Lakin ey müdriklik dəryası olan dostum, bu da həqiqətdir ki, insan Külli-İxtiyarın iltifat ruhuna həmişə və mütləq bel bağlaya bilməz və bel bağlamamalıdır. Biz yalnız bəni-adəmik və iltifat ruhu yoxdursa, biz gərək özümüz çətinlikləri aradan qaldırmaq yollarını axtarıb tapaq.

Əli Əsədullanın bu kəlməsi çox ağıllı kəlmə idi. Onun göz yaşları tökməsi də ağıllı bir oyun idi. Mən Əlinin qardaşı Mirzəyə baxdım. Mirzə mat-məəttəl, iftixar hissilə qardaşına baxırdı.

Nəhayət, qonaqlar ayağa durdular. Nəcib şəkildə bir-birilərinə «Salamat qalın. Üzünüz həmişə gülsün», deyib ayrıldılar.

Müşavirə qurtardı. Hərə öz evinə getdi. On birin yarısı idi. Salon boş idi və insana ağır təsir bağışlayırdı. Məni tənhalıq hissi bürüdü. Nökərə: «Mən kazarmaya gedirəm. İlyas bəy bu gecə növbətçidir» deyib evdən çıxdım.

Ninogilin evinin yanından keçib dəniz kənarı ilə böyük kazarmaya tərəf yönəldim. Keşikçi otağının pəncərəsindən

148

işıq gəlirdi. İlyas bəylə Məhəmməd Heydər nərd oynayırdılar. İçəri girdim. Onlar səs çıxartmadan başları ilə salam verdilər. Nəhayət, oyun qurtardı. İlyas bəy zəri küncə atdı və yaxasını düymələdi. Sonra soruşdu:

– Müşavirə necə keçdi? Əsədulla yenə and içdimi ki, bütün rusları məhv edəcək?

– Bəli, təxminən elə dedi. Bəs müharibədən nə xəbər gəlir?

İlyas bəy müharibədən təngə gəlmiş bir adam kimi cavab verdi:

– Müharibə deyirsən? Almanlar bütün Polşanı tutublar. Böyük knyaz qarlı yollarda batıb qalıb, ya da, deyilənə görə, Bağdadı zəbt edib. Bəlkə türklər Misiri tutacaqlar. Mən hardan bilim? Bu dünya yaman darıxdırıcı olub.

Məhəmməd Heydər başını qaldırıb dedi:

– Heç darıxdırıcı deyil. Bizim atlarımız və əsgərlərimiz var, silahdan da başımız çıxır. Kişiyə bundan savayı nə lazımdır? Bəzən istəyirəm ki, dağları aşım, səngərlərdə oturum və qabağımda bir düşmən görüm. Düşmənin gərək qolu qüvvətli olsun və ondan tər iyi gəlsin.

– Onda nə üçün cəbhəyə getmirsən? – deyə soruşdum.

Məhəmməd Heydər kədərlə mənə baxdı və dedi:

– Mən elə kişilərdən deyiləm ki, müsəlmanlara güllə atam. Hətta sünni olsalar da atmaram. Ölkəmizdə vəziyyət gərək başqa cür olaydı.

Mən ona nəvazişlə baxdım. Bu enlikürəkli, güclü, sadəlövh sifətli gənc burada oturub, döyüş həsrətindən az qala partlayırdı.

– Ölkəmizə nə olub ki? – deyə ondan soruşdum. O susdu və alnını qırışdırdı. Nəhayət, dilləndi:

– Ölkəmizə nə olub? Biz gərək məscidlər tikəydik, torpağa su verəydik. Torpağımız suya möhtacdır. Bu da yaxşı iş deyil ki, hər əcnəbi ölkəmizə gəlir və bizə axmaq deyir. Axmaq olsaq da, bu bizim öz işimizdir. Sonra? Mənə elə gəlir ki, böyük bir tonqal qalayıb bütün neft buruqlarını yandırmaq yaxşı olardı. Gözəl bir mənzərə yaranardı və biz kasıb olardıq. O zaman biz heç kimə lazım olmazdıq və əcnəbilər yaxamızdan əl çəkərdilər. Və mən neft buruğu yerinə gözəl, mavi kaşılı məscid tikdirərdim. Bir də istəyərdim ki, öküzləri gətirib neft sahələrində taxıl əkəydilər.

O, gələcək barədəki xülyasına qapılıb susdu.

İlyas bəy qəhqəhə çəkib güldü:

– Sonra? Sonra oxumağı və yazmağı qadağan etməli, şam işığından istifadə etməli və ölkədəki ən səfeh adamları padşah seçməliyik.

Məhəmməd Heydər bu istehzaya məhəl qoymadı:

– Heç pis olmazdı. Keçmiş zamanlarda indikindən daha çox axmaq və avam var idi. Amma o avam və axmaqlar neft buruqları yerinə su kanalları salırdılar və indikindən fərqli olaraq biz əcnəbiləri soyurduq, onlar bizi yox. Keçmiş zamanlarda xoşbəxt insanlar da indikindən daha çox idi.

Onun sözləri elə xoşuma gəldi ki, istədim bu sadədil cavanı qucaqlayıb öpüm.

Birdən kimsə pəncərəni həyəcanla döyməyə başladı. Mən ayağa sıçradım və bayıra baxdım. Qara, çopurlu bir sifət gözlərini mənə zilləmişdi. Qapı tərəfə qaçdım. Seyid Mustafa özünü otağa atdı. Onun əmmaməsi əyilmişdi, alnından tər tökülürdü. Yaşıl kəməri açılmışdı, bürüncəyi toz içində idi. O, stula sərildi və ləhləyə-ləhləyə dedi:

– Naxararyan yarım saat bundan qabaq Ninonu götürüb qaçdı. Onlar Mərdəkan yolundadırlar.

XVII

Məhəmməd Heydər yerindən sıçradı. Onun gözləri lap balacalaşmışdı. «Mən atı yəhərləyərəm!» deyib bayıra qaçdı. Sifətim yanırdı. Qan gicgahıma vururdu, başımda bir gurultu var idi. Elə bil gözəgörünməz bir qüvvə dəyənəklə başıma vurmuşdu. İlyas bəyin səsi elə bil yuxu kimi mənə gəldi: «Özünü itirmə, Əli xan, özünü itirmə. Onları tutana kimi özünü ələ al, sonra nə istəyirsən elə».

O, qabağımda durmuşdu. Onun incə sifəti solmuşdu. Dümdüz Qafqaz xəncərli bir kəməri belimə bağladı. «Götür» deyib əlimə bir tapança da verdi:

– Sakit ol, Əli xan, qəzəbini Mərdəkan yolu üçün saxla.

Qeyri-iradi olaraq silahı cibimə qoydum. Seyid Mustafanın çopur sifəti mənə tərəf əyildi. Mən ancaq onu hiss etdim ki, dodaqları tərpənir. Onun qırıq cümlələrini eşitdim: «Evdən çıxdım ki, gedib Molla Hacı Maqsudla görüşüm. Müdrik mollanın qaldığı ev teatrın yanındadır. Saat on birdə onun evindən çıxdım. Teatrın yanından keçirdim. O imansız konsert qurtarmışdı. Gördüm ki, Nino Naxararyanla maşına minirlər. Amma maşın yerindən tərpənmədi. Onlar bir-birilə danışırdılar. Naxararyanın sifəti xoşuma gəlmədi. Yaxına gəldim və eşitdim ki, Nino «yox, mən onu sevirəm», deyir,

Naxararyan da cavab verir ki, «mən sizi daha çox sevirəm. Bu ölkənin daşı daş üstə qalmayacaq! Mən sizi Asiyanın əlindən oğurlayıb qaçacağam!» Nino da cavab verdi ki, «yox, məni evimizə aparın». Naxararyan motoru işə saldı. Mən maşının arxasına hoppandım. Maşın Kipianigilin evinə yaxınlaşdı. Amma onlar düşmürdülər, elə hey danışırdılar. Nino ağlayırdı. Birdən Naxararyan onu qucaqladı və üzündən öpdü. Naxararyan: «Siz bu vəhşilərin əlinə düşməməlisiniz», deyə qışqırdı. Sonra pıçıltı ilə nə isə dedi və axırda yalnız bir cümləni eşitdim: «Mənim evimə, Mərdəkana sür! Biz Moskvada kəbin kəsdirərik, sonra İsveçə gedərik». Mən gördüm ki, Nino onu itələdi. Motor işə düşdü və onlar getdilər. Nə edə bilərdim axı, qaçdım ki...»

O, sözünü axıra kimi deyə bilmədi, ya da bilmirəm, bəlkə mən ona axıra kimi qulaq asmadım. Məhəmməd Heydər az qala qapını taybatay açdı və qışqırdı: «Atlar hazırdır!» Biz tələsik meydançaya qaçdıq. Ay işığında yəhərli atları gördüm. Onlar yavaşca kişnəyir və nalları ilə yeri döyürdülər. Məhəmməd Heydər bir atın yüyənini mənə uzadıb dedi: «Tut bunu!» Mən ata baxanda heyrətdən yerimdə quruyub qaldım. Bu, alay komandanı Melikovun Qarabağda ad çıxarmış kəhər atı idi. Məhəmməd Heydər üz-gözünü turşutdu:

– Komandan özündən çıxacaq. İndiyə kimi özgə adam bu atı minməyib. Bu at ildırım kimi çapır. Ona heyfin gəlməsin. Belə atla sən onlara çatacaqsan.

Mən cəld yəhərə tullandım. Qamçımı bu möcüzəli atın yanına ilişdirdim. At bir sıçrayışla məni kazarma həyətindən bayıra çıxartmışdı. Mən atı dəniz sahili ilə sürdüm. İçim nifrət və hirslə dolu idi. Hər şeyi yaddan çıxartdım. Atı da tez-tez qamçılayırdım. Evlər bir-bir arxamda qalırdı. Atın nallarından qığılcım çıxırdı. Məni dərin bir qəzəb bürümüşdü. Hirsimdən atın yüyənini dartdım. At dik durdu və qabağa şığıdı. Nəhayət, axırıncı palçıq daxmalar dalda qaldı. Ay işığı düşmüş tarlaları və Mərdəkana gedən dar yolu gördüm. Hava sərin idi...

Yolun sağında və solunda yemiş bostanları uzanırdı. Yemişlər qızıl kulçələrə oxşayırdılar. At dördayaq çapırdı. İnsanın heç ruhu da incimirdi. Özümü atın sarı yanına kimi əymişdim.

Deməli belə! Birdən hər şey gözlərimin qabağında can-landı... Mən onların danışdığı hər sözü eşidirdim. Mən indi hər şeyi lap yaxşı başa düşürdüm. İndi dərk edirdim ki, Naxararyanın planı çox sadə və real bir plandır: Ənvər Kiçik Asiyada vuruşur. Çarın taxtı laxlayır. Böyük knyazın ordusunda erməni batalyonu var. Əgər cəbhə dağılsa, osmanlı ordusu Ermənistana, Qarabağa və Bakıya axıb gələcəkdi. Naxararyan bunun nə nəticə verəcəyini yaxşı başa düşür. Buna görə o, öz qızıl külçələrini, saysız-hesabsız erməni qızılını İsveçə göndərirdi. Qafqaz xalqlarının qardaşlığından artıq heç nə qalmamışdı, onun sonu çatmışdı. Operadakı loja gözlərimin qabağında canlandı. Naxararyan və Nino söhbət edirlər:

– Prinses, Şərq ilə Qərb arasında heç bir körpü, hətta məhəbbət körpüsü də yoxdur.

Nino susur, qulaq asır.

– Osmanlı qılıncının təhlükəsi altında olan bizlər gərək birləşək, əl-ələ verək. Biz Avropanın Asiyadakı elçiləriyik. Prinses, mən sizi sevirəm. Biz bir-birimizə layiqik. Stokholmda yaşamağa nə var ki... Stokholm Avropadır, Qərbdir.

Bu sözlər qulağımda elə cingildəyirdi ki, elə bil mən də lojada onların yanında oturmuşdum.

– Bu ölkənin daşı daş üstündə qalmayacaq.

Və Naxararyan sözünü tamamlayır:

– Taleyinizi özünüz müəyyən edin, Nino. Müharibədən sonra Londona köçərik. Bizi sarayda qəbul edəcəklər. Axı avropalı özü öz taleyini müəyyən etməyi bacarmalıdır. Mən də Əli xana hörmət edirəm, ancaq o, səhranın əbədi qulu olan bir barbardır.

Bu sözlər xəyalımda səslənəndə atı qamçıladım. Məndən vəhşi bir bağırtı çıxdı. Səhra qurdları ayı görəndə belə ulayırlar. Mən də ulayırdım, qurdlar kimi sürəkli və kədərli bir tərzdə ulayırdım. Elə bil bütöv gecə bu ulamadan, bu bağırtıdan ibarət idi. Özümü lap atın boynuna tərəf əydim. Qışqırmaqdan boğazım ağrıyırdı. Axı Ay işığı düşmüş Mərdəkan yolunda niyə qışqırıram? Qəzəbimi sonraya saxlamalıyam. Külək qamçı kimi üzümə dəyirdi. Gözlərimdən yaş gəlir. Yox, yox, göz yaşlarımın səbəbi başqa şey deyil, küləkdir! Yox, mən ağlamıram. Hətta Şərqlə Qərb arasında körpünün, eləcə də məhəbbət körpüsünün olmadığını qəflətən dərk etsəm də, ağlamıram. Ah, o hiyləgər, parıldayan gürcü gözləri! Bəli, mən səhra övladıyam, türklərin boz qurdundan törənmişəm. Gör Naxararyan hər şeyi nə gözəl düşünmüşdür. «Moskvada kəbin kəsdirib Stokholma gedərik». Sən buna bax. Stokholmda bir hotel. Təmiz, isti və ağappaq yorğan-döşək. Londonda da bir villa? Hirsimdən başımı atın boynuna əyirəm. Birdən qeyri-iradi, şüursuz olaraq atın boynunu dişlədim. Ağzım atın qanının duzlu dadı ilə doldu. Villa? Naxararyanın Mərdəkanda bir villası var. Yaşıl sahədəki meyvə bağının ortasında. Bakının bütün varlılarının burada villaları var. Naxararyanın villası ağ mərmərdən tikilib, Roma üslubunda sütunları olan və dənizin qırağında yerləşən bir villa idi. Görəsən, avtomobil ilə Qarabağ atı hansı sürətlə gedə bilirlər? Villanı görmüşdüm. Qırmızı ağacdan düzəldilmiş enli bir çarpayısı vardır. Stokholm hotelindəki kimi ağappaq döşəkağı sərilmişdi o çarpayının üstünə.

Bilirəm, o bütün gecəni oturub boşboğazlıq etməyəcək. O, işini görəcək... əlbəttə... O çarpayı və şəhvətlə dolu, qorxu pərdəsi altında gizlənmiş gürcü gözləri gözümün qabağında canlandı. Dişlərim atın ətini bərk-bərk sıxmağa başladı. At dördnala çapırdı. Tez, tez! Tələs! Özünü itirmə, onları yaxalayana kimi qəzəbini içində saxla, Əli xan.

Nə dar yoldur bu! Birdən qəhqəhə çəkib gülməyə başladım. Nə böyük xoşbəxtlikdir ki, biz Asiyadayıq, vəhşi, geridə qalmış, sivilizasiyadan uzaq Asiyada! Heç bir yolu olmayan, yalnız Qarabağ atları üçün yararlı cığırları olan Asiyada! Belə dar yolda avtomobil hansı sürətlə gedə bilir, Qarabağ atı hansı sürətlə?

Yolun qırağındakı yemişlər mənə baxırdılar, elə bil onların sifətləri var idi. Onlar dil açıb: «Yollar pisdir, ingilis avtomobilləri üçün deyildir bu yollar. Bu yollar Qarabağ atlarını çapanlar üçündür» – deyirlər.

Görəsən, at bu sürətə tab gətirə biləcəkmi? Yox. Melikovun sifəti gəldi durdu gözlərimin qabağında. O zaman Şuşada o, qılıncını şaqqıldadıb demişdi: «Yalnız çar müharibəyə çağırsa, mən bu atı minəcəm». Eh nə olsun, heç vecimə də deyil! İstəyirsə, qoy o qoca qarabağlının ürəyi partlasın ağlamaqdan, mənə nə var. Ata daha iki qamçı vurdum. Qabağıma bir kolluq gəldi və nəhayət, uzaqdan motorun səsini eşitdim. Uzaqda zəif bir işıq gördüm. Bu odur! Avtomobildir! Maşın çala-çuxur yolda yavaş-yavaş, səndələyə-səndələyə qabağa gedirdi. Asiya yollarında yararsız olan Avropa avtomobili.

Daha bir qamçı və artıq sükan arxasında oturan Naxararyanı görürəm. Və... Ninonu! Nino büzüşüb küncdə oturub. Axı nə üçün onlar at nallarının səsini eşitmirlər?

Məgər Naxararyan gecə sükutunda çöldən gələn səsə qulaq asmır? Yox, deyəsən qulaq asmır. Hər halda o, Mərdəkan yolunda, Avropa maşınında özünü arxayın hiss edir. Bu lak çəkilmiş qutu mütləq yerində dayanmalıdır. Elə indi, yerindəcə! Əlimi tapançaya atdım. Hə, ağrısın aldığım Belçika malı, indi növbə sənindir, işini gör! Tətiyi sıxdım. Nazik bir işıq ani olaraq qaranlığı yardı. Atı saxladım. Ah, sənə nə deyim, ay Belçika malı, yaxşı atdın, yaxşı da dəydin. Maşının sol təkəri xortum kimi boşalıb əyildi. Şükür sənə, Allah, lak çəkilmiş qutu dayandı! Çapıb maşına yaxınlaşdım. Qan çəkic kimi beynimə vururdu. Tapançanı qırağa tulladım. Artıq nə etdiyimi bilmirdim. Gözləri qorxudan təpəsinə çıxmış iki sifət üzümə zillənmişdi. Naxararyan titrək əlini tapançaya uzadır. Aha, deməli o, Avropa avtomobilində o qədər də arxayın deyildi! Onun kök barmağını və iri almazlı üzüyünü gördüm. Tez, cəld ol, Əli xan! İndi özündən çıxa bilərsən! İndi bütün qəzəbini büruzə verə bilərsən! Xəncəri çəkdim. Yox, bu titrək əl atəş atmayacaq. Xəncər havada xoş bir ahənglə vıyıldadı. Harada öyrənmişdim mən belə xəncər atmağı? İranda? Şuşada? Heç yanda! Xəncəri düz atmaq qabiliyyəti, sənəti mənim qanımdadır. Bu qabiliyyəti mən əcdadlarımdan miras almışam. Hindistana yürüş edib, Dehlini diz çökdürən ilk Şirvanşirdən gəlir bu miras. Gözlənilmədən bir qışqırıq səsi çıxdı: kişiyə yaraşmayan nazik səsli bir fəryad. Kök əl barmaqlarını araladı. Onun biləyindən qan fışqırırdı. Mərdəkan yolunda düşmənin qanını görmək nə xoşbəxtlikdir! Tapança yerə düşdü. Və birdən iri bir cəmdək sürünməyə

156

başladı. Cəmdək bir sıçramaqla yolun qırağındakı kolluqda itdi. Xəncəri götürüb qınına qoydum. Nino avtomobilin yumşaq oturacağında quruyub qalmışdı.

Onun siması daşdan yonulmuş heykəl kimi sərt və hərəkətsiz idi. Gecə döyüşünün təsirindən ancaq bədəni titrəyirdi. Uzaqdan nal səsləri gəldi. Tez kolluğa tullandım. Tikanlı budaqlar gözəgörünməz bir düşmənin əli imiş kimi məni şillələyirdilər. Quru xəzəllər ayaqlarımın altında xışıldayır, quru budaqlar əllərimi kəsirdi. Orada, bir az uzaqda qovulan bir vəhşi heyvanın – Naxararyanın səsi gəlirdi. Buna bax, Stokholmda hotel! Ay gördün ha, o hoteli! Ay qalın, kobud dodaqların dəydi Ninonun yanaqlarına, ha!

Budur, onu görürəm. Naxararyan büdrəyir, kök əlləri ilə qalın kolluğu yarırdı. Kolluğu keçdi və indi yemiş bostanından dənizə tərəf qaçır. Hanı tapancam? Eh, yadıma düşdü, onu maşının yanına tulladım. Kolların tikanlarından əllərim qanayırdı. Budur, çatdım bostana. Bostanda gördüyüm ilk qovun yumru, kök və axmaq bir sifəti xatırladırdı. Onun üstündən keçdim və yemiş əzilib tikə-tikə oldu. Yüyürüb bostanı keçdim. Meyit sifətli Ayın işığı görünürdü. Onun soyuq və solğun şüası yemiş bostanına zəif işıq salırdı. Ey Naxararyan, bil ki, qızıl külçələri İsveçə apara bilməyəcəksən.

Onun çiynindən yapışdım. Üzünü çevirdi və kötük kimi qabağımda durdu. Gözlərində ifşa olunmuş adamın nifrəti hiss olunurdu. Onun birinci yumruğu çənəmə dəydi. İkinci yumruq döşümə ilişdi. Vur, Naxararyan, yumruq döyüşünü sən Avropada yaxşı öyrənmisən! Başım gicəlləndi. Bir saniyəlik nəfəsim tutuldu. Mən ancaq asiyalıyam, Naxararyan. Mənə qurşaqdan aşağı yumruq vurmaq sənətini öyrətməmişlər.

Mən səhra qurdu kimi qəzəbdən ancaq azğınlaşa bilirəm. Onun üstünə tullandım. Gövdəsindən yapışdım, elə bil ağac kötüyünü qollarımın arasına almışdım. Ayaqlarımla yekə qarnını sıxıb, əllərimlə onun qalın boğazından yapışmışdım. Vəhşi kimi məni yumruqlamağa başladı. Aşağı əyildim və biz yerə yıxıldıq. Birlikdə yerdə yumbalanır, ağnayırdıq. Birdən aşağıda qaldım. Naxararyan məni boğmağa başladı. Onun nifrətdən əyilmiş sifəti qızarmışdı. Ağzı əyilmişdi. Ayaqlarımla qarnına ilişdirdim. Ayaqqabılarımın dabanı onun piyli qarnına batırdı. Əlimdən çıxanda bir anlığa boğazını gördüm. Yaxası cırılmışdı. Boğazı ağappaq idi. Məndən boğuq bir qışqırıq çıxdı. Dişlərim onun qalın ağ boğazından yapışır. Bəli, Naxararyan, bəli! Biz asiyalılar beləyik, belə vuruşuruq! Qurşaqdan aşağı vurmuruq! Boz qurd kimi yapışırıq düşmənin boğazından, Naxararyan! Onun damarlarının titrəyişini hiss edirəm.

Ombamda asta bir hərəkət hiss edirəm. Naxararyan əlini mənim xəncərimə uzadırdı. Döyüşün qızğın çağında xəncəri tamamilə yaddan çıxartmışdım. Xəncərin tiyəsi gözümün qabağında parladı. Qabırğamda sancı kimi bir ağrı hiss etdim. Gör qanım nə qədər isti imiş! Zərbə qabırğalarımın üstündən sürüşdü. Onun boğazını buraxdım və yaralı əlindən xəncəri qapdım. İndi o, mənim altımdadır, üzü də Aya tərəf baxır. Xəncəri qaldırdım. O, başını dala atıb nazik səslə qışqırmağa başladı. Onun bütün sifəti tək bir ağızdan, ölüm qorxusundan açılmış qaranlıq bir qapıya bənzəyən ağızdan ibarət idi. Stokholmda hotel istəyirdin, hə? Ay donuz! Mərdəkan yolundakı yemiş bostanı!

Axı niyə vurmuram, nəyi gözləyirəm? Arxamdan bir səs gəldi: «Vur, Əli xan, vur!»

Bu, Məhəmməd Heydərin səsi idi:

– Bir az ürəyinin başından, yuxarıdan aşağı endir xəncəri.

Səs kəsildi. Ölüm nöqtəsinin harada olduğunu özüm bilirəm. Amma daha bir an gözləmək, düşmənimin fəryad səsini bir daha eşitmək istəyirəm.

Sonra xəncəri qaldırdım. Əzələlərim dartılmışdı. Xəncəri düşmənimin gövdəsinə, düz ürəyinin başına soxdum O, üç dəfə çapalayıb can verdi. Yavaş-yavaş ayağa durdum. Paltarım qana bulaşmışdı. Kimin qanı idi bu? Mənim, yoxsa onun? Eh, indi heç bunun fərqi də yox idi.

Məhəmməd Heydər dişlərini qıcayıb dedi:

«Əli xan, nə yaxşı etdin. Mən sizə ömrüm boyu hörmət edəcəm».

Qabırğam ağrıyırdı. Məhəmməd Heydər qoluma girdi. Kolluqdan çıxıb Mərdəkana gedən dar yolda durmuş, lak çəkilmiş qutunun yanına gəldik. Orada dörd at, iki atlı dayanmışdı. İlyas bəy əli ilə mənə salam verdi. Seyid Mustafa yaşıl əmmaməsini bir az yuxarı qaldırdı. O öz yəhərində Ninonu qolları arasına alıb bərk tutmuşdu. Nino susurdu.

– Arvadla nə edəcəksən? Onu xəncərlə sən öldürəcəksən, yoxsa mən öldürüm?

Seyid Mustafa tələsmədən, yavaşca danışırdı. Gözləri yarıbağlı idi, elə bil yuxuya gedirdi.

Məhəmməd Heydər mənə xəncər uzadıb: «Vur, Əli xan» dedi.

Mən İlyas bəyə baxdım. O, başını tərpətdi. Onun üzü tabaşir kimi ağarmışdı: «Biz meyiti dənizə tullayırdıq» – dedi.

Ninoya yaxınlaşdım. Onun gözləri qorxudan böyümüşdü... Tənəffüs vaxtı o, əlində məktəb xəritəsi gözlərindən də yaş sel kimi axa-axa həmişə yanımıza gələrdi. Bir dəfə də onun partasının altında gizlənib, ona pıçıltı ilə deyirdim: «Böyük Karlın başına 800-cü ildə Aaxendə tac qoyulmuşdur».

Axı nəyə görə Nino susur? Nə üçün o zaman böyük tənəffüsdə etdiyi kimi ağlamır? Böyük Karlın başına nə zaman tac qoyulduğunu bilmədiyi üçün onun təqsiri yox idi. Mən onun atının boynunu qucaqlayıb, Ninonun üzünə baxdım. Baxışlarımız rastlaşdı. Onun gözləri susurdu. Ay işığında gözlərini xəncərə zilləyib Seyid Mustafanın yəhərində oturan Nino gözəl idi. Dünyanın ən gözəl qanı gürcü qanıdır. Gürcü dodaqları nə gözəldir! Amma onları Naxararyan öpmüşdür! Qızıl külçələrini İsveçə qaçırtmaq istəyən Naxararyan onu öpmüşdür!

– İlyas bəy, mən yaralıyam. Prinses Ninonu evinə apar. Gecə soyuqdur. Prinses Ninonun üstünə isti bir şey at. İlyas bəy, əgər prinses Nino sağ-salamat evinə çatmasa, səni öldürəcəm. Eşidirsən, İlyas bəy, bu mənim qəti sözümdür. Məhəmməd Heydər, Seyid Mustafa, mən taqətdən düşmüşəm, çox zəifəm. Məni evə aparın. Məni tutun, yaram qanayır.

Qarabağ atının yanından yapışdım. Məhəmməd Heydərin köməyi ilə yəhərə qalxdım. İlyas bəy Ninoya yaxınlaşdı, qayğı ilə onu götürüb öz yumşaq kazak yəhərinə oturtdu. Nino müqavimət göstərmirdi... İlyas bəy pencəyini çıxardıb nəvazişlə Ninonun çiyninə atdı. Onun rəngi hələ də solğun idi. O, başını mənə tərəf çevirib sağollaşdı. Bilirəm, İlyas bəy Ninonu sağ-salamat aparıb evinə çatdıracaq.

İlyas bəylə Nino bizdən uzaqlaşdılar. Biz bir az gözlədik. Məhəmməd Heydər və Seyid Mustafa yanımda qalmışdılar. Mən çox zəif idim. Mən onlara söykənmişdim.

Məhəmməd Heydər yəhərə tullandı: «Əli xan, sən qəhrəmansan. Sən mərdcəsinə vuruşdun, vəzifəni də yerinə yetirdin».

160

Məhəmməd Heydər qolumdan tutdu. Seyid başını aşağı salıb dedi: «Onun həyatı sənin əlindədir. Sən onu öldürə də bilərsən, bağışlaya da bilərsən. Hər ikisi caizdir. Şəriət belə hökm edir».

Seyid xəyalpərəst halda güldü, Məhəmməd Heydər yüyəni əlimə verdi.

Biz dinməz-söyləməz gecə yolu ilə gedirdik. Bakının işıqları yumşaq və zəif idi.

XVIII

Dərin uçurumun qırağındakı daş eyvandan qəribə bir mənzərə açılır: quru, küləkdən kobudlaşmış ağacsız sarı qayalar. İri, kələ-kötür daşlar səliqəsiz şəkildə bir-birinin üstünə qalanmışdır. Dördkünc, bəzəksiz və az qala bir-birinə yapışmış daxmalar dərin uçurumun ətrafını bürümüşdü. İnsana elə gəlirdi ki, onları bir şeylə bu keçilməz uçurumun qıraqlarından asıblar. Bir daxmanın hamar damı o biri daxma üçün həyat rolunu oynayırdı. Uçurumun düz dibindən bir arxın səsi gəlir, bu açıq havada qayalar parıldayırdılar. Bu qayalığın içindən aşağı gedən daş çığır uçurum dibinə yaxınlaşdıqca gözdən itirdi. Bu – auldur. Dağıstanın bir kəndidir. Daxmanın içi qaranlıqdır, yerə qalın həsir sərilib. Bayırdan damın çıxıntısını iki taxta sütun saxlayırdı. Qanadlarını bütöv açmış bir qartal bu sonsuz səmada elə bil daşa dönmüşdü.

Mən balaca dam-həyətdə uzanmışdım. Ağzımda sulu qəlyanın kəhraba müştüyü var idi. Mən bu qəlyanın soyuq tüstüsünü ciyərlərimə çəkirdim. Gicgahım buz kimi soyuq idi. Zəif külək mavi tüstünü vurub aparırdı. Kiminsə qayğıkeş əli tütünün içinə anaşa qarışdırmışdı. Uçurumun dibinə baxır və dumanlıqda dolaşan sifətləri görürdüm. Tanış simalar

162

qarşımda peyda olurlar. Onlar, Bakıdakı otağımın divarından asılan xalçadakı Rüstəm Zalın surətini xatırladırdı.

Bəli, neçə vaxt bundan qabaq mən, qalın ipək yorğana bürünüb o otaqda uzanmışdım. Qabırğam ağrıyırdı. O biri otaqdan addım səsləri gəlirdi. Kimsə yavaşca danışırdı. Qulaq asdım. Danışanın səsi yüksəldi. Bu, atamın səsi idi: «Üzr istəyirəm, cənab polis komissarı, heç mən özüm də bilmirəm oğlum harada qalır. Belə güman edirəm ki, o İrana, əmisinin yanına qaçıb gedib. Çox təəssüf edirəm, cənab polis komissarı».

Polis komissarının səsi gurultulu gəlirdi:

– Sizin oğlunuza qarşı adam öldürmək barədə cinayət işi qaldırılıb. Onun həbs edilməsinə dair artıq əmr də hazırdır. Biz onu hətta İranda belə tapıb həbs edəcəyik.

– Mən bunu ancaq alqışlayardım. Şübhəm yoxdur ki, hər bir məhkəmə mənim oğluma bəraət verəcək. Çünki hadisələrin inkişafı ilə əlaqədar başqasının hərəkətinə cavab olaraq canini vurub öldürmək cinayət deyildir. Bundan başqa...»

Mən təzə pulların xışıltısını eşitdim, amma kim bilir, bəlkə mənə elə gəlirdi. Bundan sonra sükut çökdü və yenə komissarın səsi gəldi:

– Bəli, bəli. Ah, bu cavanlar. Bir şey olan kimi o saat xəncər çıxardırlar. Mən vəzifə adamıyam. Amma sizi başa düşürəm. Oğlunuz artıq şəhərdə görünməməlidir. Həbs barədəki əmri isə mən İrana göndərməliyəm.

Addımlar uzaqlaşdı. Yenə dərin bir sükut çökdü. Xalçanın üstündəki zərif hərflər labirintə bənzəyirdi. Hərflərin xəttini izləməyə başladım və xətt yaraşıqlı bir tərzdə burula-burula bir «nun» hərfində birləşdi...

Başım gicəllənirdi. Tanıya bilmədiyim simalar əyilib üzümə baxır və dodaqları yavaşca, anlaşılmaz sözlər deyirdi.

163

Sonra qalxıb çarpayıda dümdüz oturdum və gördüm ki, İlyas bəylə Məhəmməd Heydər qabağımda durublar. İkisi də gülümsəyir, ikisi də döyüş paltarında.

– Gəlmişik səninlə vidalaşaq. Bizi cəbhəyə göndərirlər.

– Niyə?

İlyas bəy patrondaşını dartdı:

– Mən Ninonu evinə apardım. Bütün yol boyu susurdu. Sonra kazarmaya qayıtdım. Bir neçə saatdan sonra hamı hər şeyi bilirdi. Alay komandanı Melikov kabinetini bağlayıb girişdi araq şüşəsinə. O, atını artıq görmək istəmirdi. Axşam isə əmr etdi ki, atı vursunlar. Sonra xahiş etdi ki, onu cəbhəyə göndərsinlər. Atam Hərbi Tribunalın öhdəsindən birtəhər gələ bildi, amma bundan artıq heç nə edə bilmədi. Bizi cəbhəyə yazdılar. Özü də cəbhənin ön xəttinə.

– Bağışlayın məni. Bu, mənim günahımdır.

Hər ikisi etiraz elədi:

– Yox, yox, sən qəhrəmansan. Sən kişi kimi özünü apardın. Biz səninlə fəxr edirik.

– Ninonu görmüsünüzmü?

İkisinin də sifətində pərtlik ifadəsi var idi.

– Yox, biz Ninonu görməmişik.

Cavab çox soyuq səslənirdi. Biz qucaqlaşdıq.

– Bizdən heç narahat olma, cəbhədə özümüzə bir yer taparıq.

Gülüşdük, öpüşdük. Qapı bağlandı.

Başımı yastığa qoyub gözlərimi qırmızı rəngli xalçanın naxışlarına zilləmişdim. Yazıq dostlarım! Bu mənim günahımdır. Gözlərim açıq ola-ola yuxuya dalmışdım. Hər şey gözlərimin qabağından çəkilib yox oldu. Ninonun gah gülən, gah da ciddiləşən sifəti dumanda üzürdü. Yad əllər məni tərpədirdi. Kimsə fars dilində dedi: «Ona anaşa vermək lazımdır. Vicdan əzabına qarşı çox kömək edir».

Kimsə kəhrəba müştüyü ağzıma saldı və bu gözüaçıq yuxulamanın qırıq sayıqlığında qulağıma səs gəldi: «Möhtərəm xan, mən sarsılmışam. Bu nə faciədir gəldi başımıza? Mən istəyirəm ki, qızım sizin oğlunuzun yanına getsin. Onlar dərhal evlənməlidirlər».

– «Möhtərəm knyaz, Əli xan evlənə bilməz. O, indi qanlıdır. Naxararyan ailəsi ilə aramızda qan davası var. Mən onu İrana göndərmişəm. Onun həyatı hər dəqiqə təhlükə altındadır. O, sizin qızınıza indi ər ola bilməz».

– «Səfər xan, yalvarıram sizə. Biz uşaqlarımızı müdafiə edərik. Onlar buradan çıxıb getməlidirlər. Hindistana, yaxud İspaniyaya qaçıb getməlidirlər. Mənim qızımın namusu ləkələnib. Onun namusunu ancaq nikah xilas edə bilər».

«Möhtərəm knyaz, bu, Əli xanın təqsiri deyil. Bundan əlavə, qızınız üçün bir rus, yaxud erməni tapılar».

– «Xahiş edirəm. Elə bil zərərsiz bir gəzintiyə çıxırıq. Bu cür boğanaq havada belə gəzinti heç kimdə şübhə oyandırmaz. Oğlunuz tələsib bu işi görüb. Ona qarşı sürülən ittiham səhvdir. O, səhvi düzəltməlidir».

– «Nə olur-olsun, knyaz, Əli xan qanlıdır, o evlənə bilməz».

– «Səfər xan, axı mən də bir atayam».

Səslər kəsildi. Ağır bir sükut çökdü. Anaşanın dənləri yumrudur və qarışqaya bənzəyir.

Nəhayət, sarıq açıldı. Mən yara yerinə əl vurdum. Bu, bədənimdə ilk şərəfli nişanə idi. Sonra ayağa durdum. Astaasta otağın içində yeriməyə başladım. Nökərlər ehtiram və qorxu ilə mənə baxırdılar. Otağın qapısı açıldı. Atam içəri girdi. Ürəyim bərk döyünməyə başladı. Nökərlər otaqdan çıxdılar.

Atam bir müddət susdu. O, otaqda var-gəl edirdi. Sonra yerində dayanıb dedi:

– Hər gün evimizə polis gəlir. Təkcə polis yox, bütün Naxararyanlar səni axtarır. Onların beşi artıq İrana yola düşüblər. Mən evin ətrafına iyirmi adam qoymuşam ki, onu qorusunlar, hə, yadımdan çıxmamış deyim ki, Məlikovlar da atdan ötrü səni qan düşməni elan ediblər. Dostların da cəbhəyə getməli oldular.

Mən susub yerə baxırdım. Atam əlini çiynimə qoydu. Onun səsi mehriban idi:

– Mən səninlə fəxr edirəm, Əli xan, fəxr edirəm. Mən də belə edərdim.

– Ata, sən razısan?

– Özü də hədsiz razıyam, – deyə atam cavab verdi və məni qucaqlayıb düz gözlərimin içinə baxa-baxa soruşdu:

– Birinci şeyi mənə başa sal görüm, nə üçün qadını öldürmədin?

– Bilmirəm, ata. Mən yorğun idim.

– Vursaydın yaxşı olardı, oğlum. İndi gecdir. Amma mən səni bunun üçün təqsirləndirmirəm. Hamımız, bütün ailə səninlə fəxr edirik.

– Bəs bunun axırı nə olacaq, ata?

O, otağın o başına gedib dala qayıtdı və həyəcanla ah çəkib dedi: «Bəli, sən burada qala bilməzsən. İrana da gedə bilməzsən. Polis və iki qüdrətli ailə səni axtarırlar. Ən yaxşısı budur ki, Dağıstana gedəsən. Oradakı aulların birində səni heç kim tapa bilməz. Nə bir erməni və nə də polis nəfəri cürət edib oraya gedər».

– Bəs nə vaxta kimi orada qalmalıyam, ata?

– Orada uzun zaman qalmalısan, Əli xan. O vaxta kimi ki, polis hadisəni unutsun və düşmən ailələr bizimlə barışsın. Mən sənə baş çəkəcəm.

166

Gecə yola düşdüm. Əvvəlcə Mahaçqalaya, oradan da dağlara. Uzun yalınlı, balacaboy atların belində dar dağ yolları ilə yuxarı dırmaşırdıq. Hədəfimiz dəhşətli uçurumun qırağındakı ucqar bir aul idi.

İndi mən burada, Dağıstan qonaqpərvərliyinin etibarlı himayəsində idim. Camaat mənə «qanlı» kimi baxırdı. Zərif əllər tütünə anaşa qarışdırırdı. Mən çox çəkirdim. Xəyallar içində üzərək susurdum. Qanadının altında himayə tapdığım adam – Qazı Molla idi və o mənə qayğı göstərirdi. Çox danışırdı və onun sözləri gözlərimin qabağında canlanan qızdırmalı xəyallarımı dağıdırdı.

– Xəyala getmə, Əli xan! Mənə qulaq as. Sən Andalal əhvalatını heç eşitmisən?

– Andalal, – deyə könülsüz dilləndim.

– Bilirsən, andalal nədir? Altı yüz il bundan qabaq Andalal gözəl bir kənd idi. Orada mərhəmətli, ağıllı bir xan hökmdarlıq edirdi. Xalq isə bu qədər səxavətə dözə bilmirdi. Buna görə də camaat hökmdarın yanına gəlib dedi: «Sənin əlindən təngə gəlmişik, çıx get buradan». Hökmdar ağladı, atını mindi, yaxınları ilə vidalaşıb uzağa – İrana getdi. Orada o, böyük bir adam oldu. Şahın özü ona qulaq asırdı. O, ölkələri və şəhərləri fəth edirdi. Lakin içində Andalala qarşı bir kin gəzdirirdi. Buna görə də bir gün dedi: «Andalal vadisində çoxlu daş-qaş və qızıl var. Biz oranı fəth etməliyik».

Şah nəhəng bir ordu ilə Dağıstana yola düşdü. Andalal xalqı ordunu görüb dedi: «Siz sayca çoxsunuz, amma dərədəsiniz. Bizim sayımız isə azdır, ancaq biz dağın başındayıq. Lakin bizim ikimizdən də qüdrətli olan tək Allahdır». Beləliklə, xalq döyüşə girişdi. Döyüşdə hamı iştirak edirdi: kişilər, qadınlar və uşaqlar. Ən ön cəbhədə isə həmən hökmdarın ölkədə qalan oğulları vuruşurdular. İranlılar məğlub oldular. Birinci olaraq şah qaçdı, axırda da şahı Andalala gətirən hökmdar. Bu hadisənin üstündən on il keçir. Hökmdar qocalır və vətən üçün həsrət çəkməyə başlayır. O, Tehrandakı sarayını tərk edir və vətənə yola düşür. Düşmən ordusunu Andalala gətirən xaini camaat o saat tanıyır. Onun üzünə tüpürür və qapılarını bağlayırlar. Hökmdar bütün günü kəndin içində dolaşır, amma özünə dost tapa bilmir. Sonra o, qazının yanına gəlir və deyir: «Mən günahımın cəzasını çəkmək üçün vətənimə gəlmişəm. Adətimizə əsasən mənə hökm et». Qazı da əmr etdi ki, onun əl-ayağını bağlasınlar və sonra bəyan edib dedi: «Əcdadlarımızın qanununa görə, bu adam diri-diri basdırılmalıdır, ay camaat, siz nə deyirsiniz?» Xalq da «Qoy elə olsun!» – deyə qışqırdı. Lakin qazı ədalətli adam idi və ondan soruşdu: «Öz müdafiən üçün nə deyə bilərsən?» Hökmdar da cavab verib dedi: «Heç bir şey, mən təqsirkaram. Əcdadların qanununa burada belə hörmətlə əməl edilməsi yaxşı şeydir. Amma başqa bir qanun da vardır. Bu qanun deyir ki, atasına qarşı vuruşan oğul öldürülsün. Mən öz haqqımı tələb edirəm. Oğullarım mənə qarşı vuruşdular, buna görə də onların başı mənim qəbrimin üstündə vurulmalıdır». Qazı «qoy belə olsun» – deyib camaat ilə birlikdə ağladı. Çünki hökmdarın oğlanları böyük hörmətə malik idilər.

Amma qanun qanundur, o, yerinə yetirilməli idi. Beləliklə xain diri-diri basdırıldı və ölkənin ən cəngavər döyüşçüləri olan oğulların başı da atalarının qəbri üstündə vuruldu».

– Darıxdırıcı şit bir hekayədir – deyə donquldandım və soruşdum: «Bundan yaxşı hekayən yoxdur danışasan? Danışdığın hekayədəki qəhrəman altı yüz il bundan qabaq ölüb, özü də xain olub».

Qazı Mollaya sözüm dəydi. O, ağır nəfəs alıb soruşdu: «İmam Şamildən xəbərin varmı? Mən İmam Şamil haqqında hər şeyi bilirəm. Əlli il bundan qabaq Şamil buranın hökmdarı idi. Şamilin hökmranlıq günlərində xalq xoşbəxt idi, nə şərab var idi, nə də tütün. Oğrunun sağ əlini kəsərdilər, amma demək olar, heç oğru da yox idi. Bu xoşbəxt günlər ruslar gələnə kimi davam etdi. Ruslar gələndə isə Peyğəmbər İmam Şamilə vəhy oldu və qazavat, müqəddəs müharibə aparmağı əmr etdi. Bütün xalqlar əhd-peyman ilə Şamilin müttəfiqi idilər. Çeçen xalqı da onların arasında idi. Lakin ruslar güclü idilər. Onlar çeçenləri təhdid edir, onların kəndlərini yandırır və tarlalarını məhv edirdilər. O zaman xalqın müdrikləri Darqoya, Şamilin imarətinə gəliblər. Lakin Şamilin yanına getməzdən qabaq onun anası Xanımla görüşdülər. Xanım ürəyiyumşaq qadın idi və çeçenlərin əzab-əziyyətindən xəbər tutanda ağlamağa başladı: «Mən İmama deyərəm. O, sizi əhddən azad etməlidir. Xanım böyük nüfuza malik idi. İmam da yaxşı oğul idi. Bir dəfə İmam demişdi ki, «anasına dərd gətirənə lənət olsun». Xanım İmamla danışanda, o cavab verdi: «Quran xəyanəti qadağan edir. Ancaq Quran həmçinin ananın sözünü yerə salmağı və onun sözündən çıxmağı da qadağan edir. Mənim müdrikliyim, idrakım bu müşkülatdan çıxmaq üçün kifayət deyildir. Mən dua edib, oruc tutacağam, Allah mənə düz yol göstərsin..» İmam üç gün, üç gecə oruc tutdu. Sonra xalqın qarşısına çıxıb dedi: «Allah mənə bu əmri verdi: Xəyanət barədə mənimlə danışan ilk adam şallağa məhkum olunmalıdır. Mənimlə xəyanət haqqında ilk danışan mənim anam Xanım olub. Mən onu yüz şallaq cəzasına məhkum edirəm».

Xanımı apardılar. Döyüşçülər onun çadrasını başından dartdılar, məscidin pillələnlərinə atıb şallaqları qaldırdılar. İmamın anasına elə birinci şallaq vurulanda, Şamil diz üstə yıxıldı. Hönkür-hönkür ağladı və imdad edib dedi: «Küll-

İxtiyarın qanunu pozulmazdır. Heç kim onu ləğv edə bilməz. Mən də edə bilmərəm. Lakin Quran bir şeyə icazə verir. Övladlar öz valideynlərinin cəzasını öz üzərlərinə götürə bilərlər. Buna görə cəzanın qalan hissəsini mən üstümə götürürəm». İmam soyundu və bütün xalqın gözü qabağında məscidin pillələrinə uzanıb qışqırdı. «Vurun məni, əgər hiss etsəm ki, şallağı var gücünüzlə vurmursunuz, başınızı vurdurmasam mən İmam deyiləm». İmama doxsan doqquz şallaq vuruldu. Bədənindən qan axa-axa o, yerdə sərilmişdi. Dərisi tikə-tikə olmuşdu. Xalq dəhşətlə bu mənzərəyə baxırdı. Artıq heç kim xəyanətdən danışmağa cəsarət etmirdi. Bax, dağlarımızda əlli il bundan qabaq üsul-idarə bu cür idi və xalq çox xoşbəxt idi».

Mən susdum. Səmadakı qartal gözdən itdi. Qaranlıq çökürdü. Balaca məscidin minarəsində molla göründü. Qazı Molla namaz xalçalarını yerə sərdi və biz üzümüzü Məkkəyə tutub namaz qıldıq. Ərəb duaları köhnə döyüş mahnılarını xatırladırdı.

– Get, Qazı Molla. Sən həqiqətən dostumsan. Mən yatmaq istəyirəm.

O, inamsız şəkildə mənə baxdı. Sonra ah-uf edə-edə anaşa dənələrini eşdi, otaqdan çıxdı və mən onun qonşuya dediyi sözləri eşitdim: «Qanlı çox xəstədir!».

Qonşu da: «Dağıstanda heç kim uzun zaman xəstə qalmır», deyə cavab verdi.

XIX

Arvadlar və uşaqlar qaz yerişi ilə kəndin içindən keçirdilər. Onların sifətindən yorğunluq və gərginlik yağırdı. Bu arvad və uşaqlar uzaqlardan gəlirdilər. Əllərində torpaq və peyinlə dolu torbalar vardı. Onlar torpağı qiymətli bir xəzinə kimi qucaqlayıb bərk tutmuşdular. Çünki bu torpağı uzaq vadilərdə toplamışdılar, əvəzində qoyun, gümüş pul və parça vermişdilər. Onlar istəyirdilər ki, bu qiymətli torpağı yerə səpsinlər və əhalini qidalandırmaq üçün bu yoxsul sahələr taxıl versin.

Əkin sahələri uçurumun təpəsindəki qıyqaclarda yerləşirdi. Bu sahələri becərmək üçün adamlar bellərinə kəndir bağlayıb işləyirdilər. Onlar bu qayalıqda səliqə ilə toxum səpirdilər. Gələcək tarlaların yuxarı tərəfində çiy kərpicdən hasar hörülmüşdü ki, nazik torpaq layını küləkdən və qar uçqunundan qorusun. Dağıstanın kobud, dişli qayalıqlarının ortasındakı tarlalar bu cür yaranırdı. Bu zəmilərin eni üç, uzunluğu dörd addım idi. Kişilər lap alaqaranlıqdan zəmilərə gedirlər. Bərəkətli torpaqda işləməyə başlamazdan qabaq kəndli çox dua edərdi. Bərk külək əsəndə isə qadınlar yorğanları gətirib qiymətli torpağın üstünə sərərdilər. Onlar zəmini nazik, qabarmış əlləri ilə əvvəlcə sığallayır və sonra seyrək bitən sünbülləri kəsirdilər. Sonra isə taxılı üyüdüb hamar, uzun çörək bişirirdilər. Bu daş-kəsəkli torpağın göstərdiyi möcüzəsinə minnətdarlıq əlaməti olaraq da ilk çörəyin içinə bir sikkə qoyardılar.

Mən balaca bir tarlanın hasarı boyunca yeriyirdim. Yuxarıda, qayalıqların üstündə qoyunlar büdrəyə-büdrəyə yeriyirdilər. Başında ağ və enli keçə papağı olan bir kəndli ikiçarxlı arabası ilə qarşıma çıxdı.

Arabanın çarxları körpənin çığırtısı kimi səs çıxardırdı. Bu səsi lap uzaqlarda da eşitmək olardı.

– Qardaşım, – dedim. – Bakıya məktub yazacağam ki, sənə mazut göndərsinlər. Sən gərək arabanın təkərlərini yağlayasan.

Kəndli gülümsədi.

– Eh, qardaş, mən sadə adamam və bunu gizlətmirəm də. Arabamın gəlişini hamı eşidə bilər. Buna görə də təkərləri yağlamıram. Bunu ancaq abreklər edər.

– Abreklər?

– Bəli, abreklər, icmadan qovulanlar.

– Hələ çox abrek var?

– Kifayət qədərdir. Onlar soyğunçu və qatildirlər. Bəziləri bunu xalqın rifahı üçün edirlər, bəziləri də öz mənfəətləri üçün. Lakin hər bir abrek dəhşətli və ağır bir and içməlidir.

– Nə and?

Kəndli arabanı dayandırdı və yerə düşdü. O, tarlasının hasarına söykəndi, xurcunundan duzlu qoyun pendiri çıxardıb uzun barmaqları ilə onu kəsdi. Mənə də bir tikə verdi. Qurumuş pendirin içində qara qoyun tükü var idi. Mən də yedim.

– Deməli, abrekin andından xəbərin yoxdur. Abrek gecənin yarısında gizlicə məscidə soxulub belə and içir:

«Hörmət etdiyim bu müqəddəs yerə and içirəm ki, bu gündən etibarən mən icmadan təcrid olunmuş bir şəxsəm. Mən insan qanı tökmək istəyirəm və heç kimə rəhmim gəlməyəcək. Mən insanları təqib edəcəyəm. And içirəm ki, insanların ürəyi, vicdanı, namusu üçün qiymətli nə varsa, onu oğurlayacağam. Mən südəmər körpələri anaların döşündəcə xəncərlə vurub öldürəcəm, dilənçilərin axırıncı daxmasına belə od vurub yandıracam və hər şeydən əvvəl, indiyədək şadlıq olan hər bir evə, hər bir yerə dərd gətirəcəyəm. Əgər mən andıma sadiq olmasam, sevgi və yaxud mərhəmət qəlbimdə yer tapsa, qoy mən heç zaman əcdadlarımın qəbrini görməyim, su susuzluğumu, çörək aclığımı yatırmasın, cəsədim yolun üstündə sərilib qalsın və murdar bir it cəsədimə nəcisini töksün».

Kəndlinin səsi ciddi və təntənəli gəlirdi. Onun üzü günəşə tərəf idi. Dərin göy gözləri vardı.

– Bəli, – deyə o dilləndi, – abrekin andı budur.

– Bəs bu cür andı hansı adamlar içir?

– Hansı adamlar deyirsən? Lap çox ədalətsizliyə məruz qalan adamlar.

O susdu. Mən evə qayıtdım. Aulun dördkünc daxmaları kuba bənzəyirdi. Günəş qızmar şüaları ilə yerə od püskürürdü. Görəsən, mən kiməm? Mən də icmadan, cəmiyyətdən təcrid edilmiş dağlara qovulmuş bir abrekəmmi? Bəlkə mən də Dağıstan dağlarının quldurları kimi gedib o andı içməliyəm? Kəndin içinə girdim. Abrek andının sərt sözləri qulağımda səslənirdi. Daxmamın qabağında üç yəhərli yad at gördüm. Onların birinin gümüş yüyəni var idi. Evin eyvanında isə kəmərində qızıl xəncəri olan on altı yaşlı gombul bir oğlan oturmuşdu. O mənə tərəf baxıb güldü. Bu, vaxtı ilə bizimlə məktəbdə oxuyan Arslan ağa idi. Onun atasının çoxlu nefti olsa da, Arslan ağanın səhhəti pis idi. Bu səbəbdən də o, tez-tez Kislovodskdakı mineral sularda müalicə olunmağa gedərdi. O məndən çox balaca olduğu üçün yaxşı tanımırdım. Lakin burada, qərib dağın başındakı kənddə onu bir qardaş kimi qucaqladım. O, qürurdan qızardı və dedi: «Nökərlərimlə kəndin yanından keçirdim və qərara gəldim ki, sənə baş çəkim.

Əlimi dostcasına onun çiyninə qoydum.

– Qonağım olun, Arslan ağa. Bu gün vətənin şərəfinə yeyib-içəcəyik.

Sonra üzümü daxmaya tərəf tutub qışqırdım:

– Qazı Molla, ziyafət üçün hazırlıq gör. Bakıdan qonağım gəlib.

Yarım saatdan sonra Arslan ağa qoyun ətindən kabab və şirin kökə yeyib şadlanırdı.

– Sizi görməyimə çox sevinirəm, Əli xan. Siz qəhrəman kimi uzaq bir kənddə yaşayır və qan düşməninizdən özünüzü qoruyursunuz. Arxayın ola bilərsiniz. Mən gizləndiyiniz yeri heç kimə satmaram.

Mən arxayın ola bilərdim. Çünki görünür, Bakıda hamı mənim harada olduğumu bilirdi.

– Sizin yerinizi mənə Seyid Mustafa dedi: Sonra aydın oldu ki, qaldığınız kənd elə mənim yolumun üstündədir. Buna görə Seyid xahiş etdi ki, sizə salam deyim.

– Bəs hara gedirsiniz, Arslan ağa?

– Kislovodska, mineral sulara. İki nökər də məni müşayiət edir.

– Belə de!

Mən güldüm. O da ziyansız bir adam kimi üzümə baxırdı.

– Onda deyin görüm, Arslan ağa, niyə siz qatara oturub düz yolla getmədiniz?

– Vallah, istədim bir az dağ havasında gəzəm. Mahaçqalada qatardan düşdüm və düz Kislovodsk yolu ilə getməyə başladım.

O, ağzını şirin kökə ilə doldurub ləzzətlə yeyirdi.

– Amma Kislovodska düz yol, deyəsən, buradan üçgünlük yol məsafəsi uzaqlığındadır.

Arslan ağa incimiş adam kimi cavab verdi:

– Doğrudan? Eh, deməli mənə yanlış məlumat veriblər. Amma yenə sevinirəm ki, heç olmasa sizə baş çəkə bildim.

Bu gic, hər halda, yolunu bu qədər uzaq salıb ki, məni gördüyünü gedib evdə danışa bilsin. Əgər belədirsə, deməli, mən gərək Bakıda çox məşhur olaydım.

Onun qədəhinə çaxır tökdüm və o, iri qurtumlarla içdi. İçəndən sonra da sadəlövhlüklə soruşdu.

– Əli xan, deyin görüm, bu müddət ərzində başqa bir adamı öldürməmisiniz ki? Xahiş edirəm, yalvarıram, mənə deyin. Vallah, heç kimə danışmaram.

– Necə yəni öldürməmişəm? Öldürmüşəm, özü də iyirmi-otuz nəfəri.

– Yox, sən Allah, düzünü deyirsən!?

O, heyrət içində idi və şərabını içirdi. Mən də onun qədəhini doldururdum.

– Bəs Nino ilə evlənəcəksinizmi? Şəhərdə camaat bu barədə mərc qoşur. Camaat deyir ki, siz onu hələ də sevirsiniz. – O, ürəkdən qəhqəhə çəkib güldü və yenə şərab içməyə başladı.

– Bilirsiniz, biz hamımız elə təəccübləndik ki. Elə günümüz bundan danışmaqla keçir.

– Bıy, doğrudan? Bəs Bakıda nə yenilik var, Arslan ağa?

– Bakıda deyirsən? Heç nə. Təzə bir qəzet buraxmağa baş-layıblar. Fəhlələr tətil eləyir. Məktəbdə müəllimlər deyirlər ki, siz həmişə belə hirsli idiniz. Axı deyin görüm, bu işin üstünü necə açdınız?

– Əzizim Arslan, gözəl dostum, bəsdir sual verdiniz. İndi növbə mənimdir. Ninonu görmüsünüzmü? Bəs Naxararyanlardan birini necə? Kipianilər neyləyirlər?

Kökə yazıq Arslan ağanın boğazında qaldı.

– Vallah bilmirəm, heç nə bilmirəm. Mən heç kimi görməmişəm. Çünki nadir hallarda küçəyə çıxırdım.

– Niyə, dostum? Xəstə idiniz?

– Hə, hə. Xəstə idim. Özü də bərk. Difteriyaya tutulmuşdum. Təsəvvür edin ki, gündə beş dəfə imalə olunmalı idim.

– Difteriyaya qarşı?

– Bəli.

– İçin, Arslan ağa. Sağlamlıq üçün yaxşıdır.

İçdi. Sonra ona tərəf əyilib soruşdum:

– Əziz dostum, deyin görüm, axırıncı dəfə nə vaxt düz söz danışmısınız?

O, günahsız gözləri ilə mənə baxdı və səmimi şəkildə dedi: «Məktəbdə, hələ üç dəfə üçün cavabını bildiyim zaman».

Bu sadəlövh cavan tamam sərxoş idi. Buna görə də onu dindirməyə başladım. Şərab çox şirin idi. Arslan ağa da hələ çox cavan. O etiraf etdi ki, marağını öldürmək üçün bura gəlib, heç vaxt difteriyaya tutulmayıb və Bakıda gedən bütün söz-söhbətləri bittə-bittə bilir. O, çərənləməyə başladı:

– Naxararyanlar səni öldürmək istəyirlər, amma əlverişli bir fürsət gözləyirlər. Onlar tələsmirlər. Kipianigilə bəzən baş çəkirdim. Nino uzun zaman xəstə oldu. Sonra onu Tiflisə apardılar. İndi o, şəhərə qayıdıb. Onu bələdiyyənin balında görmüşəm. Bilirsən, o, çaxırı su kimi içir və daim gülürdü. O, ancaq ruslarla rəqs edirdi. Valideynləri onu Moskvaya göndərmək istəyirlər, amma o istəmir. Nino hər gün şəhərə çıxır və bütün ruslar ona vurulublar. İlyas bəy bir orden alıb, Məhəmməd Heydər də yaralanıb. Naxararyanın villası yanıb. Eşitmişəm ki, villanı sənin dostların yandırıblar. Hə, bir də Nino bir it alıb və bütün günü onu rəhmsizcəsinə döyür. İtə nə ad qoyduğunu heç kim bilmir: bəziləri deyirlər Əli xan, başqaları da deyirlər ki, Naxararyan. Ancaq mənə elə gəlir ki, iti «Seyid Mustafa» – deyə çağırır. Sənin atanı da görmüşəm. O dedi ki, əgər yenə qeybətlə məşğul olsam, məni döyəcək. Kipianilər Tiflisdə ev alıblar. Bəlkə birdəfəlik köçüb oraya yerləşdilər.

Mən mərhəmətlə ona baxırdım.

– Arslan ağa, bəs səndən axı nə olacaq?

O, sərxoş gözləri ilə mənə baxdı və dedi: «Padşah».

– Nə?

– Mən gözəl bir ölkədə padşah olmaq istəyirəm. İstəyirəm ki, çoxlu süvarim olsun.

– Sonra?

– Ölmək istəyirəm.

– Nə üçün?

– Öz padşahlığımı fəth edərkən ölmək istəyirəm!

Mən güldüm. Deyəsən o, bundan incidi.

– Yaramazlar məni üç günlüyə karserə saldılar.

– Harada, məktəbdə?

– Hə, özü də bilirsən niyə? Çünki yenə qəzet üçün məqalə yazmışdım. Məqaləm də orta məktəblərdə uşaqlarla qəddar rəftar barədə. Vallah, elə qiyamət qopmuşdu ki!

– Axı ay Arslan ağa, tərbiyəli adam qəzet üçün məqalə yazmaz.

– Yazar. Görərsən, şəhərə qayıdanda sənin haqqında da yazacağam. Ancaq adını yazmayacağam, çünki həm ad çəkməkdən xoşum gəlmir, həm də ki, sənin dostunam. Məqalənin sərlövhəsini belə qoyacağam: «Qan düşməninin əlindən qaçış, yaxud xalqımızın, bir təəssüf ediləcək adəti».

O, şüşəni dibinə kimi içdi, sonra döşəməyə sərilib dərhal yuxuya getdi. Onun nökəri içəri girdi və narazılıqla mənə baxdı. Elə bil baxışı ilə deyirdi: «Ayıb olsun sizə, Əli xan, bu cür tərbiyəli uşağı niyə sərxoş eləyibsiniz».

Bayıra çıxdım. Sən bu balaca pozğun cavana, Arslan ağaya bax! Hər halda, dediklərinin yarısı yalandır. Yoxsa Ninoya nə gəlib ki, iti döysün? Allah bilir o, itinə nə ad qoyub!

Kənd yolu ilə aşağı getdim və haradasa bir qıraqda oturdum. Qayalar Ay işığı kimi yuxarıdan mənə acıqlı-acıqlı baxırdılar. Görəsən, onlar nəyi xatırladırdılar: keçmişi, yoxsa insanların xəyalından keçənləri? Qaranlıq səmadakı ulduzlar Bakının işıqlarını xatırladırdı. Sonsuzluqdan gələn minlərlə şüa mənim göz bəbəyimdə əksini tapırdı. Beləcə bir, ya da iki saat gözlərimi səmaya zilləyib orada oturdum.

«Deməli, o, ruslarla rəqs edir», deyə düşündüm və birdən içimdə bir arzu oyandı ki, şəhərə qayıdım və o gecənin dəhşətli vaqeəsini axıra çatdırım. Birdən bir kərtənkələ xışıltı ilə yanımdan keçdi. Onu tutdum. Qəflət qorxusuna bürünmüş ürəyi əlimdə çırpınırdı. Mən onun soyuq dərisini sığalladım. Balaca gözləri qorxudan, ya da ağrıdan kəlləsinə qalxmışdı. Onu yuxarı qaldırıb diqqətlə baxdım. Dərisi solmuş bu məxluq qədimdən qalmış, kobudlaşmış, birdən-birə dirilən bir daşı xatırladırdı.

Kərtənkələyə «Nino» deyə müraciət etdim və iti yadıma saldım.

– Nino, səni döyüm? Amma – adam kərtənkələni necə döyər?

Birdən məxluq ağzını açdı. Ağzından haça dili çıxdı və dərhal dala çəkildi. Mən güldüm. Onun dili zərif və nazik idi. Əlimi açdım və kərtənkələ qaranlıqda, daşların arasında itdi.

Ayağa durdum və evə qayıtdım. Arslan ağa hələ də sərilib yatırdı. Onun başı təşviş keçirdən nökərin dizlərinin üstündə idi.

Dama çıxdım və namaz vaxtına kimi anaşa çəkdim.

XX

Heç özüm bilmirəm bu necə oldu. Bir gün oyanıb qarşımda Ninonu gördüm.

– Yaman tənbəl olmusan, Əli xan, – deyə o, dilləndi və döşəyimin qırağında oturdu. – Üstəlik, yatanda xoruldayırsan, bu da sənə yaraşmır.

Qalxdım, heç təəccüblənmədim. Acıqlı cavab verdim:

– Xoruldamaq anaşadan gəlir.

Nino başını yırğaladı:

– Onda anaşa çəkməyi dayandır.

– Ay mənfur, o iti niyə döyürsən?

– İti? Aha! Sol əlimlə quyruğundan yapışıram, sağ əlimlə də belindən o qədər çırpıram ki...

– Bəs döyəndə ona nə ad verirsən?

Nino mülayimcəsinə:

– Onu Kilimancaro adlandırıram.

Gözlərimi ovxaladım və birdən hər şeyi aydın şəkildə gördüm: Naxararyanı, Qarabağ atını, Ay işığı düşmüş Mərdəkan yolunu və Seyidin yəhərində oturan Ninonu.

«Nino», deyə qışqırdım və yerimdən hoppandım: «Sən bura necə gəlmisən?»

«Arslan ağa şəhərdə danışıb ki, sən məni öldürmək istəyirsən. Elə o saat buraya gəldim.

180

Onun gözləri yaşla dolu idi.

– Sənin üçün elə darıxmışam ki, Əli xan, heç inanmazsan.

Əlim Ninonun saçlarına batdı. Onu öpdüm, dodaqları açıldı. Dodaqlarının hərarəti məni məst eləmişdi.

Onu döşəyə uzandırdım və bir cəld hərəkətlə əynindəki paltarı çıxartdım. Dərisi yumşaq və ətirli idi. Mən onu incəliklə tumarlayırdım. O, tez-tez nəfəs almağa başladı. Nino gözlərimin içinə baxırdı. Onun balaca döşləri əlimin içində titrəyirdi. Onu qucağıma aldım və elə bərk sıxdım ki, zarıdı. Nino o qədər arıq idi ki, qabırğaları görünürdü – incə, nazik... Mən üzümü onun döşlərinə qoydum.

«Nino» – dedim. Və bu sözdə elə bil sirli və əlçatmaz bir qüvvət var idi və onu deyəndə real nə vardısa qeybə çıxdı. Bu reallıqdan yalnız iki iri, yaşarmış gürcü gözləri qalmışdı və hər şey – qorxu, sevinc, maraq və ani, kəskin bir ağrı onda əks etdirilirdi.

O ağlamadı. Birdən-birə yorğanı qapıb, onun altında gizləndi. Sifətinin üstünə qoydu. Zərif bədəninin hər bir hərəkəti yağışa susamış torpağın imdadını xatırladırdı. Qayğıkeşliklə yorğanı yuxarı qaldırdım. Zaman dayandı...

Taqətdən düşmüşdüm, amma xoşbəxt idim. Susurduq. Nino birdən dilləndi:

– Belə, indi evə qayıdacam, çünki görürəm ki, sən məni heç öldürmək istəmirsən.

– Tək gəlmisən, Nino?

– Yox, Seyid Mustafa məni bura gətirib. O dedi ki, səni Əli xanın yanına aparacam, amma onu incitsən, səni öldürrəm. Odur, eşikdə oturub, əlində də tapança. Əgər səni məyus etmişəmsə, get onu çağır.

Mən onu çağırmadım. Ninonu öpdüm.

– Elə buna görə buraya gəlmisən?

181

– Yox, – deyə o, açıq cavab verdi.

– Danış, Nino.

– Nədən?

– O gecə, Seyidin yəhərində niyə susurdun?

– Qürurdan.

– Bəs indi nə üçün buradasan?

– O da qürurdan...

Onun əlini əlimə aldım və zərif barmaqlarını oynatdım.

– Bəs Naxararyan?

Nino yavaşca dedi:

– Naxararyan? Heç fikirləşmə ki, o, məni zorla qaçırdırdı. Mən bilirdim nə edirdim və elə düşünürdüm ki, doğru hərəkət edirəm. Amma yox, səhv iş görürdüm. Günah məndə idi və mən ölməli idim. Elə bu üzdən susurdum və elə bu səbəbdən də buraya gəlmişəm. Bax, indi hər şeyi bilirsən.

Onun isti ovcunu öpdüm. Həqiqət onun üçün təhlükə törətsə də – o, düz danışırdı. Ayağa durdu, otağa nəzər saldı, qəmgin halda dedi:

– İndi mən evə qayıdıram. Sən mənimlə evlənməli deyilsən. Mən Moskvaya gedirəm.

Mən qapıya yaxınlaşdım və bir tayını açdım. Çopur bardaş qurub eşikdə oturmuşdu, əlində də tapança. Onun yaşıl kəməri belində idi.

– Seyid, – dedim. – Bir molla çağır və bir şahid. Bir saatdan sonra evlənirəm.

Seyid cavab verdi:

– Molla çağırmayacağam, yalnız iki şahid gətirəcəm. Kəbini mən özüm kəsəcəm. Mənim buna səlahiyyətim çatır.

Qapını bağladım. Nino çarpayıda oturmuşdu. Onun qara saçları çiyinlərinə tökülmüşdü. O güldü:

– Bir fikirləş nə edirsən, Əli xan. Sən pozğun bir qızla evlənirsən.

Mən onun yanına uzandım və bədənlərimiz bir-birinə bərk yapışdı.

– Sən doğrudan da mənimlə evlənmək istəyirsən? – deyə Nino soruşdu.

– Hə, əgər məni istəsən... Çünki qanlıyam, düşmənlərim məni axtarırlar.

– Bilirəm. Amma bura gəlib çıxmazlar. Gəl elə burada qalaq.

– Nino, nə dedin? Sən burada qalmaq istəyirsən? Bu dağ yuvasında, evsiz, nökərsiz?

– Bəli, – deyə o cavab verdi. Mən burada qalmaq istəyirəm. Sən də burada qalmalısan. Mən evə baxacam, çörək bişirəcəm və sənə yaxşı arvad olacam.

– Bəs darıxmayacaqsan?

Nino cavab verdi:

– Yox, çünki axı biz bir yorğan altında uzanacağıq.

Kimsə qapını döydü. Paltarımı geydim. Nino picamamı əyninə taxdı. Başında təzə əmmamə olan Seyid Mustafa içəri girdi. Dalınca da iki şahid. Seyid yerdə oturdu, kəmərindən bürünc qələmdan çıxartdı. Qələmdan qabının üstündə «Yalnız Allah yolunda» sözləri yazılmışdı. O, bir tikə kağız götürüb sol ovcuna qoydu. Sonra qamış qələmi mürəkkəbə batırdı. Gözəl xətlə yazmağa başladı: «Bismillahür-Rəhman-ürrəhim».

Sonra üzünü mənə tutub soruşdu:

– Ağa, adınız nədir?

– Şirvanşir nəslindən olan Səfər xanın oğlu Əli xan.

– Dininiz?

183

– Müsəlmanam. Şiə təriqətinin İmam cəfər məzhəbinə
mənsubam.

– İstəyiniz nədir?

– İstəyim bu qadınla evlənməkdir.

– Xanım, sizin adınız nədir?

– Prinses Nino Kipiani.

– Dininiz?

Yunan – ortodoks təriqəti.

– Siz nə istəyirsiniz?

– Bu kişinin arvadı olmaq istəyirəm.

– Etiqadınızı saxlamaq fikrindəsiniz, yoxsa ərinizin İninə
keçmək istəyirsiniz?

Nino bir anlığa tərəddüd etdi, sonra başını qaldırıb, qürur
və qətiyyətlə dedi:

– Mən öz etiqadımı saxlamaq niyyətindəyəm.

Seyid yazdı. Kağız onun ovcunda sürüşür və yaraşıqlı ərəb
hərfləri onu bəzəyirdi. Kəbin kağızı hazır idi.

Seyid dilləndi:

– Qol çəkin.

Mən adımı kağıza yazdım.

Nino da soruşdu:

– İndi mən hansı adımı yazmalıyam?

– Təzə adınızı.

O, qələmi möhkəm sıxıb yazdı: «Nino xanım Şirvanşir».

Sonra şahidlər qol çəkdilər. Seyid Mustafa möhürünü
çıxardıb kağıza basdı və gözəl kufi xətti ilə orada bu sözlər
həkk olundu: «Külli-İxtiyarın qulu Hafiz Seyid Mustafa
Məşədi». O, kəbin sənədini mənə uzatdı. Sonra məni qucaq-
layıb farsca dedi: «Əli xan, mən yaxşı adam deyiləm. Lakin
Arslan ağa dedi ki, Ninosuz sən dağlarda əldən gedərsən və
əyyaş olarsan. Bu günahdır, Nino yalvardı ki, onu buraya

184

gətirim. Əgər onun dedikləri həqiqətdirsə, onu sev. Əgər həqiqət deyilsə, elə sabah onu öldürək».

– Seyid Mustafa, onun dedikləri həqiqət deyil, amma qoy yaşasın, onu öldürməyək.

Seyid çaşqın halda ətrafa baxdı və sonra otağı nəzərdən keçirib güldü.

Bir saat sonra da sulu qəlyan təntənə ilə uçurumdan aşağı tullandı. Bütün toy elə bundan ibarət idi.

Həyat gözlənilmədən yenə gözəlləşməyə başladı. Özü də lap gözəlləşdi. Mən küçədən keçəndə kənd camaatı gülür, mən də cavabında tab gətirməyib gülürdüm, çünki xoşbəxt idim. Özümü çox yaxşı hiss edirdim. Özü də misilsiz dərəcədə yaxşı. İstəyirdim ki, bütün ömrümü bizim damda keçirdim. Nino ilə təklikdə. Balaca ayaqları olan Nino qıpqırmızı Dağıstan şalvarı geyib gəzirdi. Heç nədən başa düşmək olmazdı ki, Nino auldakı bütün digər qadınlardan fərqli olaraq, başqa cür yaşamağa, başqa cür düşünməyə və hərəkət etməyə vərdiş edən bir qadındır. Kənddə heç kimin qulluqçusu yox idi. Buna görə də Nino qulluqçu tutmaqdan imtina edirdi. O, xörək bişirir, qonşuluqdakı qadınlarla laqqırtı vurur və kənddə dolaşan qeybətlərdən mənə danışırdı. Mən də at çapır, ova gedir, Ninoya ovladığım heyvanları gətirir, yalnız ona bəlli olan yeməkləri yeyirdim.

Bizim gündəlik həyatımız belə keçirdi: səhər tezdən mən Ninonun ayaqyalın və əlində səhəng bulağa su gətirməyə getməsini seyr edirdim. O, yalın ayaqlarını kələ-kötür daşların üstünə astaca, ehtiyatla basa-basa dala qayıdırdı. Səhəngi sağ çiynində daşıyırdı. Nazik əli ilə səhəngin dəstəyindən bərk yapışırdı. İndiyədək o, yalnız bircə dəfə büdrəyib səhəngi əlindən yerə yıxmışdı. Nino bu rüsvayçılıqdan ötrü acı göz yaşları tökürdü. Qonşuluqdakı qadınlar da ona təsəlli verirdilər. Nino hər gün kəndin o biri qadınları ilə birlikdə su gətirməyə gedərdi. Onlar qaz yerişi ilə dağa qalxardılar və mən uzaqdan Ninonun yalın ayaqlarını görürdüm. Nino ciddiyyətlə yalnız qabağa baxırdı. O, mənə baxmazdı, mən də yana baxardım, onun üzünə yox. O, dağlıların qanununu yaxşı qavramışdı. Qanun isə bu idi ki, qadın heç bir vəchlə başqa adamların yanında öz məhəbbətini büruzə verməməlidir. Nino qaranlıq daxmaya girər, qapını bağlayar, səhəngi yerə qoyar, mənə su verərdi. Sonra küncdən çörək, pendir və bal götürərdi və biz kənd camaatı kimi əl ilə yemək yeyərdik. Biz yerdə oturardıq – Nino bardaş qurub oturmağı dərhal öyrənmişdi. Yeməkdən sonra Nino barmaqlarını yalayar və ağappaq dişlərini göstərərdi. Sonra dillənib deyərdi:

– Buradakı adətə görə, indi mən sənin ayaqlarını yumalıyam. Amma biz tək olduğumuza və çaya mən getdiyimə görə, gəl sən mənim ayaqlarımı yu.

Mən onun ayaq adlandırdığı balaca, gülməli oyuncaqları suya qoyurdum və o, ayaqlarını uşaq kimi oynadır, su da üzümə sıçrayırdı. Sonra biz dama çıxırdıq. Mən döşəkdə oturardım, Nino da ayaqlarımın yanında əyləşərdi. O, bəzən pəsdən mahnı oxuyardı, bəzən də madonnaya bənzər sifətini mənə çevirib susardı. Gecələr də o, balaca bir heyvan kimi bərk büzüşüb yatardı. Bir dəfə soruşdu:

– Əli xan, xoşbəxtsənmi?

– Çox. Bəs sən? Bakıya qayıtmaq istəmirsənmi?

O, ciddi cavab verdi:

– Yox. Mən göstərmək istəyirəm ki, bütün Asiya qadınlarının bacardığını mən də bacarıram: öz ərimə qulluq edə bilirəm.

Neft lampası sönəndə Nino yanıma uzanar, gözlərini qaranlığa zilləyər və öz-özünə danışmağa başlayardı: görəsən, qoyun qızartmasına bu qədər sarımsaq tökmək lazım idi, ya yox? Görəsən, şair Rustaveli ilə kraliça Tamara arasında bir məhəbbət əlaqəsi vardı, yoxsa yox? Birdən diş ağrısı tutsa, kənddə nə edəcəyəm və nəyə görə dünən qonşudakı arvad öz ərini süpürgə ilə elə amansızcasına döyürdü? Nino: «Həyat nə qədər sirli imiş», deyib yatardı. Gecələr oyanar, dirsəyimə toxunar, sonra qürur və lovğalıqla: «Mən Ninoyam», deyib yenə yatardı və mən onun incə çiyinlərini yorğanla örtərdim.

Fikirləşirdim ki, Nino, düzünə qalsa, sən bundan da yaxşı yerdə yaşamağa layiq adamsan.

Bir dəfə yaxınlıqdakı balaca Qunzax şəhərinə getmişdim. Dala qayıdanda da neft lampası, lyutnya, qrammofon və bir dənə də ipək şal gətirdim... Nino qrammofonu görəndə gözləri kəlləsinə çıxdı.

Amma təəssüf ki, bütün Qunzaxda yalnız iki qrammofon valı var idi. Onların biri dağlı rəqsi, ikincisi də «Aida» operasından ariya. Biz bu valları dalbadal, artıq onların ahəngləri arasında fərqi bilməyincəyə qədər qoyub qulaq asdıq.

Bakıdan nadir hallarda xəbər gəlirdi. Ninonun valideynləri bizə yalvarırdılar ki, bir mədəni ölkəyə gedib yaşayaq, yoxsa bizə lənət oxuyacaqlar. Ninonun atası bircə dəfə yanımıza gəldi. Qızının daxmasını görəndə özündən çıxdı.

– Ay Allah, bu nədir? Tez buradan çıxıb gedin. Nino bu vəhşixanada xəstələnəcək.

Nino da cavab verib dedi:

– Ata, mən heç vaxt indiki kimi sağlam olmamışam. Biz buradan çıxıb gedə bilmərik. Çünki mən dul qalmaq istəmirəm.

– Axı bitərəf ölkələr var ki, Naxararyanlar oraya gedə bilməzlər. Məsələn, İspaniya...

– Bəs İspaniyaya necə getmək olar, ata?

– İsveç yolu ilə – Nino qəzəblə cavab verdi ki, mən İsveç yolu ilə heç yana getmək istəmirəm. Knyaz da geri qayıtdı. O, hər ay alt paltarı, kökələr və kitablar göndərirdi, Nino da kitabları saxlayar, qalan şeyləri kənd camaatına hədiyyə verərdi.

Mənim atam da bir gün yanımıza gəldi. Nino onu utancaq bir təbəssümlə qarşıladı. O, məktəbdə oxuyarkən yadların yanında belə gülümsəyərdi.

– Sən xörək bişirirsən?

– Bəli.

– Su daşıyırsan?

– Bəli.

– Yoldan yorğun gəlmişəm, ayaqlarımı yuya bilərsənmi?

Nino dərhal ləyəni gətirdi və atamın ayaqlarını yudu. Atam «Sağ ol», deyib cibindən çəhrayı mirvaridən düzülmüş boyunbağı çıxardıb, Ninonun boynuna taxdı. Sonra çörək yedi və belə qərara gəldi:

– Əli xan, yaxşı arvadın var, amma pis aşpazın. Sənə Bakıdan bir aşpaz göndərərəm.

Nino qışqırıb dedi ki, xahiş edirəm, göndərməyin, mən öz ərimə qulluq etmək istəyirəm.

Atam güldü və şəhərə qayıdan kimi Ninoya iki almaz qaşlı sırğa göndərdi.

Kəndimiz sakit kənd idi. Yalnız bir dəfə Qazı Molla böyük bir xəbərlə yanımıza gəldi ki, kəndin civarında kimsə bir naməlum şəxsi yaxalayıb. Deyirlər ki, bu şəxs erməni imiş, əlində də silah. Bütün kənd camaatı bir yerə toplaşdı. Mən aulun qonağı idim. Mənim ölümüm buradakı hər bir kəndlinin adının üstündə ömürlük ləkə olardı. Bayıra çıxdım ki, o adamı görüm. Bəli, bu adam erməni idi. Amma heç kim onun Naxararyan nəslindən olub-olmadığını bilmirdi. Kəndin ağsaqqalları gəlib məsləhətləşdilər və belə qərara gəldilər ki, o adamı döyüb, kənddən qovsunlar. Əgər o, Naxararyan nəslindəndirsə, o zaman gedib o birilərinə xəbər verəcək. Yox, əgər deyilsə, onda Allah kəndlilərin xoş niyyətini görüb, onların günahını bağışlayacaq.

Haradasa, başqa bir planetdə müharibə gedirdi. Bizim bundan xəbərimiz yox idi. Dağlar Şamil dövrü barədə nağıllarla dolu idi. Müharibə xəbərləri bizə heç gəlib çatmırdı. Bəzən dostlarımız bizə qəzet göndərirdilər, lakin onu heç oxumazdım. Nino bir dəfə soruşdu:

– Hələ yadından çıxmayıb ki, müharibə gedir?

Mən də gülə-gülə cavab verdim:

– Doğrudan, Nino, az qalmışdı yadımdan çıxsın.

Yox, bundan yaxşı həyat ola bilməzdi. Bu, Allahın Əli xana hədiyyəsi idi.

Elə bu vaxt məktub gəldi. Onu, atından köpük tökülən bir nəfər evə gətirdi. Məktub nə atamdan idi, nə də Seyiddən. Məktubun üstündə: «Arslan ağadan Əli xana» sözləri yazılmışdı.

Nino təəccüblə soruşdu:

– O nə istəyir?

Atlı dillənib dedi ki, sizə çoxlu məktub gəlir, yoldadır. Arslan ağa mənə çoxlu pul verdi ki, bu xəbəri siz birinci olaraq ondan eşidəsiniz.

«Aul həyatımız sona çatdı», deyə düşünüb məktubu açdım. Məktubda yazılmışdı:

«Allahın adı ilə. Salam, Əli xan. Necəsən, atların, çaxırın, qoyunlarınla və birlikdə yaşadığın adamların necədirlər? Mən yaxşıyam, atlarım, çaxırım və adamlarım da yaxşıdırlar. Xəbərin olsun ki, şəhərimizdə böyük hadisə baş verib. Məhbuslar həbsxanadan çıxıb indi şəhərimizin küçələrində gəzirlər. Bilirəm, indi soruşursan ki bəs polis haradadır?

Amma bil ki, polislər indi məhbusların oturduqları yerdə-dirlər. Dənizin qırağındakı zindanda. Bəs əsgərlər? Əsgər-zad yoxdur. Bilirəm, dostum, indi başını yelləyib deyirsən ki, bizim qubernator necə bu işlərə yol verir. Agah ol ki, bizim müdrik qubernator dünən şəhərdən qaçıb. Bu cür pis adamları idarə etməkdən yoruldu, qaçdı. Ondan ancaq bir dəst şalvar və bir köhnə kokard qalıb. Deyəsən, indi gülürsən. Əli xan, fikirləşirsən ki, yalan danışıram. Heyrət et, dostum, mən yalan danışmıram. Bilirəm, indi özün-özünə sual verirsən ki, bəs axı niyə çar yeni polis nəfərlərini və yeni qubernatoru şəhərə göndərmir? Xəbərin olsun ki, artıq çar mövcud deyil. Ümumiyyətlə, indi heç bir şey mövcud deyil. Hələ bilmirəm bütün bu şeylərə nə ad deyirlər, lakin dünən biz məktəb direktorunu döyüb əzişdirdik, və heç kim bizə mane olmadı. Mən sənin dostunam, Əli xan, bu səbəbdən də istəyirəm ki, şəhərdən bir çox adam sənə məktub yazsa da, bunu birinci məndən eşidəsən: bütün Naxararyanlar evlərinə qaçıblar, daha polis də mövcud deyil. Sağ-salamat qal, Əli xan. Sənin dostun və qulun Arslan ağa».

Başımı qaldırdım. Ninonun üzü solmuşdu.

O, titrək səslə dilləndi.

– Əli xan, yol açıldı. Biz evə qayıdırıq, evə qayıdırıq, evə!

Güclü sevincdən vəcdə gələn Nino elə bu sözləri təkrar edirdi. Boynuma sarılıb hönkür-hönkür ağlayırdı. Onun yalın ayaqları həyətin tozu üstündə hoppanıb düşürdü.

– Hə, Nino, əlbəttə, biz evə qayıdırıq.

Mən həm sevinirdim, həm də kədərlənirdim. Sarımtıl qayalı dağlar bütün gözəlliyi və cazibəsi ilə uzaqda parıldayırdı. Daxmalar arı yuvalarına oxşayırdı, balaca minarə də dinməz bir xəbərdarlıq kimi kəndin ortasında ucalırdı.

Aul həyatının sonu gəldi...

XXI

İnsanların üzündə sevinclə qorxu hissinin qarışığını oxumaq mümkün idi. Küçələrin bu başından o başına kimi uzanan qırmızı plakatlarda mənasız sözlər yazılmışdı. Bazarda alver edən qadınlar tinlərdə durub Amerika hindularına və Afrika zəncilərinə azadlıq tələb edirdilər. Cəbhə dağılmışdı. Böyük knyaz qeybə çıxmışdı və cılım-cındır içində olan əsgərlər küçələrdə sərgərdan dolaşırdılar. Gecələr atışma səsləri eşidilir, gündüzlər də izdiham dükanları qarət edirdi.

Nino əyilib atlasa baxırdı. «Mən sakit bir ölkə axtarıram», deyə barmağını rəngarəng sərhədlərin üstündə gəzdirirdi.

Mən də istehza ilə dedim:

– Bəlkə Moskva, yaxud Peterburqa gedək?

Nino çiyinlərini çəkdi. Onun barmaqları Norveçi tapdı.

– Əlbəttə, sakit bir ölkədir, amma oraya necə gedib çata bilərik?

Nino ah çəkdi:

– Yox, oraya gedə bilmərik. Bəs Amerika?

– Okean sualtı qayıqlarla doludur.

– Hindistan, İspaniya, Çin, Yaponiya?

– Oralarda da ya müharibədir, ya da gedib çıxa bilmərik.

– Əli xan, biz tələyə düşmüşük.

– Düz başa düşmüsən, Nino. Qaçmaq mənasızdı. İndi biz oturub, heç olmasa, türklər gələnə kimi şəhər əhlinin təmkinli olmasını təmin etmək yollarını axtarmalıyıq.

Nino narazı halda dilləndi:

– Axı niyə mən qəhrəmana ərə getmişəm?! Məndə plakatlara, şüarlara və nitqlərə nifrət var. Əgər belə davam etsə, qaçıb İrana, sənin əminin yanına gedəcəm.

– Belə davam edə bilməz, – deyib evi tərk etdim.

İslam xeyriyyə cəmiyyəti binasının salonunda iclas var idi. Bir vaxt atamın evində xalqın aqibətinə böyük qayğı göstərən alicənab adamlar da burada idilər. Qolu qüvvətli cavanlar salona dolmuşdular. Qapıda İlyas bəyə rast gəldim. O və Məhəmməd Heydər cəbhədən qayıtmışdılar. Çarın taxtdan imtina etməsini eşidib şəhərə gəlmişdilər. Müharibə onlara fayda vermişdi: o biri dünyanı görmüşdülər və o dünyanın mənzərəsini birdəfəlik qəlblərində həkk etdirmiş adamlara oxşayırdılar.

– Əli xan, – deyə İlyas bəy mənə müraciət etdi. – Biz hərəkət etməliyik. Düşmən şəhərin qapısında dayanıb.

– Bəli, biz özümüzü müdafiə etməliyik.

– Yox, biz hücum etməliyik.

Və İlyas bəy bunu deyib xitabət kürsüsünə qalxdı, amiranə şəkildə danışmağa başladı: «Müsəlmanlar! Mən bir daha şəhərimizin vəziyyətini sizə başa salmaq istəyirəm. İnqilab başlanandan bəri cəbhə dağılır. Rus fərariləri əli silahlı və soyğunçuluğa hazır vəziyyətdə Bakının ağzında dayanıblar. Şəhərdə yalnız bir müsəlman hərbi hissəsi var. Bu hissə «Vəhşi diviziya» könüllüləri olan bizlərik. Biz həm sayca, həm də hərbi sursat baxımından ruslardan zəifik. Şəhərimizdəki ikinci hərbi hissə «Daşnaksütyun» adlı erməni millətçi partiyasının hərbi dəstələridir. Bu partiyanın başçıları olan Lalay və Andranik bizimlə təmas yaratmışlar. Onlar şəhərin erməni sakinlərindən ordu düzəldirlər ki, Qarabağa və Ermənistana, bu yerləri müdafiə etmək üçün göndərsinlər. Biz bu ordunun yaradılması, eləcə də onun Ermənistan tərəfə yürüş etməsi barədəki planı təsvib etmişik. Bunun əvəzində də ermənilər bizimlə birləşib ruslara ultimatum verməyə razıdırlar. Biz tələb edirik ki, rus əsgərləri və qaçqınları bir də bizim şəhərimizdən keçməsinlər. Ruslar bizim tələbimizi rədd etsələr, biz ermənilərlə ittifaqda öz tələblərimizi hərbi yolla yerinə yetirmək iqtidarındayıq. Müsəlmanlar, «Vəhşi diviziya»ya yazılın və silaha sarılın. Düşmən qapının ağzındadır.

Mən qulaq asırdım. Döyüş və qan iyi gəlirdi. Artıq neçə gün idi ki, kazarmanın həyətində pulemyotdan necə istifadə etməyi öyrənirdim. İndi bu yeni biliyi lazımlı işdə tətbiq etmək olardı. Məhəmməd Heydər yanımda dayanıb patrondaşı ilə oynayırdı. Əyilib onun qulağına dedim: «İclasdan sonra İlyas bəylə bizə gəlin. Seyid Mustafa da bizdə olacaq. Biz vəziyyəti müzakirə etməliyik».

O, başını tərpətdi. Nino evdar qadın kimi tələsik çay hazırlamağa başladı. Dostlarım tez gəldilər. Onlar silahlı idilər. Hətta Seyid yaşıl kəmərinin altına bir xəncər taxmışdı. İçimizdə anlaşılmaz bir sakitlik var idi. Döyüş axşamı şəhər sıxıntılı və yad görünürdü. Düzdür, hələ insanlar küçələrdə alver edir, yaxud gəzişirdilər. Amma onların hərəkətlərində artıq nə isə qeyri-real, dəhşətli şeylər sezmək olurdu. Elə bil bu gündəlik vərdişlərin tezliklə mənasızlığa çevriləcəyini indidən başa düşürdülər.

«Kifayət qədər silahınız varmı?» - deyə İlyas bəy soruşdu.

- Beş tüfəng, səkkiz tapança, bir pulemyot və sursatımız var. Bundan başqa qadın və uşaqlar üçün zirzəmi var.

Nino birdən başını qaldırdı və qətiyyətlə dedi:

– Mən zirzəmiyə getməyəcəyəm. Mən də evimi müdafiə edəcəyəm.

O, sərt və acıqlı danışırdı.

Məhəmməd Heydər sakit tərzdə cavab verdi:

– Nino, biz güllə atarıq, siz də yaralarımızı sarıyarsınız.

Nino gözlərini yerə dikdi. Onun səsi tutulmuş görünürdü. «Aman Allah, şəhərimizin küçələri döyüş meydanına, teatr binası baş qərargaha çevriləcək. Bir az sonra, Nikolay küçə-sindən keçmək vaxtı ilə Çinə getməkdən də çətin olacaq. Müqəddəs Tamara liseyinə çatmaq üçün insan gərək ya dünyagörüşünü dəyişsin, yaxud bir ordunu məğlub etsin. Mən artıq sizin silahlanmış halda qubernator bağının içindən qarnı üstə sürünəcəyinizi və vaxtı ilə Əli xanla görüşdüyüm hovuzun üstündə pulemyot qurulacağını xəyalımda canlan-dırıram. Biz qəribə bir şəhərdə yaşayırıq».

İlyas bəy sözə başladı:

– Döyüş olmayacaq. Ruslar bizim ultimatumu qəbul edəcəklər.

Məhəmməd Heydər hirsli-hirsli güldü:

– Sizə deməyi yaddan çıxartdım: buraya gələndə Əsədullanı gördüm. O dedi ki, ruslar ultimatumu rədd ediblər. Onlar tələb edirlər ki, biz silahımızı təslim edək. Mən silahımı verməyəcəyəm.

İlyas bəy:

– Bu bizim və erməni müttəfiqlərimiz üçün döyüş deməkdir.

Nino susurdu. Onun sifəti pəncərəyə tərəf çevrilmişdi. Seyid Mustafa əmmaməsini düzəltdi və dedi:

– Allah, Allah! Mən cəbhədə olmamışam. Mən Əli xan kimi ağıllı da deyiləm. Amma şəriəti yaxşı bilirəm. Döyüş zamanı müsəlmanın kafirlərin sədaqətinə bel bağlaması yaxşı iş deyil. Ümumiyyətlə, kiməsə bel bağlamağın özü də pis işdir. Şəriət belə buyurur, həyat da belədir. Erməni dəstələrinə kimlər rəhbərlik edir? Styopa Lalay! Onu tanıyırsınız. 1905-ci ildə müsəlmanlar onun ata-anasını öldürdülər. İnanmıram ki, o, bunu yaddan çıxartsın. Mən ümumiyyətlə, inanmıram ki, ermənilər bizim tərəfimizdə ruslara qarşı vuruşsunlar. Axı bu ruslar kimlərdir? Cındır içində olan həşəratlar, anarxistlər, quldurlar. Onların başçısının adı Stepan Şaumyandır və o, özü də ermənidir. Və bir erməni anarxisti ilə erməni millətçisi müsəlman millətçisi ilə erməni millətçisindən daha tez birləşər. Hər şey Quran kimi aydındır.

– Seyid, – deyə Nino sözə başladı, – ruslar qalib gəlsələr, nə Lalayın bəxti gətirəcək, nə də Andranikin.

Məhəmməd Heydər birdən qaqqıltı çəkdi və dedi:

– Dostlar, məni bağışlayın, amma mən ancaq bunu fikirləşirdim ki, bəs biz qalib gəlsək, ermənilərin vəziyyəti necə olacaq? Əgər türklər Ermənistana girsələr, biz onların ölkəsini müdafiə etməyəcəyik.

İlyas bəy çox hirsləndi:

– Belə sözlər danışmayın, heç ağlınıza da gətirməyin. Erməni məsələsi çox asan və sadə yolla həll olunacaq: Lalayın rəhbərlik etdiyi batalyonlar Ermənistana gedəcək. Əsgərlərlə birlikdə onların ailələri də çıxıb gedəcəklər. Beləliklə, bir ilin içində Bakıda erməni qalmayacaq. O vaxt onların öz ölkəsi, bizim də öz ölkəmiz olacaq. Biz sadəcə, iki qonşu xalq olacağıq.

Mən söz alıb dedim:

– İlyas bəy, Seyid heç də haqsız deyil. Sən qan sirrini unudursan. Valideynləri müsəlmanlar tərəfindən öldürülən Styopa Lalay yaramaz olmalıdır ki, intiqam hissini unutsun.

– Yaxud da bir siyasətçi olmalıdır, Əli xan. Elə bir adam olmalıdır ki, xalqını qırğından xilas etmək naminə öz qəlbindəki şəxsi intiqam hissini boğsun. Əgər o, ağıllıdırsa, bizim tərəfimizdə olacaq. Bu həm onun, həm də xalqının mənafeyinədir.

Biz qaranlıq düşənə kimi mübahisə etdik. Sonra Nino sözə başladı:

– Nə olursunuz-olun, istər siyasətçi, istərsə də sadə insan, bir şey istəyirəm: bir həftədən sonra sağ-salamat buraya qayıdasınız. Çünki əgər şəhərdə döyüşlər başlasa...

O, sözünü axıra çatdırmadı. Gecə yanımda uzandı, amma yatmadı. Ağzı azacıq açıq, dodaqları da nəm idi. O, gözlərini pəncərəyə dikib susurdu. Mən onu qucaqladım. O, üzünü mənə çevirdi və yavaşca dedi: «Sən də döyüşəcəksən, Əli xan?»

– Əlbəttə, Nino.

O da: «Bəli, əlbəttə, vuruşacaqsan» – deyə təkrar etdi.

Birdən o, sifətimi əllərinin arasına aldı və köksünə sıxdı. Söz demədən məni öpdü. Gözləri iriləşmişdi. Onu dərin bir ehtiras bürümüşdü. Bədənini bədənimə bərk yapışdırdı. Bütün vücudu dərin bir şövq və qorxu içində idi. Simasında elə bil yolu ancaq onun özünə bəlli olan başqa bir dünyanın ifadəsi var idi.

Qəflətən başını dala əydi, başımı əllərinin arasında bərk-bərk sıxıb lap yavaşcadan pıçıldadı: «Mən uşağın adını Əli qoyacam».

Sonra yenə susub, narahat və fikirli baxışlarını pəncərəyə zillədi.

Köhnə minarə solğun Ay işığında incə və qəşəng bir çinarı xatırladırdı. Qala divarlarının kölgəsi tutqun və qorxulu idi. Uzaqdan dəmir cingiltisinin səsi gəlirdi. Kimsə xəncərini itiləyirdi və elə bil gələcəkdən xəbər verirdi. Bu vaxt telefon zəng çaldı. Yerimdən durdum və qaranlıqda asta-asta yeriyib dəstəyi götürdüm. Dəstəkdən İlyas bəyin səsi gəldi:

– Ermənilər ruslarla birləşdilər. Onlar bütün müsəlmanların tərk-silah edilməsini tələb edirlər. Sabah saat üçə kimi möhlət veriblər. Əlbəttə, biz bunu rədd edirdik. Sən pulemyotu götürüb qala divarında, Sisianaşvili darvazasının solunda mövqe tutarsan. Sənə daha otuz nəfər göndərəcəm. Darvazanı müdafiə etmək üçün hazırlıq gör.

Dəstəyi yerə qoydum, Nino çarpayıda oturub, gözlərini mənə zilləmişdi. Mən xəncəri götürdüm və tiyəsini yoxladım.

– Nə olub, Əli xan?

– Düşmən qalanın ağzında durub, Nino.

Paltarımı geyib nökərləri çağırdım. Onlar gəldilər. Hamısı enlikürəkli, güclü və hündürboy idi. Hərəsinə bir tüfəng verdim və atamın otağına getdim. O, güzgünün qabağında dayanmışdı, nökər də onun çərkəz pencəyini təmizləyirdi.

– Yerin haradadır, Əli xan?

– Sisianaşvili darvazasında.

– Lap yaxşı. Mən İslam xeyriyyə cəmiyyətinin salonunda, qərargahda olacam.

Onun qılıncı cingildədi və bığlarını sığallayıb sözünə davam etdi:

– Cəsur ol, Əli xan. Düşmənlər qaladan içəri girməməlidir. Onlar darvazanın qabağındakı meydanı tutsalar, pulemyotla onlara atəş aç və qabaqlarını al. Əsədulla kəndliləri gətirəcək və Nikolay küçəsindən düşmənin arxasından hücuma keçəcək.

O, tapançasını cibinə qoydu və yorğun halda mənə baxıb dedi:

197

– Saat səkkizdə İrana axırıncı gəmi gedir. Nino mütləq çıxıb getməlidir. Çünki ruslar qalib gəlsələr, bütün qadınların namusunu ləkələyəcəklər.

Mən otağıma getdim. Nino telefonla danışırdı.

– Yox, mama, mən burada qalıram. Yox, yox, heç bir təhlükə yoxdur. Sağ ol, ata, narahat olma, bizim kifayət qədər ərzağımız var. Bəli, çox sağ ol. Amma, xahiş edirəm, daha əl çəkin, qoyun sakit oturum. Yox, gəlməyəcəm, yenə də təkrar edirəm, gəlmək istəmirəm, gəlməyəcəm.

Mən bu söhbətə qulaq asırdım. Nino son sözləri qışqıra-qışqıra dedi: O, dəstəyi qoydu.

– Nino, – dedim. – Sən haqlısan. Çünki atangildə də təhlükəsiz ola bilməzsən. Saat səkkizdə İrana gəmi gedir. Əşyalarını yığ.

Onun sifəti qıpqırmızı oldu.

– Sən məni qovursan, Əli xan?

Mən Ninonu indiyədək belə qəzəbli görməmişdim.

– Nino, Tehranda sən təhlükəsizsən. Düşmən qalib gəlsə, onlar bütün qadınların namusunu ləkələyəcəklər.

O, başını qaldırdı və qətiyyətlə dedi:

– Mənim namusuma heç kəs toxuna bilməz! Arxayın ol, Əli.

– İrana get, Nino. Hələ vaxt var.

Nino ciddi tərzdə:

– Bəsdir, Əli. Mən çox qorxuram. Düşməndən, döyüşdən, bizi gözləyən bütün dəhşətli şeylərdən qorxuram. Buna baxmayaraq mən burada qalıram. Sənə köməyim dəyməyəcək, amma mən səninəm. Mən burada qalmalıyam, vəssalam.

Belə də oldu. Onun gözlərindən öpdüm. Fəxr edirəm ki, belə arvadım var. Mənə söz qaytarsa da, o, yaxşı qadın idi. Mən evdən çıxdım.

Səhər açılırdı. Toz göyə qalxmışdı. Qalanın üstünə çıxdım. Nökərlərim tüfəngləri ilə daş çıxıntıları arasında uzanmışdılar. İlyas bəyin göndərdiyi otuz nəfər adam boş qalmış Duma meydanına göz qoyurdu. Bağlı, günəşdən qaralmış bu adamlar səssiz, ciddi qəzəblə yerdə uzanmışdılar. Pulemyot rusların enli fındıq burunlarına oxşayırdı. Ətraf sükut içində idi. Qərargahda əlaqə saxlayan adamlar qala divarlarının üstündə ora-bura gedirdilər. Onlar qısa xəbərlər gətirirdilər. Haradasa, uzaqda ruhanilər və ağsaqqallar son anda barış möcüzəsinə nail olmağa çalışırdılar.

Gün çıxdı. Çevrilib evimə baxdım. Nino damda oturmuşdu. Onun üzü günəşə çevrilmişdi. Günortaçağı o, yanımıza gəldi. Yemək-içmək gətirmişdi, gözlərini pulemyota zilləmişdi. Onu evə göndərənə kimi səssiz-səmirsiz kölgədə durub ətrafa baxırdı.

Saat bir idi. Minarədən Seyid Mustafanın kədərli və təntənəli azan səsi gəldi. Sonra yanımıza qayıtdı. O, tüfəngi arxasınca sürüyürdü.

Onun kəmərində Quran var idi. Mən qalanın o tayındakı Duma meydanına baxdım. Yalnız toz, bir də qorxudan tələsən bir neçə nəfəri gördüm. Bir çadralı qadın deyinə-deyinə meydanda oynayan uşaqlarının dalınca qaçırdı.

Bir, iki, üç. Bələdiyyə binasındakı saatın səsi sükutu pozdu. Bu səs elə bil başqa bir dünyanın qapısını açdı. Bu başqa dünya şəhərin kənarından gələn dünya idi. İlk güllələr...

XXII

Gecə aysız idi. Yelkənli qayıq Xəzər dənizinin dalğaları üstündən yellənə-yellənə üzürdü. Acı və duzlu su damcıları ləpədən qopub qayığın içinə tökülürdü. Qayığın qara yelkəni gecə vaxtı böyük bir quşun qanadına oxşayırdı.

Mən kürkə bürünüb qayığın tamam yaş döşəməsində uzanmışdım. Enli, saqqalsız sifəti olan sükançı laqeydliklə baxırdı. Başımı qaldırdım və əlim bir kürkə toxundu.

«Seyid Mustafa...?» – deyə soruşdum.

Çopur başını mənə tərəf əydi. O, qırmızı daşdan düzəldilən təsbehini çevirirdi... Elə bil təmiz bir əl qan damarları ilə oynayırdı.

O dilləndi:

– Rahat uzan, Əli xan, mən burdayam.

Onun gözlərində yaş görüb, dikəlib oturdum.

– Məhəmməd Heydər həlak oldu, – dedim. – Meyitini Nikolay küçəsində gördüm. Onun qulaqlarını və burnunu kəsmişdilər.

Seyid üzünü mənə yaxınlaşdırdı:

– Ruslar Bayıl tərəfdən gəlib bulvarı mühasirəyə aldılar. Sən Duma meydanına soxulanları qırıb tökdün.

Mən xatırladım:

– Bəli, sonra Əsədulla gəldi və hücum əmri verdi. Biz süngü və xəncərlə hücuma keçdik. Sən yasin duasını oxuyurdun.

– Bəs sən? Sən də düşmənlərin qanını içirdin. Bilirsən, Haşım tinində kimlər dayanmışdı? Bütün Naxararyan nəsli. Onların hamısı qırıldı.

– Hamısı qırıldı, – deyə təkrar etdim. – Mən Haşım evinin damında səkkiz pulemyot qoydurmuşdum. Biz bütün ətrafa hakim idik...

Seyid Mustafa alnını ovxaladı. Onun üzünə elə bil kül sürtmüşdülər «Bütün gün orada pulemyot şaqqıldayırdı. Kimsə dedi ki, sən ölmüsən. Nino da eşitdi, amma susdu. O, zirzəmiyə getmək istəmədi. Otağında oturub susurdu. O susurdu, pulemyotlar da şaqqıldayırdı. Qəflətən o, əlləri ilə üzünü tutdu və qışqırdı ki, bəsdir, mən artıq istəmirəm, istəmirəm. Amma pulemyotlar şaqqıldamaqda davam edirdilər. Ta axşam səkkizə kimi belə davam etdi. Sonra sursat qurtardı. Amma düşmən bunu bilmirdi. O, elə bilirdi ki, bu bir tələdir. Musa Nağı da öldü. Lalay onu boğub öldürdü...»

Mən susurdum. Sükançı hələ də ulduzlara baxırdı. Yüngül külək onun ipək bürüncəyini yelləyirdi.

Seyid sözünə davam etdi:

– Eşitdim ki, sən Sisianaşvili darvazası yanında əlbəyaxa vuruşda olubsan. Mən şəxsən bunu görməmişəm, çünki qala divarının o biri başında idim.

– Düzdür, mən əlbəyaxa döyüşdə oldum. Orada meşin bir cəmdək var idi. Mən onu xəncərlə deşdim və o, qana boyandı. Mənim xalam qızı Ayşəni də öldürdülər.

Dəniz sakit idi. Qayıqdan qır iyi gəlirdi. Qayıq, Qızılqum səhrasının sahilləri kimi adsız idi. Seyid yavaşca danışırdı:

– Məscidlərə gələn meyitləri üst-üstə qaladıq. Sonra xəncəri sıyırıb düşmənin üstünə cumduq. Demək olar, hamı

201

həlak oldu. Lakin məni Allah qoymadı ölüm. İlyas bəy də sağdır. O, kənddə gizlənir. Heç bilirsən, evinizi necə soyub taladılar! Heç bir şey qalmadı: nə mebel, nə qab-qacaq, hər şeyi soyub apardılar. Yalnız lüt divarlar qaldı.

Gözlərimi yumdum. Bütün vücudum elə bil tək ağrıdan ibarət idi. Bibiheybətin neft hopmuş sahilində meyitlər qalanmış arabalar və əlində bağlama tutmuş Nino gözümün qabağına gəldi. Sonra səhradan gələn bu sükançının qayığını gördüm. Nargin adasındakı qüllədən işıq gəlirdi. Şəhər gecənin zülmət qaranlığında gözdən itdi. Qara neft buruqları təhdidkar keşikçiləri xatırladırdı.

İndi burada kürkə bürünüb uzanmışam və dözülməz bir ağrı sinəmi deşirdi. Başımı qaldırdım. Qayığın balaca küncündə Nino uzanmışdı. Onun sifəti nazik və solğun idi. Onun soyuq əlini əlimə aldım və barmaqlarının zəif titrəyişini hiss etdim.

Bir az aşağıda, sükançının yanında atam oturmuşdu. Mən qırıq cümlələr eşidirdim. «Deməli, siz doğrudan deyirsiniz ki, Çarcou vahəsində insanlar öz istəkləri ilə gözlərinin rəngini dəyişdirə bilirlər?» Sükançı da buna cavab verib deyirdi ki, bəli, xan, dünyanın yalnız bir yerində insanlar bunu edə bilirlər və bu yer – Çarcou vahəsidir. Bir müqəddəs kişi peyğəmbərlik eləyib...

Mən Ninoya müraciətlə dedim:

– Nino, sən işə bax, atam Çarcou vahəsinin möcüzəsi barədə söhbət edir. Hər halda dünyanın dərdlərinə tab gətirmək üçün insan gərək belə olsun.

Nino cavab verdi:

– Yox, Əli xan, mən belə edə bilmirəm. Bacarmıram mən belə etməyi. Əli xan, bilirsən, küçədəki toz da qandan qıpqırmızı olmuşdu.

202

O, üzünü əllərinin içinə aldı və səssiz ağlamağa başladı. Onun çiyinləri titrəyirdi.

Mən onun yanında oturdum və böyük qalanın qabağındakı meydanı, Məhəmməd Heydərin Nikolay küçəsində sərilmiş meyitini və birdən qırmızı rəngə boyanmış meşin pencəyi xatırladım.

Sağ qalmaq insana iztirab verirdi.

Uzaqdan atamın səsi gəldi: «Deyirsən, Çələkən adasında ilanlar var?»

– Bəli, xan, həddindən artıq uzun və zəhərli ilanlar. Amma indiyə kimi ilanları heç kim gözü ilə görməyib. Yalnız Mərv vahəsində yaşayan bir müqəddəs nəql edir ki...

Mən artıq tab gətirə bilmirdim. Sükana yaxınlaşdım və dedim:

– Ata, Asiya məhv olub, dostlarımız döyüş meydanında həlak olublar, biz də didərgin düşmüşük. Biz Allahın qəzə-binə gəlmişik, sən isə burada oturub Çələkən adasındakı ilanlardan danışırsan.

Atamın sifətindəki sakit ifadə dəyişmədi. O, qayıqdakı balaca sütuna söykənib uzun zaman üzümə baxdı:

– Asiya məhv olmayıb. Onun yalnız sərhədləri dəyişilib, özü də birdəfəlik dəyişilib. Bakı indi Avropadır və bu təsadüfi deyil. Çünki Bakıda artıq asiyalı qalmamışdı.

– Ata, mən üç gün ərzində Asiyanı pulemyot, süngü və xəncərimlə müdafiə etmişəm axı.

– Sən qəhrəmansan, Əli xan. Amma cəsarət nə deməkdir? Avropalı da cəsurdur. Sən və səninlə birlikdə vuruşanların hamısı artıq asiyalı deyilsiniz. Mən Avropaya nifrət etmirəm. Avropa mənim heç vecimə də deyil. Avropanın bir tikəsini sən özündə daşıyırsan. Sən rus məktəbinə getmisən, latından başın çıxır. Sənin arvadın da avropalıdır. Sən hələ özünə asiyalı deyirsən? Axı sən qalib gəlsəydin, heç istəmədən Avropa həyat tərzini Bakıya gətirəcəkdin. Nə fərqi var, bizim ölkəmizdə avtomobil yollarını və fabrikləri kim tikəcək – biz, yaxud ruslar. Başqa cür ola da bilməzdi. Qana susayıb saysız-hesabsız düşmənini məhv etmək yaxşı asiyalı olmaq demək deyil.

– Bəs nə zaman yaxşı asiyalı sayılmaq olar?

– Sən yarıavropalısan, Əli xan. Buna görə də bu sualı verirsən. Sənə izah etmək mənasızdır, çünki sənə yalnız gözlə gördüyün şeylər təsir göstərir. Sənin üzün yerə dikilib. Bax, buna görə məğlubiyyət səni ağrıdır və buna görə də sən ağrıdığını büruzə verirsən.

Atam susdu. Onun gözləri elə bil qapanmışdı, Bakı və İranda yaşayan bir çox qocalar kimi, o da həqiqi dünyadan başqa, özünə sığınacaq tapa biləcəyi və özünü əlçatmaz edəcəyi ikinci bir dünya yarada bilirdi. Mən bu son dərəcə sakit aləmdən xəbərdar idim. O aləmdə insan öz dostlarını basdırıb, eyni zamanda da sükançı ilə Çarcou vahəsinin möcüzəsi barədə söhbət etmək imkanına malik idi. Mən də bu aləmin qapısını döymüşdüm, amma oraya yolu tapa bilməmişdim. Çünki kədərli həqiqətin möhkəm əsirinə çevrilmişdim.

Mən özüm də artıq asiyalı deyildim. Bunu heç kim mənə irad tutmurdu, amma deyəsən hamı bunu bilirdi. Mən bir yada çevrilmişdim və bunun həsrətilə yaşayırdım, ki, Asiyanın möcüzəli, xəyali aləmində yenidən məskən sala bilim.

Mən qayıqda dayanıb dənizin qara güzgü kimi parıldayan suyuna baxırdım. Məhəmməd Heydər öldü. Ayşə həlak oldu, evimiz talan edildi. Və indi mən balaca yelkənli qayıqla şahın ölkəsinə, böyük sakitliyin hökm sürdüyü İrana gedirdim.

Birdən Nino gəlib yanımda durdu və «İran» deyib gözlərini yerə dikdi:

– Biz orada nə edəcəyik?

– İstirahət edəcəyik, Nino.

– Düzdür, istirahət edəcəyik. Mən yatmaq istəyirəm, Əli xan, bir ay, yaxud bir il yatmaq istəyirəm. Yaşıl ağacları olan bir bağçada yatmaq istəyirəm. Amma orada atəş səsləri eşidilməməlidir.

– Sən elə ölkəyə gedirsən. İran min ildir yatır və orada yalnız nadir hallarda atəş açılır.

Biz balaca göyərtəyə qayıtdıq. Nino o saat yatdı. Mən isə oyaq idim, Seyidi, onun barmaqlarındakı qan damlalarını seyr edirdim. O dua edirdi. Seyid o gizli dünyaya, həqiqi həyatın sonunda başlayan aləmə yaxşı bələd idi.

Günəşin doğduğu üfüqün arxasında İran yerləşirdi. Qayığın döşəməsində oturub quru balıq yeyərək su içən zaman İranın artıq nəfəsini hiss edə bilirdik. Təkinen qəbiləsindən olan sükançı atamla söhbət edir, mənə elə etinasızlıqla baxırdı ki...

Dördüncü günün axşamı üfüqdə sarımtıl bir zolaq göründü. Zolaq buluda bənzəyirdi, amma yox, bu, bulud deyildi, İran idi. Zolaq genişlənirdi. Mən komaları və çox kasıb bir limanı gördüm. Bu, şahın limanı Ənzəli idi. Biz köhnə və taxtası çürümüş limana lövbər atdıq. Uzun pencək və Buxara papaqlı bir kişi bizə yaxınlaşdı. Onun papağında pəncəsini qaldırmış şir və batan günəş rəmzi var idi.

Onun arxasınca da cır-cındır içində olan iki liman polis nəfəri ayaqyalın səndələyirdi. Birincisi iri, dəyirmi gözləri ilə bizə baxdı və dedi: «Uşaq doğulduğu gün günəşin ilk şüalarını salamlayan kimi mən də, ey nəcib qonaqlar, sizi salamlayıram. Kağızınız varmı?»

Atam cavab verdi ki, biz Şirvanşirik.

205

– Şahın almaz qapısının üzünə açıq olduğu, padşahlığın Şiri, Əsəd-əs Səltənə Şirvanşir sizin damarlarınızda olan qana şərik olmaq xoşbəxtliyinə malikdirmi?

– Bəli, o, mənim qardaşımdır.

Biz qayıqdan düşdük. Kişi bizi müşayiət edirdi. Anbarın yanına çatanda dedi: Əsəd-əs Səltənə bilirdi ki, siz gələcəksiniz. Onun göndərdiyi maşın şirdən güclü, maraldan iti, qartaldan gözəl, qayadan möhkəmdir».

Biz tini döndük və onun təriflədiyi maşını gördük: köhnə, təkərləri bir neçə yerdən yamanmış, laxlayan bir «Ford». Maşın elə bil ləhləyirdi. Ona mindik. Maşın titrəyirdi. Sürücü, okeandakı nəhəng sərnişin gəmisinin kapitanı kimi uzaqlara baxırdı. Vur-tut yarım saatdan sonra maşın yola düşdü. Biz Rəşt yolu ilə Tehrana gedirdik.

XXIII

Ənzəlidən, Rəştdən, yollardan və yol üstündəki kəndlərdən
səhra nəfəsi gəlirdi. Hərdənbir üfüqdə Abi-Yezid, Şeytan
suyu görünürdü. Bu, suya susamış səhranın kabusu idi. Bu,
İran səhrasının kabusu idi. Rəştə gedən yol çayın sahilindən
keçirdi. Çayın özündə isə su yox idi, onun dibi çatlaq-
çatlaq olmuşdu. İran çaylarında, adətən, su olmur, ancaq
bəzən baxımsız qalmış nohur və gölməçələrə təsadüf etmək
mümkün olurdu. Qupquru sahildən ucalan qayaların kölgəsi
heybətli idi. Onlar ibtidai dövrün iri gövdəli, lovğa və tənbəl
azmanlarına oxşayırdılar. Uzaqdan karvanın zınqırov səsi
gəlirdi. Maşın sürəti azaltdı. Dik bir yoxuşda dəvələr ehmal-
ehmal, ağır yerişlə tərpənirdilər. Əlində əsa tutmuş sarvan
karvanın qabağında gedirdi. Onun dalınca da qara paltar
geymiş adamlar yeriyirdilər. Yoxuşu çıxmaq dəvələr üçün
çətin idi və onlar bütün güclərini yığıb yoxuşa dırmaşırdılar.
Onların boğazından asılan zınqırovların səsi yavaş gəlirdi.
Dəvələrin boz omuzlarından torbalar asılmışdı. Bəs bu
torbalarda nə var idi? İsfahan parçalarımı? Gilan yunumu?
Maşın dayandı. Dəvələrin omuzlarındakı yük cəsədlər
idi. Onların sayı yüz, iki yüz idi və meyitlər qara parçaya
bükülmüşdü. Dəvələr ağır yerişlə yanımızdan keçirdilər. Bu

karvan öz yükünü səhralardan və dalğalardan dənizlərin qırağındakı yamyaşıl vadilərdən keçirdi. Lap uzaqda, qərbdə türk sərhədində dəvələr diz çökəcəklər və qırmızı fəsli məmurlar meyitlərə əl vurub yoxladıqdan sonra, karvan yenə yola düzəlib ta müqəddəs Kərbala şəhərinin günbəzlərinə qədər məsafəni qət edəcəkdi.

Karvan İmam Hüseynin məzarına çatıb dayanmalı idi. Orada qayğıkeş əllər meyitləri qəbrə qoyacaqlar ki, baş məlaikənin şeypur səsi onları əbədiyyət yuxusundan oyadana kimi Kərbala qumunda rahatlıq tapsınlar.

Əllərimizlə gözlərimizi bağlayıb, onların qabağında səcdə qıldıq. Bərkdən qışqırıb dedik ki, «İmamın məzarında bizim üçün də dua edin». Sarvan da cavab verib dedi: «Biz özümüz bir duaya möhtacıq».

Karvan yoluna davam etdi. O, böyük səhranın kabusu olan Abi-Yezid kimi sakitcəsinə uzaqlara hərəkət edirdi...

Biz Rəştin küçələrindən keçirdik. Taxta və palçıqdan tikilmiş komalar üfüqün qabağını kəsmişdi. Burada keçən minilliklərin nəfəsini duyurduq. Bircə baxışla palçıq evləri və dar küçələri nəzərdən keçirmək olurdu. Burada hər şey eyni rəngli idi. Yalnız kül, yaxud kömür rənginə təsadüf etmək olurdu. Şəhərdə hər şey balaca idi və bu, görünür, qismətə tabeliyin nəticəsi idi. Ancaq hərdənbir orda-burda məscid görünürdü.

İnsanların qırxılmış başlarında girdə və balqabağa oxşar papaqlar vardı. Onların sifəti müqəvvanı xatırladırdı.

Toz və çirk hər yeri bürümüşdü. Yox, ona görə yox ki, iranlılar tozu, yaxud çirki sevirlər. Səbəb bu deyil. Səbəb bu idi ki, insanlar hər şeyi necə varsa, elə də saxlamaq istəyirdilər, çünki hər bir iranlı bilirdi ki, nəhayətdə hər şey toza çevriləcək. Biz balaca bir çayxanada oturub dincəldik. Otaqdan anaşa iyi gəlirdi. Hamı Ninoya əyri-əyri baxırdı.

Paltarı cındıra dönmüş, saçları dağınıq, dodaqları tüpürcəklə dolu və əlində naxışlı mis piyalə tutan bir dərviş tində dayanmışdı. O, hamıya baxırdısa da, heç kimi görmürdü. Elə bil var gücünü, bütün vücud və şüurunu gözə görünməyən varlığın səsinə yönəltmişdi və o varlıqdan işarə gözləyirdi. Birdən o, hələ də ağzı açıq halda yerindən hoppandı və qışqırdı:

– Baxın, baxın, günəş qərbdən doğur!

Valinin elçisi çayxananın qapısında göründü.

– Əlahəzrət əmr edib ki, bu çılpaq qadından ötrü burada keşikçi qoyulsun.

O, çadrasız Ninonu deyirdi. Ninonun tövrü dəyişmədi. Çünki o, farsca başa düşmürdü.

Gecəni valinin evində keçirtdik. Səhər erkəndən keşikçilər atları yəhərlədilər. Onlar üzünü örtməyən Ninonun çılpaqlığından, eləcə də ölkəni bürümüş quldurlardan ötrü bizi Tehrana kimi müşayiət etməli idilər.

Maşın yavaş-yavaş səhrada irəliləyirdi. Səksən, yetmiş, altmış kilometr qalıb mənzil başına. Yol ilan kimi qıvrılırdı. Uzaq Demavəndin qarlı təpəsindən Tehran qapısının dörd qülləsi görünürdü. Qapının kaşıları rəngarəng, rənglər də mülayim və yumşaq idi. Qapının ərəb üslublu tağında incə hərflərlə həkk olunmuş müdrik kəlamlar elə bil iblisin qara gözləri kimi mənə zillənmişdi. Bədənini dəhşətli yaralar bürümüş dilənçilər, dərvişlər, müxtəlif rəngli cır-cındır geymiş səyyahlar böyük darvazanın qabağında, tozun içində oturmuşdular. Onlar incə barmaqlı arıq əllərini bizə uzadırdılar. Şah şəhəri olan Tehranın gözəlliyi və əzəməti haqqında mədhiyyələr oxuyurdular, amma səsləri qəmgin və kədərli

209

idi. Onlar da günbəzlərlə dolu bu şəhərə böyük ümidlərlə gəlmişdilər. Amma ümidləri puça çıxmışdı.

Balaca araba əyri-üyrü dar küçələrdən, top meydanından və şah sarayının almaz darvazası yanından keçib, şəhərin o biri tərəfinə, Tehranın civarındakı Şəmiran qəsəbəsinə gedən geniş yola çıxdı.

Şəmiran sarayının darvazası taybatay açılmışdı. Bağçadakı qızılgüllərin ətri hər yanı bürümüşdü. Divarların mavi kaşanları sərin idi. Biz bağçadan, fəvvarənin yanından tələsik keçib saraya girdik. Pəncərələrin pərdələri örtülmüş qaranlıq otaq soyuq bulaq kimi sərin idi. Nino və mən başımızı yumşaq balışlara qoyub, sonsuz bir yuxuya qərq olduq.

Biz yatır, oyanır, mürgüləyir, yuxu görür və yenə yatırdıq. Pəncərələri örtülmüş bu sərin otaq nə rahat idi. Saysız-hesabsız balışlar, yastıq və döşəklər alçaq divanın və döşəmənin üstünü bürümüşdü. Yuxulu-yuxulu bülbülün cəh-cəhini eşidirdik. Qeyri-adi bir hiss bürüyürdü insanı. Biz bütün təhlükələrdən, Bakının viran edilmiş qalasından uzaqlarda iri, sakit bir evdə mürgüləyirdik. Saatlar keçirdi. Nino hərdənbir ah çəkir, yuxudan məst olmuş halda başını qaldırıb mənim sinəmə qoyurdu. Mən də üzümü İran hərəmxanasının şirin cazibədar ətri gələn yumşaq yastığına batırıb yatırdım. Məni sonsuz bir tənbəllik haqlamışdı. Saatlarla uzanmaqdan tənbəllikdən əlimi qaldırıb geyişən burnumu qaşımadığım üçün əziyyət çəkirdim.

Nəhayət, burnumun qaşıntısı öz-özünə dayandı və mən yenə yuxuya getdim.

Birdən Nino əyildi və başını qaldırıb dedi:

– Əli xan, qurd kimi acmışam.

Biz bağçaya çıxdıq. Fəvvarələrin ətrafını qızılgüllər bürü-müşdü. Sərv ağacları göyə uzanırdı. Rəngarəng qanadlarını yelpinc kimi açmış tovuzquşu batmaqda olan günəşi hərəkətsiz seyr edirdi. Uzaqda Demavənd dağının təpəsi ucalırdı. Mən əl çaldım. Üzü şişmiş hərəm xidmətçisi tez yanımıza qaçdı. Onun dalınca da əlində xalça və yastıqlar tutan qoca bir arvad gəlirdi. Biz bir sərv ağacının kölgəsində süfrə saldıq. Hərəm xidmətçisi su və ləyən gətirdi. Sonra yerə sərilmiş xalçanın üstünü İranın ləziz yeməkləri ilə doldurdu.

«Pulemyotun şıqqıltısını eşitməkdənsə, əllə yemək yaxşıdır», deyən Nino, sol əlini buğlanan plova uzatdı. Xəlvətcə ağız-burnunu büzüb başını yana çevirdi. Mən Ninoya, İranda düyünü necə yemək lazım olduğunu öyrətdim: adam gərək sağ əlinin üç barmağı ilə plovu yeyə, Bakını tərk etdiyimiz gündən bəri ilk dəfə olaraq Nino güldü və məni böyük bir rahatlıq və arxayınçılıq bürüdü. Şah ölkəsində, Şəmiran sarayında, mömin şairlərin və müdriklərin diyarında həyat çox gözəl idi.

Nino birdən soruşdu:

– Hanı bəs sənin əmin Əsəd-əs-Səltənə, onun bütün hərəmxanası?

– Hər halda, şəhərdəki saraydadır. Üç arvadı da onun yanındadır. Hərəmxana deyirsən? Axı, Nino, bu bağça və bağçaya çıxan bu otaq elə hərəmxanadır da!

Nino güldü.

– Deməli, məni hərəmxanaya gətirmisən. Mən bunu gərək elə əvvəlcədən biləydim.

İkinci hərəm xidmətçisi gəldi. Qurumuş qoca idi bu xidmətçi. O, bizə yaxınlaşıb soruşdu ki, bizə mahnı oxusun, ya yox. Biz istəmədik. Üç nəfər qız gəlib xalçanı büküdü. Əvvəlki qoca arvad da süfrədən artıq qalan yeməkləri yığışdırıb apardı. Bir balaca oğlan tovuzquşuna yem verirdi.

– Əli xan, bu adamlar nəçidir?

– Qulluqçu, nökər...

– Ay Allah, görəsən, burada nə qədər qulluqçu var?

Mən bunu bilmirdim, buna görə də hərəm xidmətçisini çağırdım.

O, dodaqlarını səssiz tərpədə-tərpədə çox fikirləşdi. Məlum oldu ki, hərəmxanaya iyirmi səkkiz qulluqçu xidmət edir.

– Bəs burada neçə arvad yaşayır?

– Nə qədər istəsən, xan, hal-hazırda yalnız biri, o da sənin yanında oturan qadındır. Amma burada kifayət qədər yer vardır. Əsəd-əs Səltənə arvadları ilə birlikdə şəhərdədir. Bu, sənin hərəmxanandır.

Və çöməlib oturduqdan sonra sözünə davam etdi:

– Mənim adım Yəhya Quludur. Mən sənin namusunun keşikçisiyəm, xan. Mən yazmağı, oxumağı və hesablamağı bilirəm. Evi idarə etmək və qadınlarla əlaqədar bütün məsələlərdən başım çıxır. Mənə bel bağlaya bilərsən. Görürəm ki, bu qadın vəhşidir. Amma zərəri yoxdur, mən ona yaxşı əxlaq və rəftar qaydalarını öyrədərəm. Təkcə deyin görüm, onun özünü yaxşı hiss etmədiyi vaxt nə zamandır ki, yaddaş dəftərimə yazım. Onun şıltaqlığının dərəcəsi barədə fikir yürütmək üçün bunu mütləq bilməliyəm. Mən onu şəxsən çimizdirib, qırxacam. Görürəm ki, onun qoltuqlarının altı da tüklüdür. Bəzi ölkələrdə qadınların tərbiyəsinə fikir verilməməsinə məəttəl qalıram. Sabah onun dırnaqlarına qırmızı boya vuracam və yatağa getməzdən əvvəl onun ağzına baxacam.

– Ay Allah, daha bunlar nəyə lazımdır?

– Dişləri xarab olan qadınların ağzından pis iy gəlir. Mən onun dişlərini görməli və nəfəsini iyləməliyəm.

– Bu məxluq nə boşboğazlıq edir orada? – deyə Nino soruşdu.

– O, diş həkimi kimi öz xidmətini təklif edir. Qəribə adama oxşayır.

Çətin vəziyyətə düşmüşdüm. Hərəm xidmətçisinə müraciət edib dedim:

– Yəhya Qulu, görürəm sən mədəniyyətə aid bütün məsələlərdən xəbəri olan səriştəli bir adamsan... Amma mənim arvadım hamilədir və ondan muğayat olmaq lazımdır. Buna görə, gəlin, uşaq dünyaya gələnədək tərbiyəni təxirə salaq.

Bunu deyə-deyə yanaqlarımın necə qızardığını hiss edirdim. Nino doğrudan da hamilə idi, amma buna baxmayaraq mən yenə yalan danışırdım.

Hərəm xidmətçisi cavab verdi:

– Siz ağıllı adamsınız, xan. Hamilə qadınlar anlaşılmaz olurlar. Hə, yadımdan çıxmamış deyim ki, uşağın oğlan olması üçün əlac var.

Bunu deyib Ninonun arıq vücudunu nəzərdən keçirtdi və əlavə etdi:

– Mənə elə gəlir ki, hələ bir-iki ay vaxt var.

Eyvandan çoxlu ayaq səsi gəldi. Xidmətçilər və qadınlar bir-birinə qəribə işarələr edirdilər. Yəhya Qulu eşiyə çıxdı və dərhal ciddi bir sifətlə dala qayıtdı.

– Xan, çox hörmətli, elmli Hafiz Seyid Mustafa Məşhədi səni salamlamaq istəyir. Hərəmxanada sizə mane olmağa cürət eləməzdim. Amma Seyid Peyğəmbər nəslinə mənsub elmli adamdır. O, sizi kişilər otağında gözləyir.

«Seyid» sözü gələn kimi Nino başını qaldırdı.

«Seyid Mustafa», deyə o təkrar etdi: «Qoy gəlsin, biz birlikdə çay içərik».

Şirvanşir evinin nüfuz və hörmətini xilas edən hərəm xidmətçisinin rusca bilməsi oldu. Heç kim təsəvvür edə

213

bilməzdi ki, xanın arvadı yad bir kişini hərəmxanada qəbul edər. Mən pərt və bir az da utancaq halda dedim:

– Seyid buraya gələ bilməz, Nino. Bura hərəmxanadır.

– Doğrudan? Nə gülünc adətlərdir. Onda bayırda qəbul edək.

– Qorxuram ki, Nino... Sənə necə başa salım... Bilirsən, İranda hər şey başqa cürdür. Yəni axı Seyid kişidir.

Təəccübdən Ninonun gözləri təpəsinə qalxdı.

– Yəni demək istəyirsən ki, mən özümü Seyidə göstərməli deyiləm. Məni Dağıstana aparan Seyidə?

– Qorxuram...hə, Nino, heç olmasa bircə dəfə...

Nino birdən soyuq tərzdə: «Yaxşı, – dedi – indi isə çıx get».

Əzab çəkə-çəkə bayıra çıxdım. Böyük kitabxanada oturub Seyidlə çay içirdim. Seyid deyirdi ki, Bakı kafirlərin əlindən azad olunana kimi istəyir Məşhədə məşhur əmisinin yanına getsin. Dedim ki, yaxşı fikirdir. Seyid nəzakətli adam idi. O, Ninonu heç soruşmurdu və bir dəfə də olsun onun adını çəkmədi. Qəflətən qapı açıldı.

– Axşamınız xeyir olsun, Seyid.

Ninonun səsi sakit, lakin boğuq idi.

Mustafa yerindən hoppandı. Onun çopur sifətində dəhşət ifadəsi var idi.

Nino döşəyə əyləşdi: «Bir stəkan da çay içərsinizmi, Seyid?»

Saysız-hesabsız başmaq eşikdə təlaşla ora-bura get-gəl edirdi. Şirvanşir evinin nüfuzu birdəfəlik yerə vurulmuşdu. Seyid yalnız bir neçə dəqiqədən sonra özünə gəldi.

Nino qaşqabağını sallayıb güldü.

– Mən pulemyotdan qorxmamışam, sənin hərəm xidmətçindən də qorxmaq niyyətində deyiləm.

214

Beləliklə biz axşama kimi bir yerdə qaldıq. Seyid nəzakətli bir insan idi...

Yatmağa getməzdən qabaq hərəm xidmətçisi alçalmış bir adam kimi mənə yaxınlaşdı və dedi:

– Ağa, mənim cəzamı ver. Mən onu gözümdən qoymalı deyildim. Amma kim fikirləşə bilərdi ki, o, bu qədər vəhşidir. Bu mənim günahım, təqsirimdir, ağa.

Onun kökə sifəti kədərli idi...

XXIV

Qəribədir! Bibiheybətin neft hopmuş sahilində son güllə səsini eşidən zaman elə bilirdim ki, bir də özümü xoşbəxt hiss etməyəcəyəm. Lakin Şəmiran sarayının gül ətri gələn bağçasında vur-tut dörd həftə içərisində bütün vücudum rahatlıqla dolmuşdu. Mən vətəni yenidən tapan bir adama bənzəyirdim.

Şəhərə nadir hallarda gedərdim. Qohum və dostlara baş çəkir və qulluqçuların müşayiətilə Tehran bazarının qatma-qarışıq dalanlarında gəzirdim.

Nəhəng çətirə bənzər damın altında çığırlar, çığıra oxşayan dükanlar uzanırdı. Bazarda vaxtımı qızılgülləri, xalça, şal, ipək əşyalar və zinət şeylərini eşələməklə keçirirdim. Onların arasında qızılla işlənmiş səhənglər, qədim, zərif əşyalar, tumac balışlar və nadir ətirlər tapıb alırdım. Ağır gümüş tümənlərim İran tacirlərinin cibinə axırdı. Qulluqçularım Şərqin cah-calallarını daşıyıb aparırdılar. Bunların hamısı Nino üçün idi.

Qulluqçuların beli yükün altında bükülürdü. Mən isə hələ bazarda gəzirdim. Bir tində tumac cildli Quran və miniatürlər satılırdı: birində sərv ağacının altında bir qız, yanında da badam gözlü bir şahzadə dayanıb; ikincisində ova çıxmış padşah və qaçmaqda olan bir ceyran təsvir olunurdu. Yenə gümüş tümənlərin səsi çıxır. Bir az aralıda iki tacir alçaq oturacaqda əyləşib. Onların biri enli cibindən bir gümüş tümən çıxardıb o birisinə verir. Bu adam da tüməni ehtiyatla gözdən keçirdir, dişləyir, balaca bir tərəziyə qoyub çəkir və iri bir torbaya doldururdu. Tacir borcunu tam ödəyənədək əlini yüz, min, bəlkə də on min dəfə torbaya salıb çıxardır. Hərəkətlərindən və üzünün ifadəsindən ləyaqətli adama oxşayır. Bu ticarətdir! Alverdir! Axı Peyğəmbərin özü də tacir olmuşdur.

Bazar labirinti xatırladırdı. Həmin iki tacirin dükanı yanında müdrik bir qoca oturub kitabı vərəqləyirdi. Qocanın sifəti yosun bağlamış qədim qaya yazılarını yada salırdı. Uzun və vacib barmaqları onun iltifatlı və rəhmdil olduğuna dəlalət edirdi. Kitabın saralmış və kif atmış vərəqlərindən Şiraz laləzarının ətri, İran bülbülünün cəh-cəhi, şən nəğmələr ucalır, badam gözlərin, üzün kirpiklərin xəyali təsviri duyulurdu. Qocanın incə barmaqları bu qədim kitabı ehtiyatla vərəqləyirdi.

Bazar pıçıltı, səs-küy və qışqırtı ilə dolmuşdu. Çox qədim və zərif rəngləri olan bir Kirman xalçasını görüb, sahibi ilə qiymət danışmağa başladım. Üstündə bağça naxışları olan xalçalardan Ninonun xoşu gəlirdi. Bazarda kimsə qızılgül suyu və qızılgül yağı satırdı.

Qulluqçular əldən düşmüş halda yanımda dayanmışdılar.

– Bunları tez Şəmirana aparın. Mən sonra gələcəm.

Qulluqçular izdihamın içinə girib gözdən itdilər. Bir neçə addım da qabağa atıb İran çayxanasının alçaq qapısından başımı əyərək içəri keçirəm. Çayxana ağzına kimi adamla doludur. Çayxananın ortasında qırmızı saqqallı bir kişi oturub. Gözlərini yarıqapamış bu kişi Hafizin bir qəzəlini oxuyurdu. Dinləyicilər dərindən ah çəkir, ləzzət aldıqlarını gizlətmirdilər.

Sonra həmin kişi qəzet oxumağa başladı: «Amerikada elə bir cihaz icad edilib ki, söylənən sözü bütün dünyaya eşitdirir. Parıltısı günəş şəfəqindən güclü, əli Marsa çatan, taxtı dünyadan uca olan hökmdarımız şahənşah Sultan Əhməd Şah Bageşah sarayında hazırda İngiltərədə hakimiyyətdə olan kralın elçilərini qəbul etmişdir. İspaniyada üçbaşlı və dördayaqlı bir uşaq dünyaya gəlib. Əhali bunu bəd əlamət hesab edir».

Dinləyicilər heyrətlə başlarını yırğalayırdılar. Qırmızı saqqalı olan kişi qəzeti bükdü və yenə mahnı oxumağa başladı. Mahnı bu dəfə çəngavər Rüstəmdən və onun oğlu Zöhrabdan bəhs edirdi. Mən heç qulaq asmırdım. Mənim baxışlarım isti, məxməri çaya zillənmişdi. Fikirləşirdim ki, işlər lazım olan tərzdə getmir.

Mən İrandayam, sarayda yaşayıram və həyatımdan razıyam. Nino da eyni sarayda yaşayır, ancaq tamamilə narazıdır. Dağıstanda o, könüllü olaraq dağlı həyatının bütün əzab-əziyyətinə qatlaşırdı. Burada isə dəbdəbəli İran həyat tərzinin əxlaq qaydalarına uyuşmaq istəmirdi, – bunun polis tərəfindən qadağan olunduğunu bilə-bilə. Polisin əmrinə əsasən, ərlə arvad nə birlikdə qonaq qəbul edə bilərdi, nə də bir yerdə gəzməyə çıxa bilərdi. Nino yalvarırdı ki, şəhəri ona göstərim. Onu fikrindən döndərməyə çalışanda isə qəzəblənir. Ona deyirəm ki, «Nino, mən məmnuniyyətlə şəhəri sənə göstərərdim, amma səni şəhərə apara bilmərəm, başa düş məni».

Onun iri, qara gözlərində məzəmmət və tənə hissi oxumaq olurdu. Axı ona necə başa salım ki, bir xanın arvadı həqiqətən də çadrasız küçələrdə gəzə bilməz? Ona ən bahalı çadra almışam: «Nino, bax gör nə qəşəngdir. Gör qadının üzünü günəşdən və tozdan necə qoruyur. Vallah, mən də məmnuniyyətlə çadra örtərdim».

O, kədərlə gülür və çadranı qırağa qoyub deyirdi:

«Üzünü örtmək qadın üçün ləyaqətsizlikdir, Əli xan. Əgər çadra örtsəm, mən özüm-özümə nifrət edərəm».

Ona polisin əmrini göstərdim. Top meydanında o, atamı gördü və istədi ona salam versin. Bu, bir dəhşət idi və onun könlünü almaq üçün indi bazarın yarısını hədiyyə aparıram.

Tək oturub çay stəkanına baxıram.

Nino darıxmaqdan məhv olub gedirdi, mən isə heç bir şey edə bilmirdim. O, buradakı avropalıların arvadları ilə görüşmək istəyir. Amma büna yol vermək olmaz. Çünki bir xanın arvadı kafirlərin arvadları ilə görüşməli deyildir. Onlar Ninonun hərəmxana həyatına necə tab gətirməsinə o qədər acıyacaqlar ki, nəhayət o, doğrudan da bu məşəqqətə dözə bilməyəcək.

Bu yaxınlarda o, xala və bibilərimin yanına getmişdi, oradan dəhşət içində qayıtmışdı. Otağa girən kimi qışqırıb dedi:

– Əli xan, onlar bilmək istəyirlər ki, sən gündə neçə dəfə öz məhəbbətinlə məni xoşbəxt edirsən. Onlar deyirlər ki, sən həmişə mənim yanımdasan – ərlərindən eşidiblər. Təsəvvür edə bilmirlər ki, biz başqa işlə məşğul ola bilərik. Onlar mənə cinlərdən qorunmaq üçün bir dərman verdilər və məsləhət gördülər ki, gözmuncuğu taxım. Bunlar məni mütləq düşməndən qoruyacaq. Sonra sənin bibin Sultan xanım soruşdu ki, belə cavan ərin tək bir arvadı olması onu darıxdırır yəqin... Bundan başqa, hamı çox maraqlanırdı: mən necə edirəm ki, sən heç vaxt rəqqas oğlan uşaqlarının yanına getmirsən. Sənin xalan qızı Suata dönə-dönə soruşurdu, bilmək istəyirdi ki, sən indiyədək zöhrəvi xəstəliyə tutulmusan, ya yox. Onlar iddia edirdilər ki, mənə qibtə etmək lazımdır. Eşidirsənmi?

Bacardığım qədər ona təsəlli verdim. O, qanıqara uşaq kimi küncə qısılıb, dəhşət dolu gözləri ilə baxır və uzun vaxt özünə gələ bilmirdi.

Çay lap soyumuşdu. Çayxanada oturmuşam ki, camaat mənim bütün ömrümü hərəmxanada keçirmədiyimin şahidi olsun. Kişinin daim arvadının yanında olmasına burada yaxşı baxmırlar. Qohumlarım artıq məni ələ salmağa başlamışlar. Günün yalnız müəyyən vaxtlarını qadına sərf etməlisən. Qalan vaxtın sahibi isə kişidir. Amma Ninonun yeganə təsəllisi mənəm, onun qəzeti də, teatrı da, qəhvəxanası da, dost-tanışı da, bunlardan başqa onun əri də mənəm. Bax buna görə onu tək qoya bilmirəm, bütün bazarı ona hədiyyə alıram. Bazarı ona görə alıram ki, bu axşam əmim atamın şərəfinə böyük bir ziyafət verməli idi, şahzadələrdən biri də bu məclisə gəlməli idi. Nino isə onu tərbiyələndirmək istəyən hərəm xidmətçilərinin yanında qalmalı idi.

Bazarı tərk edib Şəmirana yollandım. Nino xalça döşənmiş salonda yerdə oturub düşüncəli halda sırğa, qolbaq, ipək şallar və ətriyyat yığınına baxırdı. O, sakit və incə tərzdə məni öpdü. Birdən məni ümidsizlik bürüdü. Hərəm xidmətçisi şərbət gətirdi və narazı halda hədiyyələrə baxdı: kişi arvadının nazını bu qədər çəkməz!..

İranlının həyatı gecə başlayır. Gecələr insanlar canlanır, fikirlər yüngülləşir, söhbət asanlaşır. Gündüzün həyatını isti, toz və çirk ağırlaşdırır. Gecələr isə qəribə İran alicənablığı-təcəhüd oyanır ki, bu alicənablıq Bakı, Dağıstan, yaxud Gürcüstandakı aləmdən tamamilə fərqlidir və mən ona heyran olmuşam.

Əmimin karetləri saat səkkizdə evimizin qabağında da-yandı. Onların biri atam üçün idi, biri mənim üçün. Dəb və üsul belə tələb edirdi. Hər karetin qabağında əlində uzun fənərlər tutmuş üç nəfər pişxidmət, həm qasid, həm də iti yüyürən xidmətçi gedirdi. Fənərlərin güclü işığı onların üzünə düşürdü. Cavanlıq vaxtında onların dalağını kəsib çıxardırlar və belələri ömrü boyu bircə iş görməlidir: karetin qabağına qaçıb vəcdlə: «Xəbərdar!» – deyə qışqırmalıdır...

Yolda adam görünmürdü, buna baxmayaraq xidmətçilər eyni ahəngdə «Xəbərdar!» – deyə qışqırırdılar. Biz dar küçələrdən, boz rəngli palçıq divarların yanından keçirdik. Divarların arxasında isə kazarma, yaxud komalar, saraylar, yaxud idarələr gizlənirdi. Küçə tərəfə baxan bu boz palçıq divarlar İran həyatını səriştəsiz adamların nəzərindən qo-ruyur.

Bazardakı dükanların günbəzləri Ay işığında gözəgörün-məz bir əl tərəfindən bir yerə toplanmış saysız-hesabsız hava balonlarını xatırladırdı. Biz enli hasarda səliqəylə düzəldilmiş bir bürünc darvaza qarşısında dayandıq. Darvaza açıldı və biz sarayın həyətinə keçdik.

Mən bu evə tək gələndə darvazanın qabağında cırıq paltar geymiş qoca bir xidmətçi dayanırdı. Bu gün isə sarayın qabağında çiçək hörükləri və iri fənərlər asılmışdı, səkkiz nəfər adam da karetlər kandara çatanda bizə baş əydi.

Nəhəng həyət daha balaca hasarla iki yerə bölünmüşdü. İçəri tərəfdə hərəmxana yerləşirdi. Orada fəvvarələr sıçrayır, bülbüllər oxuyurdu. Kişilərə aid həyətdə isə içində qızıl balıqlar üzən sadə dördkünc bir hovuz var idi.

Biz karetdən düşdük. Əmim kandara yaxınlaşdı. Onun balaca əli üzünü örtmüşdü. O təzim etdi və bizi evə apardı. Sütunları qızıl suyu ilə işlənmiş və divar taxtaları naxışlarla bəzədilmiş böyük salon adamla dolu idi. Adamların başında müxtəlif geyimlər var idi: buxara papaqlar, əmmamələr. Libaslar da tünd qəhvəyi parçadan idi. Ortada iri əyri burnu, ağarmış başı və enli qaşları olan bir adam oturmuşdu. Bu, əlahəzrət şahzadə idi. Biz içəri girəndə hamı ayağa qalxdı. Əvvəlcə şahzadəyə, sonra da o birilərə salam verdik. Sonra da yumşaq döşəkcələrin üstündə əyləşdik. Qonaqlar da bizə baxıb oturdular. Bir-iki dəqiqə belə oturduq. Sonra hamımız yerimizdən sıçradıq və yenidən bir-birimizə baş əydik. Nəhayət, birdəfəlik oturduq və nəzakətli bir sükuta qərq olduq. Nökərlər mavi fincanlarda ətirli çay gətirdilər. Meyvə ilə dolu səbətlər əldən-ələ gəzirdi. Birinci olaraq sakitliyi pozan əlahəzrət oldu və o dedi:

– Çox uzaq diyarlara səyahət etmişəm və bir çox ölkə görmüşəm. Amma heç yerdə İrandakı qədər ləzzətli xiyar, yaxud şaftalı görmədim.

O, bir xiyar götürüb soydu, duz səpdi və yavaş-yavaş yedi. Onun gözləri kədərli idi. Bu dəfə əmim sözə başladı:

– Əlahəzrət haqlıdır. Mən də Avropada olmuşam və kafirlərin meyvələrinin çox balaca olduğuna təəccüb etmişəm.

İran padşahlığını Avropa ölkələrinin birində təmsil edən bir nəfər dillənib dedi:

– Həmişə İrana qayıdanda mən rahat nəfəs alıram. Dünyada elə şey yoxdur ki, biz iranlılar ona qibtə edək. Əslində dünyada yalnız iranlılar və barbarlar mövcuddur.

Şahzadə də əlavə etdi:

– Bilirsiniz, bəlkə bir neçə hindlini də buraya əlavə etmək olar. Neçə illər bundan qabaq mən Hindistanda olanda, orada da alicənab və az qala bizim mədəniyyət səviyyəmizə yüksəlmiş adamlar gördüm. Tanıdığım bir alicənab hindli axırdan-axıra yenə barbar olduğunu göstərdi. Onunla bir süfrədə oturmuşdum və təsəvvür edin ki, o, kahının qabığını yeyirdi.

Qonaqları dəhşət bürüdü. İri əmmaməli, yanaqları batıq bir molla asta, yorğun səslə dedi:

– İranlılarla qeyri-iranlılar arasında fərq budur ki, dünyada gözəlliyin qədrini bilən yalnız bizik.

Əmim bununla razılaşdı:

– Düz deyirsiniz. Məsələn, mənə gözəl bir qəzəl səs-küylü fabrikdən yaxşıdır. Rübailəri ilk dəfə bizim şeir ədəbiyyatımıza gətirdiyi üçün mən Əbu Seyidin kafirliyini bağışlayıram.

Əmim boğazını arıtladı və yarımahnı ahəngilə şeri oxudu...

– Dəhşətdir, dəhşət. Amma sən bu ahəngə bir bax! – deyən molla şerin son misrasını təkrar etdi: «Yek bəndə haqiqata müsəlman neşud».

Molla ayağa durdu və zərif lüləsi olan gümüş aftafanı götürüb, yavaş-yavaş otaqdan çıxdı. Bir azdan sonra o, dala qayıtdı və aftafanı yerə qoydu.

Bu arada atam sözə başladı:

– Əlahəzrət, bu düzdürmü ki, bizim baş nazir Vosuq-əd-Dövlə İngiltərə ilə yeni müqavilə bağlamaq istəyir?

Şahzadə güldü:

– Bunu siz Əsəd-əs Səltənədən soruşmalısınız. Əslində bu, artıq heç sirr deyil.

Əmim onun sözünü təsdiq etdi:

– Bəli, bu, yaxşı bir müqavilədir. Çünki innən belə barbarlar bizim köləmiz olacaqlar.

– Nə üçün?

– Bilirsiniz, ingilislərin işləməkdən xoşları gəlir, bizim isə gözəllikdən. Onlar döyüşü sevirlər, biz isə rahatlığı. Buna görə də biz sazişə gəldik. Artıq biz öz sərhədlərimizin təhlükəsizliyinin qeydinə qalmalıyıq. İngiltərə İranın müdafiəsini boynuna götürür, yollar tikir, binalar inşa edir və bizə hələ üstəlik pul da verir. Çünki İngiltərə dünya mədəniyyətinin bizə nə qədər borclu olduğunu yaxşı bilir.

Əmimin yanında dayanan cavan oğlan – əmioğlum Bəhram xan Şirvanşir idi. O, başını qaldırdı və dedi:

– Heç inanırsınız ki, İngiltərə bizi mədəniyyətimizdən ötrü müdafiə edir? Bəlkə neftimizdən ötrüdür bu işlər?

Əmim laqeyd şəkildə cavab verdi:

– Hər ikisi, həm mədəniyyət, həm də neft dünyaya nur saçdığı üçün qorunmağa layiqdir. Lakin biz özümüz əsgər ola bilmərik!

Bu dəfə sual vermək növbəsi mənə çatdı:

– Niyə yox? Məsələn, mən öz xalqım uğrunda vuruşmuşam və əminəm ki, gələcəkdə də onun uğrunda vuruşacağam.

Əsəd-əs-Səltənə narazı halda mənə baxdı, şahzadə çay fincanını yerə qoydu və lovğa-lovğa dedi:

– Heç bilmirdim ki, Şirvanşirlər arasında əsgərlər də varmış.

– Yox, əlahəzrət, başa düşmədiniz! Əli xan əsgər yox, zabit olub.

Şahzadə:

– Onların arasında fərq yoxdur, Əsəd-əs-Səltənə, – deyib istehza ilə təkrar etdi: «Sən buna bax, zabit!»

Mən susdum. Tamamilə yaddan çıxartmışdım ki, alicənab bir iranlının nəzərində əsgər olmaq ləyaqətli iş deyil.

Təkcə əmim oğlu Bəhram xan, deyəsən, başqa fikirdə idi. O hələ cavan idi. Şahzadənin yanında oturan alicənab və yüksək rütbə sahibi olan Muşir-əd-Dövlə əmim oğluna nəsihət verirdi ki, Allahın qoruduğu İranın dünyada parlamaq üçün artıq qılınca ehtiyacı yoxdur. Onun oğlanları keçmişdə öz cəsarətlərini sübut etmişlər. Və o, nəsihətinə yekun vurub dedi:

– Şahənşahın xəzinəsində saf qızıldan Yer kürəsinin modeli var. Orada bütün ölkələr müxtəlif daşlarla göstərilib. Lakin yalnız İran ərazisi təmiz almasla örtülüb. Bu, simvoldan daha çox böyük məna ifadə edir. Bu həqiqətdir.

Mən ölkəni işğal altında saxlayan əcnəbi əsgərləri və Ənzəlidəki cır-cındır geymiş polisləri yadıma saldım. Bu, Asiya idi, avropalı olmaq qorxusunda silahlarını Avropaya təslim edən Asiya! Şahzadə əsgərlik peşəsinə nifrət edirdi. Halbuki o özü, vaxtilə əcdadlarımın iştirakı ilə Tiflisə müzəffər yürüşlə girən şahın varislərindən biri idi. O zamanlar İran başını uca tutub silahdan istifadə etməyi bacarırdı. Zəmanə dəyişib. Şahzadə şeri pulemyotdan üstün tutur. Bəlkə ona görə ki, onun şeirdən daha yaxşı başı çıxırdı. Şahzadə də, əmim də qocalmışdılar. İran can verirdi, amma zərif şəkildə can verirdi.

Ömər Xəyyamın bu şeri yadıma düşdü:

Şahmat taxtasıdır gecəylə gündüz,
Orda oyun oynar insanla fələk.
Onu qaldıraraq şah və mat deyər,
Sonra öz yerinə qoyar salamat.

Heç fikir vermədim ki, mən şeri ürəyimdə oxumaq istəyirdim, amma bərkdən oxumuşam. Şahzadənin qaşqabağı açıldı:

– Deməli, siz təsadüfən əsgər olmusunuz. Bəs mənə niyə demirsiniz bunu? Görürəm savadlı adamsınız. Taleyinizi özünüz seçəsi olsaydınız, doğrudan da əsgərlik peşəsini seçərdiniz?

Mən təzim edib dedim:

– Deyirsiniz seçməli olsaydım nə edərdim, əlahəzrət? Təkcə dörd şeyi seçərdim: yaqut dodaqları, musiqini, müdrik kəlamları, bir də qırmızı şərabı.

Dəqiqinin məşhur kəlamı mənə bütün qonaqların ehtiramını qazandırdı. Hətta yanaqları batıq molla belə, iltifatla gülümsədi.

Yemək otağına qapılar açılanda gecəyarısı idi. Biz içəri girdik. Xalçaların üstünə ucsuz-bucaqsız bir süfrə sərilmişdi. Nökərlər əllərində fənər hərəkətsiz halda künclərdə durmuşdular. Süfrənin üstündə iri ağ lavaşlar qoyulmuşdu. Ortada isə böyük məcməyidə plov buğlanırdı. Saysız-hesabsız balaca və böyük boşqablar süfrəni bürümüşdü. Biz də əyləşdik və müxtəlif yeməkləri növbə ilə yeməyə başladıq. Adətin tələb etdiyi kimi biz tez-tez yeyirdik, çünki yemək yeganə şeydir ki, iranlı onu yeyəndə tələsər. Molla qısa bir dua oxudu.

Əmim oğlu Bəhram xan yanımda əyləşmişdi. O, az yeyirdi və təəccüblə mənə tərəf baxırdı:

– İran xoşuna gəlir?

– Bəli, çox.

– Burada nə qədər qalacaqsan?

– Türklər Bakını tutana kimi.

– Mən sənə qibtə edirəm, Əli xan.

Onun səsi heyranlıqla dolu idi. O, bir tikə lavaş götürüb içini isti düyü ilə doldurdu.

– Sən pulemyotun arxasında oturmusan və düşmənin gözündə yaş görmüsən. İranın qılıncı isə paslanıb. Biz min il bundan qabaq Firdovsinin yazdığı şeirlərdən vəcdə gəlirik. Dəqiqinin şerini Rüdəkinin şerindən dərhal seçə bilirik. Lakin heç kim avtomobil yolunu necə tikməyi, yaxud alaya komandanlıq etməyi bilmir.

«Avtomobil yolları» sözünü eşidəndə Mərdəkana gedən Ay işığı düşmüş yolu yadıma saldım. Nə yaxşı ki, Asiyada avtomobil yollarını salmağı heç kim bacarmır. Yoxsa Qarabağ atı Avropa avtomobilini heç vaxt ötə bilməzdi.

– Avtomobil yolları nəyinə lazımdır, Bəhram xan?

– Əsgərləri yük maşınları ilə daşımaq üçün, baxmayaraq ki, nazir, bizim əsgərə ehtiyacımızın olmadığını iddia edir. Lakin bizim əsgərə ehtiyacımız var! Bizə pulemyot, məktəblər, xəstəxanalar, nizama salınmış vergi sistemi, yeni qanunlar və sənin kimi adamlar lazımdır. Bizə ən az lazım olan şey İranın nalələrini əks etdirən köhnə şeirlərdir. Lakin başqa mahnı və şeirlər də mövcuddur. Gilanlı şair Əşrəfin şerindən xəbərin varmı?

Bəhram xan əyilib şeri mənə oxudu: «Kədər və ələm vətənin başı üstünü almışdır. Dur ayağa və İranın tabutunun dalınca get. İran gəncliyi dəfn mərasimlərində həlak olmuşdur. Ay, tarlalar, təpələr və dərələr onların qanına boyanmışdır».

– Şahzadə bu şeri eşitsəydi, onu «iyrənc misralar» adlandırardı və deyərdi ki, onun şeir zövqü təhqir edilmişdir.

Bəhram xan inadkarlıqla davam edirdi:

– Bir dənə də gözəl şeir var. Onun müəllifi Mirzə Ağa xandır. Qulaq as: «Qoy Allah İranı kafir düşmənlərin hökmranlığı altına düşmək taleyindən uzaq saxlasın. İranın gəlini rus adaxlısının otağına girməsin. İran gəlinlərinin fövqəltəbii gözəlliyi ingilis lordlarının məclislərinə qismət olmasın».

«Pis deyil», dedim və güldüm. Çünki İran gəncliyi köhnə nəsildən pis şeirləri ilə fərqlənirdi.

– Amma Bəhram xan, bir de görüm, sən nəyə nail olmaq istəyirsən, məqsədin nədir?

Bəhram xan açıq-qırmızı xalçanın üstündə gərgin oturub sözə başladı:

– Sipəh meydanında heç olmusan? Orada yüz dənə köhnə, paslanmış top qoyulub və onların lülələri hər yana yönəlib: qərbə, şərqə, şimala və cənuba. Heç bilirsənmi ki, batan bir nəslin mirası olan bu mənasız, toz basmış toplardan başqa İranda bir dənə də olsun top yoxdur? Heç bilirsənmi ki, ölkədə bir dənə də olsun istehkam, hərb gəmisi və rus kazakları, ingilis mühafizə qoşunları və sarayın keşiyini çəkən dörd yüz nəfər bahadurdan başqa bir nəfər də İran əsgəri yoxdur? Öz əminə, şahzadəyə və dəbdəbəli rütbələrə malik digərlərinə bir bax. Bulanıq baxışlar, gücsüz əllər! Onlar da Sipəh meydanındakı toplar kimi köhnəlib paslanmışdır! Onlar çox yaşamayacaqlar. Buna görə də vaxtdır: geri çəkilməlidirlər. Aqibətimiz uzun zaman şahzadələrin və şairlərin yorğun, taqətdən düşmüş əllərində qalıb. Bəsdir! İran qoca bir dilənçinin açılmış ovcuna bənzəyir. Mən istəyirəm ki, bu qoca ovuc möhkəm bir gənc yumruğuna çevrilsin. Burada qal, Əli xan, sənin haqqında bəzi şeylər eşitmişəm: sənin pulemyot dalında oturub Bakının köhnə qalasını qoruduğunu, gecə vaxtı Ay işığında öz düşməninin hulqumunu dişlərinlə üz- düyünü eşitmişəm. Burada, İranda köhnə qaladan daha çox şeyi müdafiə etmək lazımdır və sənin sərəncamında pulemyotdan daha güclü silah olacaqdır. Bu, hərəmxanada oturmaqdan, yaxud bazarın gözəlliklərinə tamaşa etməkdən daha yaxşıdır.

Mən susdum. Fikrə getmişdim. Tehran! Dünyanın ən qə- dim şəhəri. Babil sakinləri ona Roqa-Rey adı vermişdilər. Roqa-Rey padşah şəhəri. Köhnə əfsanələrin tozu, rəngi sol- muş, qızılları tökülmüş saraylar. Almas sarayının bükük sütunları, qədim xalçaların solğun naxışları və müdrik rü- bailərin sakit, dinc ahəngi – bunların hamısı – İranın keçmişi, indisi və gələcəyi mənim gözlərimin qabağında dururdu!

– Bəhram xan, – dedim. – Əgər öz məqsədinə çatsan, asfalt yollar salsan, istehkamlar tikdirsən və ən pis şairləri müasir məktəblərə göndərsən, bəs onda Asiyanın ruhu harada olacaq?

Bəhram güldü:

– Asiyanın ruhu deyirsən? Top meydanının axırında biz iri bir tikili inşa etdirəcəyik. Asiyanın ruhu olan məscid bayraqlarını, şairlərin əlyazmalarını, miniatürləri və şəhvət yolunda əxlaqı pozulmuş oğlan uşaqlarını o binaya yığacağıq, çünki bunların hamısı Asiyanın ruhuna aiddir. Binanın ön tərəfindən də gözəl Kufi xətti ilə «Muzey» sözü yazacağıq. Əmin Əsəd-əs-Səltənə muzeyin qarovulçusu və əlahəzrət şahzadə də muzey müdiri ola bilər. Bu binanı inşa etməkdə bizə kömək etmək istəyirsənmi?

– Mən fikirləşərəm, Bəhram xan.

Yemək qurtardı. Qonaqlar dəstə-dəstə salonda oturub söhbət edirdilər. Ayağa durub açıq eyvana çıxdım. Hava təmiz idi. Bağçadan İran qızılgülünün ətri gəlirdi. Yerə əyləşdim və gözlərimi qaranlığa zillədim. Orada, bazarın palçıq günbəzinin o tayında Şəmiran sarayı yerləşirdi. Orada, yastıq və xalçaların içində mənim Ninom qalıb. Bəlkə də dodaqları azacıq açıq yaşdan nəm olmuş gözlərini yumub yatıb. Məni dərin bir kədər, qəm bürüdü. Onun gözlərini bir daha gülər görmək üçün bazarın bütün ləl-cavahiratı çatmazdı.

İran! Mən burada, hərəm xidmətçiləri və şahzadələr, dərviş və təlxəklər içərisində qalmalıyammı? Qalıb asfalt yollar salmalı, ordu qurmalı, Avropanı bir azacıq da Asiyanın içərisinə dartıb gətirməliyəmmi?

Və birdən hiss etdim ki, heç bir şey, dünyada heç bir şey mənə Ninonun gülər gözləri qədər qiymətli və əziz deyildir. Bu gözlər axırıncı dəfə nə vaxt gülüb? Nə vaxtsa Bakıda, qalanın yanında. Məni dərin və dəhşətli Vətən həsrəti bürüdü. Toz basmış qala və Nargin adasının arxasında batan günəş gəlib gözlərimin qabağında durdu. Boz qurd darvazasında üzünü Aya tutub ulayan çaqqalın səsi gəldi qulağıma. Bakı yaxınlığındakı düzləri səhradan gələn qum örtmüşdü. Sahil boyunca neft hopmuş torpaq uzanırdı. Qız qalasının yanında alverçilər sövdələşir, Nikolay küçəsindən də yol müqəddəs Tamara liseyinə aparır. Lisey həyətinin ağacları altında Nino dayanmışdır, əlində dəftər, iri gözləri heyrətlə mənə baxırdı. İran qızılgülünün ətri qəflətən yoxa çıxdı. Mən uşaq anasını çağıran kimi, Vətənimi səsləyirdim. Və birdən başa düşdüm ki, o Vətən artıq mövcud deyil. Mən Bakının təmiz səhra havasını, dənizin, qumun və neftin zəif iyini hiss edirdim. Mən bu şəhəri heç zaman tərk etməli deyildim. Allahın məni dünyaya gətirdiyi bu şəhəri! Mən bu köhnə təbiətə it öz komasına bağlı olan kimi bağlı idim. Səmaya baxdım. İran ulduzları şahın tacındakı qiymətli daşlar kimi iri və uzaq idi. Mən qəriblik hissini indiki kimi heç zaman duymamışdım. Mən Bakıya mənsubam. Köhnə qalaya, kölgəsində Ninonun gülər gözləri parlayan köhnə qalaya mənsubam.

Bəhram xan əlini çiynimə qoydu:

– Əli xan, deyəsən xəyala dalmısan? Mənim sözlərimi götür-qoy etdinmi? Nə qərara gəldin, yeni İranın binasını tikmək istəyirsənmi?

– Əmioğlu Bəhram xan, mən sənə qibtə edirəm. Çünki yalnız didərgin adam Vətənin nə olduğunu dərk edir və bilir. Mən İran ölkəsini yenidən qura bilmərəm. Mənim xəncərim Bakı qalasının daşında itilənmişdir.

O, mənə kədərlə baxdı və dedi: «Məcnun». Ərəbcə olan bu söz həm aşiq, həm də sərsəm deməkdir.

230

Onun qanı mənim qanımdan olduğu üçün sirrimi başa düşmüşdü. Ayağa durdum. Böyük salonda yüksək rütbə sahibləri yola düşən şahzadəyə baş əyirdilər. Onun arıq əlini, uzun barmaqlarını və qırmızı rəngə boyanmış dırnaqlarını gördüm. Yox, yox! Mən buraya gəlməmişəm ki, Firdovsi şeirlərini, Hafizin eşqnamələrini və Sədinin müdrik kəlamlarını möhtəşəm bir muzey binasında qoruyum.

Salona girdim və şahzadənin qabağında təzim etdim. Onun gözləri kədərli və fikri dağınıq idi, çünki qarşıda duran təhlükədən xəbərdar idi. Oradan çıxıb Şəmirana yollandım. Yolda isə paslanmış toplar meydanını, şahzadənin yorğun baxışını, Ninonun itaətkarlığını fikirləşirdim.

XXV

Xəritəni divanın üstünə sərib oturmuşdum. Əlimdə balaca rəngbərəng bayraqlar tutmuşdum. Xəritədəki rənglər parlaq və qarışıq idi. Yerlərin, dağların və çayların adlarını oxumaq mümkün deyildi, çünki elə bil bir-birinin üstünə yapışdırılmışdı. Qəzeti yanıma qoymuşdum. Orada yerlərin, dağların və çayların adları xəritədəki kimi səhv yazılmışdı. İkisini də diqqətlə izləyib, qəzetdəki səhvləri xəritədəki qarışıq adlara uyğunlaşdırmağa çalışırdım. Balaca bir yaşıl bayrağı kiçik deşiyə saldım. Onun yanında: «Yelizavetpol (Gəncə)» sözü yazılmışdı, son beş hərfin üstünü Zanquldaq dağları örtürdü. Qəzetin yazdığına görə, Xoydan olan vəkil Fətəli xan Gəncədə azad Azərbaycan Respublikasını elan etmişdir. Xəritədə Gəncənin şərqində batırdığım balaca yaşıl bayraqlar Ənvərin ölkəmizi azad etmək üçün göndərdiyi ordunun mövqelərini göstərirdi. Sağdan isə Nuru paşanın alayları Ağdaş şəhərinə yaxınlaşırdılar. Soldan Mürsəl Paşa İlisu vadilərini tutmuşdu. Ortada isə Azərbaycan könüllülərindən ibarət taburlar vuruşurdular. Türklərin həlqəsi yavaş-yavaş rusların işğalı altında olan Bakının ətrafında saxlanırdı. Yaşıl bayraqları bir azacıq da tərpətsək, düşməni göstərən qırmızı bayraq Bakını ifadə edən qatmaqarışıq nöqtədən sıxışdırılıb çıxarılardı.

Hərəm xidmətçisi Yəhya Qulu arxamda durub, mənim oynadığım qəribə oyunu gərginliklə izləyirdi. Deyəsən, balaca bayraqların rəngarəng kağızın üstündə hərəkət etməsi ona qüdrətli bir sehrbazın ağlasığmaz ovsunları kimi gəlirdi. Hər halda o, belə fikirdə idi ki, mən sehrbazlıq edib, yaşıl bayraqları Bakını göstərən qırmızı ləkəyə sancmaqla fövqəltəbii qüvvənin köməyi ilə şəhəri kafirlərin əlindən xilas edəcəyəm.

Yəhya Qulu bu sirli oyunuma mane olmaq istəmirdi və bu səbəbdən o, vəzifəsini yerinə yetirərək yeknəsəq və ciddi səslə mənə məlumat verməyə başladı:

– Ay xan, gör başıma nə oyun gəlib. Nino xanımın dırnaqlarına xına qoymaq istəyirəm. Ən bahalı xına almışdım ki, dırnağa sürtən kimi tutsun. Buna baxmayaraq, Nino boşqabı götürüb tulladı və məni cırmaqladı. Səhər tezdən onu pəncərənin yanına apardım, başını lap yavaşca əlimlə tutdum və istədim ki, ağzını açsın. Axı, ay xan, onun dişlərini yoxlamaq mənim borcumdur. Amma o, dala sıçradı, sağ əlini qaldırıb mənim sağ yanağıma bir şapalaq ilişdirdi. O qədər də ağrıtmadı, amma... Bağışla nökərini, ey xan, amma mən onun bədəninin tüklərini qırxmağa cəsarət etmirəm. O, qəribə bir xanımdır. O, gözmuncuğu taxmır və uşağını qorumaq üçün dərman içmir. Əgər qız uşağı olsa, məni yox, ey xan, Nino xanımı məzəmmətləyərsən. Hər halda, onun içində murdar bir ruh var ki, ona toxunan kimi başlayır titrəməyə, Əbdül-Əzim məscidində bir qoca qarı tanıyıram. Mənə elə gəlir ki, o qarını buraya çağırsaq, yaxşı olar. Bir fikirləş, xan, o, üzünü buz kimi soyuq su ilə yuyur. Bu, onun dərisini xarab edə bilər. O, dişlərini kobud bir fırça ilə elə yuyur ki, dişlərindən qan gəlir. Başqa adamlar kimi sağ əlini şəhadət barmağı ilə yumur. Onu belə davranmağa ancaq murdar bir ruh məcbur edə bilər.

Mən onun sözlərinə heç qulaq asmırdım. Demək olar, hər gün o, otağıma gəlir və təxminən bir-birinə oxşayan məlumatını mənə çatdırır. Onun gözləri şərəfli bir qayğı hissi ilə dolu idi. Çünki o, məsuliyyətli adam idi və gələcək uşağım üçün məsuliyyət daşıdığını hiss edirdi.

Nino onunla uğursuz, amma inadkar bir mübarizə aparırdı. O, yastıqları hərdən xidmətçisinin üstünə tullayır, evin ətrafındakı divarın üstünə çıxıb orada çadrasız gəzir, gözmuncuqlarını pəncərədən eşiyə atır və otağın divarlarına gürcü qohumlarının şəkillərini yapışdırırdı. Yəhya Qulu bütün bunları mənə qəmgin halda və tələşla xəbər verirdi, Nino isə axşamlar divanda oturub o biri gün üçün döyüş planını hazırlayırdı. O, düşüncəli halda çənəsini qaşıya-qaşıya planlarını mənə nəql edirdi:

– Nə deiyrsən, Əli xan, sabah nə edim? Onun üzünə azacıq su fışqırdım, ya da üstünə pişik atım. Yox, mən başqa şey bilirəm. Mən hər gün fəvvarənin yanında gimnastika ilə məşğul olacağam, o da mənimlə birlikdə hərəkət etməlidir. Çünki çox kökəlib.

Nino yuxuya gedənə kimi intiqam planları hazırlayırdı və ertəsi gün hərəm xidmətçisi dəhşət içində gəlib mənə dedi: «Əli xan, Nino xanım hovuzda durub, qolları və ayaqları ilə qəribə hərəkətlər edir. Qorxuram, ağa. O, bədənini qabağa əyir, sonra dala, elə bil ki, bədəni sümüksüzdür. Bəlkə o, bu üsulla naməlum bir bütə səcdə qılır. O istəyir ki, mən də onun hərəkətlərini təkrar edim. Amma xan, mən mömin müsəlmanam və yalnız Allah qarşısında özümü toza ataram».

Hərəm xidmətçisini vəzifəsindən azad etməyin xeyri yox idi. Çünki onun yerinə başqası gələcəkdi. Hərəm xidmətçisi olmayan ev, ev sayılmırdı. Ondan başqa heç kim evdə qulluq edən qadınlara nəzarət edə bilməz, təsərrüfatı apara bilməz, pulun qeydini çəkə bilməzdi. Arzusu olmayan və rüşvət almayan adam varsa, o da hərəm xidmətçisidir.

Buna görə də mən susurdum və bütün diqqətimi Bakını mühasirəyə alan yaşıl bayraqlara vermişdim...

Hərəm xidmətçisi yavaşca öskürüb dedi:

– Əbdül-Əziz məscidindəki arvadı evə çağırtdırım, ya yox?

– Niyə, Yəhya Qulu?

– Murdar ruhu Nino xanımın bədənindən çıxartmaq üçün.

Mən ah çəkdim. Çünki Əbdül-Əziz məscidindəki müdrik qadın Avropa ruhlarının səviyyəsinə hələ çatmamışdı.

Buna görə xidmətçiyə dedim:

– Buna ehtiyac yoxdur, Yəhya Qulu. Mənim özümün ruhları ovsunlamaqdan başım çıxır. Yeri gələndə mən hər şeyi qaydaya salacam. Amma indi, mənim sehrbaz qüvvətim bu balaca bayraqlardan asılıdır.

Xidmətçinin gözlərində qorxu və maraq hissi oyandı:

– Yaşıl bayraqlar qırmızını sıxışdırıb çıxartsalar, sənin vətənin azad olacaq? Elədirmi, Əli xan?

– Bəli, elədir, Yəhya Qulu.

– Bəs niyə yaşıl bayraqları götürüb elə indi öz yerinə sancmırsan?

– Bunu edə bilmirəm, Yəhya Qulu, buna mənim gücüm çatmır.

O, dərin bir qayğıkeşliklə mənə baxdı:

– Allaha dua etməlisən ki, sənə bunun üçün qüvvət versin. Gələn həftə məhərrəmlik başlayır. Məhərrəm ayında Allaha yalvarsan, o, mütləq sənə qüvvət verir.

Mən xəritələri bükdüm. Yorğun, çaşqın və eyni zamanda qəmgin idim. Xidmətçinin boşboğazlığına uzun zaman döz-mək qeyri-mümkün idi.

Nino evdə deyildi. Onun valideynləri Tehrana gəlmişdilər və Nino saatlarla knyaz ailəsinin otaq kirayə götürdüyü evdə qalırdı. Orada, o, gizlincə başqa avropalılar ilə görüşürdü. Mənim bundan xəbərim var idi, amma susurdum, çünki ona ürəyim ağrıyırdı. Xidmətçi farağat durub mənim əmrimi gözləyirdi. Seyid Mustafa yadıma düşdü. Dostum qısa müddət üçün Məşhəddən Tehrana gəlmişdi. Onu az-az görürdüm, çünki o, bütün gününü məscidlərdə, müqəddəslərin məzarları üstündə və cır-cındır içində olan dərvişlərlə müdrik söhbətlər etməklə keçirirdi.

Nəhayət, dilləndim:

– Yəhya Qulu, Seyid Mustafanın yanına get. O, Sipəhlezar məscidində qalır. Ondan xahiş et ki, mənə iltifat edib buraya təşrif gətirsin.

Xidmətçi getdi. Mən tək qaldım. Həqiqətən də yaşıl bayraqları Bakıya sancmaq üçün mənim gücüm çatmırdı. Haradasa, vətənimin çöllərində türk batalyonları, onlarla birlikdə də Azərbaycanın yeni bayrağını tutan könüllülərdən ibarət hərbi hissələr düşmənlə vuruşurdular. Mənim bu bayraqdan, qoşunların sayından və harada vuruşduqlarından da xəbərim var idi. İlyas bəy də azərbaycanlı könüllülərin cərgəsində vuruşurdu. Mən də bu döyüşdə iştirak edib, səhər şehinin ətrini hiss etməyin həsrətini çəkirdim. Lakin cəbhəyə gedən yol bağlı idi. İngilis və rus hərbi hissələri sərhəddə keşik çəkirdilər. Araz çayı üstündə olan və İranı müharibə meydanı ilə bağlayan geniş körpüdə tikanlı məftil qoyulmuşdu. Körpü pulemyot və əsgərlərin mühasirəsində idi.

İran isə qabığına girmiş ilbiz kimi öz rifahına gizlənib yaşayırdı. Döyüşlər gedən, güllə atılan və az şeir oxunan zəhərlənmiş adlanan əraziyə nə adam girə bilərdi, nə siçan, nə də ki, quş. Bunun əksinə olaraq Bakıdan çoxlu qaççın gəlirdi İrana. Çərənçi və uşaq kimi təlaşlı Arslan ağa da onların arasında idi. O, çayxanaları gəzib məqalələr yazır və türklərin qələbəsini İsgəndərin müzəffər yürüşləri ilə müqayisə edirdi. Onun yazdığı məqalələrin birini qadağan etmişdilər. Çünki senzor İsgəndərin mədh edilməsini bir zamanlar həmin fateh tərəfindən məğlub edilən İrana qarşı gizli, ədəbsiz hərəkət kimi başa düşmüşdü. Bu əhvalatdan sonra Arslan ağa özünü əqidəsi uğrunda şəhid olan bir şəxs kimi qələmə verirdi. O, mənə də baş çəkir və Bakını müdafiə edərkən göstərdiyim qəhrəmanlıqları çox dəqiq təsvir edirdi. Onun xülyasında guya düşmən legionları yalnız mənim gülləmdən ölmək üçün, arxasında oturduğum pulemyotun qabağında yürüşlə keçiblərmiş. Onun özü isə döyüşlər zamanı bir mətbəənin zirzəmisində gizlənib, heç yerdə elan edilməmiş vətənpərvər müraciətnamələr hazırlayırmış. O, bunları mənə oxudu və xahiş etdi ki, bir qəhrəmanın əlbəyaxa vuruşda duyduğu hissləri ona danışım. Onun ağzını şirniyyatla doldurub bayıra qovdum. O, mətbəə boyasının iyi gələn, qatı açılmamış bir dəftəri otağımda qoyub getdi ki, əlbəyaxa döyüşdə qəhrəmanın keçirdiyi hissləri oraya yazım. Dəftərin ağ vərəqlərinə baxanda, Ninonun kədərli və fikirli baxışlarını yada salıb, qarmaqarışıq həyatım barədə düşüncəyə daldım və qələmi götürdüm. Yox, əlbəyaxa döyüşdə qəhrəmanın hisslərini yazmaq niyyətində deyildim. Əksinə, bizi – Nino ilə məni Şəmiran sarayının ətir saçan bağçasına gətirib çıxardan və onun gözlərindən sevinci yox edən yolu cızmaq üçün qələmə əl atdım.

Oturub İranın qamış qələmi ilə yazımı yazırdım. Hələ məktəb illərində yazmağa başladığım dağınıq qeydləri səliqəyə salırdım. Bütün keçmişim gözlərimin qabağında canlandı. Seyid Mustafa otağıma girib çopur sifətini mənim çiynimə toxundurana kimi keçmişin xəyalına dalmışdım.

– Seyid, – dedim, – mənim həyatım nizamını itirib, qarmaqarışıq olub. Cəbhəyə yol bağlıdır. Nino artıq gülmür və mən qan yerinə mürəkkəb axıdıram. Axı nə etməliyəm, Seyid Mustafa?

Dostum mənə sakit və diqqətlə baxdı. Onun əynində qara libas var idi, sifəti arıqlamışdı. Onun arıq vücudu elə bil sirrin yükü altında bükülmüşdü. O əyləşdi və dedi:

– Əllərinlə heç bir şeyə nail ola bilməzsən, Əli xan. Lakin insan yalnız əllərə sahib deyil. Mənim libasıma bax və nə dediyimi başa düşərsən. İnsanlar üzərində qüvvə Gözəgörünməzin aləmindədir. O sirrə toxun və sən o qüvvəyə şərik olarsan.

– Səni başa düşmürəm, Seyid. Ruhum əzab çəkir və mən bu qaranlıq zülmətdən çıxış yolu axtarıram.

– Çünki sən üzünü bəndələrə tutmusan, Əli xan, bəndələri idarə edən Gözəgörünməzi sən yaddan çıxardırsan. Hicrətin 680-ci ilində din düşmənləri tərəfindən təqib edilən Peyğəmbərin nəvəsi Hüseyn Kərbalada şahid edildi. Xilaskar və sirr sahibi o idi. Külli-İxtiyar onun qanı ilə batan və doğan günəşi boyadı. Şiə icmasına, biz şiələrə on iki imam hökmranlıq etmişdir: birincisi Hüseyn idi, axırıncı da hələ bu gün də gizlindən şiə cəmiyyətini idarə edən Saib-əz-Zaman Gözəgörünməz imamdır. Bü gizli imam bütün əməllərində zahir olur, amma buna baxmayaraq o, yenə də gözəgörünməz olaraq qalır. Mən onu doğan günəşdə, toxumlarda, dənizin tufanında görürəm. Onun səsini pulemyotun şıqqıltısında, qadınların naləsində və əsən küləklərdə eşidirəm. Və Gözə-görünməz buyurub deyir: şiələrin aqibəti kədərdir! Kərbala səhrasının qumuna tökülən Hüseyn qanı üçün tutulan yas da bu aqibətin bir hissəsidir. İldə bir ay bu kədərə, yasa həsr edilmişdir. Bu ay Məhərrəm ayıdır. Dərdi olan bu kədər

238

ayında ağlasın. Məhərrəmin onuncu günündə şiənin aqibəti həqiqətə çevrilir. Çünki bu onuncu gün, şəhidlərin ölüm günüdür... Körpə Hüseynin öz üstünə götürdüyü dərd, məhz bu dərd möminlərin boynuna, belinə qoyulmalıdır. Kim bu dərdin bir hissəsini üstünə götürərsə, o, mərhəmətin də bir hissəsinə şərik olur. Bax buna görə möminlər Məhərrəm ayında sinə döyürlər, çünki çıxılmaza düşən, yolunu çaşan şəxsə mərhəmət yolu və azadlıq ləzzəti onun öz-özünü şallaqlayarkən çəkdiyi ağrılar vasitəsilə açılır.

Mən yorğun və acıqlı halda dedim:

– Seyid, mən səndən soruşdum ki, evimə səadəti necə qaytarım, çünki dərin bir qorxu içindəyəm. Sən isə mənə din dərslərindəki müdrik kəlamları təkrar edirsən. Nə deyirsən, düşüm məscidlərin qapılarına və zəncirlə sinə döyüm? Mən möminəm və dinin buyuruqlarını yerinə yetirirəm. Mən də Gözəgörünməzin sirrinə inanıram, amma mən inanmıram ki, mənim səadətimə yol müqəddəs Hüseynin şəbihindən keçir.

– Mən buna inanıram, Əli xan. Sən məndən yol soruşdun, mən də sənə onu göstərdim. Ayrı yol tanımıram. İlyas bəy Gəncə cəbhəsində qan tökür. Sən Gəncəyə gedə bilərsən. Buna görə də öz qanını Məhərrəmin onuncu günündə səndən bunu tələb edən Gözəgörünməz üçün tök. Yox, sus, demə ki, bu müqəddəs qurban mənasızdır. Bu kədər dünyasında heç nə mənasız deyil. Məhərrəm ayında sən də Gəncə yanında vuruşan İlyas bəy kimi vətən uğrunda döyüşə giriş.

Mən susdum. Pəncərələri pərdələnmiş karet həyətə girdi. Tutqun şüşədən Ninonun sifətini güclə görmək olurdu. Hərəmxana bağçasının qapısı açıldı və Seyid Mustafa qəflətən durub dedi ki, tələsir.

– Sabah Sepahlezar məscidinə yanıma gəl. Söhbətimizi orada davam etdirərik.

XXVI

Divanın üstündə uzanıb nərdtaxta oynayırdıq. Nərdtaxta sədəflə işlənmişdi, daşları da fil sümüyündən qayrılmışdı. Nərdtaxta oynamağı Ninoya mən öyrətmişdim və o zamandan bəri biz tümən, sırğa, öpüş və gələcək uşaqlarımızın adları üçün oynayırdıq. Nino uduzur, borcunu verir və yenə zər atırdı. Onun gözləri gərginlikdən parlayır, barmaqları da fil sümüyündən olan daşları elə götürürdü ki, elə bil onlar qiymətli inci idi.

Nino ah çəkərək elə indicə uduzduğu səkkiz gümüş tüməni mənə verdi və dedi:

– Əli xan, sən məni məhv edəcəksən.

Bunu deyib nərdtaxtanı qatladı və başını mənim dizimə qoyub, düşüncəli halda gözlərini tavana zillədi və xəyala daldı. Çox xoşbəxt gün idi bu gün, çünki Nino intiqamını alıb sakitləşmişdi. Əhvalat isə belə oldu.

Lap səhər erkən evimiz ah-nalə və hönkürtü səsləri ilə dolmağa başladı. Ninonun düşməni Yəhya Qulu yanağı şişmiş və üz-gözü büzüşmüş halda içəri girdi. O, intihar etmək istəyən bir adam kimi: «Dişim ağrıyır», dedi. Qələbə və ləzzət hissindən Ninonun gözləri parıldadı. O, xidmətçini pəncərənin yanına apardı, ağzına baxdı və qaşqabağını tökdü.

Sonra təşvişlə başını yırğaladı. Möhkəm bir sap götürüb Yəhya Qulunun içiboş dişinə, o biri ucunu isə uzaq qapının dəstəyinə bağladı. Və «belə» deyib qapıya tərəf qaçdı, var gücü ilə onu itələdi. Dəhşətli bir qışqırtı çıxdı və xidmətçi yerə sərilib, qapının incə dəstəyindən asılıb qalan dişinə baxdı.

– Əli xan, ona de ki, adam dişlərini sağ əlinin şəhadət barmağı ilə yuyanda, nəticəsi belə olur.

Mən onun dediyini sözbəsöz tərcümə etdim və Yəhya Qulu əyilib dişi yerdən götürdü.

Ninonun intiqam hissi hələ də soyumamışdı.

– Əli xan, ona de ki, o hələ sağalmayıb. Qoy gedib yorğan-döşəyə girsin və altı saat ərzində yanağına isti dəsmal qoysun. Bundan başqa, düz bir həftə şirin şey yeməsin.

Yəhya Qulu başını salladı və otaqdan çıxdı. O, ağrıdan xilas olduğu üçün sevinirdi.

– Nino, – dedim, – utan. Yazığın axırıncı sevincini də əlindən aldın.

Nino daşürəkliliklə: «O, öz payını aldı» deyib nərdtaxtanı gətirdi. Oyunu uduzduğu üçün ədalət müəyyən dərəcədə bərpa edilmişdi.

İndi Nino tavana baxır və çənəmi barmağı ilə sığallayıb soruşurdu:

– Əli, Bakı nə vaxt azad ediləcək?

– Hər halda, iki həftə içində.

O, ah çəkdi: «On dörd gün»...

– On dörd gün qalıb. Bakı üçün darıxmışam və türklərin şəhərə yürüşünün həsrətini çəkirəm. Bilirsən, hər şey dəyişilib. Sən burada özünü rahat hiss etdiyin halda, məni hər gün biabır edirlər.

– Niyə biabır edirlər ki?

– Çünki bütün aləm mənimlə qiymətli və kövrək bir əşya kimi rəftar edir. Nə qədər qiymətli olduğumu dəqiq bilmirəm, amma mən nə tezsınanam, nə də əşya. Dağıstan yadındadır! Orada həyat tamamilə başqa idi. Yox, bura mənim xoşuma gəlmir. Əgər Bakı tezliklə azad edilməsə, biz gərək başqa yerə köçüb gedək. Bu ölkənin fəxr etdiyi şairlərindən xəbərim yoxdur, amma bilirəm ki, Aşura günündə insanlar burada sinələrini cırmaqlayır, başlarını xəncərlə yarır və zəncir vururlar. Bu tamaşanı görməmək üçün avropalılar bu gün şəhəri tərk edirlər. Mən bütün bunlara nifrət edirəm. Mən özümü hər an mənə basqın edə biləcək bir özbaşınalığın qurbanı kimi hiss edirəm.

Onun incə sifəti mənə yönəlmişdi. Onun gözləri heç vaxt olmayan qədər dərin və anlaşılmaz idi. Göz bəbəkləri böyümüşdü. Hamiləliyini yalnız gözlərindən bilmək olardı.

– Qorxursan, Nino?

– Nədən? – Onun səsi həqiqətən təəccüblü səslənirdi.

– Elə qadınlar var ki, bundan qorxurlar.

Nino ciddiləşdi.

– Yox, mən qorxmuram. Mən siçanlardan, timsahlardan, imtahandan və hərəm xidmətçilərindən qorxuram. Amma bundan yox. Elə olsaydı, onda mən qışda zökəmdən qorxmalı olardım.

Onun soyuq gözlərindən öpdüm. O, ayağa durdu və saçlarını dala darayıb dedi:

– Mən valideynlərimin yanına gedirəm, Əli xan.

Kipianigilin yaşadığı balaca villada hərəmxana qanunlarının tamamilə pozulduğunu bildiyim halda, yenə razılıq verdim. Knyaz bu gün gürcü dostlarını və avropalı diplomatları qəbul edirdi. Nino çay içib, ingilis şirniyyatı yeyəcək və

242

Hollandiya konsulu ilə Rubens və Şərq qadınlarının prob-
lemlərindən danışacaq. Nino getdi. Şüşələri cilalanmış karetin
həyətdən çıxdığını gördüm.

Mən tək qalıb, rəngbərəng xəritədəki balaca yaşıl bayraqlar
və məni vətənimdən ayıran bir neçə sərhəd məntəqələri barədə
düşündüm. Otaq toran idi.

Divanın üstündəki yumşaq yastıqlardan Ninonun ətri
gəlirdi. Yerə uzandım və təsbehimi oynatmağa başladım.
Divardan İranın gümüş şiri parıldayırdı. Mən aşağıdan
yuxarıya ona baxırdım. Şirin pəncəsində gümüş qılınc işıq
saçırdı. Məni gücsüzlük və zəiflik hissi bürüdü. Xalq Gəncə
çöllərində qan axıtdığı bir zamanda İran şirinin kölgəsində
oturduğum üçün xəcalət çəkirdim. Mən özüm də qiymətli,
qayğı ilə qorunan zərif bir əşya idim. Bir Şirvanşirin aqibəti bir
zaman dəbdəbəli saray rütbəsi almaq, incə hisslərini klassik
dildə ifadə etmək idi. Lakin bu anda mənim xalqımın Gəncə
düzənliyində qanı axırdı. Məni dərin ümidsizlik haqladı. İran
şiri divardan mənə dişlərini ağardırdı. Araz üstündəki sərhəd
körpüsü bağlı idi və İran torpağından Ninonun ruhuna yollar
da mövcud deyildi.

Mən əsəbi halda təsbehi çevirirdim. Sap qırıldı və sarı
muncuqlar yerə səpələndi.

Uzaqdan şeypurun sönük səsi gəlirdi. Bu səs Gözəgörün-
məzin xəbərdarlığı qədər qorxunc və cəzbedici idi. Pəncərəyə
yaxınlaşdım. Küçə tozlu idi. İstidən yanıb-əriyirdi. Günəş düz
Şəmiran sarayının təpəsində dayanmışdı. Təbilin səsi yavaş-
yavaş yaxınlaşırdı. Onun səsini minlərlə insanın təkrar etdiyi
«Şaxsey... vaxsey – Şah Hüseyn... Vay Hüseyn» nidaları
müşayiət edirdi.

İzdiham tində göründü. Qızılla işlənmiş üç nəhəng bayra-
ğı qüvvətli əllər izdihamın başı üstündə ucaldırdı. Onların

birinin üstündə böyük qızıl hərflərlə Əlinin, Allahın yer üzündəki dostunun adı yazılmışdı. İkinci bayrağın qara məxmər parçası üstündə sol əlin qalxıb düşən şəkli çəkilmişdi. Bu, Peyğəmbərin qızı Fatmanın əli idi. Və üçüncü bayraqda nəhəng hərflərlə yalnız bir söz yazılmışdı: «Hüseyn», Peyğəmbərin nəvəsi, Şəhid və Xilaskar.

İzdiham ağır addımlarla küçədən keçirdi. İzdihamın qabağında qara matəm libası geymiş, belləri çılpaq və əllərində ağır zəncirlər tutmuş, günahlarını tövbə edən möminlər gedirdilər. Təbilin ahənginə uyğun olaraq onlar əllərini qaldırır və zəncirlər qanayan çiyinlərini zolaq-zolaq edirdi. Onların dalınca geniş bir yarım dairədə daim iki addım qabağa, bir addım dala atan enli kürəkli kişilər gedirdilər. Onların sönük səsli: «Şaxsey... Vaxsey» nidaları küçəni bürümüşdü və hər bu nida gələndə onlar nəhəng yumruqları ilə bərkdən çılpaq tüklü sinələrinə vururdular. Onların ardınca bellərinə yaşıl kəmər bağlamış və Peyğəmbər nəslindən olan seyidlər gəlirdilər. Dallarınca kəfənə bürünmüş Məhərrəm şəhidləri, başı qırxılmış və əllərində uzun xəncərlər tutmuş adamlar gəlirdi. Onların siması qəzəbli, qapalı idi və elə bil başqa bir dünyaya qərq olunmuşdular. «Şaxsey... Vaxsey...» Xəncərlər göydə parlayır və aşağı, qırxılmış kəllələrə enirdi. Şəhidlərin libasını qan bürümüşdü. Birinin başı gicəlləndi və yanında gedən dostları onu izdihamın içindən çıxartdılar. Onun dodaqlarında xoşbəxt bir təbəssüm var idi.

Mən pəncərənin qabağında durmuşdum. İndiyədək mənə məlum olmayan bir hiss almışdı caynağına məni.

Bu, indi mənim ruhumda xəbərdarlıq kimi səslənirdi və fədakarlıq arzusu içimi doldururdu. Küçədəki tozun üstünə tökülən qan damlalarını gördüm. Şeypurun səsi isə cazibədar və qurtuluşa çağırış kimi səslənirdi. Gözəgörünməzin sirri, xilasa aparan kədərin darvazası bu idi. Mən dodaqlarımı sıxdım. Hüseynin bayrağı qabağımdan keçdi. Mən Fatmanın əlini gördüm və bütün aşkar olan şeylər gözlərimin qabağında yox oldu.

Təbilin sönük səsini bir də eşitdim və bu səsin cingiltisi içimdə vəhşi bir qışqırığa çevrildi. Qəflətən, bir an içərisində bu izdihamın bir hissəsinə çevrildim. Mən enli kürəklilərin dairəsində irəliləyir və iri yumruqlarım çılpaq sinəmə çəkic kimi zərbə endirirdi. Bir az sonra bir məscidin qaranlıq sərinliyini hiss etdim və imamın nalə çalan nidasını eşitdim. Kimsə mənə ağır bir zəncir verdi və mən, kürəyimdə iniltili bir ağrı hiss etdim. Saatlar keçdi. Qabağımda geniş bir meydan gördüm və boğazımdan elə əvvəlki vəhşi və şad bir nida çıxdı: «Şaxsey... Vaxsey». Üzü əldən düşmüş bir dərviş peyda oldu qarşımda. Bürüşük dərisinin altından qabırğaları görünürdü. İzdihamdakıların gözlərində inadcıllıq ifadəsi var idi. Onlar oxuyurdular və meydanda çulu qana bulaşmış bir at hərəkət edirdi. Körpə Hüseynin atı. Əldən düşmüş dərviş var gücü ilə qışqırırdı. O, mis fincanını qırağa tulladı və özünü atın ayaqları altına atdı. Başım gicəlləndi. İri yumruqlar çılpaq sinəmə zərbə endirirdi. «Şaxsey...Vaxsey». İzdiham xoşbəxt idi. Ağ libası qana batmış bir cavanı yanımdan sürüyüb apardılar. Uzaqdan saysız-hesabsız məşəllər gəlib məni də özü ilə apardı. Mən bir məscidin həyətində oturmuşdum və yanımdakı adamların hündür yumru papaqları var idi. Onların gözündən yaş gəlirdi. Kimsə körpə Hüseyn barədə mərsiyə oxumağa başladı. Kəskin ağrı onu boğurdu. Ayağa durdum. İzdiham sel kimi dala axmağa başladı. Gecə sərin idi. Hökumət binasının yanına gəldik. Binanın dirəklərindən qara bayraqlar asılmışdı. Sonsuz məşəl izdihamı ulduzların əks olunduğu çayı xatırladırdı. Üzü çadralı insanlar tinlərdən baxırdılar. Konsulluğun qapısında süngünü sıyırmış keşikçilər dayanmışdılar.

Evlərin damları insanlarla dolu idi. Top meydanında ibadət edən izdihamın yanından dəvə karvanı keçdi. Fəryad səsləri ucaldı. Qadınlar yerə sərildilər və onların ayaqları solğun Ay işığında açıq görünürdü. Dəvələrin belində qurulmuş taxtrəvanda müqəddəs Körpənin ailəsi oturmuşdu. Onun ardınca qara atın belində, müqəddəsin qatili zalım xəlifə Yezid gedirdi. Meydandan atılan daşlar xəlifənin nicabına dəyirdi. O, tələsik qaçıb Nəsrəddin şahın sərgi salonunun həyətində gizləndi. Ertəsi gün orada körpə barədə şəbeh olmalı idi. Şah sarayının Almas darvazasından da qara bayraqlar asılmışdı. Keşikdə duran bahadurlar da matəm libası geyib, başlarını əymişdilər. Şah sarayda yox idi o, Bageşahdakı yay sarayında idi. İzdiham Əla-əd-Dövlə küçəsinə axışdı və birdən-birə mən qaranlığa qərq olmuş, adamsız qalan Top meydanında tək qaldım. Paslanmış topların lülələri laqeyd-laqeyd mənə baxırdı. Bədənim ağrıdan inildəyirdi. Elə bil mənə min şallaq vurmuşdular. Əlimi belimə vurdum və qalın qan layı hiss etdim. Başım gicəllənirdi. Meydanı keçib bir boş faytona yaxınlaşdım. Faytonçu anlayış və qayğıkeşliklə mənə baxdı və səriştəli adam kimi dedi:

— Bir az göyərçin nəcisi tap, onu bitki yağı ilə qarışdır və yaralarına sürt. Çox kömək edir.

Yorğun halda faytonun döşəyinə sərildim.

— Şəmirana, Şirvanşirin evinə sür! – deyə qışqırdım.

Faytonçu qamçını qaldırdı. O, faytonu xarab yollarla sürdü və başını çevirib mənə baxdı. Sonra heyrət dolu səslə dedi:

– Siz, deyəsən, çox mömin adamsınız. Gələn dəfə mənim üçün də dua edin. Çünki mənim vaxtım yoxdur, işləməliyəm. Adım Zöhrab Yusifdir.

Ninonun gözlərindən yaş sel kimi axırdı. O, divanda oturub, köməksiz əllərini qoynuna qoyaraq, sifətini gizlətmədən ağlayırdı. Alt dodağı aşağı düşmüş, ağzı açıq idi. Yanaqları ilə burnu arasında dərin qırışıqlar görünürdü. O hıçqırır və balaca bədəni titrəyirdi. Bir söz belə demirdi. Kirpiklərindən gələn təmiz yaş damlaları yanağına tökülür və köməksiz sifətinə yayılırdı. Mən onun kədərinə şərik olmuş halda Ninonun qabağında dayanmışdım. O tərpənmirdi, göz yaşını silmirdi, dodaqları isə payız yarpağı küləkdə əsən kimi əsirdi. Onun əllərini əlimə aldım. Əlləri soyuq, cansız və yad idi. Yaşlı gözlərindən öpdüm, o, şaşqın və fikirli şəkildə mənə baxdı.

– Nino,– deyə qışqırdım, – Nino, sənə nə olub?

O, əlini ağzına apardı və sanki ağzını bağlamaq istəyirdi. Lakin əlini aşağı salanda, əlinin üstündə diş yerləri aşkar görünürdü.

– Əli xan, mən sənə nifrət edirəm.

Onun səsində dərin bir dəhşət hiss olunurdu.

– Nino, sən xəstəsən!

– Yox, mən sənə nifrət edirəm.

O, alt dodağını dişlərinin arasına aldı və gözləri incimiş bir uşağın gözlərinə bənzəyirdi. Nino tikə-tikə olmuş paltarıma, zolaq-zolaq olmuş çiyinlərimə vahimə ilə baxırdı.

– Nino, nə olub axı?

– Mən sənə nifrət edirəm.

O, divanın küncünə qısıldı, çənəsini dizlərinin üstünə yapışdırdı. Onun göz yaşları bir anlığa dayandı. O, kədərli, sakit və yad gözləri ilə mənə baxırdı.

– Nə etmişəm, Nino?

O, ahəngsiz, yavaş, xəyala dalmış tərzdə danışmağa başladı:

– Sən mənə öz ruhunu açıb göstərdin, Əli xan. Mən valideynlərimin evində idim. Biz çay içirdik və Hollandiya konsulu bizi evinə dəvət etdi. Onun evi top meydanındadır. O, Şərqin barbar bayramını bizə göstərmək istəyirdi. Biz pəncərənin qabağında dayanmışdıq və təəssübkeşlərin dalğası yanımızdan keçirdi. Mən şeypur səsini eşitdim, vəhşilənmiş sifətləri gördüm. Ürəyim bulandı. Konsul: «İşgəncə çılğınlığı», deyib pəncərəni bağladı, çünki bayırdan tər və çirk iyi gəlirdi. Birdən biz vəhşi qışqırıqlar eşitdik. Eşiyə baxdıq və cır-cındır içində olan bir dərvişin özünü atın ayaqları altına atdığını gördük. Və sonra, sonra konsul əlini uzatdı və təəccüblə dedi: «Bu, o...?» O, cümləsini qurtarmadı. Mən onun barmağının istiqamətinə baxdım və ağlını itirmiş izdihamın içində sinə döyən və bir zəncirlə kürəklərini zolaq-zolaq edən bir yerlini gördüm. O yerli sən idin, Əli xan! Mən, sənin arvadın, fanatik bir vəhşinin arvadı olduğum üçün utanıb yerə girdim. Mən sənin hər bir hərəkətini izləyirdim və konsulun ürəyiyanan baxışlarını hiss edirdim. Mənə elə gəlir ki, ondan sonra çay içdik, yoxsa yemək yedik, dəqiq bilmirəm. Mən güc-bəla ilə özümü orada saxladım, çünki bizi ayıran uçurum qəflətən gəlib gözlərimin qabağında durdu. Əli xan, körpə Hüseyn bizim xoşbəxtliyimizi məhv etdi. Mən səni o təəssübkeş vəhşilərin arasında gördüm və heç zaman sənə başqa gözlə baxa bilməyəcəyəm.

O susdu və kədərli tövrdə oturdu. O əzab çəkirdi, çünki mən öz vətənimi və dincliyimi Gözəgörünməzdə tapmaq istəyirdim.

– İndi nə olacaq, Nino?

– Bilmirəm. Biz artıq xoşbəxt ola bilmərik. Mən burdan çıxıb getmək istəyirəm. Haraya olsa, elə yerə ki, Top meydanındakı o dəlini görməyim, sənin gözlərinə bir də baxa bilim. Əli xan, burax məni çıxım gedim.

– Hara, Nino?

– Eh, bilmirəm, – dedi və onun barmaqları kürəyimdəki yaralara toxundu. – Axı nə üçün belə elədin?

– Sənə görə, Nino, amma sən bunu başa düşməzsən.

– Yox! deyə o, təsəlli tapmayan şəkildə cavab verdi. – Mən buradan çıxıb getmək istəyirəm. Mən yorulmuşam, Əli xan. Asiya çirkindir.

– Məni sevirsən?

O, tərəddüdlə: «hə» cavabı verdi və əllərini dizlərinin üstünə qoydu. Mən onu qucağıma götürüb yataq otağına apardım. Onu soyundurdum və yerinə qoydum. O, dərin bir qorxu içində sərsəm sözlər söyləyirdi.

– Nino, – dedim, – bir-iki həftə də döz, sonra biz Bakıya gedərik.

O, yorğun halda başını tərpətdi və gözlərini yumdu. Yuxulu-yuxulu əlimi götürüb öz sinəsinin üstünə qoydu. Uzun zaman oturub ovcumun içində onun qəlbinin döyüntüsünü hiss etdim. Sonra özüm soyundum və onun yanına uzandım. Onun bədəni isti idi və o, uşaq kimi sol tərəfində, dizlərini yuxarı qaldırıb, başını yorğanın altına salıb yatmışdı.

O, səhər erkən durdu. Üstümdən hoppanıb, o biri otağa qaçdı. Çox yuyundu. Suyu şıppıldada-şıppıldada yuyunurdu və məni içəri buraxmırdı... Sonra oradan çıxdı, amma gözümə baxmaqdan çəkinirdi. Onun əlində məlhəmlə dolu bir qab var idi. O, təqsirini başa düşən adam kimi məlhəmi belimə sürtdü. Sonra nəzakətlə dedi:

– Sən məni döyməli idin, Əli xan.

– Bacara bilməzdim, çünki bütün gün özüm-özümü döymüşdüm və gücüm qalmamışdı.

O, məlhəmi yana qoydu və xidmətçi çay gətirdi. O, tələsik içirdi və pərt halda bağçaya baxırdı. Və birdən diqqətlə gözlərimin içinə baxıb dedi:

– Bunun mənası yoxdur, Əli xan. Mən sənə nifrət edirəm və İranda qaldığımız müddətcə nifrət edəcəyəm. Mən bunu dəyişə bilmərəm.

Biz ayağa durduq. Bağçaya keçib fəvvarənin yanında əyləşdik. Tovuzquşu yanımızdan keçdi. Atamın kareti gurultu ilə kişilərə aid evin həyətindən keçdi. Birdən Nino başını yana əydi və utancaq şəkildə dedi:

– Mən nifrət etdiyim bir adamla da nərd oynaya bilərəm.

Mən nərdtaxtanı gətirdim və biz pərt və çaşqın halda oynamağa başladıq... Sonra elə yerdəcə uzandıq, hovuza əyilib, suda əksimizə tamaşa etdik. Nino əlini təmiz suya saldı və əksimiz balaca dalğalarda pozulub getdi.

– Qəm yemə, Əli xan. Mən sənə nifrət etmirəm. Mən bu yad ölkəyə və yad adamlara nifrət edirəm. Elə ki evimizə çatdıq, hər şey keçib gedəcək. Elə ki...

O, sifətini suyun üstünə qoydu və bir müddət belə saxladıqdan sonra başını qaldırdı. Su damlaları onun yanağından və çənəsindən tökülürdü.

– Mütləq oğlan olacaq, lakin o vaxta hələ yeddi ay qalıb.

Nino bunu qəti dedi və onun üzündə qürur ifadəsi var idi. Mən onun üzünü sildim və soyuq yanaqlarını öpdüm. O da gülürdü.

İndi bizim taleyimiz Azərbaycanın qızmar günəş altında yanan düzənliyindən keçib, neft qüllələrinin əhatəsində və düşmənin işğalı altında olan köhnə Bakıya tərəf irəliləyən alaylardan asılı idi.

Uzaqdan yenə müqəddəs Hüseynin şeypur səsi gəldi. Mən Ninonun əlini tutub, onu tez evin içinə apardım və pəncərəni bağladım. Sonra qrammofonu və ən güclü iynəni gətirdim. Bir val qoydum və Qunonun «Faust» operasından güclü bir bas səsi qulağı batıran bir ariya oxumağa başladı. Bu, ən uca səsli val idi və Nino qorxu içində məni qucaqlayan vaxt, Mefistofelin qüdrətli bası şeypurun sönük səsini və qədim «Şaxsey... Vaxsey» nidalarını batırırdı.

XXVII

İran payızının ilk günlərində Ənvərin ordusu Bakını tutdu. Bu xəbər bazara, çayxanalara və nazirliklərə yayıldı. Şəhərin axırıncı rus müdafiəçiləri ac-yalavac İran və Türküstan limanlarına qaçıb gəldilər. Onlar şəhərin qədim qalasının üstündə dalğalanan ağ hilali müzəffər qırmızı bayraqdan danışırdılar. Arslan Ağa türklərin Bakıya girməsini əfsanəvi şəkildə Tehran qəzetlərində təsvir etdi. Əmim Əsəd-əs-Səltənə isə türklərə nifrət etdiyi və eyni zamanda bununla ingilislərin qılığına girmək istədiyi üçün qəzetləri qadağan etdi. Atam baş nazirin yanına getdi və o, bir az tərəddüddən sonra Bakı ilə İran arasındakı gəmi rabitəsinin bərpa edilməsinə icazə verdi. Biz Ənzəliyə getdik və orada «Nəsrəddin» gəmisi azad edilmiş vətənlərinə qayıtmaq istəyən bir dəstə qaçqını göyərtəsinə götürdü.

Bakı limanında uzun xəz papaqlar geymiş gümrah əsgərlər dayanmışdılar. İlyas bəy qılıncı sıyırıb gəmini salamladı, türk mayoru da təntənəli bir nitq söylədi. Və o çalışırdı ki, yumşaq İstanbul türkcəsini bizim vətənimizdəki sərt şivə ilə uyğunlaşdırsın. Biz viran edilmiş və talana məruz qalmış evimizə getdik və Nino günlərlə, həftələrlə evdar qadın rolunu ifa edirdi. O, dülgərlərlə mübahisə edir, mebel mağazalarını gəzir, üzünü ciddiləşdirib otağımızın uzunluğunu və enini ölçürdü. O, memar ilə məxfi danışıqlar aparandan sonra, günlərin bir günü evdə fəhlələrin səs-küyünü, boya, taxta və suvaq iyi hiss etdim.

Bütün bu gündəlik qarmaqarışıqlığın mərkəzində isə Nino dururdu və o, məsuliyyətini hiss edən bir adam kimi sevinirdi.

Çünki o, mebel, onların qoyuluş üslubu və divar kağızlarını seçməkdə tam azad idi.

Axşamlar isə o, utancaq və eyni zamanda sevinc hissi ilə mənə məlumat verirdi:

– Əli xan, Ninoya acığın tutmasın. Mən divan yerinə çarpayı, əsl çarpayı sifariş vermişəm. Divar kağızlarının rəngi açıq olacaq, döşəməni də xalçalar bürüyəcək. Uşaq otağına ağ boya vurulacaq. Hər yer İrandakı hərəmxanadan fərqli olacaq.

O, boynuma sarıldı və üzünü yanağıma sürtdü. Çünki o, vicdan əzabı çəkirdi. Sonra o, başını yana çevirdi, nazik dilini çıxartdı, burnunun ucuna çatdırmağa çalışdı. Həyatın ən ağır çağında, imtahan zamanı, həkimə gedəndə, yaxud dəfn mərasimində iştirak edəndə o, həmişə belə edərdi. Mən körpə Hüseynin şəbehini yada saldım və xalçaları ayaq altına salmaq, eləcə də avropasayağı miz arxasında oturmaq mənə ağır gəlsə də, Ninoya bu işdə tam azadlıq verdim. Mənim sərəncamımda isə yalnız damımız və səhraya açılan mənzərə qalmışdı. Çünki Nino damı yenidən qurmağı planlaşdırmamışdı.

Əhəng, toz və səs-küy evi doldurdu. Mən isə atamla damda oturub, Nino kimi başımı yana çevirərək günahkar adam tək dilimi çıxartmışdım. Atamın baxışlarından istehza oxumaq olardı: «Heç nə etmək olmaz, Əli xan. Ev işi – qadın işidir. Nino özünü İranda yaxşı apardı, hərçənd bu asan deyildi. İndi növbə sənindir. Sənə dediyim sözləri unutma:

253

Bakı avropalaşıb. Özü də birdəfəlik! Qapalı otaqların sərin qaranlığı və divarlardan asılan rəngarəng xalçalar İrana aiddir».

– Bəs sən nə edəcəksən, ata?

– Mən də İrana aidəm və sənin uşağını görən kimi ora gedəcəm. Mən Şəmirandakı evimizdə yaşayıb, orada da ağ divar kağızlarının və çarpayıların evlərə gəlişini gözləyəcəyəm.

– Mən isə burada qalmalıyam, ata.

O, ciddi tərzdə başını tərpətdi:

– Bilirəm. Sən bu şəhəri sevirsən. Nino da Avropanı. Amma bu yeni bayraq, yeni şəhərin səs-küyü və şəhəri bürümüş allahsızlıq havası mənim xoşuma gəlmir.

O, sakitcə başını aşağı saldı və bu anda öz qardaşı Əsəd-əs-Səltənəyə bənzədi.

– Mən qoca adamam, Əli xan. Yeniliklə işim yoxdu. Sən burada qalmalısan. Sən cavan və cəsursan, Azərbaycan ölkəsinin sənə ehtiyacı var.

Alaqaranlıqda şəhərimin küçələrində gəzirdim. Türk patrulları tinlərdə keşik çəkirdilər. Onlar sərt və qıvraq idilər, baxışları da fikirsiz idi. Mən zabitlərlə söhbət etdim və onlar İstanbul məscidlərindən, Tatlı-sudakı yay gecələrindən danışırdılar. Köhnə qubernator binasının üstündə yeni dövlətin bayrağı dalğalanırdı, məktəb binasında da parlament yerləşirdi. Köhnə şəhər elə bil yeni bir həyata qədəm basmışdı. Vəkil Fətəli xan baş nazir idi və o, qanunlar çıxardır, göstərişlər və əmrlər verirdi. Şəhərdə bütün rusları məhv etmək istəyən Əsədullanın qardaşı Mirzə Əsədulla xarici işlər naziri idi və o, qonşu ölkələrlə müqavilələr bağlayırdı. İndiyədək adət etmədiyim dövlət müstəqilliyi hissi məni də bürümüşdü və mən yeni dövlət gerbini, uniformanı, vəzifə və qanunları birdən sevməyə başladım. Birinci dəfə idi ki, mən özümü öz vətənimin sahibi hiss edirdim. Ruslar utancaq halda yanımdan keçir və keçmiş müəllimlərim də mənə ehtiramla salam verirdilər.

Axşam yerli klubda xalq mahnıları oxunur, milli musiqi çalınır və hər kəs papağını çıxartmadan orada otura bilərdi. İlyas bəylə mən cəbhədən qayıdan və oraya gedən türk zabitlərini qonaq edirdik. Onlar Bağdadın mühasirəsindən və Sina səhrasındakı hərbi yürüşlərdən danışırdılar. Bu adamlar Liviya səhralarına, Qalisiyanın palçıqlı yollarına, Ermənistan dağlarının qar tufanlarına bələd idilər. Onlar – Peyğəmbərin buyruğuna məhəl qoymayan türk zabitləri şampan şərabı içir. Ənvərdən və damarlarında türk qanı axan bütün insanları birləşdirəcək Turan imperiyasından danışırdılar. Mən onların söhbətlərinə böyük heyrət və həvəslə qulaq asırdım, çünki bütün bu mənzərə, gözəl və unudulmaz bir yuxu qədər cazibədar idi. Böyük rəsmi keçid günü şəhərin küçələrində hərbi musiqi sədaları eşidildi. At belində oturan və sinəsi ulduzlarla dolu olan paşa hərbi hissənin qarşısından çapdı və yeni bayrağı salamladı. Qürur və razılıq hissi bürümüşdü bizi. Biz sünnilərlə şiələr arasında bütün fərqləri unudub paşanın əlini öpməyə və osmanlı xəlifəsi üçün ölməyə hazır idik. Təkcə Seyid Mustafa qıraqda dayanmışdı və onun simasında nifrət və qəzəb hissi oxunurdu. O, paşanın sinəsini bəzəyən ulduzlar və ayparalar arasında bir bolqar hərbi xaçını görmüşdü. Müsəlmanın sinəsində yad dinin əlaməti Seyidi qəzəbləndirmişdi.

Hərbi keçiddən sonra İlyas, Seyid və mən bulvarda oturmuşduq. Payız xəzəli ağaclardan tökülürdü və dostlarım yeni dövlətin əsas qanunları barədə mübahisə edirdilər. Gəncə yaxınlığındakı hərbi yürüşlərdən və döyüşlərdən, gənc türk zabitləri ilə söhbətlərdən və müharibə təcrübəsindən İlyas bəy belə bir qəti əqidəyə gəlmişdi ki, yalnız ölkədə təcili olaraq avropasayağı islahatlar keçirilməsi vətənimizi rusların yeni işğalından qoruya bilər.

İlyas həyəcanla deyirdi:

– Biz istehkamlar tiksək, islahatlar həyata keçirtsək və yollar salsaq da, yenə yaxşı müsəlman olaraq qala bilərik.

Seyid qaşqabağını salladı, onun gözlərindən yorğunluq tökülürdü. O, soyuqqanlıqla dedi:

– Bir addım da irəli get, İlyas bəy. De ki, adam şərab içsə də, donuz əti yesə də, yenə yaxşı müsəlman olaraq qala bilər. Çünki avropalılar çoxdan kəşf ediblər ki, şərab sağlamlıq üçün xeyirlidir, donuz əti də qidalıdır. Əlbəttə, insan yaxşı müsəlman olaraq qala bilər, amma cənnətin kandarında duran baş mələikə buna inanmaq istəməyəcək.

İlyas güldü:

– Təlim ilə donuz əti yemək arasında böyük fərq var.

– Lakin donuz əti yeməklə şərab içmək arasında fərq yoxdur.

Dostlarıma qulaq asırdım. Birdən soruşdum.

– Seyid, bəs çarpayıda yatıb, çəngəl-bıçaqla yemək yeyilsə, yenə yaxşı müsəlman olaraq qalmaq olarmı?

Seyid nəvazişlə güldü:

– Sən həmişə yaxşı müsəlman olaraq qalacaqsan. Mən səni Məhərrəm günündə görmüşəm.

Mən susdum. İlyas bəy hərbi papağını düzəltdi.

– Düzdür ki, sənin evin müasir mebel və açıq rəngli divar kağızı olan avropalı ev olacaq?

– Bəli, İlyas bəy, düzdür.

O, qətiyyətlə dedi:

– Lap yaxşı işdir. Bakı indi paytaxtdır. Əcnəbi elçilər gələcək ölkəyə. Bizim onları qəbul etmək üçün belə evlərə, diplomatların arvadları ilə söhbət edə bilən xanımlara ehtiyacımız vardır. Əli xan, sənin belə bir arvadın var və tezliklə münasib evin də olacaq. Sən gərək Xarici İşlər Nazirliyində işləyəsən.

Mən güldüm.

– İlyas bəy, sən mənim arvadım, evim və mənim özümlə elə rəftar edirsən ki, elə bil biz beynəlxalq anlaşma meydanında yarışa hazırlanmış atlarıq. Yoxsa elə fikirləşirsən ki, mən öz evimi bizim beynəlxalq mənafelərimiz naminə yenidən tikdirmişəm?

– Belə olmalıdır, – deyə İlyas bəy qəti şəkildə fikrini ifadə etdi. Və mən birdən-birə hiss etdim ki, o düz deyir. O düz deyir ki, nəyimiz varsa, Azərbaycanın yoxsul və qızmar günəşdən yanmış torpağından yoğurub qurmaq istədiyimiz yeni dövlətə xidmət etməlidir.

Mən evə gəldim və Nino eşidəndə ki, mən parket döşəməyə, avropasayağı rəsmlərin divardan asılmasına qarşı deyiləm, ürəkdən güldü və onun gözləri bir vaxt pexaçpür bulağı yanındakı meşədəki kimi parıldadı.

Bu vaxtlar mən atla səhraya tez-tez gedirdim. Orada yumşaq qumun içində oturub al-qırmızı günəşin qərbdə batmasını izləyirdim. Türk qoşunları yanımdan keçirdi. Zabitlərin sifətini gözlənilmədən qəm və həyəcan bürümüşdü. Dövlətimizin səs-küyü dünya müharibəsinin uzaqlarda atılan top səslərini batırmışdı. Lakin haradasa çox-çox uzaqlarda türklərlə müttəfiq olan bolqarların qoşunları düşmənin həmlələri qarşısında geri çəkilməyə başlamışdılar.

Türklər: «cəbhə yarılmışdır. Onu bərpa etmək artıq qeyri-mümkündür», deyir, amma daha şampan şərabı içmirdilər.

Cəbhədən az xəbər gəlirdi. Gələndə də ildırım kimi təsir göstərirdi. Mudros limanında beli bükülmüş bir adam

257

Britaniyanın «Aqamemnon» adlı zirehli gəmisinə çıxmışdı. Beli bükülmüş adam Hüseyn Rauf bəy idi. Böyük Osmanlı imperiyasının donanma naziri olan Rauf bəy atəşin dayandırılmasına dair müqavilə bağlamaq barədə xəlifədən vəkalət almışdı. O, masanın üstünə əyildi və bir tikə kağızın üstünə adını yazdı. Bu an da bizim şəhərdə hökmranlıq edən paşaların gözləri yaşla doldu.

Turan imperiyası barədəki mahnı daha bir dəfə Bakının küçələrində eşidildi, amma bu dəfə o mahnı mərsiyə, matəm mahnısı kimi səslənirdi. Yumşaq əlcək geymiş paşa yəhərdə qıvraq oturaraq hərbi hissələrin qabağından keçdi. Türklərin üzü hərəkətsiz idi. Müqəddəs Osman evinin bayrağı büküldü, təbil çalındı və paşa yumşaq əlcəkli əlini alnına qaldırdı. Hərbi hissələr şəhərdən çıxırdılar və onlar İstanbul məscidlərinin, Bosfordakı nəcib sarayların, xəlifə olan arıq kişinin və onun belindəki Peyğəmbər əbasının xəyali mənzərəsini yaddaşımızda qoyub gedirdilər.

Üç gün sonra ingilis işğal qoşunlarını gətirən ilk gəmilər Nargin adasının arxasında görünəndə mən sahildə dayanmışdım. Generalın mavi gözləri, nazik bığları və enli, güclü əlləri var idi. Yeni zellandiyalı, kanadalı və avstriyalılar şəhərə axışırdılar. Britaniya bayrağı bizim ölkənin bayrağı yanında dalğalanırdı və Fətəli xan məni çağırıb xahiş etdi ki, onun nazirliyinə gəlim.

Mən onun yanına getdim. O, yumşaq bir kresloda oturub, odlu baxışlarını mənə zilləmişdi:

– Əli xan, nə üçün dövlət vəzifəsində deyilsiniz?

Mən özüm də bunu bilmirdim. Onun masasının üstündəki xəritələrə baxıb, vicdan əzabı çəkə-çəkə dedim:

– Fətəli xan, mən bütün varlığımla vətənimə bağlıyam, əmriniz nədir?

– Eşitmişəm ki, sizdə xarici dilləri öyrənmək istedadı qüvvətlidir. İngilis dilini neçə vaxta öyrənə bilərsiniz?

Mən çaşqınlıqla güldüm.

– Fətəli xan mən ingilis dilini öyrənməli deyiləm. Onu çoxdan bilirəm.

O, iri başını kreslonun arxasına söykəyib susdu: Və birdən soruşdu:

– Nino necədir?

Mən baş nazirin bütün adət qaydalarını pozub mənim arvadımın necə olmasını soruşmasına təəccübləndim.

– Sağ olun, əlahəzrət, arvadım yaxşıdır.

– O da ingilis dilini bilir?

– Bəli.

O, yenə susdu və enli bığlarını eşməyə başladı. Mən sakit tərzdə dedim:

– Fətəli xan, nə istədiyinizi bilirəm. Mənim evim bir həftəyə hazır olacaq. Ninonun şifonerində çoxlu axşam libasları var. Biz ingiliscə danışarıq və şampan şərablarının hesabını özüm ödəyərəm.

Baş nazir bığlarının altından güldü. Onun gözləri yaşardı:

– Bağışlayın məni, Əli xan. Mən sizi təhqir etmək istəmirdim. Bizim sizin kimi adamlara ehtiyacımız var. Bizim ölkə avropalı arvadı olan, qədim nəsildən çıxan, ingiliscə danışan və evə sahib olan adamlar baxımından kasıbdır. Məsələn, mənim ingilis dilini öyrənməyə heç vaxt pulum olmayıb. Hələ qalmışdı ki, evim, yaxud avropalı arvadım olsun.

O, yorğun idi. Qələmi götürüb dedi:

– Bu gündən etibarən siz, Qərbi Avropa şöbəsinin attaşesi təyin olunursunuz. Xarici işlər naziri Əsədullanın yanına gedin. O, vəzifənizi sizə izah edəcək. Və... və... amma incinməyin... eviniz beş günə hazır ola bilərmi? Bu cür xahişlə sizə müraciət etməyimə özüm utanıram.

– Baş üstə, əlahəzrət! – deyə qəti cavab verdim. Və elə bil köhnə, sadiq və sevimli dostumu pis niyyətlə aldadıb oradan çıxdım.

Evə getdim. Ninonun barmaqları suvaq və boyaya batmışdı. O, nərdivanda durub, divara mıx vururdu. Bu mıxdan şəkil asılmalı idi. Əgər Ninoya desəydim ki, bu mıxı vurmaqla vətənə xidmət göstərir, o, çox təəccüblənərdi. Mən bunu ona demədim, onun çirkli barmaqlarını öpdüm və əcnəbi çaxırları saxlamaq üçün soyuducu almaq təklifini bəyəndim.

XXVIII

«Sizin xalanız varmı?» – «Yox, xalam yoxdur, amma qulluqçum sağ ayağını sındırıb».

«Səyahət xoşunuza gəlirmi?» – «Bəli, səyahətdən xoşum gəlir, amma mən axşamlar yalnız meyvə yeməyi üstün tuturam».

İngilis dili dərsliyinin tapşırıqları axmaq səslənirdi. Nino kitabı bağladı.

– Mənə elə gəlir ki, «döyüşdən» qalib çıxmaq üçün ingilis dilini kifayət qədər bilirik. Amma de görüm, heç ömründə viski içmisənmi?

Dəhşətlə qışqırdım:

– Nino, sən bu dərsliyin müəllifi kimi danışırsan.

– Bağışla, Əli xan, vətənə xidməti yanlış başa düşdüyüm üçün belə axmaq söz danışdım. De görüm axı, bu axşam bizə kim gələcək?

Ninonun səsində süni bir etinasızlıq hiss olunurdu.

Mən bu gün evimizə təşrif buyuracaq ingilis məmur və zabitlərinin adlarını sadaladım. Nino qürurla gözlərini qabağa zilləmişdi. O, yaxşı bilirdi ki, Azərbaycanın bir dənə də olsun naziri və generalı, onun ərinin sahib olduğuna malik deyildir – ziyalı, Qərb adətlərinə bələd, ingilis dilini bilən və knyaz valideynləri olan arvada.

261

O, qaşqabağını sallayıb dedi:

– Mən viskinin dadına baxmışam, acı və iyrənc dadı var, hər halda, buna görə onu sodalı su ilə qarışdırırlar.

Mən əlimi onun çiyninə qoydum və onun gözləri razılıq hissi ilə doldu:

– Qəribə həyat keçiririk, Əli xan. Bir dəfə aparıb məni hərəmxanaya saldın, indi isə yenə ölkəmizin mədəni inkişafına xidmət edən bir əşya rolunu oynayıram.

Biz aşağı, qəbul otağına düşdük. Yaxşı təlim keçmiş qulluqçular divarlara söykənib durmuşdular. Divarlarda isə mənzərə və heyvan şəkilləri asılmışdı. Yumşaq kreslolar künclərdə qoyulmuş, masanın üstünü də çiçəklər bəzəyirdi.

– Yadındadır, Əli xan – deyə Nino soruşdu. Bir dəfə mən sənə dərədən aula su daşımaqla qulluq etmişdim.

– Hansı xidmət daha çox xoşuna gəlir?

Ninonun gözləri xəyalla doldu və o cavab vermədi. Qapının zəngi çalındı və Ninonun dodaqları həyəcandan titrəməyə başladı. Lakin gələnlər knyaz valideynləri idilər. Onlarla birlikdə rəsmi keçid forması geymiş İlyas bəy gəldi. O, ağır-ağır salonu gəzdi və heyrətlə başını yırğaladı.

– Mən də evlənməliyəm, Əli xan. Görəsən, Ninonun xalası qızı yoxdur ki?

* * *

Biz qapının ağzında dayanmışdıq. Nino ilə mən möhkəm ingilis əllərini sıxırdıq. Zabitlər hündürboy və qırmızısifət idilər. Qadınların əlində əlcək var idi. Bu göygöz xanımlar mərhəmətlə gülür və ətrafa maraqla baxırdılar. Hər halda onlar gözləyirdilər ki, hərəm xidmətçiləri onlara qulluq etsin və yarılüt qızlar onların qabağında rəqs etsinlər. Bunun əvəzində isə yaxşı təlim keçmiş qulluqçular peyda oldular, yeməklər masanın üstünə sol tərəfdən qoyuldu.

Gənc bir leytenant qədəhi ağzına kimi viski ilə doldurub içinə qazlı su da tökmədən birdəfəyə başına çəkəndə Ninonun nəfəsi tutuldu. Salonu səs-küy bürümüşdü və sual-cavabların əksəriyyəti dərslikdəki tapşırıqlar kimi axmaq səslənirdi: «Çoxdan evlisiniz, xanım Şirvanşir?» – «Az qala iki ildir». – «Bəli, toy səyahətinə İrana getmişdik» – «Ərimin at sürməkdən xoşu gəlir». «Yox, o, polo oynamır». – «Şəhərimiz xoşunuza gəlir?» – «Bəli, buranı görməyimə sevinirəm». – «Allah eləməsin! Axı biz vəhşi deyilik! Azərbaycanda artıq çoxdandır çoxarvadlılıq yoxdur. Hərəmağalardan isə mən romanlarda oxumuşam».

Nino üzümə baxdı və gülməyini güclə saxladığı üçün onun balaca burnu tərpənirdi. Bir mayor arvadı hətta ondan soruşdu ki, görəsən, Nino heç operada olubdu? Nino mülayim tərzdə cavab verdi ki, «bəli, oxumağı və yazmağı da bilirəm».

Mayor arvadı məğlub oldu və Nino ona sendviç uzatdı.

Gənc ingilislər, məmur və zabitlər Ninoya baş əyir, onların əlləri onun incə barmaqlarına toxunur, baxışları Ninonun çılpaq kürəyinə sataşırdı.

Mən üzümü yana çevirdim. Əsədulla küncdə dayanıb arxayın tərzdə siqar çəkirdi. O özü arvadını heç zaman, heç vəchlə bu qədər yad adamın baxışlarına təslim etməzdi. Amma Nino gürcü idi, xristian idi və Əsədullanın fikrincə, o, öz əllərini, gözlərini, çiyinlərini yad nəzərlərinə təslim etmək üçün yaranmışdı.

Məni qəzəb və xəcalət bürüdü. Qulağıma çatan qırıq-qırıq sözlər həyasız və təhqiredici səslənirdi. Mən gözlərimi yerə dikdim. Nino salonun o biri başında yadların ortasında durmuşdu.

«Sağ olun», deyə o, birdən boğuq səslə cavab verdi: «Sağ olun, siz çox mehribansınız».

Başımı qaldırdım və onun qıpqırmızı olmuş, vahimə bürümüş sifətini gördüm. Salonun o başından gəlib qabağımda dayandı, əlini qoluma saldı, elə bil arxa, sığınacaq axtarırdı. Sonra yavaşca dedi: – Əli xan, indi sənin vəziyyətin, o vaxt Tehranda xalaların və xalaqızıların görüşündə mənim düşdüyüm vəziyyətə oxşayır. Bu qədər kişi ilə mən nə edim? Mən istəmirəm onlar mənə elə baxsınlar.

Bunu deyib məndən aralandı və mayor arvadının əlindən tutdu. Mən onun mayor arvadına dediyi sözləri eşitdim: «Siz mütləq bir dəfə bizim yerli teatra gəlməlisiniz. Hazırda Şekspiri Azərbaycan dilinə tərcümə edirlər. Gələn həftə «Hamlet»in ilk tamaşası olacaq».

Alnımdakı təri sildim və qonaqpərvərliyin sərt qaydaqanunlarını yada saldım. Köhnə bir zərb-məsəldə deyilirdi ki, «Əgər qonaq sənin oğlunun başını kəsib onunla evinə girsə də, onu qəbul etməli, yedirtməli və qonaq kimi ona ehtiram göstərməlisən». Ağıllı adətdir. Amma ona əməl etmək bəzən çox ağır olur.

Qədəhləri viski və konyakla doldurub qonaqlara payladım. Zabitlər siqar çəkirdilər. Ancaq heç kim, gözlədiyimə zidd olaraq, ayağını mizin üstünə qoymadı.

Bir gənc zabit mənim əzabımı daha da artırıb dedi:

– Gözəl xanımınız və gözəl eviniz vardır, Əli xan.

Siyasi səbəblərə görə bu sözlərin üstündən şapalaq yemədiyini bilsəydi bu zabit, hər halda, çox heyrətlənərdi. Sən bir işə bax: bir kafir it açıq-aşkar mənim arvadımın gözəlliyini mədh etməyə cəsarət edir! Konyakı paylayarkən əllərim əsdi və bir neçə damla yerə də töküldü.

Ağ bığı olan və ağ smokinq köynək geymiş qoca bir məmur küncdə oturmuşdu. Ona şəkərçörəyi uzatdım. Onun həvə dişləri sapsarı, barmaqları da gödək idi.

O, təmiz fars dilində müraciət etdi:

– Eviniz əsl Avropa evidir, Əli xan.

– Mən ölkəmizdəki adət üzrə yaşayıram.

O, diqqətlə mənə baxdı:

– İranla Azərbaycan arasında böyük mədəni fərq var.

– Şübhəsiz. Biz İrandan yüz il qabaqdayıq. Nəzərə al-malısınız ki, bizim nəhəng sənayemiz və dəmir yolu şə-bəkəmiz vardır. Amma təəssüf ki, ruslar bizim mədəni inkişafımızı sıxışdırmışlar. Bizdə çox az həkim və müəllim vardır. Eşitdiyimə görə, hökumətimiz bir sıra istedadlı cavanı Avropaya göndərmək istəyir ki, Rusiyanın boyunduruğu altında fövtə verdiklərini əldə etsinlər.

Bir müddət belə söhbət etdim və sonra ona viski vermək istədim. Lakin o içmədi və sözə başladı:

– Mən iyirmi il İranda konsul olmuşam. Şərq mədəniyyətinin saf qaydalarının itib getməsini, müasir şərqlilərin bizim sivilizasiyanı təqlid etmələrini və öz əcdadlarının adətlərinə hörmət etməmələrini görmək insana əzab verir. Ancaq bəlkə də siz haqlısınız. Çünki yaşayış tərzi hər kəsin şəxsi işidir. Amma nə olursa olsun, etiraf etməliyəm ki, sizin ölkə, məsələn, Mərkəzi Amerika respublikaları qədər müstəqil olmaq üçün yetişmişdir. Mənim fikrimcə, bizim hökumət Azərbaycanın dövlət müstəqilliyini tezliklə tanıyacaqdır.

Salonun o biri başında Ninonun valideynlərinin və İlyas bəyin əhatəsində xarici işlər naziri Əsədulla dayanmışdı. Mən salonun o başına getdim. Əsədulla tələsik soruşdu:

– Qoca nə deyirdi?

– O dedi ki, mən ağılsızam, amma İngiltərə bizim müstəqilliyimizi tezliklə tanıyacaq.

Mirzə Əsədulla rahat nəfəs aldı.

– Siz heç ağılsız deyilsiniz, Əli xan.

– Çox sağ olun, cənab nazir, amma mənə elə gəlir ki, doğrudan da ağılsızam.

O, əlimi sıxdı və qonaqlarla vidalaşıb getdi. Qapıda o, Ninonun əlini öpəndə eşitdim ki, Nino sirli bir təbəssümlə ona nə isə pıçıldayır. Əsədulla anlayışla başını tərpətdi.

Qonaqlar gecəyarısı dağılmışdılar. Salondan tütün və alkoqol iyi gəlirdi. Taqətdən düşmüş və eyni zamanda yüngülləşmiş halda pillələrlə yuxarı, öz yataq otağımıza qalxdıq və birdən qəribə bir dəcəllik hissi bürüdü bizi. Nino bal ayaqqabılarını küncə vıyıldatdı, çarpayının üstünə hoppandı və yellənməyə başladı. O, alt dodağını salladı və burnunu ovxaladı. Bu anda o, balaca meymuna bənzəyirdi. Ordunu hava ilə doldurdu, sonra hər iki şəhadət barmağı ilə dərisinə toxundu. Hava onun dodaqları arasında çıxanda güllə kimi səsləndi.

– De görüm, vətən xilaskarı xoşuna gəldimi? – deyə Nino qışqıra-qışqıra çarpayının üstündə hoppanıb-düşdü. Sonra güzgünün qabağına qaçdı və özünü heyranlıqla nəzərdən keçirdib dedi: «Nino xanım Şirvanşir – Azərbaycanın Janna Darkı. Ay mayor arvadı, gör sənə nə kələk gəldim, – ömrümdə heç hərəm xidmətçisi görməmişəm!»

O gülür və əl çalırdı. Ninonun əynində açıq rəngli və beli açıq axşam paltarı var idi. Onun incə qulaqlarından uzun sırğalar asılmışdı. Boğazındakı mirvari boyunbağı lampanın işığında azacıq işıldayırdı. Onun qolları qız qollarıtək gözəl və incə idi. Qara saçları boynundan aşağı tökülmüşdü.

Güzgü qabağında dayanmış Ninonun mənim üçün yeni olan gözəlliyi valehedici idi.

Mən ona yaxınlaşdım və qabağımda xoşbəxtlikdən parlayan gözləri olan bir avropalı prinses zühur etdi. Onu qucaqladım, mənə elə gəldi ki, onu ömrümdə ilk dəfədir bağrıma basıram. Ninonun nazik və ətirli dərisi var idi, dodaqları arasında görünən dişləri ağ mirvari kimi parıldayırdı. Biz çarpayının qırağında oturduq. Mənim qucağımdakı avropalı bir qadın idi. Onun uzun və zərif kirpikləri yanağıma dəyirdi. Gözlərində nəvaziş dolu hiss var idi. Bu hissi mən indiyədək keçirtməmişdim. Çənəsindən tutub başını qaldırdım. Yumşaq yumru sifətinə, nəm və susamış dodaqlarına, yarıbağlı kirpikləri altından görünən coşqun gözlərinə baxdım. Ninonun boynunun ardını sığalladım və onun balaca bədəni gücsüz halda əllərimə yıxıldı. Sifəti coşqunluq şövqü ilə dolu idi. Hər şey yadımdan çıxdı – onun axşam paltarını da, avropavari çarpayını da, sərin lakı da unutdum. Mən onun Dağıstan aulunda, gil döşəmənin üstündəki döşəkdə uzanan yarıçılpaq surətini gözlərimin qabağına gətirdim. Mən onun çiyinlərini qucaqlamışdım və birdən ayılıb gördüm ki, ikimiz də paltarda, məğrur Avropa çarpayısının ayaqları altında, açıq rəngli Kirman xalçasının üstündə uzanmışıq. Ləzzətli ağrıdan qaşlarını çatan Ninonun nəfəsini duyur, ombasını sığallayırdım, qoca ingilisi, cavan zabitləri və respublikamızın aqibətini yaddan çıxartmışdım.

Bir az sonra biz yanbayan uzanıb, başımızın üstündəki böyük bir güzgüyə baxırdıq.

«Paltarım korlandı» – deyə Nino birdən dilləndi, onun səsindən xoşbəxtlik yağırdı. Sonra xalçanın üçtündə oturduq. Nino başını dizimə qoyub fikirləşirdi:

267

– Mayor arvadı buna nə deyərdi? Deyərdi ki, Əli xan bilmir çarpayı nə üçündür?

Nəhayət o, ayağa durdu və balaca ayağını çənəmə vurdu.

– Cənab attaşe lütf edib, diplomatiya dünyasının ümumi qayda-qanunlarına riayət edərək, soyunub nikah yatağında yerini tuta bilərmi?

Yuxulu idim və deyinə-deyinə ayağa durub soyundum, paltarımı qırağa atıb Ninonun yanına uzandım. Beləcə, biz yuxuya getdik.

* * *

Günlər, həftələr keçdi. Qonaqlar gəlir, viski içir və evimizi tərifləyirdilər. Ninonun gürcü qonaqpərvərliyinin ucu-bucağı görünmürdü. O, cavan leytenantlarla rəqs edir, qocalarla podaqra xəstəliyindən danışırdı. Nino ingilis qadınlarına kraliça Tamaranın zəmanəsinə aid hekayələr söyləyir və onlarda elə təəssürat oyandırırdı ki, bu böyük kraliça Azərbaycan üzərində də hökmranlıq etmişdir. Mən nazirlikdə, iri bir kabinetdə tək oturur, diplomatik notaların layihələrini cızır, xaricdəki təmsilçilərimizin məlumatlarını oxuyur və pəncərədən dənizə baxırdım.

Nino gəlib məni işdən götürürdü. O, daim sevinc və şadlıq içində idi, elə bil heç bir qayğısı da yox idi. Gözlənilmədən o, xarici işlər naziri Əsədulla ilə dostlaşdı. Əsədulla bizə gələndə Nino ona qayğı göstərir, cəmiyyət adətləri barədə ağıllı məsləhətlər verirdi. Bəzən onları evimizin uzaq künclərində gizlində pıçıldayan görürdüm.

– Mirzədən nə istəyirsən? – deyə soruşanda, o, gülümsəyərək izah etdi ki, Xarici İşlər Nazirliyində protokol şöbəsinin ilk qadın müdiri olmaq arzusuna qapılıb.

Masamın üstü məktublar, məlumatlar və bəyanatlarla dolu idi. Yeni dövlətin quruluşu işi tam sürəti ilə gedirdi və baş tərəfində bizim yeni gerbimizin rəsmi olan məktubları açmaq insana zövq verirdi.

Kuryer mənə qəzetləri gətirəndə günortaya az qalmışdı. Hökumət qəzetini açdım və üçüncü səhifədə yağlı hərflərlə öz adımın çap edildiyini gördüm.

Adımın altında bunlar yazılmışdı: «Xarici İşlər Nazirliyinin attaşesi Əli xan Şirvanşir eyni vəzifəsində Paris konsulluğuna təyin olunur».

Bu qısa yazıdan sonra isə mənim gözəl cəhətlərimi tərifləyən məqalə gəlirdi və onun Arslan ağanın qələmindən çıxdığını başa düşmək çətin deyildi.

Yerimdən sıçradım və otaqdan çıxıb nazirin kabinetinə tərəf gəldim. Qapını var gücümlə dartıb açarkən bərkdən dedim:

– Mirzə Əsədulla, bu nədir?

O güldü:

– Ah, dostum, sizin üçün gözlənilməyən bir bəxşiş! Xanımınıza bu barədə vəd vermişdim. Nino və siz Parisdə əsl yerinizi tapacaqsınız.

Qəzeti küncə tulladım, qəzəbdən partlayırdım. Qışqırıb dedim:

– Mirzə, mənə vətənimi uzun illər üçün tərk etməyə məcbur edə bilən qanun mövcud deyil!

O, mənə heyrətlə baxırdı:

– Əli xan, nə istəyirsiniz? Xarici İşlər Nazirliyində bu cür vəzifə ən şərəfli vəzifədir. Siz bu vəzifəyə çox yaraşırsınız.

– Amma mən Parisə getmək istəmirəm və məni buna məcbur etmək istəyirlərsə, mən vəzifəmdən çıxıram. Mən yad aləmə nifrət edirəm, yad küçələrə, yad insanlara və

269

yad adətlərə nifrət edirəm. Ancaq siz bunu heç vaxt başa düşməzsiniz, Mirzə!

O, nəzakətlə başını buladı, «amma təkid edirsinizsə, burada da qala bilərsiniz» – dedi.

Tələsik evə getdim. Pilləkənləri təngnəfəs çıxıb ona dedim:

– Nino, mən buna qol qoya bilmərəm, başa düş məni.

Ninonun rəngi qaçdı, əlləri titrəməyə başladı:

– Niyə, Əli xan?

– Nino, məni düz başa düş. Mən başımın üstündəki hamar damı, səhranı, dənizi sevirəm. Mən bu şəhəri, köhnə qalanı, dar dalanlardakı məscidləri sevirəm və balıq susuz boğulduğu kimi, mən də Şərq xaricində boğularam.

Nino bir anlığa gözlərini yumdu. Sonra süst halda köks ötürdü: «Heyif»...

Yerə oturub Ninonun əlini əlimə aldım.

– Sən İranda olduğun kimi, mən də Parisdə özümü bədbəxt hiss edəcəm. Mən özümü orada yad bir qasırğaya, burulğana təslim olmuş kimi hiss edəcəyəm. Şəmirandakı hərəmxananı yadına sal. Sən Asiyaya dözə bilmədiyin kimi, mən də Avropaya dözə bilməyəcəm. Gəl burada, Asiya və Avropanın hiss edilməyən şəkildə bir-birinin qarışdığı Bakıda qalaq. Mən Parisə gedə bilmərəm. Orada nə məscid var, nə köhnə qala, nə də Seyid Mustafa. Mən vaxtdan-vaxta Asiyanın ruhu ilə qidalanmalıyam ki, bizim ölkəmizə gələn çoxlu əcnəbiyə dözə bilim. Sən mənə məhərrəmlikdə nifrət etdiyin kimi, mən də sənə Parisdə nifrət edəcəm. O saat yox, amma zaman keçdikcə bir karnavaldan, yaxud baldan sonra məni məcburən dartıb gətirdiyin yad dünyadan ötrü sənə nifrət etməyə başlayacam. Bax, bu səbəbdən, nə olursa olsun burada qalacam. Mən bu ölkədə anadan olmuşam, burada da ölmək istəyirəm.

Mən danışdığım müddətdə Nino susurdu. Sözümü qurtaranda o, mənə tərəf əyildi, əlləri ilə saçlarımı sığalladı:

– Öz Ninonu bağışla, Əli xan. Mən axmaq olmuşam. Bilmirəm nəyə görə fikirləşirdim ki, sən asanca hər şeyə, hər yerə alışa bilərsən. Biz burada qalırıq, daha Paris barədə söhbət eləməyək.

O, məni mehribanlıqla öpdü.

– Nino, mənim kimisinə arvad olmaq da asan deyil.

– Yox, Əli xan, yox...

O, barmaqları ilə üzümü sığalladı. Mənim Ninom möhkəm qadın idi. Mən bilirdim ki, onun həyatının ən gözəl xülyasını yox etmişəm. Onu dizlərimin üstünə oturtdum:

– Nino, uşaq olan kimi biz Parisə, Londona, Berlinə, yaxud Romaya gedərik. Axı biz hələ toy səyahətinə çıxmamışıq. Sənin haradan xoşun gəlsə, orada bütün yayı qalarıq. Və biz hər yay Avropaya gedərik, çünki mən müstəbid deyiləm. Amma daimi evim mənsub olduğum doğmaca torpaqda olmalıdı. Çünki mən öz səhramızın, şəhərimizin və günəşimizin övladıyam.

Nino təsdiq etdi:

– Bəli, özü də yaxşı bir övladısan, biz Avropanı unuduruq. Amma səndən olan bu uşaq nə səhranın övladı olmalıdır, nə də qumun. Qoy bu uşaq sadəcə Əli ilə Ninonun övladı olsun. Razısanmı?

«Razıyam», dedim və bildirdim ki, bununla mən bir avropalının atası olmağa razılıq verirəm...

XXIX

Sənin doğuluşun çox ağır keçdi, Əli xan. Amma o zamanlar biz, öz arvadlarımızın yanına avropalı həkimlər çağırmazdıq. Atamla evimizin damında oturmuşduq, o, qəmgin səslə yavaşca danışırdı:

– Ananın sancıları güclənəndə biz ona firuzə və almaz tozu verdik. Amma bu ona çox kömək etmədi. Sən mömin və cəsur olasan deyə, biz sənin göbək bağını otağın Şərq divarından, qılıncla Quranın ortasından asdıq. Sonra sən onu tilsim kimi boynunda gəzdirdin və xəstəlik nədir, bilmədin. Üç yaşında olanda boynundakı göbək bağını çıxardıb atdın və o gündən etibarən xəstələnməyə başladın. Əvvəlcə xəstəliyi səndən azdırmaq üçün otağında şərab və şirniyyat qoyduq. Bir xoruzu rəngləyib otağına buraxdıq, amma xəstəlik səndən yenə də əl çəkmədi. Sonra bir müdrik adam gəldi dağlardan və özü ilə bir inək gətirdi. Biz inəyi kəsdik və müdrik adam onun qarnını yarıb, bağırsaqlarını çıxartdı. Səni götürüb inəyin qarnına saldıq. Üç saatdan sonra səni oradan çıxardanda, bədənin qıpqırmızı idi. Və o andan etibarən sən sağaldın.

Evin içində boğuq və sürəkli nalə səsləri gəlirdi. Mən yerimdə hərəkətsiz oturmuşdum və bütün vücudum o səsə tabe olmuşdu. Nalə təkrar oldu, ancaq bu dəfə daha uzun və daha acı idi. Atam sakit tərzdə dedi:

– Bax, indi o sənə lənət oxuyur. Hər bir qadın doğuş vaxtı öz ərinə lənət oxuyur. Qədim zamanlarda qadın doğuşdan sonra bir qoyunu kəsib, doğan zaman söylədiyi lənətlərin təsirini evdən çıxartmaq üçün, onun qanını ərinin və uşağının yatağına çiləyirdi.

– Bu nə qədər sürə bilər, ata?

– Beş, altı, bəlkə də on saat. Ninonun omba nahiyəsi çox dardır.

O susdu. Bəlkə o öz arvadını, doğum vaxtı vəfat edən anamı yada saldı. Birdən ayağa durdu. Mənə «gəl» dedi. Biz damın ortasında sərilmiş qırmızı namaz xalçalarına yaxınlaşdıq. Xalçaların baş tərəfi Məkkəyə, müqəddəs Kəbəyə baxırdı. Ayaqqabılarımızı çıxardıb, xalçanın üstündə oturduq. Sağ əlimizi sol əlimizin üstünə qoyduq və atam dedi:

– Bizim əlimizdən gələn iş ancaq budur, amma bu, həkimlərin bildiyindən daha üstün şeydir.

Atam əyildi və duanın ərəbcə sözlərini söyləməyə başladı:

– Bismillahir-rəhmanirrəhim (Mərhəmətli, Rəhimli Allahın adı ilə).

Mən sözləri təkrar etdim. Namaz xalçasının üstündə diz çöküb, alnımı yerə vurdum;

– Əlhəmdülillahi rəbbil-aləmin, Ərrəhmanirrəhim maliki yaumiddin (Dünyanın, Qiyamətin Rəbbi, Ən Mərhəmətli, Ən Rəhimli Allaha həmd olsun)

Xalçanın üstündə oturmuşdum və əllərim üzümü qapamışdı. Artıq Ninonun qulaqlarımı deşən naləsinin təsirindən uzaq idim. Dodaqlarım öz-özlüyündə Quranın ayələrini təkrar edirdi:

– İyyakə nəbudu və iyyəkə-nəstəin (Sənə ehtiram edirik və Səndən mərhəmət diləyirik...)

273

Əllərim indi dizlərimin üstündə idi. Tam bir sakitlik çökmüşdü və mən atamın pıçıltısını eşidirdim:

– İhdinəssiratəl-müstəqim. Siratəl-ləzinə-ənəmtə eleyhim (Bizi düz yolla, Sənin mərhəmət göstərdiklərinin yolu ilə apar)

Namaz xalçasının üstündəki qırmızı naxışlar gözlərimin qabağında qarışmışdı. Üzüm xalçanın üstünə yapışmışdı:

Feyril məğzubi əleyhim vələzzalin (Qəzəbinə gəlməyənlər və səhv yolla aparmadıqların...)

Beləcə tozun içində, Rəbbin hüzurunda üzüqoylu uzandıq. Biz, bir zamanlar Allahın Peyğəmbərə Məkkədə, ərəb bədəvilərinin yad dilində söylədiyi duanın sözlərini dönə-dönə təkrar etdik. Ninonun qışqırıqları kəsildi. Xalçanın üstündə bardaş qurub oturmuşdum. Əlimdə təsbehi çevirə-çevirə Rəbbin otuz üç Adını pıçıldayırdım.

Kimsə çiynimə toxundu. Başımı qaldırıb, kimsə gülər üzünü gördüm və anlaşılmaz sözlər eşitdim. Ayağa durdum. Atamın mənə yönələn baxışlarını hiss edib, yavaş-yavaş pillələnlərlə aşağı düşdüm.

Ninonun otağındakı pəncərələr pərdələnmişdi. Çarpayıya yanaşdım. Ninonun gözləri yaşla dolu idi. Yanaqları solmuşdu. O, səssiz gülümsəyirdi və heç bilmədiyi tatar (Azərbaycan) dilində, xalqımızın sadə dilində dedi: «Qızdır, Əli xan, çox gözəl bir qız. O qədər bəxtiyaram!»

Onun soyuq əllərindən yapışdım, o, gözlərini yumdu və kimsə arxamdan dedi:

– Qoyma onu yatsın, Əli xan, o, hələ bir müddət ayıq qalmalıdır.

Mən onun qurumuş dodaqlarını sığalladım, o, taqətdən düşmüş, sakit halda üzümə baxdı. Ağ önlük taxmış bir qadın çarpayıya yaxınlaşdı. O, mənə bir bağlama uzatdı və mən, balaca, bürüşmüş bir oyuncaq gördüm. Onun balaca oyuncaq barmaqları və iri ifadəsiz gözləri var idi. «Oyuncaq» ağzını açıb ağlayırdı.

«Gör nə gözəldir», – deyə Nino oyuncağın barmaqlarını oynatdı. Əlimi qaldırdım və qorxa-qorxa bağlamaya toxundum, amma oyuncaq artıq yatmışdı və onun bürüşmüş sifəti çox ciddi idi.

Nino pıçıltı ilə: «Onun adını Tamara qoyarıq, liseyin şərəfinə», dedi. Mən razılıqla başımı tərpətdim, çünki Tamara adı həm xristianlarda, həm də müsəlmanlarda təsadüf edilirdi.

Kimsə məni otaqdan çıxartdı. Baxışlar mənə zillənmişdi. Atam əlimdən tutdu, biz həyətə çıxdıq. «Biz səhraya gedək, – dedi, – Nino bir azdan yata bilər».

Atları minib, sarı qum təpələrdən dördnala çapdıq. Atam nə isə deyirdi, amma mən güc-bəla ilə başa düşdüm ki, o, mənə təsəlli verməyə çalışır. Bilmədim niyə, çünki özüm yuxulu, xəyalpərəst, ifadəsiz gözləri olan bir qızım olduğu üçün çox məğrur idim.

Günlər təsbehdəki muncuqlar kimi keçib gedirdi. Nino «oyuncağ»ı döşündə tuturdu. Gecələr ona yavaşcadan gürcü mahnıları oxuyur və öz balaca bürüşmüş bənzəyişinə baxanda fikirli-fikirli başını silkələyirdi. Mənimlə pis, rəhmsiz rəftar edirdi, çünki mən uşağı bələməyə qadir olmayan bir kişi idim. Mən nazirlikdə oturub qovluqların içində eşələnirdim. Bir də gördün ki, Nino mərhəmətə gəlib mənə zəng edir və böyük hadisələrdən, fövqəladə hərəkətlərdən xəbərdar edirdi: «Əli xan, «oyuncaq» güldü və əlini günəş tərəfə uzatdı». – «Yaman ağıllı «oyuncaq»dır. Əli xan, ona yumru şüşəni göstərdim, baxdı». – «Qulaq as, Əli xan, «oyuncaq» barmağı ilə qarnında xətt çəkir. Görünür, çox istedadlı «oyuncaq»dır.

Balaca «oyuncaq» qarnında xətt çəkdiyi və gərgin baxışlarını yumru şüşəyə zillədiyi bir zamanda, uzaq Avropada yaşlı adamlar sərhədlər, ordular və dövlətlərlə oynayırdılar. Masamın üstündəki məlumatı oxudum və xəritəyə, hazırkı dünyanın şübhəli sərhədləri cızılmış xəritəyə baxdım. Adları çətin tələffüz edilən əsrarəngiz adamlar Versalda oturub, Şərqin aqibətini həll edirdilər. Yalnız bir nəfər, Ankaradan gəlmiş sarışın general qaliblərə ümidsiz müqavimət göstərməyə cürət edirdi. Vətənimiz Azərbaycan Avropa dövlətləri tərəfindən müstəqil dövlət kimi tanındı. İngilis alaylarının suveren respublikamızın ərazisindən çıxıb getməsinə dair xəbərdən cuşa gələn İlyas bəyin hərarətini soyutmaq üçün çox səy etməli oldum. Vəcdə gəlmiş İlyas deyirdi:

– İndi biz birdəfəlik azadıq, ölkəmizin ərazisində bir dənə də olsun əcnəbi qalmadı.

Mən onu xəritəyə yaxınlaşdırdım və dedim:

– Bura bax, İlyas bəy, bizim təbii müdafiəçilərimiz Türkiyə və İran idilər, amma hər ikisi indi gücsüzdür. Biz boşluqda qalmışıq və neftimizə susamış yüz altmış milyon rus bizi sıxışdırır. İngilislər burada qaldıqca, istər qırmızı, istərsə də ağ, bir rus sərhədlərimizi keçməyə cürət edə bilməz. İngilislər çıxıb getsələr, Azərbaycanı müdafiə etmək üçün bir sən qalırsan, bir də mən və ölkəmizin yarada biləcəyi bir-iki alay.

İlyas bəy qayğısızlıqla başını yırğaladı:

– Əşşi, sən nə danışırsan! Ruslarla sülh müqavilələri bağlamaq üçün bizim diplomatlarımız var. Ordunun vəzifələri başqadır.

Və o, xəritədə ölkəmizin cənub sərhədini göstərib davam etdi:

– Bax, ordu buraya, Ermənistanla sərhədə getməlidir. O tərəfdə üsyan qalxıb, hərbiyyə naziri general Mehmandar artıq əmr verib.

Bütün diplomatiyanın yalnız hərbçilər tərəfindən əməlli-başlı himayə olunduğu zaman məna kəsb etdiyinə İlyas bəyi inandırmaq əbəs idi.

İngilis alayları şəhəri tərk edirdilər. Küçələr bayramsayağı bayraqlarla bəzədilmişdi, qoşunlarımız Ermənistan sərhədinə tərəf hərəkət edirdilər. Yalamada rus-Azərbaycan sərhədində yalnız sərhəd keşikçiləri və bir neçə məmur qalmışdı. Nazir-likdə isə biz həm ağ, həm də qırmızı məmurlarla müqavilələr hazırlamağa başladıq. Atam isə İrana qayıdırdı. Nino və mən onu limana apardıq. O, kədərlə bizə baxdı, ancaq onun dalınca getmək istəyib-istəmədiyimizi soruşmadı.

– İranda nə edəcəksən, ata?

– Ola bilsin evlənəcəyəm...

O, fikri dağınıq halda bizi öpdü: – Mən bəzən gəlib sizə baş çəkəcəyəm, bu dövlət dağılsa, qəm yeməyin, mənim Mazandarada bir neçə malikanəm var.

O, gəmiyə çıxdı və göyərtədə dayanıb, uzun müddət bizə, köhnə, nəhəng Qız qalasına, şəhərə və səhraya baxdı.

Şəhər isti idi, nazirliyin pəncərələrindəki pərdələr yarı bağlanmışdı. Rus təmsilçiləri gəldilər. Onların darıxdırıcı, hiyləgər sifətləri vardı. Saysız-hesabsız müqavilələri, maddə-ləri, bəndləri, qeydləri laqeydliklə və tələsik imzaladılar.

Şəhərin küçələrini toz və qum bürümüşdü. Külək kağız tikələrini göyə sovururdu. Qayınatamla qayınanam yayda dincəlməyə Gürcüstana getmişdilər. Yalamada isə əvvəlki kimi bir neçə sərhəd keşikçisi və üç-dörd nəfər məmur qalmışdı.

Mən nazirə üzümü tutub dedim:

– Əsədulla, Yalamanın o biri tayında otuz min nəfər rus dayanıb.

O, hirslə üzümə baxdı:

277

– Bizim vəzifəmiz müqavilələr bağlamaqdı. Qalan hər şey Allahın əlindədir.

Küçəyə çıxdım. Süngüləri par-par yanan iki əsgər parlament qapısının qabağında keşik çəkirdi. Parlamentin özündə müxtəlif partiyalar mübahisə edir, şəhərin civarında yaşayan rus fəhlələri də hədələyirdilər ki, hökumət Rusiyaya neft tədarükünə icazə verməsə, onlar tətilə başlayacaqlar.

Kişilər çayxanalara dolmuşdular. Onlar qəzet oxuyur və nərd oynayırdılar. Uşaqlar qızmar tozun içində savaşırdılar. Şəhərə elə bil göydən od yağırdı. Minarədən azan səsi gəldi:

– İbadətə qalxın! İbadətə qalxın! İbadət yatmaqdan yaxşıdır!

Mən yatmırdım, gözlərimi yumub xalçanın üstündə uzanmışdım.

Sərhəd stansiyası olan Yalamada təhdid edən otuz min rus əsgəri gözlərimin qabağından getmirdi.

– Nino, – dedim. – Çox istidir, «oyuncağ»ımız da bu cür istiyə vərdiş etməyib. Sən də ki ağacları, kölgəni və suyu sevirsən. Yay vaxtı Gürcüstana, valideynlərinin yanına getsən yaxşı olmazmı?

– Yox, – deyə Nino ciddi cavab verdi, – mən getmək istəmirəm.

Mən susdum və Nino fikirli-fikirli qaşqabağını tökdü.

– Biz birlikdə çıxıb getməliyik, Əli xan, şəhər çox istidir. Axı sənin Gəncə yanında bağların və üzümlüyün ortasında bir malikanən var. Gəl gedək oraya. Ora sənin yurdundur, «oyuncağ»ımızın da kölgəsi olar.

Mən buna etiraz edə bilməzdim. Biz yola düşdük. Vaqo-numuz Azərbaycanın yeni gerbi ilə bəzənmişdi.

Dəmir yolu stansiyasından Gəncəyə geniş tozlu bir yol uzanırdı. Şəhərin müsəlman və erməni məhəllələrini bir-

birindən quru bir çay ayırırdı. Mən Ninoya yüz il bundan qabaq əcdadım İbrahimin rus gülləsi ilə vurulub öldürüldüyü daşı göstərdim. Malikanəmizdə tənbəl və hərəkətsiz camışlar suyun içində uzanmışdılar. Süd iyi gəlirdi, üzüm giləri isə inək gözləri boyda idi. Kəndlilərin başı ortadan ülgüclə qırxılmışdı və onların kəkilləri sağdan və soldan daranmışdı. Ağacların arasında isə taxta eyvanlı balaca ev dayanırdı. «Oyuncağ»ımız atları, itləri və toyuqları görəndə gülümsədi.

Biz evi səliqəyə salıb, burada yerləşdik və mən bir neçə həftəliyə nazirliyi, müqavilələri və sərhəd stansiyası olan Yalamanı yaddan çıxartdım.

Biz çəmənlikdə uzanmışdıq. Nino acı saplaqları çeynəyirdi. Günəşdən qaralmış sifəti Gəncə səması kimi aydın və sakit idi. Onun iyirmi yaşı var idi və şərqli gözü ilə baxılsaydı, çox arıq idi.

– Əli xan, bu «oyuncaq» mənimdir. Gələn dəfə oğlan olacaq, onu sən götürərsən. Sonra o, «oyuncağ»ın gələcək planlarını təfərrüfatı ilə nəql eləməyə başladı və bu planda tennis, Oksford, fransız və ingilis dilləri... tam Avropa nümayəndəsi vardı.

Mən susdum, çünki «oyuncıq» hələ lap balaca idi və Yalama qabağında otuz min rus dayanmışdı. Biz çəmənlikdə oynayır və ağacların kölgəsində xalça sərib yemək yeyirdik. Nino camışların uzandığı yerdən bir az aralıda çayda çimirdi. Balaca, yumru papaqları olan kəndlilər yanımızdan keçir, öz xanlarına baş əyir, bizə şaftalı, alma və üzüm dolu səbətlər gətirirdilər. Biz heç qəzet oxumurduq, məktub da almırdıq, dünya bizim üçün malikanəmizin sərhədində qurtarırdı. Və bura az qala Dağıstandakı aul qədər gözəl idi.

İsti yay günlərinin birində biz otaqda oturmuşduq, uzaqdan at nallarının boğuq səsi gəldi. Eyvana çıxdım. Qara çərkəz libası geymiş arıq bir adam atdan yerə hoppandı. «İlyas bəy», deyə qışqırdım və əlimi ona uzatdım. Salamımı almadı. O, neft lampasının işığında dayanmışdı, sifəti ağarmış, yanaqları çuxura düşmüşdü. Tələsik: «Ruslar Bakıya giriblər», dedi.

Mən başımı tərpətdim, elə bil bu mənə çoxdan bəlli idi. Nino arxamda dayanmışdı və yavaşca soruşdu.

– İlyas bəy, de görək necə oldu?

– Gecə Yalamadan rus əsgərləri ilə dolu qatarlar gəldilər. Onlar şəhəri mühasirəyə aldılar və parlament təslim oldu. Qaça bilməyən bütün nazirlər həbs olundu, parlament də ləğv edildi. Rus fəhlələri öz həmvətənlərinin tərəfinə keçdilər. Bakıda bir dənə də olsun əsgərimiz yox idi. Ordumuz isə Ermənistan ilə sərhəddə itirdikləri mövqelərdə dayanmışdı. Mən könüllü partizan dəstəsi yaratmaq istəyirəm.

Mən geri döndüm. Nino otaqda idi, qulluqçular da atları arabaya qoşurdular. Nino əşyaları yığa-yığa «oyuncaq»la öz əcdadlarının dilində nə isə danışırdı. Sonra tarlalardan keçdik. İlyas yanımızda atla gedirdi. Uzaqda Gəncənin işıqları görünürdü və bir anlığa indi ilə keçmiş beynimdə bir-birinə qarışdı. Mərdəkanın yemiş bağlarında kəmərində xəncər, üzü ağarmış və ciddi İlyas bəy, sakit, qürurla dayanmış Nino gəldi gözlərimin qabağına.

Gəncəyə gələndə gecə idi. Küçələr narahat, həyəcanlı adamlarla dolu idi. Erməniləri müsəlmanlardan ayıran körpüdə atəş açmağa hazır əsgərlər dayanmışdılar. Məşəllər də hökumət binasının balkonunda asılmış Azərbaycan bayrağına işıq saçırdı.

XXX

Gəncənin böyük məscidinin divarı yanında oturmuşdum. Qabağımda bir boşqab şorba var idi. Əsgərlər yorğun halda həyətdə uzanmışdılar. Çay tərəfdən pulemyot səsi gəlirdi. Onun iyrənc ciyiltisi məscidin həyətinə çatırdı. Azərbaycan cümhuriyyətinin bir neçə gün ömrü qalmışdı.

Həyətin bir küncünə keçdim. Dəftəri qabağıma qoyub, tələsik onu doldururdum, vərəqələrinə keçmişimi bir daha əbədiləşdirməli olan cümlələri həkk edirdim.

Qoy yadıma salım. Səkkiz gün bundan qabaq Gəncə mehmanxanasının balaca otağında nə olmuşdu?

...İlyas bəy mənə müraciət edib: «Sən dəlisən, ağlını itirmisən», dedi.

Gecə saat üç idi və Nino yan otaqda yatırdı.

«Sən dəlisən», – deyə o təkrar etdi və otaqda var-gəl etməyə başladı.

Mən mizin arxasında oturmuşdum və İlyas bəyin fikrinin mənim üçün heç bir əhəmiyyəti yox idi. Təkrarən dedim:

– Mən burada qalıram. Könüllü partizan dəstələri gəlirlər. Biz döyüşəcəyik. Öz vətənimizdən heç yana qaçmayacağam.

Mən yavaşca, elə bil yuxuda olan kimi danışırdım. İlyas bəy dayandı, kədərlə, tərs-tərs üzümə baxdı:

281

– Əli xan, biz bir yerdə məktəbə getmişik və böyük tənəffüsdə birlikdə ruslarla savaşmışıq. Sən Naxararyanın maşınını təqib edəndə mən sənin ardınca çapırdım. Ninonu yəhərimdə mən evinə aparmışdım və biz bir yerdə Sisianaşvili darvazası yanında vuruşmuşuq. İndi isə sən çıxıb getməlisən. Ninodan ötrü, özündən ötrü və bəlkə bir daha sənə ehtiyacı olacaq vətənin naminə çıxıb getməlisən.

– İlyas bəy, sən burada qalırsansa, mən də qalıram.

– Mən burada ona görə qalıram ki, dünyada təkəm, əsgərləri döyüşə aparmağı bacarıram və iki meydan müharibəsində təcrübəm var. İrana get, Əli xan.

– İrana gedə bilmərəm, Avropaya da gedə bilmərəm.

Mən pəncərəyə yaxınlaşdım. Bayırda məşəllər yanır və dəmir səsləri gəlirdi.

– Əli xan, cümhuriyyətimizin heç səkkiz gün də ömrü qalmayıb.

Mən laqeydliklə başımı tərpətdim. Pəncərənin yanından insanlar keçirdi, onların əllərində silahları gördüm.

Yan otaqda addım səsi eşitdim və üzümü o tərəfə çevirdim. Nino yuxulu gözlərilə qapıda dayanmışdı.

– Nino, – dedim, – Tiflisə axırıncı qatar iki saatdan sonra gedir.

– Düzdür, Əli xan, biz gedirik.

– Yox, sən uşaqla gedirsən. Mən sonra gələcəm. Mən hələ burada qalmalıyam. Sən isə getməlisən. Bu, o vaxt Bakıda olduğu kimi deyil. Tamamilə başqa vəziyyətdir, sən burada qala bilməzsən. Nino, indi sənin uşağın var.

Mən danışırdım. Bayırda məşəllər yanır və İlyas bəy başını aşağı salıb otağın küncündə dayanmışdı.

Ninonun gözlərindən yuxu silindi. O, yavaş-yavaş pəncərəyə tərəf getdi, eşiyə baxdı. İlyas bəyə tərəf baxdı. İlyas nəzərini yana çəkdi. Nino otağın ortasına gəldi və başını yana əydi.

– Bəs «oyuncaq»? – dedi, körpəmiz var, sən bizimlə getmək istəmirsən?

– Gedə bilmərəm, Nino.

– Sənin ulu baban Gəncə körpüsündə şəhid olmuşdu. Mən bunu tarix imtahanından bilirəm.

Nino qəflətən ölüm astanasında olan yaralı bir heyvan kimi nalə çəkib yerə sərildi. Onun gözləri qupquru idi, bədəni titrəyirdi. O, fəryad edərkən İlyas otaqdan eşiyə atıldı.

– Nino, mən dalınızca gələcəm. Mütləq, bir neçə günə yanınıza gələcəm.

O, ah-nalə içində idi və bayırda insanlar can verən cümhuriyyətin coşqun mahnısını oxuyurdular.

Nino birdən susdu və baxışını mənə zillədi. Sonra ayağa durdu. Mən çamadanı götürdüm. «Oyuncağ»ın qundağı qucağımda idi və biz mehmanxananın pillələrindən səssiz-səmirsiz aşağı düşdük. İlyas bəy maşında gözləyirdi. Biz ağzına kimi adamla dolu küçələrdən dəmir yolu stansiyasına getdik.

– Üç-dörd gün döz, Nino, – deyə İlyas bəy onu sakit-ləşdirirdi, – yalnız üç-dörd gün və Əli xan yanınızda olacaq...

Nino sakitcə başını tərpətdi:

– Bilirəm. Biz əvvəl Tiflisdə qalarıq və sonra Parisə gedərik. Bizim bağçalı bir evimiz olacaq və o biri uşağımız oğlan olacaq.

– Bəli, Nino, bax, elə bu cür olacaq...

Mənim səsim aydın və inamla dolu idi. Nino əlimi sıxdı və uşağa baxdı.

Dəmir yolu relsləri uzun ilanlara bənzəyirdi, qatar da qaranlıqdan bədheybət bir əjdaha kimi çıxdı.

Nino məni tələsik öpdü.

– Salamat qal, Əli xan. Üç gündən sonra görüşərik.

– Əlbəttə, Nino, sonra da Parisə gedərik.

O gülümsündü, gözləri yumşaq məxmər kimi idi. Mən stansiyada qaldım. Elə bil bərk asfalta mıxlanmış kimi yerimdən tərpənə bilmirdim. İlyas bəy onu vaqona aparırdı. O, pəncərədən baxdı. Nino hürkmüş, azmış balaca bir quş kimi sakit idi. Qatar yola düşəndə o əl elədi. İlyas bəy də qatardan yerə hoppandı.

Biz şəhərə qayıtdıq və mən bir neçə gün ömrü qalan respublika barədə fikirləşirdim.

Səhər açılırdı. Şəhər silah anbarına bənzəyirdi. Kənd sakinləri gəldilər, gizli saxladıqları pulemyotları və sursatı da özləri ilə gətirdilər. Çayın o biri tərəfində, şəhərin erməni məhəlləsində arabir güllə səsi eşidilirdi.

Qırmızı süvari dəstələri ölkəni bürümüşdülər. Şəhərdə isə qalın qaşlı, qartal burunlu və gözləri çuxura düşmüş bir adam peyda oldu. Bu, şahzadə Mənsur Mirzə Qacar idi. Onun kim olduğunu və haradan gəldiyini heç kim bilmirdi. O, Qacarlar sülaləsindən idi və papağında gümüş İran şiri parıldayırdı. Özünü böyük Ağa Məhəmmədin varisi hesab edən bu adam rəhbərliyi əlinə aldı. Rus batalyonları Gəncəyə tərəf hərəkət edirdi. Şəhər Bakıdan xilas olan qaçqınlarla dolmuşdu. Onlar nazirlərin güllələnməsindən, parlament deputatlarının həbsə alınmasından, daş bağlanıb Xəzər dənizinin girdabına atılan meyitlərdən danışırdılar.

«Təzə Pir» məscidini kluba çeviriblər, ruslar qala divarında ibadət etmək istəyən Seyid Mustafanı döydülər. Qollarını bağladılar və ağzına donuz əti soxdular. Sonra o, İrana, Məşhəddəki əmisinin yanına qaça bildi. Onun atasını ruslar öldürdülər».

Bu məlumatı gətirən Arslan Ağa qabağımda dayanıb, payladığım silahlara baxırdı.

– Əli xan, mən də sizinlə birlikdə vuruşmaq istəyirəm.

– Sən? Ay mürəkkəbə bulaşmış donuz çoşqası, sən də vuruşmaq istəyirsən?

– Mən donuz çoşqası deyiləm, Əli xan. Mən də hamı kimi öz vətənimi sevirəm. Atam Tiflisə qaçdı. Mənə silah ver.

Onun sifəti ciddi idi, gözlərini döyə-döyə üzümə baxırdı.

Ona silah verdim və o, mənim komandanlığım altında körpünün başında vuruşmuş dəstəyə qoşuldu. Rus əsgərləri körpünün o tayında küçələri tutdular. Günorta günəşinin qızmar istisində biz əlbəyaxa döyüşə girişdik. Enli sir-sifətləri, üçkünc süngüləri gördüm. Məni vəhşi bir qəzəb bürüdü.

Kimsə: «İrəli!» deyə qışqırdı və biz süngüləri aşağı saldıq. Qanla tər bir-birinə qarışmışdı. Mən qundağı qaldıranda bir güllə çiynimi sıyırdı. Qundağın zərbəsindən bir rusun kəlləsi partladı. Onun beyninin iliyi-qanı küçənin tozuna töküldü. Xəncərimi sıyırıb bir düşmənin üstünə cumanda və onun yıxıldığını görəndə, Arslan ağanın bir rus əsgərinin gözünə xəncər soxduğu gözümə sataşdı.

Uzaqdan şeypurun dəmir səsi gəldi. Biz bir küçənin tinində uzanıb, erməni evlərini kor-koranə atəşə tuturduq. Gecələr sürünə-sürünə körpünün üstündən şəhərə qayıdırdıq. Patrondaşla sarınmış İlyas bəy körpüdə oturub pulemyotu sazlayırdı.

Biz məscidin həyətinə getdik. Ulduzların işığında İlyas bəy danışırdı ki, balaca olanda dənizə çimməyə getmişdi, burulğana düşmüşdü və az qala batmışdı... Sonra şorba içdik, şaftalı yedik. Arslan Ağa da yanımızda oturmuşdu və onun ağzından, tökülmüş dişlərinin yerindən qan gəlirdi.

– Qorxuram, Əli xan, mən çox qorxağam.

– Onda qoy silahı yerə, tarlalardan keçib Pula çayından Gürcüstana qaç.

– Bunu edə bilmərəm, mən vuruşmaq istəyirəm, çünki qorxaq da olsam, vətənimi o birilər kimi sevirəm.

Mən susdum. Yenə səhər açılmağa başladı. Uzaqdan top səsləri gəlirdi. İlyas bəy də məscidin minarəsində, durbin əlində Qacarlar nəslindən olan şahzadənin yanında dayanmışdı. Şeypurun naləli və eyni zamanda cəzbedici səsi gəldi. Minarədən bayraq dalğalanırdı və kimsə Turan dövləti barədə mahnını oxumağa başladı. Sifəti meyit sifəti kimi ağarmış, gözləri xəyalla dolu biri dedi: «Mən bəzi şeylər eşitmişəm. İranda Rza adlı bir nəfər peyda olub. O, əsgərlərə komandanlıq edir və düşməni qovur. Kamal Ankarada oturub. Onun ətrafına bir ordu yığılıb. Biz əbəs yerə vuruşmuruq. İyirmi beş min əsgər bizim köməyimizə tələsir». «Yox, – dedim, – iyirmi beş min nəfər yox, iki yüz əlli milyon nəfər adam, bütün dünya müsəlmanları bizim harayımıza gəlirlər. Amma onların vaxtında gəlib buraya çatıb-çatmayacaqlarını tək Allah bilir».

Mən körpü tərəfə getdim. Pulemyotun arxasında uzandım və patrondaş barmaqlarımın arasından təsbeh kimi sürüşməyə başladı. Arslan Ağa yanımda oturub mənə patrondaşı uzadırdı. Onun rəngi qaçmışdı. Rus tərəfdə hərəkət hiss olundu və mənim pulemyotum fasiləsiz şaqqıldadı. O tayda hücum şeypuru çalındı. Haradasa o yanda, erməni evlərinin arxasında Budyonnı marşının səsi gəldi. Başımı qaldırıb nəhəng quru çayı gördüm. Ruslar meydançanı keçir, aşağı əyilir, nişan alır və atəş açırdılar. Onların güllələri körpüyə dəyirdi. Mən də qızğın bir atəşlə cavab verdim. Ruslar oyuncaq kimi yerə sərildilər, amma çaya tərəf axışıb, kəlləsi üstə çayın içinə tökülən əsgərlərin yerini yeniləri doldururdu.

Onların sayı minlərlə idi və tənha qalmış bir pulemyotun vəngiltisi Gəncə körpüsündə gücsüz səslənirdi.

Arslan Ağa balaca uşaq kimi bərkdən nalə çəkib qışqırdı. Gözucu ona tərəf baxdım. O, körpünün üstündə sərilib qalmışdı, açıq qılmış ağzından qan gəlirdi. Mən pulemyotun tətiyini basdım. Güllələr rusların başına yağış kimi yağırdı. Şeypur yenə onları hücuma qaldırdı.

Papağım çaya düşdü: bəlkə güllə dəydi, bəlkə də üzümə çırpan külək onu oraya atdı.

Mən köynəyimin yaxasını bütöv açdım. Düşmənlə mənim aramda yalnız Arslan Ağanın meyiti durmuşdu. Deməli, insan qorxaq da olsa, yenə öz vətəni uğrunda qəhrəman kimi ölə bilərmiş.

O tayda şeypur əsgərləri geri çağırdı. Pulemyot susdu və mən tər içində, ac, körpüdə oturub əvəz edilməyimi gözləyirdim. Onlar gəldilər. Yöndəmsiz və ağır adamlar Arslan Ağanın meyitini sipər kimi pulemyotun qabağına qoydular. Mən şəhərə getdim.

İndi mən burada, məscid divarlarının kölgəsində oturub, şorbanı qaşıqlayıram. O biri tərəfdə, məscidin girişində şahzadə Mənsur dayanıb, İlyas bəy də əyilib xəritəyə baxır. Güclü bir yorğunluq basıb məni. Bir neçə saatdan sonra mən yenə körpünün üstündə dayanacam, bilirəm ki, Azərbaycan cümhuriyyətinin yalnız bir neçə günlük ömrü qalıb...

Bəsdir, mən yatmaq istəyirəm. Ulu babam İbrahim xan Şirvanşirin xalqın azadlığı uğrunda canını verdiyi sahilə şeypur məni yenidən çağıranadək yatmaq istəyirəm.

«Əli xan altıya on beş dəqiqə işləmiş Gəncə körpüsündə, pulemyot arxasındakı mövqeyində həlak oldu. Onun meyiti qurumuş çaya düşmüşdü. Bədənini səkkiz güllə deşmişdi. Cibindən bu dəftəri tapdım. Allah imkan versə, dəftəri onun arvadına çatdıracam. Biz səhər erkən, ruslar sonuncu hücuma keçmədən bir az qabaq onu məscidin həyətində dəfn elədik. Cümhuriyyətimizin ömrü Əli xan Şirvanşirin ömrü kimi sona çatdı.

Bakının Binəqədi qəsəbəsindən olan
Zeynal Ağanın oğlu, rotmister İlyas bəy»

* 9 7 8 9 9 5 2 2 6 6 5 2 8 *